鳄鱼街

The Street of Crocodiles

[波] 布鲁诺·舒尔茨 著
Bruno Schulz

韩雪婷 译

北京理工大学出版社
BEIJING INSTITUTE OF TECHNOLOGY PRESS

版权专有 侵权必究

图书在版编目（CIP）数据

鳄鱼街 / (波) 布鲁诺·舒尔茨著; 韩雪婷译. --北京: 北京理工大学出版社, 2022.7

ISBN 978-7-5763-1062-7

Ⅰ. ①鳄… Ⅱ. ①布… ②韩… Ⅲ. ①短篇小说—小说集—波兰—现代 Ⅳ. ①I513.45

中国版本图书馆CIP数据核字（2022）第031021号

出版发行 / 北京理工大学出版社有限责任公司	
社　　址 / 北京市海淀区中关村南大街5号	
邮　　编 / 100081	
电　　话 / (010)68914775（总编室）	
(010)82562903（教材售后服务热线）	
(010)68944723（其他图书服务热线）	
网　　址 / http://www.bitpress.com.cn	
经　　销 / 全国各地新华书店	
印　　刷 / 三河市冠宏印刷装订有限公司	
开　　本 / 880毫米×1230毫米　1/32	责任编辑 / 徐艳君
印　　张 / 11.5	文案编辑 / 徐艳君
字　　数 / 242千字	责任校对 / 刘亚男
版　　次 / 2022年7月第1版　2022年7月第1次印刷	责任印制 / 施胜娟
定　　价 / 51.00元	

图书出现印装质量问题，请拨打售后服务热线，本社负责调换

序

"他有时候写得像卡夫卡,有时候写得像普鲁斯特,而且时常成功地达到他们没有达到过的深度。"20世纪短篇小说大师、诺贝尔文学奖获得者艾萨克·辛格曾这样评价过一位作家,这位作家一生中只出版过两部作品,却拥有众多推崇者,其中不乏众多一流的写作者。然而在很长一段时间里,他都是一位被文学史遗忘的大师,他就是布鲁诺·舒尔茨。

布鲁诺·舒尔茨(Bruno Schultz),波兰籍犹太人作家,1892年出生于波兰的德罗戈贝奇小城。舒尔茨的一生十分传奇。他的父亲是一位藏书家,同时经营一家衣料铺,这个铺子后来成为舒尔茨作品中储藏幻想的仓库、存放神话的密室,以及取之不竭的灵感源泉。他母亲很早就离开了他们,他还有个离异的姐姐,独自带着两个孩子生活。高中毕业后,舒尔茨曾学过三年建筑,后来又回到当年的高中,当了一名教绘画和手工艺课的老师。舒尔茨一生没有离开过德罗戈贝奇小城。第二次世界大战爆发,他被迫离开家庭,住进犹太人集中营。1942年11月9日,舒尔茨和一众无辜的犹太人一起被纳粹党卫军射杀在小镇的一个街角,战争结束了这个小个子犹太人的孤寂生涯。

舒尔茨从20世纪20年代开始萌生了写小说的念头,这标志着他作为一名作家开启了自己新的人生。舒尔茨留给世人的全部文学遗产只有两部小说集——《鳄鱼街》和《沙漏做招牌的疗养院》,还有一些杰出的画作。其实,在他去世的前一年,在搬到集中营之前,他曾将自己写的部分作品——据说包括未完成的长篇小说《弥赛亚》在内的一批手稿以及数以百计的画作,托付给外面的一些朋友代为保管。可惜的是,这部分手稿如同石沉大海,再也没有面世。我们这个世纪最优秀的波兰作家之一,连同他的部分文学作品一同销声匿迹在无垠的时空中。在舒尔茨死后很长一段时间里,他几乎被文学史遗忘。直到1963年,他的两部小说集的英文版问世,顷刻间为广大文学爱好者所关注,随后便被迅速翻译成十几种语言,舒尔茨被广泛地誉为20世纪最出色的波兰语文体家之一。他的作品带起一股新的文学潮流。他的作品语言瑰丽,想象丰富,充满奇思,《纽约客》杂志曾经评价道:"他是我们这个时代最意外的发现,他的两本短篇小说集将会成为短时期内难以突破的语言极限,再也不会有人像他那样去写作,他的语言中蕴含了数学的精湛、古典的诗意和病态的抒情。"

舒尔茨是个离群索居的人,常常独自沉醉在梦想和童年的回忆中。他的作品时常表现出紧张敏感的情绪、令人惊讶的内心生活和阴郁诡谲的想象魅力。他采用一种主观的、心理上的时间,消除了梦想与现实的界限。他传达给读者的是一种在噩梦中被禁闭的感受,是无可救药的忧虑、烦躁和慌张的情绪。读者既想摆脱他构造的这个充满不祥光线与错乱气氛的小世界,同时出于某种奇怪的对于受惊吓的心理满足感的欲望，又想在他的文字里持久深入地停留下去，直到他的文字世界自动崩溃——然而，这最终的时刻并不轻松，而是更加沉重愁闷。

  这本《鳄鱼街》收录了舒尔茨的29个故事，虽说是短篇小说集，但不如说，这些作品都介于长篇小说与短篇小说之间，介于散文与诗歌之间，介于现实与梦境之间。这些内容既不按时间顺序前后衔接，又不是各自完全独立互不关联，而是在"你中有我、我中有你"的丝丝缕缕前因后果中，完成了全书宏大而精妙的布局。书中大段大段的文字都是情景或心理的描述，没有太多跌宕起伏的情节，大部分篇章以儿时的自己为视角，为读者徐徐拉开一个光怪陆离的虚幻世界浮夸演出的华丽大幕。书中的主要人物是他的父亲，舒尔茨借助"父亲"这个人物来表达他本人对世界的认知，也就是俗常状态下掩藏着的荒谬性，这个"父亲"，何尝不是舒尔茨内心观照的自己。他不仅行事古怪（不少行为带有宗教意味）、异想天开，而且还"善变"——数次蜕变为蟑螂（《蟑螂》）、苍蝇（《死季》）、螃蟹（《父亲的最后一次逃亡》）等。另一个出现较多的人物是阿德拉，她是家里的女佣，一个年轻的姑娘，很多时候似乎又是父亲的对立面，例如，毁了父亲的孵鸟计划（《鸟》）。阿德拉似乎是舒尔茨性格中鲜有的贴近世俗、贴近生活的一面，但这一面最终也在结局之中沉没于无尽的汪洋。

  当你翻开舒尔茨作品的第一页，各种直击灵魂的比喻就会接踵而来，令人眼花缭乱。他用着魔一般的比喻和描写，把每一幅模糊虚无的画写实出来，如同烟花般在读者眼前绚烂地绽放。可以说，舒尔茨细腻的笔触具有寥寥几句就能让我们看到一幅画面的天赋,我们甚至能够闻到他描述的东西的气味。他有极多描绘性的句子,尤其是具有强烈的色彩描写,这或多或少和他的本职工作有关——在《肉桂色铺子》一篇中,他曾提及绘画课的内容。也许是舒尔茨有意地淡化了些逻辑上融会贯通的情节,有些章节显得颇为荒诞艰涩。舒尔茨还特别喜欢描述各个季节,春夏秋冬在他的笔下都变得充满神秘感又富有意义,单纯对每个季节的描述就可以在读者眼前展开十分丰富又变化多端、难以揣摩的种种意象。

在《暴风》中,舒尔茨用形象的比喻来展现风暴间歇的短暂平静:"他听见在狂风骤停的间隙,阁楼的木椽收紧了,像风箱一样折叠起来,屋顶像一个巨大的、软绵绵的肺,发出轻柔的吐气声。"在《盛季之夜》中,他又生动地勾勒出人们秉烛夜游、兴致勃勃的场面:"它们是欢乐放松的驿站,是无忧无虑的港湾,散落在风雨飘摇的巨大迷宫般的夜晚帷幔上。密集的人群在黑暗中前行,笼罩在巨大的混乱中,随着一千个脚步的咚咚声,随着一千张嘴的叽喳声,千般喧嚣万般骚动地纠缠着沿着未来城市的动脉前进。"

"它们有的仰面飞行,有的长着像挂锁一样奇形怪状的喙,有的眼睛失明看不见东西,有的身上长着颜色奇特的肿块。父亲被鸟群这一次意外的回归感动,他对这些鸟的本能、对主人的依恋感到惊奇,那些被驱逐的种群把主人的召唤像一个传说一样世世代代保存在它们的灵魂里,在种群灭绝前的最后一天,回到他们古老的家园。"这些是故事中父亲培育的鸟类新品种的终极结局,寥寥数语就奠定了苍凉悲怆的基调。同时，舒尔茨也具备展现某种特殊又滑稽场面的才能："当他们像蜘蛛一样悬挂在精妙的机械中，像青蛙一样跨坐在两侧的踏板上，在巨大的车轮上方像鸭子一样扭来扭去时，他们自己一定也感觉到了这一点。只差那么一点，他们就将滑向荒诞滑稽的深渊，于是，近乎绝望地，这些年轻人俯身抓住车把，加快了速度，大力地蹬踩，那些动作让他们看起来像是陷入了一场激烈的、颠三倒四的体操中。"

在《沙漏做招牌的疗养院》中，还有许多突破了现实限制的关于时间的设想和描写，舒尔茨的世界天马行空，万事万物皆有可能。沙漏所代表的时间也完全可以被操纵和摆弄。"它是时间的反刍，原谅我，我只能愤怒地使用这种表述：二手的时间！愿上帝保佑我们！"

正是这些超乎想象的意象的运用，才让舒尔茨的作品在某种程度上带有一种冷漠而疏远的逻辑。他善于捕捉那些可以不断延伸的甚至是捉摸不定的意象，揭示了瞬间存在的本质，倏忽即逝，正如涌现在他笔下的梦境片段、镜中投影等。在翻译的过程中，我也常常沉浸在作者营造出的如痴如醉、亦幻亦真的既像梦境又像现实的世界之中，放飞自己的思绪，遨游在一片璀璨天地之间。

在此，我要向这位伟大的文学先贤致敬，他的作品无疑是人类历史闪耀星河中一笔灿烂的财富与瑰宝，一朵波兰文学领域中绝无仅有的奇葩。

韩雪婷

目录

鳄鱼街

八月 / 002

显圣 / 012

鸟 / 020

裁缝的人偶 / 026

论裁缝的人偶或第二次创世纪 / 034

论裁缝的人偶——续篇 / 039

论裁缝的人偶——终章 / 042

宁录 / 047

潘神 / 052

查尔斯先生 / 056

肉桂色铺子 / 060

鳄鱼街 / 073

蟑螂 / 085

暴风 / 090

盛季之夜 / 097

彗星 / 111

目录

沙漏做招牌的疗养院

书 / 134

天才时代 / 152

春天 / 166

七月之夜 / 242

父亲加入了消防队 / 249

第二个秋天 / 258

死季 / 263

沙漏做招牌的疗养院 / 281

渡渡 / 311

艾迪 / 320

领取退休金的老人 / 328

孤独 / 347

父亲的最后逃亡 / 351

鳄鱼街

八月

　　七月，父亲去了温泉疗养，把我、母亲还有哥哥丢在家中，淹没在夏日灼人的白色热浪里。刺目的光线弄得我们头昏眼花，无奈地沉浸在这本叫作"假日"的无尽大书中。书页映衬着耀眼的阳光，散发出金黄的梨子融化为果肉的甜香气味。

　　阳光明媚的早晨，阿德拉从集市回来，仿若罗马神话中掌管园艺和果树的女神波莫娜①从白日焰火中款款走来。她手中的篮子里倾泻出七彩阳光般璀璨的瑰宝——有汁液丰盈几乎要撑破果皮的粉色樱桃，有闻起来比尝起来更要甜美的神秘黑色樱桃，还有凝结了假日午后精华的金色杏子。除了富有诗意的美妙水果，她还卸下几片紧实柔韧、状如琴键的小牛排，以及看起来就像某种死去的章鱼或水母的蔬菜，这些新鲜的食材倔强地散发着自己野性原始的气息，目前还不能确定被做成正餐后会是什么味道。

---

① 波莫娜是罗马神话里的果实丰盛女神。

每天，冲天的夏日热浪都将集市广场上这座幽暗的二层公寓炙烤至焦热，空气在寂静中升腾闪光，地板上明亮的方形光影做着它们热情的梦；管风琴的声音在金色阳光最深处的静脉中流淌而来；远处的钢琴一遍又一遍地弹奏着两三小节的曲调，声音也融化在阳光下洁白的人行道上，迷失在正午的烈焰中。

阿德拉收拾整理完毕，会放下亚麻布的窗帘，把房间弄得半明半暗。一瞬间，所有明媚的颜色都被降下了色调，房间里终于出现了些许阴凉，就像慢慢沉入幽深的海底，只留一点光被绿色如镜的水面反射进来。白天的热量开始在百叶窗上喘息，如同它们在白日梦中轻柔地颤动。

星期六下午，我常和妈妈去散步。穿过昏暗的门廊，我们一步便跨进明亮的日光里。路人沐浴在融化的金黄中，眼睛半闭以挡住耀眼的光芒，好像被糊了蜂蜜一样，同时还翻起上唇，露出牙齿。在这炎热的日子里，每个人的表情看起来都表现出难耐的古怪，就像太阳给他的子民戴上了相同的黄金面具。老人和年轻人，女人和孩子，脸上都涂着厚厚的金漆互相打着招呼，他们对着对方像异教徒一样的脸庞微笑——那是酒神巴克斯[①]的野蛮微笑。

集市广场上空无一人，热气蒸腾，像《圣经》中的沙漠一样被热风席卷。生长在这空旷地带的多刺的金合欢，明亮的叶子看起来像在旧挂毯上用锦线织就的树。尽管没有一丝风，它们还是夸张地拂动树叶，

[①] 在罗马神话中，巴克斯是葡萄与葡萄酒之神，也是狂欢与放荡之神，甚至有专门为他举行的酒神节。

似乎想展示它们那银色里层的叶片有着可以跟贵族大衣的狐皮内衬相媲美的优雅。那些被经久的风吹拂得光滑的老房子，映照着大气氤氲的光影，在万里无云的天空深处拨弄着散落的回响和绚丽的记忆。仿佛这年复一年的夏天，就如耐心的石匠在清理破旧外墙上发霉的灰泥，清除掉布满假象的釉面，越来越清楚地展示出房屋的真实面貌，以及命运和生活从内在赋予它们的特征。此刻，窗户被空旷广场的强光遮住，渐已沉睡；阳台向天空敞开虚无的胸膛；开放的门廊弥漫着凉爽和葡萄酒的气味。为了躲避暑热的侵袭，一群衣衫褴褛的人聚在广场的一个角落。他们围着一堵墙，一遍又一遍地向墙面扔掷纽扣和硬币，好像希望从那些圆形金属星象图上解读裂缝和刻痕中的象形文字里隐藏的真正秘密。除了他们，广场上一派萧肃。在人们的想象中，随时会有牵着缰绳的撒玛利亚人①的驴子停在堆满酒桶的拱形的门口，两个仆人小心翼翼地把一个病人从滚烫的马鞍上扶下来，再慢慢抬上阴凉的楼梯，送到上面的地板上，这不禁让人想起了安息日的宁静氛围。

  我和妈妈就这样沿着集市广场阳光明媚的两侧漫步，我们的影子也晃动着游走在沿途的房屋上，就像在键盘上走动。我们轻柔的脚步慢慢踏过一块块方形的铺路石——这些石头有的是如人类皮肤的淡粉色，有的是金色，有的是蓝灰色，在阳光下都显得平坦、温热、柔软，

---

① 引自基督教文化中一个著名成语和口头语，意为好心人、见义勇为者。源自《新约·圣经》路加福音中耶稣基督讲的寓言：一个犹太人被强盗打劫，受了重伤，躺在路边。有祭司和利未人接连路过，但对他不闻不问。唯有一个撒玛利亚人路过，不顾教派隔阂，善意地照应他，还出钱把他送进旅店。

就像日晷的光影一样，被踩得几乎感受不到，流向神圣的虚无。

最后，在斯特里斯卡街的拐角处，我们在药店投射的阴影下经过。宽大的橱窗里放着一大罐树莓汁，让人想起能够缓解各种疼痛的芳香和清凉。在我们又经过几栋房子后，这条街慢慢地不再保持温文尔雅的样子，就像一个人回到他的小村庄，一件一件地脱掉华丽的衣服，在离家越来越近时，他又渐渐变回一个彻头彻尾的农民。

郊外的房子仿佛正在下沉，窗子和所有的一切都沉入他们小花园里繁茂的花丛中。在天光的照耀下，各种各样的野草、野花安静地盛放，为了被流放在时间的边界、日夜的边缘却能做着自己的梦而欣喜。一棵巨大的向日葵饱受象皮病之苦，花盘高高地长在粗壮的茎上，穿着哀悼自己生命的黄色丧服，沉痛地弯着腰。而天真烂漫的风铃草和朴实无华的小矮花无助地站在它们鲜嫩的粉色和白色的花丛中，神情漠然地旁观向日葵的悲剧。

在午后的巨大热量中，野草、杂草和蓟丛交织在一起，熊熊燃烧着，噼啪作响。沉睡的花园里蚊蝇乱飞，嗡嗡声四起。金灿灿的麦茬在阳光下呐喊，像嘈杂的黄褐色蝗虫群；在火一般的炽热中，蟋蟀发出刺耳的嗡鸣；豆荚清脆地爆裂，像是弹跳而起的蚱蜢。篱笆那边，草皮鼓起一个像驼峰一样的小丘，仿佛花园在睡梦中翻了个身，用它那农民一般宽厚的背匍匐在静谧的大地上，时而起伏地呼吸着。在那里，盛暑八月那不修边幅、充满女人味的成熟，催生出一大片巨大的、密不透风的牛蒡丛，绿叶累累，枝繁叶茂，四处招展；在那里，这些张牙舞爪的牛蒡丛蔓延开来，就像一位正在休息的农妇，展开巨大的裙摆把自己的下半身统统掩藏起来。在那里，花园免费提供了最便宜的野生丁香果、令人陶醉的薄荷水和各种各样八月滥制的劣等货。不过，在篱笆的另一边，在杂草丛生的夏日丛林后面，有一个垃圾堆，上面长满了繁芜的野生荫草。没有人知道，对于那片垃圾堆来说，八月可是异教徒狂欢的好时节。靠着篱笆、被一棵老树遮蔽的是一个女孩儿的床，我们都叫她傻子图雅。在一堆废弃的旧平底锅、破烂的单只鞋子和大块的灰泥上面，立着一张漆成绿色的床，用两块砖头代替缺损的一条床腿。空气中弥漫着酷热，闪着光的马蝇像闪电一样划破天空，它们也无法忍受这样的酷暑，躁动的飞舞带来翅膀高频振动的恼人声响，听了令人烦躁到发狂。图雅蜷缩在黄色的被褥和肮脏的破布中间。她的大脑袋上顶着一团乱蓬蓬的黑发，脸上的褶皱扭曲得像手风琴的风箱。她时不时地做一个悲伤的鬼脸，就像手风琴上那许多垂直的褶皱，但下一个惊讶的表情很快又把它拉直，褶皱似乎被熨平，露出她眯成细缝的小眼睛和湿答答的牙龈，以及猪鼻子一样肥厚多肉的嘴唇下包裹着的黄色牙齿。在暑热和无聊的侵袭中，图雅挨过了几个小时，她半睡半醒，时而喃喃呓语，时而喋喋不休，间或还有几次剧烈的咳嗽。苍蝇在她周身围绕，变成厚厚的斗篷将她一动不动的身体盖住。突然，整堆脏抹布动了起来，好像被一窝新生老鼠的抓挠搅动。苍蝇惊恐地醒来，像一片巨大的、嗡嗡作响的云团朝空中升起，云团的间隙充满了阳光折射的彩色光芒。当这些破布像受惊的老鼠散落在垃圾堆上时，一个身影出现了，露出了真容：是那个黝黑、半裸的傻女孩，像一个异教徒的偶像般缓慢地站起来，她的腿短小而羸弱，脖子因愤怒而肿胀，脸庞因燥热而发红，暴起的青筋就像一幅原始绘画中的藤蔓图案一样。她发出一声嘶哑的动物般的叫声，仿佛来自那半兽半神的胸腔深处的轰鸣。被日光烘干了的蓟草狂野地呐喊，车前草膨胀妖娆地炫耀丰腴的身体，野草分泌出闪闪发光的毒液。这个傻女孩儿嘶哑地叫喊，疯狂地战栗，在性欲的裹挟下把她那肉乎乎的肚子挤压在一棵老树的躯干上扭动着。树木轻颤，伴随着轻轻的呻吟，仿佛老树也被她的火热撩起了情欲，上演着一场非同寻常的交合。

图雅的母亲玛丽亚靠给别人家擦洗地板维持生计。她是个身形矮小，脸色像姜黄一样的女人，每天都用姜黄水给穷人家擦拭地板、桌子、长凳和楼梯扶手，因为过惯了清苦的日子，这些工作她干得得心应手。

有一次，阿德拉带我去老玛丽亚的家。那是一个清早，我们来到这间墙壁涂成蓝色的小屋，灰泥地面反衬出一片金色明亮的阳光，墙上的农舍钟发出的刺耳的嘀嗒声打破了晨间的安宁。蠢笨的玛丽亚躺在一个铺着稻草的箱子里，脸色苍白得像一块圣饼[①]，体形干瘪得像一只空着的手套。仿佛趁她睡着了，寂静开始蠢蠢欲动，那黄色的、明亮的、邪恶的寂静终于得以高谈阔论，肆意发表着粗俗疯狂的独白。属于玛丽亚的时间——被禁锢在她灵魂中的时间——早已弃她而去，整个房间充满了可怕的真实感，在清晨明亮的寂静中，像一团乌云一样从钟表嘈杂的运转声中升起，又像一个疯子在野蛮地舞弄着一袋子

[①] 基督教的圣饼也叫"无酵饼"，它是用面粉和水调和好（不用盐和油）之后，直接烘烤出来的，没有什么颜色和味道。

变质发霉的面粉，简直乌烟瘴气。

在众屋舍中，被一片郁郁葱葱的绿色包围着的，是阿加莎姨妈住的有着棕色栏杆的小屋。每次我们穿过花园去看望她，都会经过一条小路，路旁红砂似的土上插着许多彩色的玻璃珠。这些嫩粉色、果绿色和淡紫色的玻璃珠映照着一个明亮闪烁的世界，就像肥皂泡无与伦比的完美中呈现的幸福温馨的画面。在昏暗的门廊里，我们又体味到了一种熟悉的气味，墙上老掉牙的壁画因年久失修已经斑驳不堪，霉味弥漫。在这种老旧而熟悉的气味中，凝结着图画中人物的生活、种族的精髓、血统的传承和命运的秘密，以一种简单的方式进行了神奇的融合，潜移默化地与他们生活的时光融合在一起。那扇古老而睿智的门曾经默默地见证着父辈和子代的进出，看着一代一代人的更迭而深沉地叹息。现在它却像普通的橱柜门一样无声无息地开启，引领我们走进了前人的生活。他们好像坐在自己命运的阴影里，没有斗争之意，他们用从祖先那继承来的笨拙手势向我们揭示着他们的秘密。我们和这些先灵不也是血脉相通、宿命相连吗？

房间里贴着描绘有金色纹饰的宝蓝色壁纸，显得昏暗而柔和，散发着天鹅绒般柔情的气息。但即使在这里，透过花园茂密的绿叶遮蔽，火红的白昼余晖仍闪烁在镜框、门把手和器物的镶边上，跳跃着热烈的回响。阿加莎姨妈从靠墙的椅子上站起来迎接我们。她又高又胖，皮肤白皙，体态丰满，脸上长有星星点点的红锈色雀斑。我们坐在壁画中的先灵旁边，就像坐在他们生命的边缘，为他们突如其来的示好而感到些许尴尬。我们喝着玫瑰糖水，这种美妙的饮料让我品味到了那个炎热的星期六最深层的精髓。

  姨妈不住地抱怨，这是跟她谈话最大的负担。从她洁白丰腴的身体中，挤出飘忽不定的声音，既像游离于她的身体之外，又像松散地束缚于她的身体周围。尽管有一定的束缚，她的声音依然挤挤挨挨地准备大肆生发、扩张、蔓延，分裂出更多子子孙孙的族群。这几乎是一种能够自我复制的生殖能力，一种无拘无束的女性气质，一种病态的膨胀。似乎只要一股阳刚之气，一股烟草的气味，或者一个单身汉开的玩笑，就会点燃这个狂热女人的火种，引诱它催生出一个淫荡的单性繁殖。事实上，她对丈夫和仆人的一切抱怨，对孩子们的一切担忧，都不过是她旺盛的情欲无法被完全满足的任性表现，是她经常用无缘无故的粗暴、愤怒和喜怒无常来折磨丈夫的真实情由。马克姨夫身材矮小，弯腰驼背，一副清心寡欲的模样。他颓丧地坐在他那灰色的破椅子上，顺从着自己的命运，被笼罩在一种无限蔑视的阴影里，除了表面上的放松，看不出他真实的情绪，他灰色的眼睛里反射出远处花园的美景在窗户上扩散开来的光芒。

  偶尔，他试图用微弱的手势提出反对和抵抗，但姨妈那骄傲自大的女性气质的浪潮会瞬间掀翻这一无足轻重的手势，还得意扬扬地从他身边掠过，将他试图做垂死挣扎的男性气概涤荡得一干二净。

  过度旺盛的生殖能力造就了某种悲剧，那是一种在虚无和死亡的边缘挣扎的痛苦。女性通过生育能力战胜了自然的缺陷和男性的不足，实现了性别上的英雄主义，但她们的子女却印证了他们对母性的恐慌是有道理的，他们对生育的热情在过度的孕产中耗尽，消亡在短暂的一代代没有灵魂也没有血肉的幻影中。

这时，排行第二的孩子——露西走进了房间。相对她那稚嫩圆润的身体来说，她的头明显有些硕大。她向我伸出一只洋娃娃般含苞待放的小手，脸蛋儿羞红得像一只牡丹，这脸庞已着惭地泄露出她月经来潮的秘密。露西因此而局促不安，她闭上眼睛，可即使我们随意讨论一些最无关紧要的问题，她的脸也会红得发烫，因为她感到每一个问题都暗含着私密的暗示，指向了她最敏感的处子之心。

埃米尔是几个堂兄妹中最年长的一个，留着漂亮的小胡子，生活似乎已经把他所有的棱角都磨平了。他双手插在宽大的裤兜里，在房间里走来走去。

他那优雅而昂贵的衣服上带有他曾经去过的某个国家的标志，苍白松弛的面容似乎在岁月的洗礼下一天天失去了轮廓，变成一堵荒芜的白墙，只剩下丰富的血管像墙上的蛛丝一样遍布脸庞。偶尔他的神情会产生一些轻微的波澜，像破地图上的模糊线条搅动了他某些曲折晦暗的记忆。他是个纸牌高手，总是叼着贵族的长烟斗，身上散发着不同寻常的异国气息。他沉醉于过去的记忆，时常讲述着一些奇怪的故事，这些故事又会在某个关键的时刻戛然而止，分崩离析，然后不了了之。我目光痴迷地望向他，希望他会注意到我，好把我从无聊的折磨中解脱出来。谢天谢地，他似乎感应到了我的祈求，在他走进隔壁房间之前，对我眨了眨眼，我立刻跟过去。他坐进一张低矮的小沙发里，整个人几乎摊平，脑袋秃得像台球似的。他干瘪而没有生气，就像只是一身被扔在沙发上的衣服，皱巴巴的，空空如也。他的脸也显得虚无、模糊——像一个幽灵在空中掠过，留下一团迷雾。他那双白得发蓝、像珐琅一样的手里握着一个钱包，眼睛正看着里面的东西。

  他那双苍白的眼睛从他脸上的迷雾中费力地闪出一丝亮光，向我狡黠地、诱惑地眨了一下，让我一下子对埃米尔产生了一种无法抗拒的情愫。他把我夹在两膝之间，在我眼前胡乱摆弄着一些照片，仿佛它们是一副纸牌。他让我看裸体的男男女女摆出各种奇怪的姿势。我倚着他，用迷离的目光望着那些纤细的人体。一股隐秘的兴奋猛然间涌上我的心头，使我不安地颤抖着，顿时领悟了一切。也是在这一瞬间，刚刚还藏在埃米尔柔软美丽的胡须下的鬼魅笑容，还有在他太阳穴上血管里跳动的欲望的因子，以及使他容光焕发的紧张情绪，都转瞬即逝，他的脸又变得神色漠然，所有的光芒都消失不见，只剩一片虚无。

011

显圣

有一段时间，我们的城镇陷入长久的灰蒙蒙的暮色之中，四周布满了斑驳的阴影、毛茸茸的霉斑和铁一样灰色的苔藓。

还没来得及摆脱早晨的尘霾和薄雾，白天就只剩下一个低垂的琥珀色的下午，唯有短暂的一瞬间，天气变得晴朗，随即又呈现出啤酒的浅金色，飞升到了多层奇妙的穹顶下，这些穹顶是浩瀚多彩的夜晚。

我们住在集市广场上一间漆黑的房子里，周围的房子都有着几乎一样的空洞单调的建筑体，很难看出有什么不同。

这就为迷路这种错误提供了无限的可能性。因为，一旦你走进了错误的门廊，踏上了错误的楼梯，你就会发现自己置身于一个真正的迷宫，周遭都是陌生的公寓和阳台，还有通向各种意想不到的空旷庭院的门。你几乎迷失在这里，忘记了自己起初的来路，只有在经历了无数奇怪而复杂的冒险之后，才可能终于在某个黎明的昏暗光线下重新找回自己的家。

我们的公寓里堆满了巨大的衣柜、褪色的沙发、脏兮兮的镜子和廉价的棕榈树装饰品。母亲懒得收拾，于是长期躲到店铺里去，苗条的阿德拉因为没人监管就变得随意懈怠，她的全部心思都用在镜子前，没完没了地打扮，我们的公寓便长期处于"无政府"状态，随处可见的是一簇簇阿德拉掉下的头发、化妆用的刷子、乱扔的拖鞋和紧身胸衣。

　　没有人确切地知道我们的公寓里到底有多少个房间，也没有人记得有多少房间租给了陌生的租客。有几次，我们偶然打开其中一间被遗忘的房间的门，发现里面空无一人——那个租客很久以前就搬走了。在那些好几个月没人动过的抽屉里，常会有意想不到的发现。楼下的房间里住着父亲的店员，有一些夜晚我们会被他们梦魇的尖叫声惊醒。寒冷寂静的冬夜，父亲走进楼下那些又冷又黑的房间，蜡烛的光驱散了一群梦魇中恶兽的影子，它们沿着地板和墙壁四下逃散，吵醒了酣睡的店员。父亲把蜡烛留在店员的房间里，在烛光的映照下，店员们懒洋洋地从脏乱的被窝里爬起来，睡眼惺忪地坐在床边，伸出他们赤裸丑陋的脚，准备塞进手上攥着的袜子里。在这种时候，他们往往打着哈欠，最后挣扎着体会一下睡眠的乐趣，哈欠的快感就迅速转变成冷战的痛苦，差点引起呕吐。

　　在房间的角落里，几只大蟑螂一动不动地趴着，跳动的烛光把它们的影子放大，显得面目狰狞、阴森可怕。当蟑螂受到惊吓突然以奇怪的蜘蛛般的动作逃跑时，影子也跟着激动起来，像是附着在扁平的无头尸体上奔跑。那时，父亲的身体状况开始急速地衰退。在那年初冬的前几个星期，他就已经卧床不起，周围是一瓶瓶的药片和一盒盒的药丸，还有店铺里拿给他的账簿。疾病的气息像地毯一样在房间里铺展开来，壁纸上阿拉伯风格的图案也显得病恹恹的，毫无生机。

晚上，当母亲从店铺回来时，父亲常常很兴奋，想要争辩些什么。他责备母亲的账目做得不准确，脸涨得通红，气得几乎要发疯。不止一次，我在夜半醒来，看见他穿着睡衣，光着脚在皮质沙发上上蹿下跳，向不知所措的母亲宣泄他的狂怒。

在其余的日子里，他又能保持心平气和，完全沉浸在账簿中，醉心于错综复杂的计算。

至今我仍然能够回忆起那个画面，他在冒烟的油灯下，蜷缩在雕花床头板下的枕头中间，灯光下，他的脑袋在墙壁上投射出巨大的黑影，若有所思地、默默地频频晃动。

他不时从账簿上抬起眼睛，仿佛要喘口气，紧接着又张开嘴，厌恶地咂着嘴巴，仿佛他的舌头又干又苦。他无助地环顾四周，像是在寻找什么东西。

有时他会悄悄地溜下床，跑到房间的某个角落，那面墙上挂着一件他喜爱的东西。那是一个沙漏形的水壶，用盎司注明单位，里面盛着一种深色的液体。父亲用一根长长的橡胶管把水壶和自己绑在一起，就像一根疙疙瘩瘩的、仍在疼痛的脐带通向母体一样，他和这个可怜的装置完成了连接。这一刻，他变得专注而紧张，眼神深邃，一种好似痛苦，也有可能是某种隐秘的快乐的表情荡漾在他苍白的脸上。

接下来的几天他又陷入专心致志的工作，偶尔因孤独的独白而中断。他坐在昏黄的灯影下，将自己埋于大床上的枕头之间，灯下的孤单阴影和窗外的幽深夜色遥相呼应，房间显得空荡而凄凉。他不用抬头张望,就可以感受到墙上的壁纸变成了一片丛林,数不清的幽灵藏身其中,窃窃私语、沙沙作响。他看也不用看,就洞见了一个阴谋,墙上那些花朵咧开大嘴讪笑、竖起耳朵警觉地倾听,隐藏的眼睛刻意地眨巴着。然后,他假装更加全神贯注于他的工作,认真地计算账目,尽量不流露出他心中升腾的愤怒,克制住突然大喝一声、盲目地冲过去一把抓住那些卷曲的阿拉伯花纹或者成群结队的耳目的冲动。那些耳目从暗夜的子宫不断涌出,异乎寻常地生长繁殖,幽灵般地发芽和抽枝,生生不息。只有到了早晨,夜幕褪去,墙纸上的叶子和花瓣才像秋天来临时一样枯萎凋零,远处依稀的黎明终于使父亲平静下来。然后,在昏黄清冷的冬日黎明里,在墙纸上的鸟儿叽叽喳喳的吵嚷中,父亲会沉沉地睡上几个小时。

一连几天,甚至几个星期,当他似乎聚精会神地核查账簿复杂的往来流水时,一些恶灵却一直秘密地在他的腹脏深处纠结。他会屏住呼吸倾听这些恶灵的宣言,当他苍白迷茫的目光从内心的迷宫中逡巡而过却一无所获时,他只能惨然一笑安慰自己。他不愿相信那些使他感到压抑的假设和提议,把它们当作无理要求予以拒绝。

在白天,这些恶灵的使者到来时,更像是游说和恳谈,讲述着冗长单调的推理,态度温和,偶尔还夹杂着幽默的玩笑和调侃。但是一到夜里,这些声音便激昂起来,这些要求被提得更清楚、更强硬,我们听到父亲好像在和上帝说话,像是在乞求什么,或是在强烈的反抗某个对他发号施令的人。

直到一天晚上,那个声音更加强硬、不可抗拒地发出威胁,要求父亲发自肺腑地做出臣服的承诺。当他从床上爬起来时，好像被恶灵附体，他在先知般的愤怒中变得膨胀、暴躁，像机关枪一样呜咽着说出了一连串急躁、刺耳的话语。我们听到了人魔交战的喧嚣和父亲的呻吟，像是一个臀部伤痕累累却依旧怒气冲天的巨人所发出的咒骂。

我从来没有见过《旧约》中的先知，但当我看到被上帝之火灼烧的父亲两腿张开，笨拙地跨坐在一个巨大的陶瓷夜壶上，手臂像风车一样旋转挥动，面目绝望而狰狞，声音尖厉而生硬时，我终于明白了什么是圣人的狂怒。

这是一场雷霆万钧的残酷交锋。父亲双臂抽搐地狂甩，将天空劈成碎片，裂缝中出现了上帝耶和华面有愠色、咒语连珠的脸。虽然闭着眼，可我仍然能够看见那个可怕的造物主的显灵，他像在西奈山①一样现身于黑暗中，用他有力的手掌撑着窗帘盒，把他那张巨大的脸贴在窗玻璃上，任由窗玻璃压扁了他那肥厚的大鼻子。

在这些先知般的长篇大论中，我间或听到了父亲的声音。我听到那肿胀的嘴唇发出有力的咆哮，震动着窗玻璃，其间夹杂着父亲的恳求、哀叹和上帝充满威胁的炸裂的轰鸣。

有时，声音变得平静下来，轻轻地咕哝着，就像烟囱里的夜风，然后又爆发出巨大的、喧嚣的声音，夹杂着诅咒的呜咽声。突然，像

---

① 据《圣经》记载，上帝的仆人、以色列领导人神人摩西，带领以色列人民走出埃及，过红海，到西奈。在西奈山上，上帝亲授摩西"十条诫命"的石板，即上帝子民必须遵守的十条戒律，包括不杀人、不奸淫、不偷窃、不贪图他人财产等。西奈山是基督教的圣山，基督教的信徒虔诚地称其为"神峰"。

在黑暗中打了个哈欠一样，窗户开了，浓郁的夜色趁乱闯进来，占领了房间。在一道闪电中，我看到父亲身上的睡衣胡乱地敞着，骂骂咧咧地用一个熟练的姿势把夜壶里的东西倒进窗外的黑暗里。

父亲瘫软成一团，精神也越加萎靡不振。他蜷缩在一堆宽大的枕头中，灰白的头发乱七八糟地竖立着，他低声自言自语，蓬头垢面地沉浸于一些神秘复杂的情绪中。他的精神似乎分裂成了许多对立和冲突的人格，有时他大声地自说自话，激情振奋地劝慰、游说或乞求什么人；有时他似乎又在主持一次多边会议，试图以一种公正坚定的信念来调和他们的意见。但是每次在这些高深莫测的会议期间，他暴怒的脾气总是会被点燃，从尽力的调解逐渐变成气急败坏的诅咒、辱骂和恶语相向。接下来会是一段平静期，父亲回归久违的安宁，精神放松、神情泰然。

床上、桌子上、地板上又一次摊开了各种大账簿，静谧的灯光下，白色的被褥上，父亲低伏着身体，灰白的头上笼罩着一种近乎僧侣般的平静。但是每当母亲深夜从店铺回来时，父亲就变得亢奋，叫住她，非常自豪地给她展示他辛辛苦苦在主账簿上标注的彩色贴纸。

大约在那个时候，我们观察到父亲一天不如一天地佝偻下去，就像无人问津的坚果在果壳里慢慢风干。

这种佝偻并没有使他的生命力丧失。与之相反，他的总体健康状况、幽默感和行动力似乎都有所改善。

现在，他常常开怀大笑，有时笑得自己也莫名其妙；有时他会模仿敲门的样子敲击床沿，然后变换着不同的声调回应"进来"，就这样连续玩上几个小时。他不时地从床上爬下来，爬到衣柜顶，蹲在天花板下，整理旧时沾满灰尘的零碎东西。

有时他把两把椅子背对背地摆放好，然后双手撑住椅背把整个人悬空，两腿前后摆动，眼睛炯炯有神地看着我们，欣赏我们脸上流露出的钦佩和赞叹。他似乎已经完全与上帝和解了。有一些夜晚，长着胡须的造物主的脸仍会出现在卧室的窗户上，沐浴着暗紫色的孟加拉火焰，仁慈地注视着熟睡的父亲，听他那悠扬的鼾声似乎远远地延伸到了睡眠世界的未知区域。

在这个冬天，许多昏暗悠长的午后，父亲会花几个小时在满是旧破烂的角落里东翻西找，好像在急切地寻找什么东西。有些晚饭时间，当我们都在餐桌边就座的时候，父亲却不见了。这时，母亲只好一边用汤勺敲着桌子，一边不停地喊"雅各布"，直到父亲从某个衣柜里慢悠悠地钻出来，满身灰尘和蜘蛛网，两眼茫然，完全沉醉于只有他自己才知道的某些复杂的秘密。

偶尔，他会爬上百叶窗的窗帘盒，僵在那里一动不动，与挂在对面墙上的大秃鹫标本形成鲜明对比。他弓身蹲坐，双眼蒙眬，嘴角带着狡黠的微笑，长时间保持这个姿势，只是每当有人进来时，他都像公鸡一样拍打着胳膊，高亢地鸣叫。慢慢地，我们对父亲越来越多的怪异行为已经见怪不怪，习以为常。他几乎摆脱了身体的需求，甚至可以几个星期不吃任何东西，只是每天沉迷于一些我们无法理解的奇怪而复杂的事情里。对于我们所有的劝说和恳求，他同样视而不见，依然忠于自己的内心，外界的任何东西都不能打扰他。他始终全神贯注,病态地兴奋着,干枯的脸颊上泛着红晕,他完全不理会我们,仿佛我们根本就不存在于他的世界里。我们也已经习惯了他无伤大雅的存在,习惯了他温柔的呢喃和孩童般自以为是的聒噪,把他想象成异度空间的天外来客。那段时间,他常常一连好几天隐藏在房子某个寂寥的角落,谁也找不到他。

  渐渐地,父亲的消失不再引起我们的忧虑,我们都习惯了。往往过了许多天,父亲又出现了,他的身材变得更矮小,消瘦了许多,我们没有谁有兴趣去询问一下——我们不再把他当作我们中的一员,他变得如此疏远而陌生,脱离了一切人类的生活和现实的事物。他一步一步地挣脱了与我们之间的亲缘关系,也一点一点地舍弃了与人类社会之间的群体联系。他仅剩的东西——佝偻矮小的身体和荒谬无常的怪癖终有一天会消失,就像那堆被扫到角落里,等着阿德拉倒掉的灰色垃圾一样,无人问津。

鸟

　　万物枯黄的冬天来了,一切百无聊赖。铁锈色的大地盖上了一层破烂、薄脆又脏兮兮的白雪被子。这床雪被子不够大,许多房子的屋顶还暴露在外,像一艘艘漂浮在白色泡沫上的方舟,露出黑色或者棕色的、铺着木瓦和茅草的顶。下面是被煤烟熏黑的阁楼,又像是碳焦的大教堂,林立着橡条、横梁和支架,呈现出像凛冽阴暗的冬日之肺一样的纹路。每到黎明时刻,烟囱和通风管道就会开始冒烟,那是人间烟火的升起,但看起来却像是乘着黑夜寒风而来的恶魔的风管。扫烟囱的人无法摆脱那些乌鸦,它们像是活生生的黑色叶子,在傍晚时分遮住了教堂周围的树枝。它们上下翻飞、横冲直撞,每只乌鸦都在自己的树枝上各自为政,直到黎明时分才成群结队地飞走,就像一阵阵烟霾、一片片尘土,炫耀着起伏而奥妙的舞步。它们不断地啼叫,大面积的黑色遮蔽了冉冉升起的灰黄晨光。寒冷和无聊使日子变得寡淡,就像去年的面包般难以下咽,难挨的日子仿佛用钝刀子切割着一块冷硬的面包,没有什么兴致,生活里弥漫着一种懒惰的冷漠。

父亲已经不再出门。他把炉火生起来，研究着火焰难以捉摸的形态，体验着冬天火焰里的咸味、金属味和烟雾味，感受着烟囱里舔舐烟灰的蝾螈①冰冷的爱抚。那段时间，他兴致勃勃地致力于房间顶部的各种修修补补。每天的大部分时间里都可以看到父亲骑在梯子上，在高高的天花板和窗檐上、在吊灯的平衡锤和链条上干着活儿。按照房屋油漆工的做法，他使用一对像是巨大的高跷般的梯子，在高处鸟瞰画在天花板上的蓝天、绿树和花鸟，这让他觉得十分幸福。他越来越出尘绝世，仙风道骨。母亲为他的病情忧心忡忡，她试图和他谈点什么，比如店铺里的生意或者是即将到期的欠款，可父亲却总是心不在焉地敷衍，随后流露出不耐烦的表情。有时，他用手势警告她停下来，自己跑到房间的一个角落，把耳朵贴在地板的裂缝上，举起双手的食指，强调他正在进行的调查的严肃性，然后开始专心聆听。那时，我们还不明白这些怪癖的可悲根源，以及在他身上逐渐形成的令人悲悯的复杂心理。

母亲拿他丝毫没有办法，但他对阿德拉总是恭恭敬敬的。对他来说，打扫自己的房间是一场盛大而重要的仪式，他总是要作为见证人，带着既恐慌又愉快的兴奋神情注视着阿德拉的一举一动。他认为她所有的动作都有更深层次的象征意义。当阿德拉用年轻有力的手臂拿着

---

① 蝾螈，又称火蜥蜴，分布于欧洲中部和南部的高山森林中，因为在凉爽的森林里，它们可以找到遮阴和潮湿的栖息地。由于它们喜欢藏身在枯木缝隙中，当枯木被人拿来生火时，它们往往惊慌地从缝隙中逃出来，有如从火焰中诞生，因而得名。

一把长柄扫帚清扫地板时,父亲被完完全全地震撼到了。眼泪从他的眼睛里涌出,难以描述的笑容使他的脸扭曲变形,他的身体因一阵阵的喜悦而颤抖。他非常非常怕痒,只要阿德拉对他勾着手指模仿挠痒痒的动作,他就惊慌失措地在所有房间里奔跑,最后一头扎进最远外的房间,砰地一声关上门,倒在床上,想象着他无法抗拒的挠痒痒,在狂笑中不停地扭动。正因为如此,阿德拉对父亲的影响力几乎是至高无上的。

从那时起,我们第一次注意到父亲对动物的浓厚兴趣。一开始,这是猎人和艺术家的基因融为一体,表现为一种生物对血缘关系相近但生命形式不同的其他生物更深层次的生物学同情,或者是一种在尚未明晰的新生物领域的探索。直到后来事情出现了不可思议的复杂转变,充满罪恶又违背自然规律,还是不要将其暴露在光天化日之下为好。

这一切都开始于父亲要孵化鸟蛋。

不惜大费周章和大笔投入,父亲从汉堡、荷兰和非洲的动物站进口了鸟蛋,又弄来比利时的巨型母鸡来孵蛋。等待孵化的过程也同样让我着迷,但后来我发现这些蛋里生出的雏鸟无论形状还是颜色都非常反常。和我想象的可爱幼鸟完全不同,这些怪物一出生就张着巨大的、奇异的喙,贪婪地发出咝咝声,甚至可以从它们的大嘴直接看穿它们的喉咙。它们现在看起来就像是孱弱、赤裸、驼背的蜥蜴,也不知道将来到底会变成孔雀、野鸡、松鸡还是秃鹰。父亲把它们放进篮子里的棉絮上,这群像远古的龙一样的小家伙就用纤细的脖子撑起头部,结膜浑浊不堪,像覆盖了一层白斑,沙哑的喉咙发出阵阵低沉的嘶鸣。父亲穿着绿色的围裙,像仙人掌温室里的园丁一样,在架子间忙碌,照顾这些怪鸟。父亲"无中生有"地创造了这些仍然目盲的新细胞,它们脉动着生命的气息,只能以被喂食的方式来填饱肚子,并感受外部的世界。虽然看不见,但这些新的生命仍然奋力向着光明爬去。几周后,当这些小家伙的眼睛可以看见东西时,房间里突然充满了新住户响亮的喋喋声和欢快的叽叽声。鸟儿栖息在窗帘上、衣柜顶上,依偎在锡制的树枝和吊灯的金属灯架中。

当父亲潜心研读他的大型鸟类学教科书,仔细翻阅其中的彩色插图时,这些长着羽毛的幻影似乎从书页上腾空而起,房间里顿时充满了色彩,溅起了绯红、宝蓝、铜绿和素银的缤纷。喂食的时候,它们聚在地板上,像一张颜色杂乱、柔软起伏的床,又像一张有生命的地毯,一旦有人靠近,它们就瞬间瓦解四散开来,飞升到空中,最后落在高处的天花板下面。我对其中一只秃鹰印象深刻,那是一只巨大的鸟,脖子上没有羽毛,脸上布满褶皱,还有许多疙瘩。它像一个瘦弱的禁欲主义者,或者像一个佛教喇嘛,自认为是一个伟大的物种而遵守某种刻板的礼仪,使它的所有行为都充满了不可动摇的尊严。当它面对着父亲端坐,那纹丝不动的身躯就像永生不朽的埃及神明。它的眼睛蒙上了一层白色的薄膜,应该是白内障,斜斜地盖在它的瞳孔上,几乎遮蔽了它的视力。这只巨鸟把自己完全封闭在庄严孤独的沉思中,它有着石头般坚毅的轮廓,看起来就像父亲的一位兄长。它的身体和肌肉似乎都是由和父亲一样的肤质组成,同样粗糙的、皱纹累累的皮肤，同样干瘪、骨瘦如柴的脸颊，同样爆裂而深邃的眼窝。就连父亲那双长着圆指甲、关节结实的手，它也有着与之相对应的长爪。当我看着那只睡眼蒙眬的秃鹰时，我无法抗拒这样的印象：我正站在一个木乃伊面前——父亲的干枯、萎缩的木乃伊。我相信母亲也注意到了这种奇怪的相似之处，尽管我们从未讨论过这个问题。更加匪夷所思的一点是，这只秃鹰和父亲共用一个夜壶。

父亲已经不满足于孵化出越来越多的新品种，于是在阁楼里安排了鸟儿的婚礼，他亲自充当媒人，把魅力迷人的新娘们绑在屋顶下的墙洞和缝隙里。很快，我们家的屋顶，那个巨大的双脊木瓦屋顶，变成了一个真正的鸟舍，各种各样长着羽毛的生物从很远的地方飞到这个诺亚方舟里栖息，以至于这片世外桃源不复存在之后很久，这个栖息地却作为一个习惯在鸟类世界中延续了下来，每到春季迁徙期间，我们的屋顶总是被一群群的鹤、鹈鹕、孔雀以及各种各样其他鸟类包围。

然而，在短暂的辉煌之后，父亲的整个事业遭遇了令人遗憾的转折。很快，我们不得不把父亲转移到阁楼下的两个房间去，这两个房间原本是用来存放旧物的储藏室。一大清早，我们就能听到从阁楼上传来的清亮的鸟叫声和混杂的拍打翅膀的啪啪声。阁楼的木墙借助山墙下空旷空间的共鸣，发出阵阵咆哮声、振翅声、喧闹声、咯咯声和求偶声。父亲连续几个星期都不露面，几乎足不出户，也不下楼来。当他偶尔出现时，我们发现他又变得更加瘦小干枯了。偶尔，他会忘我地从桌边的椅子上跳起来，双眼迷蒙，双臂挥舞，像是鸟儿在展翅飞翔，同时嘴里发出长长的鸟鸣，在我们的错愕中，他尴尬地一笑置之，似乎是在和我们开一个玩笑。

在一次春季大扫除时，阿德拉突然出现在父亲的鸟类王国。她站在门口，房间里弥漫的恶臭，地板、桌子和椅子上成堆的粪便让她厌恶地眉头深锁、双拳紧握。她长驱直入，毫不犹豫地打开了一扇窗，用一把长扫帚把整群鸟都捅了起来。数不清的羽毛和翅膀组成的可怕云团呼啸而起，尖叫着盘旋升腾，站在风暴的中心的阿德拉像愤怒的女祭司一样，在女神的旋风保护下，跳起了毁灭之舞。父亲惊恐地挥舞着手臂，想要乘坐满天的羽毛跟他的鸟群一同升到空中。慢慢地，空中的翅膀云团变薄、消散，直到最后，只剩阿德拉和父亲一起，筋疲力尽，上气不接下气地留在了战场上。父亲的脸上茫然地浮现出一种焦虑无奈、羞愧不安的表情，准备接受彻底的失败。

片刻之后，父亲终于从阁楼上下来——此刻的他身心疲惫、形容憔悴，像一个失去了王位和领土的流亡君主。

裁缝的人偶

鸟群事件是父亲——一个无可救药的即兴演奏家、天马行空的击剑大师对我们的冷漠无知进行的最后一次精彩绝伦的反攻。直到现在，我才能领会这位孤独的英雄单枪匹马地在那年荒芜贫瘠的冬天里，向扼制了这座城市的深不可测的寂寥宣战。没有任何支持者，没有得到我们的认可，这个最奇怪的人独自捍卫着生活里被磨灭的诗意。他就像一个神奇的磨坊，把空寂时光的麸皮倒进料斗里，重新绽放出东方香料的各种颜色和香味。但是，由于习惯了这位玄幻魔术师的华丽表演——我们当时确是低估了他那些异想天开的魔法的价值，正是这种魔法把我们从空虚的日日夜夜中拯救了出来——阿德拉没有因为她轻率野蛮的破坏行为而受到责备。相反，我们的内心生出一种卑鄙的满足感，一种可耻的幸灾乐祸，因为父亲的荒唐行为得到了遏制。虽然充分享受了这种破坏和抑制他人爱好的恶趣味，但后来我们却都不体面地否认了任何可能需要承担的责任。也许在我们的背叛中，流露着一种对阿德拉的胜利的秘密赞许，甚至有可能，或者说压根儿就是在我们的默许下，将毁灭鸟群的命令和任务交给了她。在众叛亲离中，父亲毫无反抗之力，从他最近的辉煌成就中撤退下来，没有正面交手，他就向我们交出了他昔日煊赫的王国，他自愿被放逐到走廊尽头的一间空屋子里，孤单地自省。

我们彻底将他遗忘了。

我们又被从四面八方涌进城市的灰暗攻陷，它带着黎明的黑暗从窗口爬了进来，随着黄昏的蔓延演变成漫长冬夜厚重的外衣。房间里的墙纸，告别了昔日无忧无虑、鸟语花香的幸福生活，现在也变得死板僵硬，陷落于单调乏味的苦涩独白。

枝杈形状的吊灯暗淡无光，像古老的蓟草一样发黑枯萎，现在它们垂头丧气，脾气暴躁，只要有人在昏暗的房间里摸索，那些玻璃挂坠就会轻轻地响个不停。阿德拉在所有烛台上都插上了彩色蜡烛，但依然徒劳无功，它们只是那些近来使阁楼的空中花园活跃起来的灿烂光芒的可怜替代品。哦，那里曾有过多么热闹的叽喳声，多么迅速而惊人的飞行，把空气划散成一片片神奇的卡片，飞溅出浓重的宝石蓝、孔雀绿和鹦鹉绿，闪烁着金属般亮眼的光芒，在空气中画出行云流水的曲线和色彩繁茂的扇面，鸟兽飞过后很久仍然在闪闪发光的空气中留下缤纷的光晕。即使是现在，在灰暗的日子深处依然埋藏着那时绚丽鸟鸣的回声和对明媚光影的记忆，但是没有人能寻找它们，也没有任何清丽的声响能够划破凝固死寂的空气。

那几个星期，我们就在这样奇怪的困倦中度过。

一连几天没有收拾的床，堆着拥挤的被褥。由于梦的重压，被褥都被揉皱了，弄得乱七八糟，像一艘沉重的船，等着驶进黑暗的、就像在没有星光的威尼斯一样的迷茫港口。黎明时分，阿德拉给我们端来咖啡。我们懒洋洋地在冰冷的房间里穿起衣服，黑暗的窗玻璃上到处反射着烛火的光点。清晨里总是充满漫无目的的忙碌，各种抽屉衣柜的门没完没了地开开关关。整个公寓都能听到阿德拉穿着拖鞋走来走去的啪嗒声。店员们点起灯笼，拿起母亲递过来的店铺钥匙，便趁着黎明的黑暗出门去了。母亲对自己的穿着打扮不甚满意，还在脱来换去。烛台上的蜡烛几乎燃烧殆尽。阿德拉不知跑到什么地方去了，要么去了最远处的房间，要么进了她晾衣服的阁楼，总之对我们的召唤充耳不闻。炉子里刚刚燃起一堆又脏又凄凉的火，舔舐着烟囱风口那冰冷发亮的煤灰。蜡烛骤然熄灭，房间陷入了黑暗。我们把头靠在桌布上，在吃了一半的早餐中睡着了，身上的衣服还没有穿整齐。我们像是躺在黑暗毛茸茸的腿上，跟着它有规律的呼吸航向惨淡的虚无。我们被阿德拉收拾东西的吵闹声吵醒，发现母亲仍然没有完成自己的装扮。她还没来得及梳好头发，店员就回来吃午饭了。昏暗的集市广场被染上了金棕的雾色。一时间，仿佛从那烟灰色的蜂蜜中，从那浓密的琥珀中，将蜕变出一个金灿灿、明媚的下午。可这种期待转瞬就变成了乏力的失望，黎明的幽光走到了尽头，白昼所有努力的发酵达到了峰值又讪讪然回落，光阴无奈地跌落回晦涩的混浊之中。我们又围坐在桌子旁，店员们搓着冻得通红的双手，他们闲散的谈话勾勒出一个平凡得不能再平凡的日子，一个阴郁而空洞的星期二，一个没有传统项目、没有任何意义的日子。但是当一个盘子出现在桌子上，里面有两条大鱼并排躺在一起,头尾相接,就像十二生肖中双鱼座的标志一样时,我们兴奋地把它当作那个日子的纪念图章,那个乏善可陈的星期二的图章——我们很快分享了它,感谢它让这一天终于争回了自己的样貌。

房间里弥漫着胡椒的味道,店员们津津有味地吃着,因为这一餐突然有了某种庄严肃穆的特殊日期的盛宴的感觉。当他们用一块块面包擦去盘子里剩下的鱼冻时,内心里盘算着这一周接下来的几天还会不会出现这样充满意义的特殊图章。盘子上除了那对只剩鼓胀眼睛的鱼头,什么都没有了,我们都觉得,通过共同努力,我们已经征服了这一天,剩下的一切都无关紧要。

事实上,阿德拉本想着胡乱地打发这一天剩下的时光,现在却突然良心发现般地尽职尽责。在各种餐具的碰撞声和冷水冲刷的飞溅声中,她斗志昂扬地度过了黄昏来临前的几个小时,而母亲却一直在沙发上昏睡。与此同时,室内也切换成了夜晚的布景。两个女裁缝——波尔达和波琳拿着她们的家什开始了工作。她们肩上扛着一个无声无息、一动不动的人偶进入了房间,那是一个用麻絮和帆布做的女性人偶,用一个黑色的木球充当她的脑袋。但当那个沉默的女人站在门和炉子之间的一个角落里时,她俨然成了房间的主人。她一动不动地站在角落里,高傲地看着姑娘们跪在她面前,给她穿上用白色细线缝起来的各种衣服,将她装点得娇俏可爱,受人赞叹。她们专注又耐心地打扮着这位难以取悦的沉默偶像,然后她就像女摩洛神①一样无情,任由她们一件件地为她试穿,却对任何衣服都不觉满意。这两位身材瘦长的裁缝,像两个缠满了细线的木线轴,在房间内来回旋转,灵巧的手指在成堆的丝绸和羊毛中拣选着,挥舞咔嚓作响的剪刀裁剪着五颜六色的布料,然后用穿着廉价皮鞋的双脚踩动缝纫机,手上操作着像翅膀一样的转轮,很快,她们周围就堆满了杂色的碎布片和边角料,像两只挑剔又浪费的鹦鹉不断从口中吐出麸皮和糠秕。剪刀弯曲的钳口轻轻打开,就像那些珍奇鸟类的喙一样。

  在这间装有某次没能举行的化装舞会道具的储藏室里,两个姑娘心不在焉地踩在这些色彩明亮的碎片上,漫不经心地在像是狂欢节过后的垃圾堆中跋涉。她们神经兮兮地笑着从杂物堆里走出来,又笑意盈盈地照着镜子。她们的心、她们手指的灵动魔力,没有赋予桌子上那些挑剩下的平凡衣服以震慑人心的魅力,而是活跃在这满地成千上万的碎屑里,凝聚在无数琐碎多变的装饰品里,呼啸成五颜六色、奇幻的暴风雪,可以窒息整个城市。突然,她们感到很热,打开了窗户,在孤独的失意中,在对新面孔的渴望中,多么希望看到窗外能有个人来说说话,哪怕是闪现而过的一张不认识的脸庞也好。她们任由窗帘卷起的冷空气吹拂着发烫的面颊,甚至敞开衣领露出燃烧的前胸,内心充满对对方的厌恶和竞争的准备,一旦有那么一个被夜风吹送过来

---

① 摩洛神,古代迦南人膜拜摩洛最特殊的方式是由父母把自己的子女作为祭品献上,放到火里焚烧,以使神明保佑。

的皮埃罗①出现，她们就会为之争夺而大打出手。啊！她们对现实的要求多么少啊！她们什么都有，甚至觉得什么都有点多。她们只是需要一个哪怕是木屑填充的皮埃罗，只要他一开口，就能打开那个她们期待已久的脚本，让她们由此进入内心曾经精心排练过多次的角色。这样她们终于能够说出那些早已耳熟能详的、充满幸福甜蜜或难言苦涩的台词，这使她们既激动又兴奋，就像一部小说，在无数个晚上将她们吞没，使她们流出悲喜交加的泪水。

在阿德拉不在的情况下，父亲偶然在公寓里转悠了一个晚上，就撞见了这样一个安静夜晚里的缝纫工作。他手里拿着灯，在隔壁房间黑洞洞的门里站了一会儿，被这狂热的场面迷住了。这个场面以窗帘上鼓荡喘息的夜色为背景，更加衬托出屋里炫目的红晕，那是脸上的胭脂、红色的彩纸和阿托品②合成的红晕，父亲几乎陶醉在这红晕里。他戴上眼镜，迅速地走到姑娘们身边，绕着她们走两圈，让手里的灯光照在她们身上。从敞开的门吹进来的风掀起了窗帘，姑娘们扭腰送胯地任由父亲欣赏着自己。她们的眼睛里闪烁着珐琅一样柔美的光，就像鞋子上闪亮的皮环和吊袜带上的搭扣从被风掀起的裙子下摆若隐若现一样诱人。地上的碎布片像老鼠一样被踢到一旁，卷积到半掩着

---

① 皮埃罗，是意大利喜剧中的一个小丑，常常穿着皱皱的衬衣、圆圆的荷花领子和宽大的裤子，脸色苍白忧伤。皮埃罗的脸上总是挂着一滴眼泪，但他还要尽量面带微笑——苦涩的微笑。
② 一种可以散瞳的药物成分，应用阿托品滴眼液可将瞳孔放大，贫穷的姑娘们会用阿托品眼药水滴在眼睛里，起到放大双眼的视觉效果。

的暗室门边。父亲直勾勾地凝视着气喘吁吁的姑娘们，轻声说道："鸟属……如果我没看错的话，是攀禽类或者鹦鹉类……十分了不起，简直非同寻常。"

这次偶然的邂逅是接下来一系列会面的开始，在这一过程中，父亲成功地用他那奇怪的个性魅力吸引了两位年轻姑娘。父亲诙谐优雅的谈吐填补了她们空虚的夜晚，作为回报，姑娘们让这位热心的鸟类学家研究她们单薄瘦小的身体结构。这些研究都是以谈话的形式进行的，而且进行得严肃体面又认真儒雅，这确保了即使这些研究中最容易让人误会的部分仍然完全保留，而且毫不暧昧。父亲把波琳的长丝袜从膝盖上拉下来，用狂喜的眼睛研究她关节的精细而高贵的结构，他说："姑娘们，你们所展现的生命形式是多么令人愉快和激动啊。你们的生命所揭示的真谛是那么简单而又美好，你们的所有行为、动作是多么熟练灵活、多么精准优雅！如果不考虑对造物主应有的尊重，只是单纯地对造物提出些建议和意见，我会说：轻内容，重形式！啊，如果世界减少一些不必要的内容的羁绊，将会多么简单美好！先生们，凡事要谦虚，少占有一点，主张要谨慎。少渴求一点，世界就会更加完美！"父亲叫道，同时他的手把波琳白嫩的小腿从长丝袜的囚笼里放了出来。这时，阿德拉出现在餐厅敞开的门口，手里拿着晚餐托盘。这是自上次鸟舍大战之后，两大宿敌的第一次碰面，所有我们这些曾亲身目睹的人都感到一阵深深的恐慌，看到这个遭受过一次痛苦折磨的人将要受到再一次羞辱，我们都十分于心不忍。本来跪在地上的父亲不安地从波琳的膝盖前站起来，一波一波袭来的羞愧感让他的脸红得越发厉害。但阿德拉出乎意料地发现自己能应付这种局面,她微笑着走到父亲面前,在他的鼻子上弹了一下。看到这里,波尔达和波琳开心地拍着手,跺着脚,两人各抓住父亲的一只胳膊,围着桌子跳起舞来。由于姑娘们的好脾气,这次险些形成的不愉快的阴云就在大家的欢声笑语中消散了。那是一系列最有趣、最不寻常的演讲的开端,父亲受到年幼而天真的听众的鼓动和启发,在那年初冬随后的几周里发表了几次演讲。值得注意的是,只要接触到父亲这个奇特的人,一切事物就都回归了它们存在的本源,并且从它们形而上的核心重新生发、重塑外表、重拾初心,然后又在某个时刻背叛它,来到我们将称之为"伟大异端"的存疑、危险和模糊的区域。我们这位异端首领像一个催眠师一样游走着,用他危险的魅力俘获着周围的一切。我不知道是否该把波琳称为他的受害者,那时她成了他的学生和门徒,同时也是他做实验的小白鼠。接下来,我将以恰当的谨慎和不冒犯他人的态度,试图解释这个最异端的学说,这个学说疯狂地支配了父亲好几个月,并在此期间主宰着他的一切行动。

论裁缝的人偶或第二次创世纪

"造物主,"父亲说,"并不垄断造物的权利,因为创造是所有灵魂的特权。一切物质都被赋予了无限的繁殖力、取之不尽的生命力,同时,也被赋予了一种诱人的感应力,邀请我们去参与创造。在物质的深处,含混的微笑被塑造,矛盾的运动被建立,呈现出各种各样、不同形式的尝试。物质的整体随着无限的可能性而脉动,发出沉闷的颤抖。在无穷无尽的运动中,它等待着一种最终能够赋予它独特生命形式的精神或气息,于是它用无数种自己盲目幻想出来的甜美、柔软、圆润的形状吸引着我们来点拨、参与它的创造。

"没有任何主动性,只有被动地等待和宽容地接纳,物质就像女性一样顺从、柔软,对每一种刺激和尝试都欣然应允。这就像是一块法外之地,任何江湖骗子或者蹩脚的外行人都可以放开手脚,在这个领域什么下三滥的手法都可以赢得一次独特的创造。物质是宇宙中最被动、最没有防备的东西,任何人都可以依照自己的想法揉捏它、塑造它,它也遵循每个人的法则变成各种不同的样式。所有改变物质组织形式产生新东西的尝试都是短暂的，很容易被逆转和瓦解。把生命化简、重组，变出新的形式并不是坏事，从这种意义上讲，杀戮也不是罪过。有时，这是一种必要的暴力，要专门针对那些已经不再有趣、腐朽僵化和一成不变的存在形式。有时，为了某次有着重要意义的实验成果，这种暴力拆解甚至可以说是值得被称道的。这是一个从另外的角度为死亡辩护的新起点。"

父亲从不吝惜对物质这种特殊元素的赞美。"没有真正死亡的物质，"他告诉我们，"死亡只是表象，只是隐藏着未知生命形式的伪装。这些未知的生命形式范畴是无限大的，其中一些色调和微妙的差别更是无穷无尽。只有造物主，才拥有这些不为人知又精妙绝伦的创造密码。多亏了这些密码，造物主创造出了各种各样的物种，这些物种通过它们自己的生命完成超越的自我更新。没有人知道，这些造物的密码是否会重组，然而这并不重要，因为即使造物主经典的创造方法已被证明是我们永远无法复制和达成的，却仍然存在其他非法的方法——那些源源不绝的异端行为和犯罪手段。"

当父亲从宇宙生成论的这些普遍原则演进到更为具象的个人兴趣领域时，他的声音变得更加低沉，像是压抑的私语，演讲变得越来越晦涩，越来越难以理解，他得出的结论也越来越可疑和危险。他的手势也随之变得深奥而严肃，充满了难以捉摸的味道。他眯起一只眼睛，两根手指放在额头上，脸上流露出异乎寻常的狡黠表情。父亲的听众们如痴如醉，任凭他用这种一言难尽的目光击穿她们内心最私人、最隐秘的矜持。她们完全敞开了心扉，父亲可以直抵每个人灵魂最深处，像阿德拉曾经逗弄他一样,用讽刺的手指挠她们的痒处,直到她们露出缴械投降、五体投地的笑容。

姑娘们静静地坐着,油灯里冒出了黑烟,缝纫机上的布料早已无人理会,滑落在地。她们不再缝制什么活计,只是空洞地把玩着漫无边际、星光暗淡的冬夜。

"我们已经在造物主那无可匹敌的完美创造的压制下生活了太久,"父亲说,"他创造出的完美已经麻痹了我们创造的本能。我们无须挑战他,也没有赶超他的野心,我们只是希望自己成为较低领域的创造者,我们只想要属于我们的创造的特权,我们想要创造的快乐,我们想要——一句话——创造。"我不知道父亲是代表谁宣布这些要义的,是什么社团或公司、教派或体系坚定地支持他,并认为他的言论有着振聋发聩的分量。至于我们,丝毫没有兴趣去分享这些创造的喜悦。

与此同时,父亲已经构想出再一轮造物的程序,勾勒出二次创世纪的画卷,公然地站到了时代主流的对立面。"我们并不想要,"他说,"那些冗长的创造和长盛不衰的东西。我们要创造的,不是那些传奇故事里的英雄,他们只是简单的角色,没有驱动人物性格和行为的深层铺垫和背景。有时,只是为了一个亮相,或者一句台词,我们也要赋予他们生命,让他们出场一次。坦白地说,我们并不在意创造出的东西是否具有坚固耐用的质量和顽强执着的生命力,我们的创造可能都是一次性的,只为了迎合某一个场合而出现。比如说,如果要创造一个人,我们可能只给他扮演的角色所需要的一个侧面,只需一只手、一条腿、半个身子而已,我们完全不必纠结另一半躯体要怎么处理。他们的后背可以随便用帆布缝合，或者胡乱地弄点白灰来粉饰一下。我们要堂而皇之地喊出我们的口号：为每一个场景而创造！对于每一个动作，每一句台词，我们都会创造出一个新的生命来诠释。这是我们的突发奇想，世界可以按照我们的意愿来运行。造物主喜欢用完美的、精湛的、复杂的材料，而我们，优先考虑随手可得、无处不在的边角料。不需要完美、不需要准备，世界上有那么多廉价、寒微、低端的材料供我们任意取用，这一切都让我们备感欣慰。"

"你们能理解吗？"父亲问道，"那种看似弱势的深层意义，那种对彩纸、碎片、水粉、麻絮和锯末的喜爱之情？这一切，"他略带苦笑地接着说，"证明了我们对物质本身无限的爱，爱它们的蓬松或者稀疏，爱它们个性鲜明、和而不同的神秘性。造物主，这位伟大的导演和艺术家，把物质本身的特征溶解，隐藏在各种生命的表现形式之下。而我们，恰恰相反，就欣赏物质本来的吱呀作响、阻力重重和笨拙不堪。我们喜欢看到每一个手势背后、每一个动作背后，物质本身的惰性、沉重的努力、和熊一样笨拙的尴尬。"

姑娘们呆坐着，眼神直勾勾地盯着父亲。她们的脸因为专心的聆听而显得木然呆板，脸颊飞起红云，我也不知道，此刻的她们，到底是属于造物主的第一次创造还是父亲的第二次创造。"总而言之，"父亲总结道，"我们希望能够再次创造出人类——形态和外貌都像裁缝们的人偶。"

在这里，为了准确起见，我必须描述一件发生在讲座之上的无关紧要的小事。因为它在一系列的故事中完全没有逻辑又难以理解，我们也没有花什么心思去追究，也许我们可以把它解释为一种缺少因由的无意识的举动,或者是某种物体的残缺投射到了心理学领域。我建议读者像我所做的那样直接忽略它。事情的来龙去脉是这样的。

就在父亲说出"人偶"这个词时,阿德拉看了看手表,与波尔达交换了一个会意的眼神。然后,她把椅子往前挪了挪,没有起身,而是撩起裙子,露出一只紧紧裹着黑丝袜的脚,就像一个激愤高昂的蛇头一样僵直地伸出来。

她就一直那样直挺挺地坐着,她那双因为用了阿托品眼药水而闪闪发亮的大眼睛颤动着,而波尔达和波琳则坐在她的身旁。三个人都目不转睛地看着父亲。父亲紧张地咳嗽了一声,沉默下来,脸突然涨得通红。极其迅速地,他脸上刚才还那么富于表情、那么激动亢奋的线条突然变得缓和,神态谦卑,整个气场都萎靡了下来。

父亲——这位灵感迸发的异端领袖,刚刚还在振奋的形势中叱咤风云——突然间溃不成军,所有的嚣张气焰都被掐灭了。就像突然换了一个人,眼前的这个人僵硬地坐着,满脸通红,垂头丧气。波尔达走到他面前,俯身轻轻地拍着他的背,用温柔的语气鼓励道:"雅各布,你懂的。雅各布,听话啊。雅各布,别再顽固了。求你了,雅各布……拜托……"

阿德拉伸出的脚微微颤抖,像蛇的芯子一样发出闪烁的光。父亲缓慢地站起来,依旧眼眉低垂,像个机器人一样往前上一步,接着又跪了下来。吊灯在突如其来的安静中嗡嗡地吟唱,若有所思的眼神藏在壁纸密密麻麻的花纹中来回游走,恶毒刻薄的舌头低声吐出恼人的非议,还有七窍玲珑的思绪纷至沓来……

论裁缝的人偶——续篇

第二天晚上，父亲又兴致勃勃地重新回到他那阴暗复杂的话题上。在他沟壑纵横的脸上，每一条皱纹都难掩他不可思议的心机，他的每一寸皮肤都投射着怪异的神态。偶尔降临的灵感会使他激情澎湃，脸上的皱纹都被撑开，可怕地膨胀，然后无声地坠入深沉的冬夜。"蜡像馆里的蜡像，"他说道，"虽然是对人偶比较低劣的仿品，也仍然值得我们关注，不可掉以轻心。物质不会和我们开玩笑，因为它总是充满悲剧性的严肃。有谁胆敢玩弄物质，认为可以把物质随意捏造成一个玩笑般的存在，那么，谁又敢保证，这个玩笑不会成为他的宿命，反过来吞噬他、掌控他？你能够想象那种痛苦，那种被禁锢的沉闷的痛苦，受制于那些用来做人偶的物质，却又不明白为什么必须承受，为什么这种痛苦必须以他粗制滥造地模仿这个人偶的组织形式来发生，他会遭受他过去强加于人的玩笑的报应。你能明白形式、表达、伪装的力量吗？能体会这种力量像一种专横的暴政强加在一个无助的街区，然后像统治它自己暴虐专制的灵魂一样统治这件东西吗？你用帆布和麻絮给它做了个脑袋，画上愤怒的表情，然后就对它不管不顾，留给它无处发泄的盲目的愤怒和难以排解的紧张的抽搐。人们对这种拙劣的模仿并不买账，而是发出了哄堂的嘲笑。女士们，当你们看到被囚禁、被折磨的物质的痛苦时，还是为你们自己的命运哭泣吧，因为它不知道自己是什么，为什么会这样，也不知道永远强加给它的姿势最终会走向何方。

"人们还继续笑着。你们能明白那种可怕的虐待狂，那种令人战栗的、绝非人道的残酷笑声吗？然而，女士们，当我们看到这被亵渎的物质的悲惨遭遇，我们应该为自己的命运而哭泣，因为我们犯下了可怕的错误。让我们来看看，所有那些被开着玩笑的傀儡，以及那些悲剧性地盘踞在他们的脸上的可笑表情，透露着多么可怕的悲伤。

"看看谋杀了奥地利伊丽莎白皇后①的无政府主义者卢切尼②，看看邪恶而忧郁的塞尔维亚王后德拉加③，看看那个天才青年，他承载着古老家族的希望和骄傲，却被手淫过度的习惯毁掉了清誉。啊，那些名字，那些自命不凡的人，结局是多么讽刺啊！

"那个叫作德拉加的蜡像，和真正的王后有什么相似之处吗？哪怕和她缥缈的身影有那么一点相似之处？然而，她们确实有着相似的外表和相同的名字，这种伪装让我们心安理得地放弃了对这个不幸的创造物究竟于人于己有何意义的追问。而实际上，她一定是某个人，某

---

① 茜茜公主（1837—1898），奥地利皇帝弗兰茨·约瑟夫一世之妻。
② 路易吉·卢切尼，意大利无政府主义者，刺杀茜茜公主的凶手。
③ 德拉加·玛西，塞尔维亚王后，与其夫在一次政变中被暗杀。

个无名的、险恶的、不快乐的人，某个在沉默的一生中从未听说过德拉加王后的人……姑娘们，你们可曾听到过那些被囚禁在集市铺面里的蜡像在午夜发出的可怕的呼号？还有他们木块和陶瓷做的拳头拼命敲打监狱一样的铺面墙壁时发出的震耳悲鸣？"

父亲被自己从黑暗中幻化出来的可怕景象惊吓到了，脸上的皱纹拧成了一个扭曲的旋涡，越来越扭曲，越来越黝深，在旋涡的底部闪耀着父亲先知般目光如炬的眼睛。他的胡子古怪地竖起来，一簇簇毛发从他脸上的疣、痣和鼻孔里钻出来，成群结队地挺直着。他就这样僵直地站着，眼神炯炯地燃烧，内心的斗争使他浑身发抖，像一台运转中途突然失灵，卡住不动的机器。

阿德拉从椅子上站起来，示意我们今天的事情就到此为止。然后她走到父亲面前，双手叉腰，摆出一副坚定不移的态度，决绝地结束了这一切。

另外两个姑娘傻愣在原地，眼睛低垂，呆若木鸡。

论裁缝的人偶——终章

接下来的一个晚上，父亲又开始了他的演讲。

"在我围绕人偶展开的长篇大论中，其实也并不是真的想谈论对那些可怜化身的误解，或者抨击那些令人悲悯的模仿以及那些普通庸俗、缺乏克制的创造产物，我想说的是另外一件事。"说到这里，父亲开始把他梦寐以求的新一代物种的图像描绘在我们眼前，那是一种半有机的生物，一种超自然的动植物，是物质奇妙诡异的发酵产物。

它们是仅在外观上类似甲壳类、脊椎类或者头足类的生物。事实上，这种外观是有误导性的——其实它们没有固定的外部形态和内部结构，仅仅是物质不断模仿、自我生成的产物。物质带有早期的记忆，再通过贯通的记忆重复之前已经完成的生命形式。物质的形态范式总体上来说是有限的，但某些特定的物质形态可以在不同层次被多次复制、重组，从而形成完全差异化的新生物。

这些生物——灵活自如，对外界刺激很敏感，但并不属于日常生活的范畴——也许可以通过把某种复杂的胶质注入食盐溶液来孕育。

几天后，这些胶质会分解成类似低等动物的沉淀物质，然后自我重塑，完成一种全新的创造。

在以这种方式孕育的生物中，人们可以观察到它们呼吸和新陈代谢的过程。但化学分析的结果显示，它们体内既没有蛋白质的痕迹，也没有碳水化合物的痕迹。

然而，这些原始的形式与那些形状丰富、富丽堂皇的超自然动植物群相比，就显得不值一提了。这些超自然的动植物有时只存在于某些条件严苛又机缘巧合的环境中，如曾经充斥过大量人员活动和家什物件的旧公寓，那里弥漫着陈腐经年的空气，蕴含着人类呼吸吐纳的特殊成分，随处可见的垃圾中隐藏着大量有温度、有情怀和耐寂寞的腐殖质。在这样的土壤中，这些超自然的植物疯狂地萌发，昙花一现地短暂生长，又孕育了同样短寿的后代。它们突如其来地欣欣向荣，又毫无征兆地枯萎死亡。

在那种公寓里，在那些变幻不暇的华彩乐章中，墙纸必然会感到头晕目眩又无聊厌倦。毫无疑问，它们还是喜欢那些遥远而危险的梦境。而家具的本质并不稳定，它们会逐渐老化，抵御不住岁月的诱惑而慢慢变形。就是在这片病态、疲惫、荒芜的土壤上，五颜六色、繁密茂盛的霉菌会像迷人的红疹一样，此起彼伏，茁壮成长。

"小姐们，你们一定知道，"父亲说，"在破旧的公寓里，有些房间有时会被人遗忘。它们会连续几个月无人造访，在古老的砖墙之间被无视和越过，仿佛房间的空间已然没有了，只剩砖头和周围的墙壁融为一体，然后永远地消失在我们的记忆中，退出历史舞台。通向这些房间的门也长久地被人们所忽略，它们和房间一起，与墙壁完全融合，所有曾经存在过的痕迹都在公寓复杂的结构和斑驳的线条中被抹平了。

"有一次，在某年冬天快要结束时的一个清晨，"父亲继续说，"那很可能已经是在好几个月无人踏足之后，我偶然走进了一条被人遗忘的过道，来到了一间被人遗忘的房间，可它却让我感到阵阵讶异。

"从地板上的所有缝隙，从所有的墙角线，从每个接缝处，都长出了纤细的嫩芽，在灰色的空气中摇曳着满眼光彩灿灿的绿叶镶嵌的花边，这里营造了一个温室丛林，充满各种植物的窃窃私语和星光熠熠——简直是一个虚假而幸福的春天。一丛丛娇嫩的树木从床的四周伸出枝杈，在高高的吊灯下，在神秘的衣橱里，舒展着它们发光的树冠和花叶的喷泉，盈盈的嫩绿一直蔓延到大化板，铺就一片层峦叠翠的天堂之境。硕大的花朵在树叶间绚丽地绽放，绿叶丛中星星点点的奶白色和粉红色在你眼皮子底下由蓓蕾变成花苞再变成盛开的花朵，展现出粉红色的花蕊，随即花瓣凋零，落入尘土。

"我很惊喜，"父亲说，"邂逅那场意想不到的花开。空气中弥漫着一种轻柔的沙沙声，像一种温柔的低语，又像许多彩色的细小纸屑从嫩枝上飘落下来。

"我亲眼见证了那颤抖、浓郁的空气是如何诱发了这样一场绝妙的盛放，它加速催熟了夹竹桃开花、繁茂、枯萎的过程，使房间里充满了稀有的、懒洋洋的、大簇大簇的粉红色花朵。

"还不到天黑，"父亲继续说道，"那次神奇的花开就落下了帷幕，不见踪影。整场华丽盛大的演出就像是一场海市蜃楼，也许只是物质虚构出生命假象的一次实践。"

那天，父亲异常活跃，他眼中的表情既冷淡又讽刺，生动又幽默。后来，他突然变得严肃起来，再次分析了各种各样的物质可以采用的无限多样的形式。他醉心于这些可疑的、不同寻常的形式，比如类似媒介的介质。这些伪物质，通过大脑的催化变成一种虚幻的投射，在某些情况下，会在恍惚状态中从大脑经由嘴里呵出，扩散到整个桌子，再充满整个房间，那是一种飘浮的、稀薄的星团，纠缠在身体和灵魂的边界上。

"谁知道呢，"他说，"还有多少痛苦的、残废的、支离破碎的生命形式，比如那些被匠人们简单粗暴地钉在一起的箱子和桌子，那些用来做十字架的木材，都无声地成为人类无情发明的殉道者。原本在森林里互不相容、无法共生的树种被残暴地嫁接在一起，演化出一个邪恶的人格。在我们无比熟悉的这些旧衣柜的纹路和木结里，到底镌刻了多少陈旧的痛苦，谁还能从它们身上认出它们曾经精致姣好、现在却被打磨得面目全非的一颦一笑呢？"父亲说这话的时候，脸上的皱纹好像堆积成了一张若有所思的网，看上去像是一块布满了木结和纹理的旧木板，所有潜藏的记忆都被无情地刨掉了。有那么一会儿，我以为父亲会陷入冷漠麻木的状态，有时他会被这样的状态淹没，但突然间他又恢复了常态，继续说下去。

"古老神秘的部落早已掌握了使用防腐剂来保存尸体的方法。他们房子的墙壁上放满了被存留下来的亲人的尸首——已故的父亲可能就站在客厅的角落里，身体里塞满了防腐剂；死去的妻子那晒得发黑的皮肤则被切割下来，铺在桌子下面当地毯用。我认识一个船长，他的船舱里有一盏灯，是马来西亚的香油师采用防腐技术用他被杀害的情人的尸体改造成的,她的头上被装饰了巨大的鹿角。

"在寂静的船舱里,她的脸在天花板上的鹿角之间舒展着,缓缓地睁开眼睑,半张的嘴唇上好像还沾着鲜活的唾液泡泡,随着嘴唇吐出温柔的低语而破裂。章鱼、乌龟和巨大的螃蟹,被挂在椽子上代替了枝形吊灯,它们像是在那寂静中漫无目地走着,走着,实际上却并没有一点移动……"

父亲的思绪不知被什么联想所触动,他的脸上突然呈现出一种忧虑和悲伤的表情,接着他又举出新的例子。

"我之前没有告诉过你们,"父亲语调低沉地说,"我的亲弟弟由于一种久治不愈的慢性疾病,现在已被消耗得骨瘦如柴,到了油尽灯枯的程度,像一捆胶皮管般脆弱、干瘪。我那可怜的弟妹不得不日夜背着他坐在垫子上,在冬夜里对着这个倒霉的家伙唱着无休止的催眠曲。还有什么比一个活生生的人被疾病折磨成一捆绝望的胶皮管更可悲的事呢?他的父母有多么失望,他们的内心有多么恐慌,那个曾经对自己充满希望的年轻人又会是多么沮丧!然而,即使在他的这种变化中,我那可怜的弟妹对他忠诚的爱也不曾改变。"

"哦,好了,求你别再说了,我真的再也听不下去了!"波尔达俯在椅子上呻吟道,"别让他再说了,阿德拉……"

姑娘们站起身来,阿德拉向我父亲走去,伸出一根手指,好像要挠他痒痒。父亲脸色骤变,立刻停止了说话,惊恐万状地开始逃离阿德拉晃动的手指。但她却紧跟在他后面,不断用手指威胁着他,把他一步一步赶出了房间。波琳打了个呵欠,伸了个懒腰,她和波尔达靠在一起,会心地交换了一下眼神和微笑。

宁录[①]

那一年的整个八月，我都是在与一只可爱小狗的玩耍中度过的。这只不知道从哪儿来的小狗有一天出现在厨房的地板上，动作幼稚笨拙，发出嘤嘤的哼唧声，浑身还散发着婴儿般的奶香气息。它的头圆圆的，还没有完全成形，轻轻地颤抖着，爪子像鼹鼠的爪子一样向身体两侧伸开，无比娇嫩，像是轻飘柔软的丝绒外套。当我第一次看到它的时候，这个脆弱的小生命就赢得了我那少年的心，以及我所能给予的全部热情和喜爱。

这个上帝的宠儿到底是从哪里降临的？竟比所有新奇的玩具都让我着迷。想想看，会是哪个看起来毫无情趣的打杂老太太冒出的这样一个绝妙的想法：在某个不寻常的早晨，从她城外的家里把一只可爱的狗带到我们的厨房里来！

啊！周围都没有人在，唉，大家还没有从黑夜的怀抱中苏醒，这

[①] 狗的名字，原意是"猎人"。

个幸福的时刻就已经降临了！它孤零零地躺在厨房冰凉的地上，等待着我们，虽然它好像并不受阿德拉和其他人的待见。为什么我没有早点醒来？地板上的牛奶碟子印证了阿德拉的母性本能，而不幸的是，她的无意之举却抢在了本该由我来做的事情前头，见证了我在初次"为人父母"的乐趣中永远失去的那些时刻。不过对我来说，一切都为时不晚，即将迎接我的将是多么新鲜的体验、未知的发现和美好的前景！关于生命的最高深的秘密，就这样被赋予为一种简单、方便、玩具般的形式，在这里激荡起我永不满足的好奇心。能够亲身参与一个小生命的成长，引领它那永恒、神秘的发育走向崭新、奇妙的旅程，这是多么有意义和有意思的事儿啊！这样的体验让我感到非常陌生，由于我们人类生命的火花意外地转移到另一种不同的动物身上，唤起了我无限的好奇心。

　　动物啊！这是一种让人类永远觉得感兴趣的对象，简直是生命奥秘的最佳案例。它被创造出来，仿佛就是为了向人类展示自己的秘密，以千变万化的可能性展示生命的多样和复杂，每一种可能性都会带来某种奇特的结局，展现某种特有的丰富多彩。我的心仍然没有被那些会破坏人与人之间关系的古怪志趣困扰，仍然充满了对所谓生命显现的永恒性的善意的追寻，同时也充满了能够表露自我本性的慈爱温柔的好奇心。

　　小狗暖融融的，柔软得像天鹅绒的小毛球，小小的心脏跳动得快速而有力。它的两只小耳朵像花瓣一样娇俏可爱，眼睛是迷蒙的湛蓝色，嘴巴粉嘟嘟的，温驯得可以让人随意把手指伸进它嘴里去逗弄它的舌头。在纤细柔嫩的前爪脚趾上,生着几颗半透明的可爱的粉红色小肉揪。它贪婪又急切地用爪子扒在装牛奶的碟子上,用淡红色的舌头舔食着牛奶。当它吃饱以后,懵懂地抬起小脑袋,嘴巴和鼻子上残留着湿乎乎的牛奶。它笨拙地从牛奶碟子上退下来,那娇憨的小模样让人心生柔软又忍俊不禁。

它走起路来斜着身子,走得晃晃荡荡,歪歪扭扭,好像总是找不准方向。它的心情常常表现为一种莫名的悲哀。它有一种孤儿般的沮丧和无助感——即使在饱餐一顿之后,也无法填补心灵上的空虚。它的动作迟缓而漫无目的,时常用忧郁的呜咽泣诉着无处安身的悲哀。作为缺乏安全感和渴望被关爱的表现,即使在睡梦中,它也会把自己蜷缩成一个颤抖的绒球,无法摆脱孤独和无家可归的感觉。啊,一个弱小而稚嫩的生命,从母亲温暖的子宫那种熟悉安适的幽暗里,突然被带到一个广阔、陌生、光明的世界里,它是多么地畏惧、不安、退缩,抵触和失望地想要抗拒自己新生的使命。但是慢慢地,小宁录(这是我们给它取的令人骄傲而又富有战斗意义的名字)开始喜欢生活了。它曾经一心一意地渴望回到母亲的子宫里去,但现在,在世界丰富多彩的魅力面前,它被彻底征服了。

世界开始以各种美妙的把戏诱惑着它:各种食物散发着未知和诱人的香味;被早晨的太阳晒得暖烘烘的那一块地板,躺上去是那么舒服;它的四肢和爪子发育健壮,终于听了使唤,转圈追自己尾巴的游戏也是十分有趣;人类双手爱抚传递出的喜爱之情也值得玩味,还有它最钟爱的全新、激越、冒险的运动更是让它着迷了——所有这些都引诱并鼓励着它去接受生活的实验,并向生活屈服。

还有一件事:宁录开始明白,它所经历的虽然看起来很新奇,但是以前就存在过的东西,而且是很久以前就存在、反复上演过很多次的东西。它的意识开始能够识别出各种不同的情景、印象和事物。事实上,所有的这一切都不会让它感到特别惊讶,只要面对新的情况,它就会到它记忆的源泉——身体深层的记忆中去寻找,盲目、激动地寻找,总能在它内心深处找到现成的、合适的反应。这是世世代代传承下来的智慧储存在它的血液里,储存在它的基因里。它发现,那些自己过去没有意识到的行动和决定,其实一直在身体里等待着,随时会受到下意识的召唤而重现。

它幼小的生命所依赖的主要场所是厨房,那里的调料桶和各种抹布总是散发着复杂而浓郁的气味。阿德拉拖鞋的噼啪声和做家务时的嘈杂声,已经不会再吓得它一惊一乍。它已经习惯了这里,并把厨房当作它的领地,产生了浓厚的依赖感和归属感,就像人们朴素单纯地依恋着故土。当然,生活里也总会有些意外到来的时刻。对于宁录来说,刷洗地板就像一次突发的灾难。宁录的法则被废除,热腾腾的碱溶液被"哗"地一下子泼向地面,飞溅到家具上,然后就传来阿德拉拿着刷子使劲儿刷洗的沙沙声。但是危险总会过去,刷子终于安静下来,重新被放回到了角落,地板散发着潮湿木头的芳香。宁录又恢复了它正常的权利和在领土上的自由,会突然有一种冲动,想用牙齿咬住一块旧地毯,用尽全力、左拉右拽地撕扯。但它还是成功地压制住了这个念头,战胜本能的力量让它感到难以言述的喜悦。突然,它愣住了,在它面前，大概两三步远的地方，突然出现了个怪东西。一个小东西，长着好几条像小铁丝缠绕的腿，快速地移动着。宁录被深深地震撼了，它的眼睛紧盯着这只闪闪发光的昆虫，紧张地观察着它扁平的、显然是没有脑袋的躯体，下面几条像蜘蛛的腿以不可思议的速度托举着它前进。看到这一幕，它心中突然涌起了一种冲动的感觉，一种它还不能理解的感觉，一种愤怒混合着恐惧的感觉，同时伴随着力量、自信和攻击的颤抖。突然，它前爪蹭地，发出一种前所未有的声音，一种奇怪的声音，完全不同于它平时的呜咽。经过这一次成功的尝试，它仿佛受到了鼓舞，紧接着一次又一次地用颤抖的声音重复着这种吠叫。但它这种全新的语言对眼前的昆虫来说完全是徒劳的，因为以一只蟑螂的理解力，完全体会不到宁录这番叫喊有什么非同寻常的意义。这只小昆虫以蟑螂世界永远不会被消灭的那种神圣感，继续目不斜视地走向房间的角落。

在小狗的灵魂里，憎恶还没有什么持久的力量。刚刚觉醒的生活趣味，把一切感觉都变成了愉悦和欢乐。宁录继续吠叫着，但它吠叫的意义却不知不觉地变了，变成了对它本来面目的拙劣模仿——试图表达那些生活中许多意想不到的遭遇、快乐和刺激所带来的不可思议的奇迹。

潘神[1]

棚屋后面和外屋之间的一个角落有一条从院子蜿蜒伸出的死胡同。死胡同最深、最远的终点,夹在厕所和鸡舍的墙中间,它是个沉闷的海湾,再往前就什么都看不见了。

这就是我们这片屋舍的尽头,就像直布罗陀海峡一样,扼住了这片土地的交通要塞。这个探出的尖角地带也曾经拼命地撞击水平木板围城的栅栏,但固若金汤的围栏始终坚守阵地,将院子内的生活围绕成一个孤立的小世界。

栅栏下面流淌着一条黑色的臭水沟,一条永不干涸的腐烂油腻的泥沼——这是唯一穿过栅栏通向更广阔世界的路。死胡同里臭气熏天的绝望仍然在为了冲出去而与时间和围栏对抗,经过长久的努力,栅栏上终于有一块板子松动了。男孩子们"施以援手"完成了剩下的努

---

[1] 潘神,又称牧神,专门照顾牧人和猎人以及农人和住在乡野的人,是希腊神话中司羊群和牧羊人的神。最初是在阿耳卡狄亚的神庙里祀奉,后被认为是帮助孤独的航行者驱逐恐怖的神。

力,掀去木板,终于在栅栏上撬出一个缺口。像是在昏暗的房间里突然开了一扇窗,我们迎着太阳的金光,在水沟上架起了一块木板。单脚踩过这座简易的小桥,我们这些院子里的囚徒就可以从缝隙里钻出去,进入一个清风习习的更广阔的新世界。那里,在我们面前铺展开的是一个杂草丛生的大花园。高大的梨树,阔顶的苹果树,枝繁叶茂地生长,银光闪闪的叶子婆娑摇动,远看就像顶着一张泡沫漂浮的大网。从未有人修剪过的厚重浓密的草皮,像蓬松的地毯覆盖着起伏的地面。到处都是头顶羽毛般花冠的小野草,像精致的细丝一样纤弱的野生芹菜,趴在地面上长着粗糙褶皱叶子的常春藤,还有散发着薄荷味的白荨麻。茂密的车前草争相盛放,带着锈菌斑的光泽,露出一串串又厚又红的种子。整片丛林沉浸在和煦柔软的空气中,沐浴着像清澈湖水一样淡蓝色的微风。躺在草地上,仿佛置身于蔚蓝色的流云和浮岛构成的玄妙地图之中,你的呼吸同整片天地连在了一起。在与空气的交融中,所有的草叶都长出了细嫩的毛发,带着一层柔软的绒毛,还有一种粗糙的、像小钩子似的硬毛,似乎是用来抓住和保留氧气的波动。这一层微妙的白色细毛使植被与大气更加亲密,在日光的散射中被染上了银白的色泽,在太阳偶尔从云层中穿来穿去的间歇里寂静地飘浮。其中有一种黄色的植物,在空气中摇摆,苍白的茎管里有丰盈的乳白色汁液,微弱的空气就可以将它们松散的花芽吹散,吹拂出许多蓬松的蒲公英球,无声无息地融入蓝色的寂静中。

这座花园十分巨大,向周围大面积延伸,不同的区域呈现出不同的景致。这一侧在天空下从容地铺开,沐浴着新鲜的空气,为大地铺上了一床最柔软、最精致的嫩绿色绒毯。但当地面延伸到一个低洼地势，笼罩在一个废弃的苏打水工厂残垣断壁破败的阴影之下时，它突然变得阴森凌乱，杂草丛生，布满疮痍。那里到处都是疯狂的蓟草，茂密的荨麻，还有不知名的遍地野草一直蔓延到工厂围墙的尽头。最后，在一个开放的矩形海湾里，它失去了所有的节制，场面彻底变得疯狂。那里已不再是果园，而是一种疯魔的癫狂，一种愤怒的爆发，一种玩世不恭的无耻和排山倒海的淫欲。在那里，原始的野性被解放了，尽情地释放它们的激情，统治着那些空洞的、过度生长、像卷心菜一样的牛蒡丛——它们好像高大的女巫，在光天化日之下脱下它们宽大的裙子，撕扯成一片一片、四处乱丢，直到它们那破烂的、喳喳作响的、满是窟窿的布片把整片吵吵嚷嚷的广袤土地都埋藏在它们那疯狂的身躯下。女巫的裙子还在膨胀变大，一层一层地堆积起来，不断地伸展和生长，那一团团细小的叶子就这样生机勃勃地一直长到某个小屋低矮的屋檐上。

就是在那里，在一个酷热的中午，我第一次见到他，也是我有生以来唯一一次见到他。那一刻，时间从单调的日常生活中狂野地挣脱出来，像一个逃亡的流浪汉，在田野上叫喊着跑过。夏天俨然已经失控，以一种疯狂的态势蔓延在整个天地间，不断地膨胀扩张，空气几乎在燃烧，把夏日的热量推入一个未知的、疯狂的维度。那个时候，我醉心于抓蝴蝶。我充满激情地追逐这些闪闪发光的斑点，这些飘忽不定的白色雪花，欣赏它们在燃烧的空气中上下翻飞，莽撞地颤抖。就是在这个过程里，碰巧其中一个光点飞着飞着就分散成两个，然后又分散成三个——那三角形的耀眼的白色光点像一束精灵的光,带着我在被太阳晒得焦灼的蓟丛中穿行。我在牛蒡丛边停了下来,不敢往山谷的深处走。突然间,我看见了他。他蹲在那儿,肩膀以下都淹没在牛蒡丛中。我看到他宽阔的肩背穿着一件邋遢的衬衫,夹克的领口也脏兮兮的;他保持蹲坐,似乎随时准备要跳起,肩膀耸起,像是承受着千斤重担;他紧张地喘着气,汗水顺着他铜棕色的脸流下来,汗珠在阳光下晶莹地闪着光;他的身体一动不动,好像手在草丛里忙着什么活计,仿佛要抬起什么重物。我站在那里,被他的目光钉在原地,灵魂仿佛被他勾住了。那是一张流浪汉或者是酒鬼的脸庞,额头像被溪水冲刷过的石头一样宽阔圆润,上面竖起一簇黏腻的头发。他的前额布满了深深的皱纹,我不知道是某种痛苦,或是烈日的炙烤,又或是艰辛的劳作将他的面容侵蚀,让他的五官扭曲得几乎要爆裂开来。他那双漆黑的眼睛带着巨大的绝望与痛苦打量着我。他的眼神十分浑浊,我不知道他在看我,还是没在看我;看到了我,还是没看到我。那双眼睛就像爆炸的子弹,他的脸在说不好是极致的痛苦还是灵感的狂喜中绷紧了。突然,他紧绷的表情扭曲了,浮现出一副痛苦不堪的可怕鬼脸。愁眉苦脸的表情愈演愈烈,带着先前的疯狂和紧张,不断膨胀,变大变鼓,最后爆炸成了一阵咆哮的嘶吼和刺耳的笑声。我被这一切深深地震住了,惊恐万状地看着他一边发出像山洪暴发般的大笑,一边慢慢地起身,像一只大猩猩一样弓着背,把双手插在他破旧裤子的口袋里。他突然开始奔跑,大踏步地跨过沙沙作响的锡纸一样的牛蒡丛——这是一个失去了笛子的潘神,逃一般地跑回到他自己熟悉的地域。

查尔斯先生

每个星期六中午，查尔斯叔叔这个暂时的单身汉，会出发到度假村去看望他的妻子和孩子，她们在那里消夏，那个度假村距离城里大概要步行一个小时。

自从他的妻子出门以来，房子就没有打扫过，床也没有铺好过。查尔斯每天很晚才回到家，在炎热而空虚的日子里，他几乎夜夜狂欢，这使他疲惫不堪。那些褶皱、清凉、凌乱的被褥，就像一个幸福的避风港，一个安宁的岛屿，而他像一个在暴风骤雨的海上颠簸了许多个日夜的漂流者，每次都是用尽他最后的一点力气挣扎着登上这个岛屿。

他在黑暗中小心翼翼地摸索，好不容易爬上了床，沉浸在凉爽柔软的被褥之中，像是飘浮在一片羽毛之上。倦意袭来，他倒头睡去。他睡眠的姿势变化多端，要不然就乱七八糟地横在床上，要不然就把脑袋使劲儿往枕头堆里钻，仿佛想在睡梦中彻底地探索那一大堆从夜晚袅袅升起的羽毛般的被褥。在梦乡里，他和他的床纠缠在一起，他像一个逆水游泳的人，用尽全力紧紧地拥着被褥；又像陷入一大碗面团,用自己身体的扭动来揉捏它、塑造它。清晨他醒了一次,气喘吁吁、浑身是汗,身上仍然缠绕着他在"深夜搏斗"中无法战胜的那些被褥,然而,他只是从接近昏迷的沉睡中苏醒了一半,另一半的自己仍然悬在夜幕的边缘,喘着粗气,而周围的被褥又开始生长,膨胀,发酵,又一次把他吞进一堆又重又白的面团里。

他就这样睡到上午,这时的枕头好像排列成一大片开阔的平原,他沉静的睡梦就在这片平原上悠然地徘徊。在这白色的平坦的路上,他慢慢地恢复了知觉,感受到了时间,回到了现实中——最后,他终于醒了,就像火车到站时睡了一路的乘客一样睁开了眼睛。

沉闷的昏暗中,房间里散发着许多天积累的孤独和宁静的余味。到了早晨,成群的苍蝇喧嚣作响,只有窗帘闪烁着太阳的晨晖。查尔斯打了个哈欠,从他空洞的身体最深处哈出昨天残留的气息,这个哈欠简直像一阵痉挛,他的整个身体都差点被从里到外翻了过来。他就这样清掉了前一天未消化的残骸和废气。

当他的身体松弛下来,他就在笔记本上记下他这几天的开销,把它们加在一起计算了一下,然后陷入了沉思。他静静地躺了很长时间,外突而湿润的水蓝色眼睛里没有任何波澜。幽暗浸染了房间,百叶窗漏进来的光线依旧晃眼,他的眼睛像两面极小的镜子,反射着所有闪光的物体:窗缝里的光影,还有窗帘上金色的方块花纹。整个房间像被一滴晶莹剔透的水珠包裹着,地毯和椅子上都是一片空寂。

与此同时,百叶窗后面的白昼响起越来越嘈杂的嗡嗡声,被太阳晒得发狂的苍蝇叫得越来越疯狂。窗子无法抵挡这场白色的火灾,窗帘也在明亮光芒的摇曳下显得轮廓模糊。

终于,查尔斯从被窝里不情愿地爬起来,在床上呆坐着,莫名地叹着气。三十岁的他,体型开始变化,身体因为脂肪囤积而臃肿,精力因为纵欲过度而萎靡,但生命的汁液仍源源不断地生成,在这一天的寂静中,似乎默默塑造了他未来的命运。

查尔斯坐在那里,处于一种没有思想的行尸走肉般的昏迷状态,完全听命于血液循环、呼吸和他与生俱来的雄性气息的剧烈跳动。在他汗流浃背的身体里,一种未知的、无法形容的走向,就像某种可怕的宿命,正向着无法预料的方向发展。他并不害怕它,因为他已经感觉到了某件未知和不寻常的事情即将到来,他以一种奇异的同频状态,毫不抗拒地与它共同生长,因为顺从和敬畏而变得麻木,并在这种巨大的繁荣中观照到自身未来的命运,那是在他自我诊断之前就已经走向成熟的怪异肿瘤的繁荣。有时,他的一只眼睛会轻微地向外歪斜,好像要去看向另一个维度。终于,他从那些无望的沉思中醒来,回到了现实中。他看着地毯上自己的脚,像女人的脚一样丰满而精致。他不紧不慢地从衬衫的袖口上取下他的金色袖扣,然后走进厨房,在一个阴凉的角落里发现了一桶水,还有一面无声地注视着他的圆形镜子,那是这间空公寓里唯一有生命和智慧的东西。他把水倒进盆里,让自己的皮肤品尝一下那清冽、甜美又有点陈腐的湿润味道。他并不匆忙,而是细心谨慎地穿好了衣服,在每个步骤之间往往要停顿好一会儿。空荡寂寞、无人照管的房间并不待见他,家具和墙壁也都默默地、无声地批评着他。他感到在这种寂静之中,自己就像一个闯入水下王国的人，时空的概念都发生了转变，让人无所适从。他轻轻打开自己的抽屉，像个小偷一样，不由自主地踮起脚尖，生怕惊起什么乒乒乓乓或者稀里哗啦的回声，因为他知道，这些声音正在焦急地等待，等待一个哪怕很微弱的响动，就能引诱出更大的爆发。

  从梳妆台到柜橱，他隐忍地摸索着，总算是一件一件地找到了所有的东西，并在那些深不可测的家具的缄默中完成了梳洗和更衣。一切准备就绪，他站在镜子前，手里拿着帽子，突然感到很尴尬，甚至在最后一刻，他也找不到任何只言片语能驱散这种带有敌意的沉默。然后他低下头，慢吞吞地、听天由命地朝门口走去。这时，另一个永远背对他的人，以同样的步伐朝相反的方向，穿过一重重反复投射的空房间，走进了镜子的深处。

肉桂色铺子

在昏昏欲睡的冬日,短促的晨昏都披上了毛茸茸的外套,整个城市越来越深地陷入漫漫长夜的腹地,清冷的黎明微光力不从心地将城市唤醒,回到白昼。父亲已经迷失,仿佛将自己出卖到了另一个世界,然而却并不期待被救赎。

他满头满脸被一大堆乱七八糟、桀骜不驯的灰发所覆盖,一簇簇短硬的毛茬蓬乱无章地从他脸上的肉揪、眉毛和鼻孔里钻出来,使他看起来像一只坏脾气的老狐狸。他的嗅觉和听觉异常敏锐,通过这两种感官的感应,他可以随时与地下那个隐秘的世界保持联系——那里布满了老鼠洞、密道、烟囱排风口和大量的灰尘杂物——因此,他的脸上总是保持着一种阴沉紧绷的表情。他是一个细心而警觉的倾听者,所有地板上的窸窣声、夜间的嘎吱声和私密的啃噬声都逃不过他的耳朵。他还是一个忠诚的同谋,为地下的世界保守着秘密,甚至随时准备着遁入地下、参与其中。他全神贯注地听着,完全淹没在一个我们无法涉足的空间里,他甚至不想和我们讨论这个问题。有时,当他那些隐秘的朋友闹腾得太过荒谬时,他总是轻弹手指、抿嘴偷笑,然后与我们的猫交换一个会心的眼神。不知道从什么时候,这只猫也加入了他们那神秘的阵营——它抬起愤世嫉俗的冷脸,用一种冷漠和克制的神情把它的猫眼眯成两道斜斜的细缝。有时候,吃饭吃到一半儿,脖子上还系着餐巾的父亲会突然放下刀叉,从桌子边站起来,像猫一样踮着脚尖走到隔壁房间的门口,极为小心地从钥匙孔往里看。然后,他害羞地讪笑,略微尴尬地回到桌边,喃喃自语着沉入另一个世界,与他如痴如醉的内心独白相偎相依。

为了分散他的注意力,让他从这些病态的怪诞中解脱出来,母亲总是强迫他晚上出去散步。他默默地去了,没有表示抗议,但也没有丝毫热情,只是一言不发、心不在焉地走着。有一次,他甚至还和我们一起去看戏。

我们来到灯光昏暗、破旧不堪的剧场大厅,里面人声喧嚣、场面混乱。我们费力地挤过人群,眼前出现一块淡蓝色的巨大幕布,像是来自其他时空的纯净的蓝色穹顶。幕布上悬挂着许多脸型鼓胀的粉红色大面具。接着,人造穹顶的大幕向两侧拉开,充满了悲怆的气息和宏伟的雄姿,与舞台上的脚手架相互呼应,营造出虚假且瑰丽的世界。不知道什么原因,舞台的穹顶发生一波震动,巨大幕布沉重的喘息使上面的面具像复活了一样生动,跟着颤抖起来。这场震动揭示了穹幕不真实的特征,引发了现实的震颤,但对我们来说,却像窥见了某些不可告人的秘密。

面具眨动着红色的眼睑,紫色的嘴唇无声地翕动,咽下了没有说出口的话。我知道精彩的一刻即将到来,神秘的张力达到顶峰,鼓胀的天空序幕将真正张开,上演不可思议和令人眼花缭乱的节目。

还没等我欣赏到即将开始的精彩,事情就被打断了,因为父亲开始流露出强烈的焦虑。他摸遍了所有的口袋,然后表示他把手袋落在了家里,里面装着钱和一些极重要的文件。经过简单的商议,也是鉴于家中阿德拉的不老实,我被指派回家一趟去取父亲的手袋。用母亲的话说,距离演出正式开始还有好一会儿时间,而且,以我迅捷的脚力,说不定还可以在开场前及时地赶回来。

于是,披着天空清冷的星辉,我一个人走进冬夜。那是一个难得的晴朗夜晚,星空如此高远,如此辽阔,天空看起来是被不同的星团分割成许多区块,多到可以让一整个月的冬夜每天换上不同的一块,用各种各样的星空图案和皎白月色去覆盖夜晚的一切事件、冒险、奇遇和狂欢。在这样的夜晚,派一个孩子去执行一项紧急而重要的任务是极其轻率的,因为在这种星月交错的夜晚,街道膨胀了起来,变得杂乱无章,相互交错。在城市深处铺展开的,有开阔的街道,对称的街道,重影的街道和虚幻的街道。想象力被迷惑和误导,创造出看似熟悉区域的虚幻地图,地图上的街道都有它们适当的位置和独特的名称,而这有着无尽创造力的迷蒙夜晚,又为这虚幻的地图提供了更多新的布景,增加了更多新的岔口。陷入这种冬夜的诱惑通常只是起源于一种单纯的愿望:找到一条捷径,走一条虽然不太熟悉但是会更快的路。走捷径的诱人之处,就在于找到一条连接不同区域的小路,来缩减那些熟知的复杂路程和漫长时间。但这一次,事情却和期望的完全不同。

没走几步，我发现我没穿大衣。我本想往回走，但随即又觉得这是在不必要地浪费时间，尤其是夜晚一点也不冷；相反，我能感受到阵阵不合时节的温暖气息，像春夜柔和的微风。零星的雪花像是白色的绒毛，又像飘飞的柳絮——但是因为漂亮又冰爽，丝毫都不像春天满天乱飞的柳絮般惹人生厌——散发着紫罗兰的清甜。这样的白色团绒飘过天际，月亮圆润如盘，看起来有平时的两三倍那么大，温柔地展示着它美丽的月面和位置。

那天晚上，天空的许多区块都暴露了自己的内部结构，就像解剖学的展品一样，展示了光线的纹理和旋涡、灰绿色的凝固暗影、空间的褶皱和梦境的家园。

在这样的夜晚，沿着城防街①或者那些其他黑暗的街道走（那些街道都通向集市广场，只不过有的像集市的正面，有的像集市后面的衬里），很容易让我想到，这样的深夜里，有些奇怪的、吸引人的商店有时还是开着的，虽然它们在平日里常常被人们忽略。我以前叫它们肉桂色铺子，因为它们的墙壁镶板就是深沉的肉桂色。

这些真正高雅的店铺，会开到深夜，一直是我梦寐以求的去处。幽微的灯光下，庄严雅致的室内充满了颜料、清漆和熏香的气味，以及遥远国家和稀有商品的香氛。在里面你可以找到孟加拉灯、魔法盒子、灭亡已久的国家的邮票、中国的印花纸和青花瓷、马拉巴尔的松

---

① 德罗戈贝奇一条真实存在的街道。

香、奇异昆虫的蛋、鹦鹉、巨嘴鸟、活的蝾螈和蜥蜴、曼德拉草根、纽伦堡电子玩具、装在罐子里的小矮人、显微镜和望远镜,还有最重要的——罕见、稀有的书籍,满是令人惊讶的插画和令人赞叹的故事的对开本旧书。

我记得那些举止端庄的老店员,他们低垂着眼睛,谨慎地沉默着,体贴地又睿智地为顾客服务,对顾客最隐秘的奇思妙想充满了理解和宽容。但最重要的是,我记得有一次在一家书店里,我瞥见了一些难得一见的禁书,这些秘密会社的出版物总是要揭开那些扑朔迷离的事件的神秘面纱。我很少有机会去逛这些商店——尤其是口袋里揣着不多但足够的钱——所以我现在不能放弃这个绝佳的机会,尽管我肩负着重要的使命。根据我的估算,我应该拐进一条狭窄的小巷,再穿过两三条小街,就能到达那条夜铺林立的街道。虽然这样我会偏离回家的路线,但抄近路穿过盐店街[①],我就能弥补耽搁的时间。

我是多么想要赶紧去那些肉桂色的铺子,于是我拐进了一条熟悉的街道,我不是走,而是在跑。我生怕迷路,跑过了三四条街,仍然没有找到我该转弯的路口。更严重的问题是,这些街道的轮廓都和我想象的完全不同,丝毫没有任何店铺的迹象。我走在一条陌生的街道上,周围的房子一扇门也没有,月光的映照下,只能看到一扇扇紧闭的百叶窗。我想,在另一边,一定是房子的正面,会有一条可以走出去的街道。我加快了脚步,心里很不安,瞬间就放弃了去肉桂色铺子

[①] 德罗戈贝奇一条真实存在的街道。

的念头。我现在只想赶快离开那里，到城市里我熟悉的地方去。我走到街的尽头，不知道接下来它会通向哪里。我发现自己走在一条建筑稀少、又长又直的宽阔大道上，我感觉到周围的空间开始变得开阔。靠近人行道或者街心花园的中央，是一幢幢美轮美奂的建筑，那是富人区的高级别墅，在它们之间可以看到公园和果园的围墙。整个地区看起来像李须尼让街①的下坡部分，平时很少有人造访。月光穿过许多羽毛般的云朵，闪闪烁烁，像是天空中银色的鳞片，月色皎皎，把夜晚照得像白天一样明亮，在这一片银光的景致里，只有公园和花园站在黑洞洞的阴影里。

我仔细看了看其中的一栋建筑，逐渐意识到那是我中学教学楼的背面，之前我从来没有看过它的这一面。我赶紧往门口走，令我吃惊的是，门竟然开着，门厅里也亮着灯。我走进去，站在走廊的红地毯上。我心里盘算着最好能趁人不注意溜进去，再从正门出去，走一条漂亮的捷径。

我想到，这么晚的时间，可能是阿伦特教授在教室里上美术选修课。冬天，这门课总是在夜里进行，我们却都成群结队地去上课，胸膛里燃烧着被那位优秀的老师唤起的对艺术的热情。

一小群勤奋的学生几乎淹没在巨大又昏暗的教室里，两支插在瓶口上的细蜡烛照亮了四壁，把学生们的脑袋投射成硕大又摇摇欲坠的阴影。实话实说，平时在这些课上，我们创作的画作并不多，教授也

---

① 德罗戈贝奇一条真实存在的街道。

不是十分严格。有些男孩从家里带来靠垫,找机会就躺在长椅上小睡一会儿。只有最勤勉的人才自觉地聚集在蜡烛周围,沐浴在那金色的烛光中。我们通常都要等很长一阵儿,教授才姗姗而来,于是我们便困意昏昏地用闲聊来打发等待的时间。终于,教授房间的门打开了,他走了出来——身材矮小,留着胡子,带着高深莫测的微笑和矜贵的沉默,散发着隐隐的神秘感觉。他转回身,小心地关上身后书房的门,在短暂的瞬间,我们从门缝里看到他头顶上方的柜子上摆放着一组石膏像,那是一组经典受难者的破碎塑像,那是痛苦的尼俄伯①、达那俄斯②和坦塔罗斯③,还有整个悲哀的、死气沉沉的奥林匹斯山,在石膏博物馆里常年闲置。即使在白天,光线也无法穿透他的房间,而是被房

---

① 尼俄伯是希腊神话中坦塔罗斯和底比斯国王安菲翁的妻子所生的女儿。尼俄伯为自己七个英俊的儿子和七个美丽的女儿而自豪,并在勒托女神面前自吹自擂,因为勒托仅有阿波罗和阿尔忒弥斯两个孩子。有一次尼俄伯打断了人们对勒托的祭拜,要求人们应该崇拜自己而不是勒托。这激怒了勒托,她派阿波罗和阿尔忒弥斯杀死了尼俄伯的孩子们。尼俄伯十分悲伤,宙斯可怜她,将她变为一座喷泉,喷泉中涌出的全是她的泪水。人们将它移到她的故乡佛里吉亚的西皮洛斯山上,泪水仍然继续涌出。
② 达那俄斯是埃及国王柏罗斯之子。他的孪生兄弟埃古普托斯有50个儿子,他们追求他的50个女儿。埃古普托斯的儿子们强迫达那俄斯把女儿们嫁给他们。达那俄斯的女儿们遵从父命,在新婚之夜杀死自己的丈夫,只有许珀耳涅斯特拉未从命,没有对丈夫林叩斯下手。达那俄斯的女儿们犯下罪行,死后受到惩罚,永无止境地往无底桶里灌水。
③ 坦塔罗斯,是希腊神话中主神宙斯之子,起初甚得众神的宠爱,获得别人不易得到的极大荣誉:能参观奥林匹斯山众神的集会和宴会。坦塔罗斯因此变得骄傲自大,侮辱众神,因此他被打入地狱,永远受着痛苦的折磨。后人以其名喻指受折磨的人。

间里那些石膏残片的梦境和他们空洞的面容、灰白的侧面，以及遁入虚无的沉思沾染上一片浓重。有时，我们喜欢在那扇门前倾听，听那些衰败的众神在寂静中泄露的枯燥乏味的叹息和低语。教授威严地在空寂的长凳间踱来踱去，我们三三两两地坐在上面，借着冬夜清冷的灰白反光画画，这个场面安静而祥和。一些同学睡着了，蜡烛也在瓶口烧得差不多了。教授站在一个很深的书架前钻研，里面摆满了古旧的对开本、过时的版画、木刻和读本。他用深奥的手势向我们展示了古老的石版画，画面上是冬天里的幽深夜色、月影丛林和园景大道在白色月光的背景下勾勒出黑色的轮廓。

在昏昏沉沉的谈话中，时间不知不觉就过去了。它不均匀地流逝，仿佛在某个时间段打了一个结，吞噬掉无关紧要的几个小时。没有任何过渡，我们几个人感觉好像时空穿梭一样，突然发现早已过了午夜，自己正走在回家的路上，脚下是雪白的花园小径，两旁长着黑色、风干的灌木丛。我们沿着那毛茸茸的黑暗边缘行走，刷蹭着灌木丛的毛刺，它们低矮的小枝杈在我们脚下折断。夜晚散发出虚幻的奶白色亮光，在积雪上散射，被苍白的空气和乳白色的空间过滤，就像雕刻的灰纸，上面厚厚的灌木丛对应着深黑色的装饰线条。这个夜晚正在复制刚刚阿伦特教授讲述的版画，重现他幻想中的图景。

在公园黑色的、好像披着皮毛外套的灌木丛中，在那些茂密、冷硬的枝杈下面，有各种各样毛茸茸、黑暗的角落、暗洞和巢穴，温暖又安静，充满了混乱的纠缠、秘密的手势和暧昧的交谈。我们穿着厚厚的大衣，坐在松软的雪地上，在这个温暖如春的冬季里，敲开满地的榛子。灌木丛里,黄鼠狼无声地穿行,貂鼠和猫鼬这类毛茸茸、短腿、散发着羊皮臭味的小动物也在东奔西跑。我们怀疑这其中就有学校陈列柜里的展品,虽然身体已被掏空,毛发已被褪去,但在那个明亮如旦的夜晚,它们的躯体却激发出了永恒的本能和求偶的冲动,于是在灌木丛中短暂地回魂。接着,春雪般熠熠的光泽慢慢地褪去,一切暗淡下来,变成了黎明前的一片漆黑。我们有些人在温暖的雪地里睡着了,有些人在黑暗中摸索着自己的家门,跌跌撞撞地闯进父母、兄弟的梦乡,他们的晚归正好撞上一连串沉睡的鼾声。这种深夜的绘画课程对我来说有着引人入胜的魅力,因此,我无法克制去美术教室瞧上一眼的冲动。于是我决定了,去看上一眼就走。但当我踏上后楼梯后,雪松木的台阶在我脚下发出轻响,我突然意识到,这不是我平时走的楼梯,我正处在教学楼里一个完全陌生的侧翼。在这庄严的寂静中,甚至没有一丝窃窃私语。这一侧的走廊比较宽敞,铺着厚厚的地毯,格调非常典雅,每个转角都挂着幽幽发光的夜灯。转过第一个转角,我发现自己进入了一个更宽敞、更豪华的大厅,其中一面墙上开出一条宽阔的玻璃拱廊,通往深处的房间。我看到里面还有一大排装饰得富丽堂皇的房间。我的目光越过丝绸的帷幔、镶金的镜子、不菲的家具和水晶的吊灯,进入天鹅绒般轻柔华贵的室内空间,在那里,柔和的灯光迷人地闪烁,交缠的花环和含笑的花朵散发着沁人心脾的芳香。这些空荡荡的房间里一片寂静,只有各种镜子面面相觑,交换着秘密的眼神。棚角线在灰泥粉刷的天花板吊顶上高高地挂着,俯瞰着这无限的静谧中隐隐的恐慌。

我怀着羡慕和敬畏的心情望着眼前的一切，心想这是今晚一系列莽撞的行为将我意外地带到了校长居住的这个侧翼，这里应该是他的私人公寓。好奇心使我呆立在那里，心怦怦直跳，已经做好了稍有动静就立刻逃走的准备。如果被人抓住，我该如何解释这次出其不意的夜访和厚颜无耻的窥视？也许，在某一把盖着长绒毯的高背靠椅里，校长的小女儿正一动不动地坐着，而我却没有发现她。她也许会抬起眼睛搜寻我的目光——我断然承受不住她那双乌黑的、女巫般的、安静的眼睛的凝视。但是，如果现在半途而废，中止我的计划，对我来说，又是无法接受的怯懦行为。此时，在那豪华的氛围中，无法确定时刻的朦胧灯光照亮了室内深深的寂静。穿过那条玻璃拱廊，我看到客厅的另一边有一扇通向露台的玻璃门。周围无比安静，我突然感觉自己有了勇气。我觉得，如果我能迈下几级矮台阶走到客厅里，再快走几步穿过那块昂贵的地毯到阳台上，我就可以从那儿轻而易举地返回到我熟悉的街道上，这应该不算是太大的冒险。

我就是这么做的。现在我站在一片拼花的地板上，周围的盆栽棕榈树高得几乎要贴上天花板的吊顶。我发现自己站的其实是一个开放地带，因为客厅前面没有正墙。这个区域通过几级台阶和一个广场相连，更像是起到一个连廊的作用，而且与广场的空间浑然一体，因为有一些家具直接摆放到了人行道上。我跑下几级短短的台阶，发现自己终于又回到了街道上。

天空里的星座在我头顶陡然耸立，所有的星星都在浩瀚的天空中缓慢地围着北极星旋转，只有月亮被羽毛一样的云朵遮盖了，却仍然照亮了冷峻的夜空。它沉浸在星宿运行的复杂程序中，眼前似乎还有无尽的路程要走，依然望不见黎明。几辆马车的黑影在街上若隐若现，摇摇晃晃的，像断腿的，或者是打瞌睡的螃蟹或者蟑螂。一个马车夫从他高高的座位上俯下身子，他的脸红通通的，布满友善的笑容。他问："要坐车吗？小伙子？"马车上所有拼接的部件和绑带都在松弛地抖动，细细的车轮轻盈地转动。

在这样的一个夜晚，谁会轻易相信一位随心所欲、难以捉摸的马车夫呢？在车轮辐条的嘎吱声、车厢和棚顶晃动的咚咚声中，我们始终没有就我要去的目的地达成清晰的一致。不管我怎么说，他都漫不经心地点头，然后自说自话，驾着马车在城里兜圈子。

在一家酒肆门口，另外几个车夫友好地向他挥手，他热情洋溢地回应他们，然后出其不意地把缰绳扔在我的膝盖上，不等停车就从车厢里跳了出去，和那些车夫走了。现在只剩下拉车的那匹聪明的老马，它草草地环顾一下四周，就继续单调机械、马不停蹄地小跑着。事实上，马的冷静激发出了我的信心——它看起来可比刚才的车夫更值得信赖。可惜我不会驾马车，此刻只能信马由缰、听天由命。我们拐进了一条郊区的街道，两边都是馥郁的花园。随着我们的深入，花园慢慢地变成了树木参天的公园，然后公园又变成了茂密的森林。

我永远不会忘记那个明亮的冬夜里发生的光辉历程。天空的彩色地图扩展成了一个巨大的穹顶，穹顶上隐约可见奇妙的陆地、江河和海洋，上面有星星绘就的天空地理的闪亮线条，以及灿烂的流星划破天际的运动轨迹。风儿轻柔地喘息，飘浮的雾气像是闪闪发光的银纱，弥漫着紫罗兰的香气。像羊毛一样洁白柔软的雪堆下，钻出了颤抖的银莲花，它们像晶莹的小杯子一样的花苞里，盛放着迷人的月色。整个森林似乎被成千上万流光溢彩的灯火和十二月的夜空里璀璨耀眼的星星照亮了，空气中暗涌着春天般的气息，折射出白雪的纯净和紫罗兰的娇美。我们进入一片丘陵地带，连绵起伏的山势上长满了光秃秃的树芽，在月光下伸展手臂，发出幸福的轻叹。在这欢乐的山坡上，我看见几个人，在苔藓、灌木丛、湿润的雪花和散落的星光的围绕下徒步行进。山路变得陡峭，马车开始打滑，老马费了很大劲儿才能勉强拉动整架马车。我感到很快乐，我的肺里吸收了空气中像春天般潮湿、像白雪般洁净、像星光般清澈的气息。泡沫一样的积雪在老马的胸前翻涌，它用尽力气在无人踏足的雪堆里探索着出路。最后我们停了下来，我从车里下来，老马耷拉着脑袋，呼哧呼哧地喘着粗气。我把它的头抱在怀里，它的大眼睛里满是泪水，这时我才注意到它的腹部有一处圆形的黑色伤口。我也流下热泪，轻声地问："你为什么不告诉我？"它虚弱地回答道："我的孩子，这都是为了你呀。"然后它就仿佛一下子变小了，小得像是一只玩具木马。我松开它，感到一种奇怪的轻松和愉悦。我短暂地犹豫了一下，是等一趟经过这里的慢车，还是走回去？接着，我选择沿着一条陡峭的小路走，这条路像小蛇一样在森林中蜿蜒。起初我迈着轻快而矫健的步伐，后来，在惯性的驱动下进入了一种刺激的、快乐的奔跑，我越跑越快，直到像是踩在滑雪板上急速地俯冲。我可以随心所欲地调节自己的速度，也可以通过身体的轻微转动来改变路线。

到了市郊，我放慢了这种冲刺的疯跑，找回了平静的脚步。月亮依然高挂在天幕上。天空的运转永不止息，那些千变万化的穹顶正在重新构建着越来越复杂的新格局。天空像一个银色的星盘，在这个魔幻的夜晚展开了它的内部构造，揭示了那些齿轮和罗盘像数学运算般严谨精确的亘古演进。

在集市广场上，我遇到了几个悠闲散步的人，他们都被那天晚上的景致迷住了，仰起的脸庞被这奇妙的夜色镀上了一层银光。我彻底将父亲的手袋抛置脑后——父亲时常沉溺于自己的某些狂热，估计此刻早已忘记了那个落下的手袋，而母亲更是不会小题大做。

在那一年那个独一无二的夜晚，你会轻松地捕捉到许多愉快的情绪和突发的灵感，确切地感受到上帝之手对你温柔和蔼的爱抚。怀揣着各种各样的思绪和想法，我准备往家走，在路上又遇到几个学校的同学，他们的胳膊底下还夹着书。他们被那个夜晚不眠不休的光亮唤醒，以为即将天亮，已经准备去上学了。

我们一起沿着一条陡峭的、弥漫着紫罗兰馨香的街道走去，也不知道给眼前的雪地洒上银辉的，究竟是夜晚的魔法，还是黎明的曙光……

鳄鱼街

父亲在他大书桌的下层抽屉里放了一张我们城市古老而美丽的地图。那是一整卷对开羊皮纸,原来是用亚麻布捆扎起来的,现在拼成了一幅可以挂上墙面的巨大地图,涵盖鸟瞰城市的全景。

这幅地图悬挂起来几乎可以盖住整面墙,缓缓铺展开泰斯米尼卡河[①]河谷宽阔的地貌。这条河像一条淡金色的波浪缎带,蜿蜒流过广阔的池塘和沼泽的迷宫。起先,在向南流经地势较高的高地时,河水走势平缓;后来,河道越来越窄,闯进一片多是圆形山脉的丘陵地带,像是游走在一个星罗棋布的棋盘上;最后,渐渐融入远方地平线上模糊的黄色薄雾里。在那苍茫的地势尽头,崛起了我们的城市,占据了地图的中心。一眼看去,那只是粗犷的线条简单划分的区块,仔细观察就可以发现里面散布着密集的街区和房子。这密集的综合体被深谷似的街道切割开,在第一幅详图上变成了一组组单体房屋,用双筒望

---

① 乌克兰的一条河流,流经舒尔茨居住的城市德罗戈贝奇。

远镜观察，可以清晰地看到内部的风景。在这一部分，绘图师专注于错综复杂、形态多样的街道和小巷，层叠的飞檐、楣梁、拱门和壁柱仿佛被云层中透出的黄昏时的金光照亮，被赋予了最清晰的线条，而所有的角落和隐蔽处都沉浸在深褐色的阴影中，那种浓重得像蜂蜜般的方块和棱柱，盘桓在街道的沟壑里，被渲染成温暖的色调。在这里，有半条街道，房屋之间留有一定的缝隙。绘图师们用阴郁浪漫的明暗对比把复杂的建筑复调加以戏剧化的协调。

在那张以巴洛克①全景风格绘制的地图上，鳄鱼街的区域闪耀着空旷的白色，这通常标志着两极地区或几乎不为人知或者未开发的地域。有几条街道用黑色线条标出，它们的名字用极其简单朴素的字体写着，与其他地名的高贵字体有着明显的不同。绘图师一定是不愿意把那个地区涵盖在城市里，他的这种保留意见在制版处理上得到了充分的体现。

为了理解这些保留意见，我们必须关注这个地区含混不清和疑窦丛生的特征，正是这些特征使它和城市的其他地区迥然不同。这是一个工商业区，有着突出明显的功利主义特征。时代精神和经济机制并没有拯救我们的城市，而是在它的周边地区扎下了根，发展成一个寄生区。

---

① 巴洛克风格以浪漫主义的精神作为形式设计的出发点，一反古典主义的严肃、拘谨、偏重于理性的形式，赋予了更为亲切和柔性的效果。它摒弃了古典主义造型艺术上的刚劲、挺拔、肃穆、古板的遗风，追求宏伟、生动、热情、奔放的艺术效果。

在老城，每晚都进行着一种半地下、仪式庄重的商业活动，与此同时，在这片新的土地上，更加现代的、实用的商业活动形式已经繁荣起来。嫁接在古老、破败的城市中心地带上的伪美国主义，在这里以一种富丽堂皇、空洞乏味、庸俗不堪的形式得到了迅速的发展。在那里，人们可以看到那些简陋的偷工减料的房子，外墙奇形怪状，上面涂满了一层满是裂痕的灰泥纹饰。郊区那些破旧的、摇摇欲坠的店铺前竖立着一扇扇仓促建造的大门，仔细观察就会发现这些大门只是对大都市辉煌气派的拙劣模仿。暗淡、肮脏、破损的玻璃橱窗斑驳地映衬着昏暗的街景，工艺粗劣的木门里飘浮着灰色阴郁的气氛，高高的货架几乎要爆裂开来，东歪西倒的墙壁上布满了蜘蛛网和厚厚的灰尘。这里的一切给这些店铺打上了一些疯狂的克朗代克①的印迹。裁缝店、成衣店、瓷器店、药店和理发店一字排开，它们灰色的大橱窗上印着倾斜的半圆形招牌，上面有厚厚的镀金字母：CONFISERIE（糖果），MANUCURE（美甲），KING OF ENGLAND（英格兰女王）。

这座城市的老牌居民都不屑于接触这片社会最底层、最卑贱的人群居住的区域，这些人没有身份、没有背景、没有道德标准，是出生在这个新兴社区的劣等人种。不过，在灰暗失意的日子里，或者在道德防线溃败的时刻，也会有这样或那样的城市居民冒险来到这个可疑的地区。即使是他们当中的佼佼者，也并非完全摆脱了自甘堕落的诱

---

① 美国探索频道首部迷你剧《克朗代克》，讲述了理查德·麦登扮演的 Bill Haskell 和奥古斯图斯·珀如扮演的 Byron Epstein 在加拿大育空地区克朗代克河流域淘金的故事。

惑，仍然隐约地向往着突破等级的界限，沉沦于亲昵关系、简单愿望和肮脏交易的泥淖中。对于那些想要逃脱道德标准约束的人来说，鳄鱼街简直是一个黄金国①。在这里，一切似乎都是暧昧和模棱两可的，挑逗的眨眼、招摇的手势和张扬的眉毛助推了那些不可告人的愿望，帮助他们从道德的枷锁中释放出最低级的本能。

只有少数人注意到鳄鱼街独有的特征——它严重缺乏色彩，似乎这个粗制滥造、快速发展的地区无法容忍自己享受真正的奢华。这里的一切都是灰色的，就像黑白相册或者是廉价的图片小册子。这种形容的相似性已经超越了比喻，而事实上就是这个街区真实、本来的面目。因为有时在鳄鱼街徘徊时，人们确实会获得这样的印象：他们正在翻阅着晦涩的说明书，或者在看着无聊的商业广告栏，里面有可疑含混的告示和歧义暧昧的插图像寄生虫一样在里面盘曲。结果证明，在这里闲逛一趟就像仔细研究色情影集所产生的兴奋和幻想一样，都是徒劳无益的。

比如，你进入一家裁缝店，想订购一套西装——一套鳄鱼街特有的便宜而优雅的西装，你会发现这家店铺很大而且空无一人，房间的举架很高，但整体又惨淡无色。巨大的货架一层层地摞起，直抵房间超乎想象的高度，把人们的目光吸引到了天花板上，那也可能就是天空的暗影，是这一地区劣质的、暗淡无光的天空。另外，通过敞开的门可以看到储藏室堆满了盒子和板条箱——一个巨大的文件柜攀升到

---

① 黄金国是假想的盛产黄金的国度，旧时被认为位于南美奥里诺科河和亚马孙河地区的某处。

阁楼上，分解成几何形状的虚空，消失在空无一物的森林里。那些灰色的大窗户，像账簿上的一张张带横格线条的页面，透不过任何光线，但店铺里却充满了一种难以名状的灰色光晕，既不投下阴影，也不突显任何东西。突然，店铺里冒出一个苗条的年轻人，为了迎合你的要求，也为了让你淹没在他那滔滔不绝的廉价推销声中，卑躬屈膝、圆滑顺从得令人吃惊。但是当他不停地说着话，摊开一块大布料，在为你量尺的过程中把它折叠成想象中的外套和裤子时，整个操作好像突然变得不真实了，像一出装模作样的喜剧，只是为了掩盖某些真实的意义。

　　身材高挑，皮肤黝黑的女售货员，每个人的脸上都有那么一点美中不足的瑕疵（很适合那个尾货区），她们站在门口探头探脑的，想看看委托给这位有经验的售货员照料的生意是否进行到了预想的步骤。这个时候，这位推销员依然傻笑着上蹿下跳地推销，看起来像是个异装者，让人想要抬起他紧缩的下巴，捏一捏他好像擦了粉的脸蛋。他流露出一种意味深长的表情，大有深意地指了指布料上的标签，显然是有些特殊的目的。

　　接下来，挑选衣服的事情被放下了，生意进入计划中的第二个环节。这个有点娘娘腔又有点谄媚堕落，习惯于被顾客揩揩油占些便宜的年轻人，拿出了一些最奇特少见的标签。在他面前摆开的简直是一个标签仓库，展览着某一位老练的鉴赏家最珍贵的藏品。现在来看，服装店只是一个门面，后面实则是一个古董店，售卖一些来路可疑的书籍和私人藏本。那个卑躬屈膝的推销员打开了更多的储藏室，书籍、画册和照片堆得满墙，直抵天花板。这些作品里的内容大胆得超乎我们最过分的想象：我们做梦都想象不到的腐化堕落、丑恶淫乱。

现在轮到女店员们登场了。她们在一排排图书间走动，脸像灰色的羊皮纸一样，上面有深肤色女人常见的色素斑点，闪亮的黑眼睛里会突然涌出像蟑螂一样多的、又迂回闪烁的神色。她们脸颊上深色的红晕、火辣娇艳的美人痣还有嘴唇上清晰的唇线都暴露了她们顽固的深色血统。她们浓烈的颜色那么显眼，像是在空中打翻了一杯醇厚的咖啡，液体飞溅出来，随着她们橄榄色的手指轻轻触碰那些书本，就把书蹭脏了。在空气中飘浮的像雨点一样的咖啡露珠，像刚刚熄灭的烟草，味道久久不散，又像名贵的松露散发着令人兴奋的动物气息。

此刻，堕落和淫乱呼之欲出，刚才的推销员被自己急切的纠缠弄得精疲力竭，于是恢复了他女性化的慵懒。现在他躺倒在一张沙发上——我们发现在这样的环境里周围还有许多可躺卧的沙发——身上换了一件低胸的丝绸睡衣。几个女孩搔首弄姿地摆出几本图书封面上的诱人姿势，还有几个就在其他的沙发上打着瞌睡。刚刚受到"围攻"的顾客终于熬到了比较放松的光景。我们从咄咄逼人的推销中解放出来，或多或少地被晾在了一边。女店员们自顾自地聊天，没有人再关注我们。她们转过身去，背影里流露出傲慢的姿态，身体的重心在左右脚之间来回切换，轻浮地玩弄着鞋子，同时像水蛇一样扭动着纤长的肢体。她们欲擒故纵、假装冷漠，用这样的把戏深深地吸引顾客兴奋的目光。她们以退为进，希望诱敌深入，好让顾客们心甘情愿地被她们俘获。

不过，让我们趁这疏忽的时刻，避开这次无心的造访所带来的意外后果，溜回街上去吧。我们没有受到任何阻拦。穿过书籍的走廊和堆满杂志和印刷品的长长书架，我们走出裁缝店，来到鳄鱼街的另一个地段。从这里，站在较高的地方，几乎可以看尽整个街道，一直望到遥远的、还没建成的火车站。和平常一样，这是灰蒙蒙的一天，这个时刻、这个地点，呈现的场景就像是画报里的一张黑白照片。街道的房子、周遭的人群、穿行的车辆，都是那么的灰暗，看起来就像是一维、粗糙的简笔画。现实薄得像一张纸，没有任何质感可言，辜负了这条街所模仿的那种繁华。此时你会产生这样一种感觉，只有你站着的这一块地方，看起来有那么一点像模像样，呈现出我们所期待的城市大道的景象。再往远一些的两边看，这场临时拼凑的假面舞会就已经分崩离析，让人无法接受。这一派虚假的繁荣稍加审视就土崩瓦解，在我们身后变成了灰泥和木屑，像是某个空无一人的大剧院里破败的杂物间。一阵虚张声势的心慌，一种假戏真做的热望，还有一丝惹人非议的悲怆，都在这条街道上轻轻地颤抖。

但我们并不打算揭露这种虚假。尽管我们已经对这里的本质有了清晰的判断，却还是为它俗气的魅力所吸引。何况，这些花里胡哨的装饰还带有一点自嘲的意味。一排排郊区低矮的小房子与许多高楼大厦错落有致，这些建筑看起来像是用纸板做的，用百叶窗、灰色玻璃橱窗、数字和字母组成的广告招牌拼凑而成。人群在这些建筑中川流不息。街道像城市大道一样宽阔，但路面的质量却和乡村小路差不多——那是一条压出来的土道，坑洼不平，野草丛生。浮华不实的街道交通就是这个地区的典型缩影，所有居民都会带着骄傲和会心的神情去谈论它。这群漠然、没有人情味的人对自己的角色非常自觉，渴望实现对都市生活的梦想。然而，尽管到处都展现了这种急功近利的热闹熙攘，街道的景象还是会给人一种单调无聊、索然无味的印象，仿佛街上游荡的只是一群昏昏欲睡的木偶，整个场景笼罩在一种奇怪的华而不实的气氛之中。人群懒洋洋地向前蠕动，说来奇怪，我们从来只能看出模糊的轮廓，影影绰绰的人流里，我们完全不能捕捉到某个具象的人物。只是偶然间，我们在那些混乱晃动的人影中，瞥见一个狡诈而灵动的表情、一顶斜戴的黑色圆顶礼帽、半张被笑容割裂的脸——他的嘴里刚刚吐出一句什么话，一条腿刚刚向前迈出了一步，就被永远地定格在了那里。

  这个地区最大的特点就是马车上没有车夫，无人看管地一路驰骋。其实也不是真的没有车夫，而是他们都混迹于人群中，忙着自己千头万绪的事情，丝毫不在意自己的马车。在这个虚假繁荣的地域，谁也不太在乎自己的目的地，就把自己安顿在这些行迹飘忽不定的马车上，而这种轻率鲁莽和粗枝大叶恰恰是这里本质上的特点。时不时地，你就能看到一些惊险时刻——在某个转弯处，马车上的乘客从车厢里探出大半个身子，手握缰绳，艰难地完成会车的动作。

  这里也有电车。市议员们的所谓雄心壮志在这件事上取得了最大的成功。然而，这些电车的外观却实在寒酸，因为车厢是用纸板做的，多年使用不当，使得车厢已经凹陷变形。它们通常关不上车门，所以当它们经过时，路人常可以看到乘客们僵硬无奈又一本正经地坐着。

这些电车没有驱动系统，全靠城里的搬运工来拉动。但要说到最令人吃惊的东西，那还是要数鳄鱼街的铁路系统。

偶尔，在周末前的某一天的某个不确定的时间，人们可以看到成群结队的人在十字路口等候火车。谁也不能肯定火车到底会不会来，即使来了，又会在哪儿停。因此，经常会出现这样的情况：人们在两个不同的地方等待，无法就车站的位置达成一致。在难以辨别的铁轨旁，黑压压的人群沉默无声地等待，他们的侧脸像是苍白的剪影，目光焦灼地凝视着远方。

终于，火车突然出现了，它从人们期待的那条小巷像小蛇一样低伏着开出来。它的车身小巧，矮墩墩的车头呼呼地冒着烟。它停靠在黑压压的人群附近，一节节车厢里散落的煤尘让街道瞬间变得乌烟瘴气。机车沉重的呼吸声和一种奇怪、悲伤、严肃的浪潮，还有被压抑的匆忙和兴奋在迅速降临的冬日黄昏中一下子把街道变成了喧闹的候车大厅。

倒卖火车票的黑市和无孔不入的贿赂是这个城市的特殊顽疾。

在火车已经进站的最后时刻，人们还在紧张仓促地跟腐败的铁路工作人员讨价还价。还没等交易达成，火车就启动了，一大群失望的乘客跟着火车跑了很长一段距离才败兴而去。那条街道——刚刚还被浓缩成一个弥漫着忧郁和远行气息的临时车站，现在又恢复了宽敞、清亮，闲聊的路人再次无忧无虑地从商店的橱窗前走过。肮脏的昏暗广场上摆满了劣质商品、高大的蜡像和理发师的头模。

身着华丽的蕾丝镶边长袍的妓女们活跃起来，她们并不以此为耻，甚至可能就是隔壁的理发师或者酒店乐队指挥的妻子。她们花枝招展，迈着轻快、贪婪的步伐，浓妆艳抹使她们的脸看起来有些狰狞，仿佛有的长着黑色斜视的眼睛，有的是丑陋的豁唇，还有的好像缺少了鼻尖。

这里的居民为鳄鱼街散发出的腐败气味感到得意扬扬。"我们丝毫不缺钱，"他们自豪地对自己说，"甚至我们能够享受大都市难得的淫靡生活。"他们坚定地认为，这里所有的女人都是荡妇。事实上，随便盯住这里的任何一个女人就可以证明这一点，因为你会遇上一种直接大胆的目光，让你确信你的那些龌龊想法都可以在她们身上得到满足。就连女学生也以特有的方式系着发带，用纤细的双腿扭来扭去地走路，她们的步履妖娆，眼神魅惑，预示着成人后的堕落。

然而，我们要在此揭露那个地区的最后一个秘密吗，那个精心隐藏的鳄鱼街的秘密？

在我们的叙述中，曾经多次发出警示信息，并委婉地表明了我们的保留意见。因此，细心的读者不会对接下来的内容毫无准备。我们说到了鳄鱼街"模仿""虚幻"的特征，但这些词有着太精确和明晰的含义，无法描述其半生不熟和游移不定的现实情况。

可以说，我们的语言中没有确切的词汇可以准确地定义这种现实情况的深度或者厚度。坦白地说，这个地区的不幸在于没有什么事能够在这里取得真正的成功，也没有什么事能够在这里得到期待的结局；所有的努力都会白费，所有的尝试都会失效，最终的结果就是坠入不可克服的惯性，沉沦在无望里。我们已经注意到了这个地区的特点之一，即在目的、企划和预期方面的巨大勇气和无度挥霍。事实上，这不过就是欲望的发酵，过早地透支了循序渐进的过程，而变得无能为力和空洞玄虚。在一种一切都唾手可得的便利氛围中，每一种突发奇想都能找到自己的土壤，并兴奋地疯长，却因为没有实际内容的滋养而长成了一丛丛淡灰色、毛茸茸的野草和无色的罂粟，编织着像大麻造成的幻觉般飘忽的噩梦。整个地区都弥漫着罪恶的慵懒和淫荡的气息，房屋、商店和人们似乎来自它那发烧的身体某一次痛苦的战栗，或者只是它发热到昏狂的幻梦所引起的鸡皮疙瘩。没有什么地方比这里更能让我们感受到各种可能性的威胁，为几乎要实现的目标而感到无限的愉悦，又为最终结局的苍白无力而感到极端的绝望。就这样结束吧。

突破了某种张力之后，浪潮不再上涨，开始退去。气氛变得模糊和混乱，多种可能性开始消失和衰退，又恢复了虚无缥缈的氛围，疯狂兴奋的灰色罂粟消散成灰烬。有一件永恒的遗憾，其实在我们离开那家形迹可疑的裁缝店时就猜测到了——我们再也找不到回去的路了。我们沿着一个招牌走到下一个招牌，经过了千百次的错误和失望，都无法寻到它的踪迹。我们也进到一些外表相似的店铺内部，漫步于一排排的书架之间，浏览着各种各样的杂志和画册，与那些同样长相美中不足的女店员亲切地交谈。虽然她们也有着类似的黝黑肤色，却完全无法理解我们在寻找什么。

我们的寻觅被各种店铺不断地误会，直到我们所有的狂热和兴奋都在不必要的努力和徒劳的追求中消磨殆尽。

我们的希望只是一种谬误，那些店铺和店员可疑的外表都是假象，推销员并没有不可告人的别有用心，鳄鱼街的女人为厚重的道德偏见和平庸陈腐所压抑，并没有什么明显的堕落表现。在这个充斥着廉价人造物的城市里，平庸的人们没有任何本事可以恣意张扬，也没有任何阴暗和不寻常的激情可以被唤起。

鳄鱼街是我们的城市对现代化和大都市腐化生活的让步。显然，我们提供不了比一张纸的复制品、一张从去年破烂的报纸上裁下来的插图更高级的东西。

蟑螂

这件事发生在父亲那个光辉灿烂、多姿多彩的英雄时代结束后的一段灰暗日子里,那是沉闷无聊、沮丧绝望的几个星期,没有了周末和假日的调剂,天空似乎封闭了,地面上一派萧瑟。父亲已经不在了,楼上的房间被收拾干净,租给了一个女接线员。曾经的鸟类天堂里只保留了一具标本,就是那只我颇有印象的秃鹰,现在摆在客厅的架子上。在透过窗帘洒下的清凉暮光中,它像活着的时候一样,单脚站在那里,保持着圣人的姿态,苦行僧似的干瘪面容上刻画出极度冷漠和克制的表情。它的眼睛已经脱落,曾经泪痕斑斑的眼窝经过彻底的清洗,只剩散碎的木屑。它那强有力的喙上还保留着那些浅蓝色、角质化的疙瘩,光秃秃的脖子依然挺直,让这颗年迈的脑袋仍然保有一种庄严神圣的高贵气质。

它身上很多地方的羽毛都被虫蛀了,掉下灰色柔软的绒毛,阿德拉每周会把这些绒毛和房间里浮动的灰尘一起清扫一次。在光秃秃的掉毛部分,可以看见标本里面填充的厚厚的帆布袋,从里面钻出一簇簇麻草。

我心里对母亲有种隐隐的怨恨,因为父亲离世后,她恢复得那么的快速又从容。我想,她从来没有爱过他,甚至父亲从没有在任何女人的心中扎根,因为他无法融入现实,所以注定永远飘浮在生活的边缘,迷失于亦幻亦真的世界。他甚至不能像一个普通人一样清白简单地死去,他的一切都是那样的怪异和可疑。我决定找个适当的机会,逼迫母亲坦率地谈一次。在一个寒冷的冬日,从清早起来天气就很暗淡,母亲犯了偏头痛,躺在客厅的沙发上休息。

那间很少有人踏足的私密房间,被阿德拉用油蜡和抛光剂精心地保养过,显得容光焕发、秩序井然。所有的椅子都被套上了罩子,所有的东西都按照阿德拉的办法被管理得井井有条,只有五斗柜上的花瓶里的一捆孔雀毛不受她的管束。这些羽毛是一种危险的、轻浮的元素,骨子里潜伏着叛逆,就像一群淘气的女学生,外表文静而沉稳,但趁人不注意时就会搞出些恶作剧。那些羽毛的眼睛从来不会闲着,它们在墙上打洞,眉飞色舞地眨巴着、抖动睫毛,兴高采烈地彼此调笑。有时它们在房间里窃窃私语,又像蝴蝶一样散落在枝杈形的吊灯周围;有时它们像混杂的人群一样,互相推搡着挤在那面垫着毯子、不太习惯它们的喧闹和欢乐的旧镜子前;有时它们又悄悄地落在钥匙孔上,小心翼翼地向里面偷看。即使母亲包着头巾躺在沙发上,它们也毫不克制,挤眉弄眼、互通款曲,用充满秘密含义的无声语言相互交谈。我对这些背后策划的充满嘲弄的阴谋感到十分恼怒。我的膝盖紧紧贴着母亲躺的沙发,装作若无其事地用两根手指轻轻地抚摸她身上家居服的精致面料，轻声说道："我早就想问你了，这就是他，对不对？"虽然我的眼睛根本没有瞟向那只秃鹰，母亲却马上会意了，她变得很尴尬，垂下了眼睛。为了观察她的不安，我刻意把沉默拖了很长一段时间，然后强行压制住我将要喷涌的愤怒，假装很平静地问她："那么，你所散布的关于父亲的所有故事和谎言是什么意思呢？"

她的表情先是因为惊恐而收缩变形，旋即又恢复了镇定。"什么谎言？"她泰然自若地问道，同时眨着空洞的眼睛，那双眼睛里充满了深邃的蓝色，没有一丝泛白。"我是从阿德拉那儿听说的，"我说，"但我知道是你告诉她的。我需要知道真相。"她的嘴唇轻轻地颤抖着，眼睛由于要回避我的眼神而轻微上翻，把瞳孔斜向了她的眼角。"我没有撒谎。"她说。她的嘴唇因为紧张而纠结在一起，看起来像是肿了，又像是紧抿着更小了。我觉得她有点忸怩作态，就像一个女人和一个陌生男人在一起。"我说的关于蟑螂的事都是真的，你自己一定也记得……"现在换成我感到不安了。我确实记得蟑螂的入侵，那黑色的一大群，每夜都像蜘蛛一样在黑暗中奔跑。地板上所有的缝隙都充满了它们到处游移的窃窃私语，每一条裂缝都会突然爬出一只蟑螂，或者射出一道疯狂的黑色"之"字形闪电。啊，那种疯狂的恐慌，来源就是那些数不清的蟑螂，成群结队地在地板上画出一条闪亮的黑线！啊，父亲手里拿着短矛，从一把椅子上跳到另一把椅子上，发出一种恐怖的尖叫！

父亲拒绝一切饮食，脸颊因为发烧而通红，嘴角永远挂着一副厌恶的表情，他变得完全狂野起来。很明显，任何人都无法长期忍受如此强烈的憎恨。一种极端的厌恶情绪把他的脸变成了一副麻木的悲剧面具，只剩瞳孔藏在眼睑下，紧张得像弓一样，在一种永远怀疑的狂热中等待。有时他会疯狂地尖叫一声，突然从座位上跳起来，盲目地跑到房间的一个角落，用短矛向下刺去，然后举起来，上面刺穿了一只拼命扭动着交缠的腿的巨大蟑螂。这时，阿德拉会赶来帮忙，从吓得脸色苍白、几近昏厥的父亲手中接过武器和战利品，把它抖落在一只桶里。但即使在当时，我也说不清这些场面是通过阿德拉的讲述刻入我脑海的，还是我真的亲身目睹了。父亲那时已经不再具备健康人所拥有的能保护自己不受厌恶蛊惑的抵抗力量了。父亲——一个被这种厌恶的诱惑攫住了的疯子，并没有跟这种可怕的诱惑作斗争，反而完全受了它的支配。可怕的后果接踵而至，很快，第一个可疑的症状出现了，让我们充满恐惧和悲伤。父亲的行为开始改变：他的疯狂和亢奋逐渐消退，行为和表情也变得鬼鬼祟祟。他开始避开我们，一连几天躲在角落里，躲在衣柜里，躲在绒被下。我看见他有时若有所思地看着自己的手，察看皮肤和指甲的密度，上面开始长出黑乎乎的、像是蟑螂的鳞片。

  白天，他还能够用他内心的力量抵抗，与他的执念作斗争，可是一旦到了晚上，他就会完全被它控制。我曾在深夜里看到过父亲，借着地板上蜡烛的微光，我看到他赤身躺在地板上，身上沾满了黑色图腾样的斑点，肋骨的线条轮廓分明，从皮肤上可以看到他那奇妙的骨骼结构。他脸朝下伏倒在地，被那种厌恶的执念缠绕，它把他拖进了鬼魅丛生的深渊。他以一种类似多肢并用的复杂动作爬动着，像是进行某项神秘的仪式，我惊恐地看出他是在模仿一只蟑螂的爬行。

从那天起，我们放弃了父亲。他和蟑螂的相似日益明显——他正在变成一只蟑螂。

我们已经习惯了。我们很少见到他，因为他会连续消失几个星期，在变成蟑螂的路上渐行渐远。我们不再能认出他，他已经完全融入了那个神秘的黑色部落，谁也不知道他是不是继续住在地板下的某个裂缝里，是不是晚上和那些"同伴"在房间里跑来跑去，忙着蟑螂该干的事。又或者他是不是阿德拉每天早上发现的那些死昆虫中的一个，它们仰躺着，腿跷在空中，她把它们扫进簸箕里，最后嫌弃地烧掉它们。

"可是，"我恐慌地说，"我确信这只秃鹰就是他。"母亲的目光透出来，从睫毛下射向我。"别再胡思乱想了，亲爱的，我已经告诉过你，你父亲正在周游全国，他现在做着旅行商人的工作。你知道的，他有时会在深夜回来，天不亮就又走了。"

暴风

在那个漫长而空洞的冬天，我们的城市覆盖着巨大的、疯长的黑暗果实。阁楼和储藏室长期疏于打理，破烂的锅碗瓢盆杂乱无章地堆成了一座座小山，让它们有机会无止境地增长。

在那些烧焦的、橡木林立的阁楼森林里，黑暗开始蔓延，并且疯狂地发酵。黑暗的王国正召开着冗长吵嚷的集会，那些平底锅在口若悬河地鼓吹着，瓶瓶罐罐叮叮当当地附议，结巴的酒壶眼巴巴地干着急，讨论没有得出任何结果。直到一天晚上，这些锅碗盘碟开始了暴动。

它们成群结队、浩浩荡荡地从阁楼上冒出来，向着城市大规模地进发。阁楼突然变得空荡荡的，焕然一新，在黑黢黢的、回声环绕的过道里，横木和屋架现在终于重获自由，它们弯着松木的膝盖，重整旗鼓、整装待发，各种等待出击的碰撞声充斥着夜空。

由水桶和瓦罐组成的黑色河流溢出来，在黑夜中漫过。这是黑暗、幽深、喧嚣的队伍正在围攻城市。黑暗中，数不尽的杯盏碟器像一群健谈的鱼一样蜂拥向前,一群絮絮叨叨的水桶瓦罐源源不断地入侵。

木桶、水桶、罐子层层叠叠地越堆越高,一直发出隆隆的声响,陶罐四处游荡,褪色的保龄球帽和绅士礼帽推搡、踩踏彼此而向上攀爬,像柱子一样伸向天空,最后又轰然倒下。就这样,这些东西笨拙的木舌头一直在嘎嘎作响,它们的木嘴巴里不断地发出咒骂,把亵渎神灵的恶言恶语洒遍整个夜晚,直到这些恶言恶语彻底达到了疯狂发泄的目的。

受到这些器皿吱吱作响的声音和震耳欲聋的叽叽喳喳的召唤,一场风暴来到了这里,主宰了夜晚。一个巨大的、黑色的、移动的圆形演奏场在城市上空形成了,并开始强劲地螺旋下降,终极的交响即将来临。黑暗包围了城市,忽然刮起的暴风肆虐了三天三夜……

"你今天别去上学了,"早晨母亲对我说,"暴风就要来了。"房间里缭绕着一股闻起来有树脂味道的轻烟。炉子咆哮尖叫着,仿佛一群猎犬或恶魔被囚禁在里面。突出的炉膛像一张画着斑斓油彩的小丑鬼脸,被炉子里的风吹动着,急速地鼓胀。

我光着脚跑到窗前,万里长风从天空的深处吹来,辽阔的天空泛着银白色的光泽,被大风撕裂,布满了紧绷得快要断裂的线条,像是铺嵌着锡层和铅层的深沟。天空被划分成巨大的磁场,随着无声的闪电而颤抖,隐藏的电流四下翻涌。狂风在天幕上肆虐,所到之处留下模糊的印迹。天空的表情变幻莫测,用尽全力支撑着这场演奏。

虽然我们看不见风暴的形状,但可以从屋顶抖若筛糠的战栗中感受到它的愤怒。阁楼一个接一个被大风吹得膨胀,看起来越来越大,当狂风暴虐的手指碰到阁楼的尖顶时，它们好像随时都会疯狂地爆炸。

　　大风把广场吹得干干净净，留下一片空旷的街道。整个集市地区都遭受了洗劫，险些被夷为平地。街上偶尔能见到一个落单的人，被吹弯了腰，紧紧地抓住房子的某处栏杆，在大风中挣扎。整个市场广场在狂风的吹拂下像一个秃顶的脑袋一样闪闪发光。狂风把冷冽的、死气沉沉的色彩吹到了天空上——一道道绿色、黄色和紫色的条纹从远处的房顶和拱廊的螺旋状结构中显现出来。屋顶隐约变得暗淡又歪斜，让人分外担忧。那些被风击穿的屋顶，在狂风的喘息中灵光乍现般升起，俯瞰着周围其他的屋顶，像个先知一样在混乱的天空下述说着即将到来的厄运。当大风抽离，它们又瘫软下来，再也无法承受风暴再一次强劲的吐纳。狂风继续向前，天地间充满了震荡的喧哗和恐惧。然后，更多的房子在一阵阵尖叫中，在预言的爆发中，在灾难的咆哮中被连根拔起。教堂周围巨大的山毛榉树高举着手臂站在那里，看着这一切可怕的景象，不停地尖叫。再往前，越过集市广场的屋顶，我看到了山墙的尽头和郊区房屋光秃秃的墙壁。它们一个接一个地堆叠，一波又一波地毁灭，恐惧使它们变得僵硬，听天由命地等待风暴的来临，远处冰冷的红色强光把它们染成了秋天金黄的颜色。那天我们没有吃午饭，因为炉灶里吹出的风把一阵阵烟喷进了厨房。所有的房间都很冷，有一股风的味道。下午两点左右，郊区发生了火灾，火势迅速地蔓延。母亲和阿德拉开始收拾我们的被褥、毛皮大衣和贵重物品。

　　夜幕降临。风暴越来越猛，越刮越大，席卷了整个地区。现在它已经不屑于玩弄那些房檐和屋顶,而是开始在城市上空建造一个层层叠叠的气旋,就像一个黑色的迷宫,无情地向上伸展。大风用吹起的残垣断瓦幻化出成排的房屋和蜿蜒的走廊,在雷声轰鸣中把这个迷宫搭建得越来越高,然后又在片刻喘息中让这些想象的建筑都倾覆崩落,再把这些粉末都带到更高远无形的平流层。

我们的房子轻轻地颤抖,墙上的挂画发出轻微的嘎嘎声,窗玻璃上闪耀着灯光油腻的倒影。那个暴风雨之夜的气息把窗帘鼓荡了起来。我们突然想起从早上起就没见过父亲,他一定很早就去了店铺,又被突如其来的风暴困住了,无法踏上回家的路。

"他肯定一整天没有吃东西。"母亲哽咽地说。管事的店员西奥多自告奋勇要冒险闯入暴风肆虐的夜晚,去给父亲送点吃的,哥哥也决定陪他一同去。

他们裹上厚实的熊皮大衣,能装东西的口袋里都塞满了熨斗、铜杵和其他金属物件,以增加配重防止被大风吹走。他们小心翼翼地打开房门,门外是狂风呼啸的黑夜。他们刚刚迈出门,就被紧紧包裹着房子的无尽暗夜吞没,狂风也赶紧把他们出门的所有痕迹都吹散了。窗外又恢复了一片漆黑,连他们手里提着灯笼的光都看不见了。

大风把他们吞没之后,安静了一小会儿。阿德拉和母亲再次试图在厨房的炉灶里生火。所有的火柴都熄灭了,灰烬和炉渣从敞开的炉门吹了出来,吹得满屋都是。我们站在大门的后面倾听着。在大风的哀鸣中,我们可以听到各种各样的声音——有的像是质问,有的像是呼喊,有的像是哭号。我们想象着,仿佛听到在狂风中迷路的父亲在竭力地呼救，又像是哥哥和西奥多在门外漫不经心地聊天。这声音是如此具有欺骗性，以至于阿德拉一度打开了门，事实上却看到西奥多和哥哥正从大风中艰难地往回走，大风刮得他们低伏着肩膀似乎是匍匐前进，只能看到他们渐渐靠近的脑袋。

他们气喘吁吁地进来，艰难地把大门关上。有那么一会儿，他们不得不用身体抵在门上——门口的狂风是如此猛烈。最后他们终于把门闩上了，风继续向其他地方肆虐而去。他们几乎语无伦次地谈到可怕的黑暗和狂风。他们的毛皮大衣被风浸透了，沾满了户外凛冽潮湿的味道。他们在灯光下眨了眨眼睛，那眼睛仍然充满了黑色，每眨一下眼皮就投下一片黑暗。他们说，他们到不了商店，因为一出门就迷路了，还险些找不到回来的路。城市已经面目全非，所有的街道看起来都转移了位置。

母亲怀疑他们说的不是实话，事实上，我们都有这样的感觉，他们可能就在外面的窗户下站了几分钟，并没有打算去任何地方。或者城市和集市真的已经不复存在，是大风和黑夜用昏暗的舞台场景来模仿号叫、哭喊和呻吟包围了我们的房子。也许这些被风吹来的巨大而凄凉的空间并不存在，也许没有什么巨大的迷宫，没有什么上升的螺旋，没有什么一长串带窗的走廊，暴风只是任性地吹过我们，像是吹奏一支黑色长笛的无聊曲调。我们越来越倾向于认为，这暴风只是夜晚的一种发明，在一个封闭的舞台上，它拙劣地表现了悲剧的浩瀚无垠、宇宙的无家可归和人类的孤独命运。我们的大门一次又一次地被敲开，放进一个个裹着围巾或披风的过路人。这些气喘吁吁的邻居或朋友会慢慢地脱下一层层的外衣，吐出前言不搭后语的话，夹杂着幻想，夸大着夜晚的危险。

我们都坐在灯火通明的厨房里。在厨房的炉灶和烟囱又黑又宽的通风口后面，有几级台阶，通向阁楼的门。西奥多坐在台阶上，听着阁楼在风中摇晃的声响。他听见在狂风骤停的间隙，阁楼的木椽收紧了，像风箱一样折叠起来，屋顶像一个巨大的、软绵绵的肺，发出轻柔的吐气声。然后它再一次吸气，伸展椽子，像哥特式①拱顶一样竖直起来，像一个巨大的低音琴箱震荡出风的回响。

后来，我们就忘记了这场暴风。阿德拉开始用研钵捣肉桂。派瑞西亚姨妈来拜访了。她身材矮小，动作灵活，头上系着带花边的黑色围巾，一来就在厨房里忙忙碌碌，帮阿德拉的忙。这时阿德拉刚刚给一只小公鸡拔了毛，派瑞西亚姨妈抓了一把废纸放进炉膛里烧着了，阿德拉抓住公鸡的脖子，把它放在火焰上烧掉剩下的毛。那只鸡受到炙烤，突然在火中展开翅膀拼命扑腾，惨叫了一声就被烧焦了。看到这里，派瑞西亚姨妈开始大喊大叫，咒骂起来。她气得直哆嗦，向阿德拉和母亲挥舞着拳头。我不知道这到底是怎么回事，但她依然火冒三丈，不停地变换愤怒的手势，嘴里骂骂咧咧，捶胸顿足的样子像一个在地上滚动的炸药包。在暴怒之中，她似乎会炸裂成不同的姿态，分裂成一百只铺天盖地的蜘蛛，或者在地板上展开成一张黑色的、闪

---

① 哥特式最早是文艺复兴时期被用来区分中世纪时期（5—15世纪）的艺术风格，被广泛地运用在建筑、雕塑、绘画、文学、音乐、服装、字体等各个艺术领域，主要代表元素有蝙蝠、玫瑰、古堡、乌鸦、十字架等。

闪发光、疯狂奔跑的蟑螂网。但相反的是，她却突然开始收缩，身体越来越小，虽然她仍然怒气未消，嘴里吐着咒骂。然后，她弓着背，小跑着来到厨房里一个我们堆放柴火的角落，她一边咒骂一边咳嗽，开始疯狂地在那堆木头中胡乱地翻找，直到她发现了两块薄薄的黄色木板。她用颤抖的手抓住它们，放在腿上量了量，然后像踩高跷一样站在上面，开始在地板上走来走去，咔嗒咔嗒、歪歪扭扭地在地板上跳来跳去，越跳越快，直到她爬到一张松木长凳上，再从那儿爬上一个摆满陶器的、占据整个厨房墙壁的木架子。她踩着高跷沿着它跑，然后缩到一个角落里。她变得越来越小，完全变成黑色，像一张被烧焦的纸一样蜷缩起来，最后变成一团灰烬，分解成尘土和虚无。面对这种自我毁灭的愤怒，我们都束手无策。我们目瞪口呆地观察到了这场灾难发生的悲惨过程，当它结束时，我们如释重负，回去干自己的事。

阿德拉再次拿起研钵捣肉桂；母亲继续她刚刚被中断的谈话；西奥多还是听着阁楼上的预言，做着滑稽的鬼脸，扬起眉毛，低声浅笑。

盛季之夜

我们都知道,当似水流年平安无事地运转一段时间后,时间这位怪人总会施点魔法,衍生出一些特殊的年份。这些年份,就像多余的第六根脚趾一样,孕育出一个新的、畸形的第十三个月份。

我故意用"畸形"这个词,是因为第十三个月很少发育成熟,就像晚育的母亲产下的孩子一样,发育迟缓。这是一个得了佝偻病的月份,从一出生就病恹恹的,它像是实验品,而非真实健康的造物。

这一切的罪魁祸首就是夏天那老朽的放纵,持续迸发的情欲和姗姗来迟的活力。有时八月已经过去了,但夏天年老而粗大的躯干仍在习惯性地继续繁殖,在它腐朽的树干上生长出那些螃蟹般张牙舞爪的日子,杂草丛生的日子,贫瘠愚蠢的日子,后来,又长出发育不良、空虚无用的日子——总之,都是些平淡乏味的日子,永远让人充满惊奇却完全没有存在的必要。它们继续抽芽,没有规律,没有法则,也没有形状,就像怪物的手指一样连在一起,它们的树枝折叠成拳头。有人把这些日子比作《圣经》的伪经或者是复刻本,藏在时光这本最伟大的书的章节之间；又或者是一些没有内容的白色纸张，在它们上面，我们饱读诗书的眼睛可以任意想象出光怪陆离的色彩和图片，同时在继续探索新的篇章之前可以在逐渐变得苍白的书页上稍事休息。

哦！那古老、泛黄的浪漫岁月！那巨大、动荡的日历之书！它被遗忘在时间档案的某个地方，内容却在不断增加，从那些月份的喋喋不休、谎话连篇和胡言乱语中汲取营养，在其中迅速滋生的梦想中不断膨胀。啊，当我把这些故事写下来，把关于父亲的故事写进书中一些不起眼的空白处时，我难道不也是抱着一种秘密的希望，希望这些故事会不知不觉地与那本最华丽、最古旧的时光之书发黄的书页融合在一起，沉入书页无尽的沙沙声，并在那里得到永生吗？

我现在要讲述的事件就发生在那一年的第十三个额外的、反常的月份里，发生在时光那伟大历法的空白页上。早晨格外清新舒爽，从时间平静而凉爽的流动中，从空气全新、醉人的气息中，从各种光线杂糅混合的明暗中，我们可以感到，已经进入了一系列全新的日子，上帝主宰的崭新时代。在新鲜的天空下，各种声音在轻柔地颤抖，发出和谐的共鸣，就像在一个空着的新房子里，弥漫着涂料和油漆的味道，弥漫着刚刚送进来、还没开始使用的新家具的味道。带着一种奇怪的情绪，人们试着发出新的声音，然后忍不住带着好奇轻轻咬上一口，就像在一个清凉舒服的早晨，在旅行前夕咬一口新鲜的、还温热的葡萄干面包。

父亲又一次坐在他店里的后屋，那是一个低矮的小房间，像一个蜂箱一样被分成许多小隔间，里面堆满了一层层的文件、信件和发票。

不断翻动、浏览文件和书页的沙沙声，勾描了那个房间正方形的空旷轮廓，在闷热的空气中，无数带有商业标题的信件不断地往来，带有一种神圣的色彩，像是鸟瞰一个烟雾缭绕、烟囱林立的工业城市的海市蜃楼。信件下方盖着一排排印章，上面还有一些自豪地写有繁复曲线花体字的"公司"字样的带扣。

父亲依然坐在那里的高凳子上，就像还在家里的鸟舍时一样，文件柜的顶层被成堆的纸张弄得沙沙作响，所有的文件箱都塞满了数字的碎碎念。

店铺里的呢绒、哔叽、天鹅绒和细绳库存日复一日地越来越丰富，堆积如山。阴暗的货架上，幽深的货仓里，凉爽的毛毡面料变得很抢手，越发吸引顾客的兴趣。这些在秋天将会暴涨的有力资本，价格还会继续水涨船高，它们越囤越多，占据一排排的架子，花花绿绿得像是盖起了一座巨大的露天剧场。每天都有新的货物在清凉的早晨运来，装在板条箱和包裹里，放在那些留着胡子、虎背熊腰的搬运工肩膀上，这些搬运工嘴里喊着号子，身上散发着一种混合着伏特加味道的新鲜的秋日气息。店员们把这些新货物卸下来，像用腻子填缝一样，把这些多姿多彩的货物见缝插针地塞满了货架所有的空隙。这些货物涵盖了秋天所有的色调，深浅不一，浓淡相宜。店员们按照色彩的序列分类，像是谱就一段色彩的乐章。从最底层开始，是羞涩而哀怨地尝试着女低音半音的淡色系，逐渐变成远处被冲淡的浅灰色系，往上是挂毯的碧蓝色调，之后再以越来越宽广的和弦向上延展，传给深邃的皇家海军蓝以及远处森林的靛青和沙沙作响的毛绒公园，穿过赭赤、朱红、栗棕和深褐色，进入凋萎的花园，变成低语的影子般的暗色系，最后是黑色谱系，像是真菌的黑暗气味、秋夜深处霉菌的飘散以及最黑暗的低音沉闷伴奏。

父亲沿着这些货架走着，安抚着这些布料不断升腾的力量，那是要适应季节进入市场的力量。他希望可以尽可能长时间地保存这些美好的颜色。他不愿打碎这秋季的万花筒，用它们去换取现金。可是同时，他也知道并且清晰地感觉到，秋天的风很快就要来了，一阵毁灭性的风要吹过他的货架，货架上的一切都将离他而去。没有什么能阻挡这个时节的到来，它们会一涌而出，颜色的洪流将要吞没整个城市。

盛季即将到来，街上越来越热闹了。傍晚六点，城市开始狂热起来，房子郁郁葱葱，室内灯光闪耀，人们穿着鲜艳的衣服四处走动，他们的眼睛闪烁着节日的热情，美丽而诱惑。在偏僻的街道上，寂静的死水涌入黑夜，这座城市空无一人。只有孩子们在小广场的阳台下，气喘吁吁、吵闹地做着傻乎乎的游戏。他们把小气球放在嘴唇上吹满气，自己装作红色脸蛋、叽叽怪叫的小公鸡，戴着秋天的彩色面具，怪态毕露、荒唐可笑。气球膨胀着，孩子们笑闹着，仿佛他们会飘浮在长长的彩色丝带中，像候鸟一样飞过城市——像一支薄软纸片和秋日气氛组成的奇妙船队。或者他们推着一辆接一辆的小推车，用它们的小轮子和车轴来演奏叮叮当当的曲子。小车载着他们的欢声笑语，沿着街道滚向广阔的黄昏河流。在那里，推车变成了一堆圆盘、木桩和木棒。

当孩子们的游戏变得越来越喧嚣、复杂，当城市的红晕变成紫色时，整个世界突然开始枯萎、荒凉，散发出一种变幻莫测的薄暮，污染了一切。阴险剧毒的黄昏瘟疫蔓延开来，从一个物体蔓延到另一个物体，它所触及的一切都变成了黑色，散落在尘土中。人们在寂静的恐慌中逃离，但瘟疫总是会追上他们，并在他们的头上散播下黑色的皮疹。人们的脸消失了，变成了一个个巨大而没有轮廓的斑点，但他们仍在继续奔逃，现在已经没有了容貌，也没有了眼睛，一个接一个地变成空洞的面具，路途上他们掉下的血肉填满了黄昏，然后一片黑色、腐朽的树皮开始覆盖黑暗中的一切，形成了血肉模糊的结痂。在下面，一切都在那迅速消散的寂静恐慌中解体，变成了虚无；而在上面，迎着巨大的日落，有无数只看不见的云雀一起飞向无垠的银色天幕中，无数个小铃铛发出叮当的响声，震撼苍穹。

突然，夜幕降临了——无边的夜晚，在狂风的推搡下变得更加广阔。在这个复杂的迷宫里，有着许多明亮的好去处：商店里摆满了琳琅满目的商品，彩色的灯笼吸引了许多熙熙攘攘的顾客。透过明亮的玻璃橱窗，可以看到喧闹而奇怪的秋季购物仪式。这巨大而起伏不定的黑夜，不断涌起的风吹皱了它的外衣，它赶忙把许多明亮的口袋藏进了风吹起的皱褶里。那些口袋里藏着街头小贩杂七杂八的商品——巧克力、饼干、异国风味的糖果。他们的售货亭和手推车是用贴满广告的废旧纸壳盒子做成的，里面装着肥皂、令人愉悦的小玩意、镀金的小摆件、锡纸、小喇叭、薄饼和彩色薄荷糖等，它们是欢乐放松的驿站，是无忧无虑的港湾，散落在风雨飘摇的巨大迷宫般的夜晚帷幔上。密集的人群在黑暗中前行，笼罩在巨大的混乱中，随着一千个脚步的咚咚声,随着一千张嘴的叽喳声,千般喧嚣万般骚动地纠缠着沿着未来城市的动脉前进。人潮就这样涌动起来,满是喧嚣,满是阴暗的表情,满是狡黠的眼神,满是交谈,满是欢笑,满是流言蜚语,满是喋喋不休。正在行进的仿佛不是人,而是一群干枯的罂粟花球,摇摇晃晃的脑袋把种子撒了一路。

父亲满脸通红,两眼放光,在洋溢着节日气氛的店里走来走去,兴奋地倾听着。

透过店铺橱窗和门上的玻璃,可以听到远处城市里的喧闹声和游荡人群的嗡嗡声。在寂静的店铺里,高高的天花板上挂着一盏油灯,把所有偏僻角落的阴影都驱散了。空荡荡的地板仿佛在寂静中裂开了,在光线的照射下,镶木地板方形的图案纵横交错,泛着反光。地板像一块巨大的棋盘,上面的木块在这寂静中蠢蠢欲动,发出干裂的小响动,远远近近的其他地方总会有更响亮的回应,它们在私密地交谈着什么。那几块毡布静静地躺在那里,毛茸茸的,在我父亲背后的墙壁上彼此交换着眼神,每个橱柜里的毡布都参与进来,发出心照不宣的信号。

父亲在仔细地聆听。在夜晚的寂静中,他的耳朵似乎变得越来越大,它的枝丫甚至伸出了窗外,像一株奇异的珊瑚,一块凝视着混沌夜色的红色息肉,在夜晚的混乱中招摇。

他焦虑地听到人群正在像潮水一样朝这里涌来,他不安地环顾店铺,找寻他的店员,很可惜,他那些皮肤黝黑、染着红发的店员都不知道隐匿在了何处。父亲形单影只,深深地恐惧人群很快就会挤进来,打碎店铺里的平静，变成一个抢劫的、吵闹的暴徒，把他多年来收集的、藏在他那与世隔绝的货仓里丰盛的秋天色彩搬出来统统卖掉。

店员们都哪儿去了？这些被交代了保卫那些色彩堡垒任务的英俊小伙子都哪儿去了？父亲痛苦地猜测，也许此刻他们正在某个阴暗的角落，和别人家的姑娘调情狎昵，完全忘了铺子里的召唤。他一动不动地站着，焦虑不安，眼睛在商店灯光下的寂静中闪闪发光，他的耳朵极其灵敏，正听着房子里，在那盏大彩灯下的后屋里发生的事情。在父亲的感觉里，房子在他面前打开了，一间又一间的房门层层洞开，就像一个纸牌屋，他仿佛看到了店员们正在楼上楼下所有灯光明亮的空房间里追逐着阿德拉，直到她逃脱开，跑到厨房，躲在橱柜后面。

阿德拉站在那里，气喘吁吁，觉得很有趣，媚眼如丝，睫毛扑闪，咯咯地笑着。店员们也蹲在门口不怀好意地奸笑。厨房的窗户开着，迎着漆黑的夜色，充满了梦境和复杂的幻象，半开的昏暗玻璃窗反射着远处的灯光。杯碟碗盏悄无声息地摆放在四周，厚厚的釉面闪着温润的柔光。阿德拉小心翼翼地从窗口探出身来，她那浓妆艳抹的明艳脸庞上有一双在黑夜里颤动的眼睛。她觉察到有埋伏，便在漆黑的院子里仔细查看店员们的踪迹。她看到了他们，正排成一排沿着窗户下的狭窄壁架慢慢地、小心地向她走来，壁架有整整一堵墙那么长，在远处强光的映衬下，闪现红色的光泽。父亲在愤怒和绝望中尖叫，在这关键时刻，喧闹的声音越来越近，一瞬间，橱窗里挤满了笑得扭曲的脸，喋喋不休的嘴，还有数不清的扁平的鼻子贴在闪亮的玻璃上。父亲气得脸色发紫，跳到柜台上。当人群冲进他的布料堡垒，进入他的店铺时，父亲一跃而起，爬到纺织品的架子上，高高地挂在人群上方，居高临下地鼓足全身力量吹响了羊角号，试图震慑疯狂的人群。遗憾的是，天花板上并没有传来天使前来拯救他的翅膀的沙沙声，相反，人们对羊角号的每一次呻吟都报以响亮的、嘲笑的、唱诗般的回应。

"雅各布，快点营业！雅各布，快做生意！"他们叫喊着，一遍又一遍重复的呼喊变得短促而有节奏，变成了合唱的旋律，大家一起起哄般地高唱着。父亲看出了抵抗是没有用的，于是大吼着从架子上跳下来，激动地走到隔着布料的栅栏前，他的身形因为愤怒而变得高大，冲冠的热血使他的脑袋像一个紫红色挥动的拳头。他像一个排头兵，在布墙上冲锋陷阵，他用全身的力量拽住卷成捆的布料，把它们抽出来，他用肩膀作为支点扛住布捆，再使劲"砰"地一下把它们摔到柜台上。布捆在半空散开，像是迎风招展的巨大旗帜，同时架子上垒搭的布料也随之塌方，稀里哗啦地从架子上倾泻下来，五颜六色的，像是被摩西的法版①点化而喷涌的瀑布。

柜子里的存货就这样源源不断地流淌出来，像一条宽阔的河流。货架上的色彩层出不穷地出现、扩张、蔓延开来，直到淹没了所有的柜台和桌子。

一个新的布料宇宙正在生成，店铺的墙壁已经为它强大的构造过程所吞并，消失在高耸抬升的布料山脉之下。宽阔的山谷在斜坡之间

---

① 摩西是公元前13世纪时犹太人的民族领袖，史学界认为他是犹太教的创始者。耶和华吩咐摩西凿出两块石版，亲自订立"十诫"写在上面，就是摩西的法版。

展开，从广阔平原的无垠悲怆中，大陆硬朗的线条隐约可见。室内正在呈现一片秋季的全景图，点缀着各色的湖泊和广袤的原野。在这秋景中，父亲漫步于奇幻的迦南①的沟壑和山谷，他大步走来走去，双手张开，像先知一样伸手触摸云彩，用灵感的笔触塑造大地。

而在下面，在父亲的愤怒中拔地而起的西奈山下，涌动着吵嚷的人群，他们挥舞双手，推挤咒骂，一边膜拜巴力神②，一边讨价还价。他们手里攥着各种被揉搓得起皱的布料，胡乱地用斑斓的彩布围在身上，设想着斗篷和大衣的款式，吐出语无伦次的赞叹。突然，父亲出现在人群面前，燃烧的怒火使他的身形变得更加高大雄浑，他用振聋发聩的声音训斥着这些偶像膜拜者，然后，绝望颓丧的父亲又爬上货架的高处，在光秃秃的脚手架吱嘎作响的木板上，沿着壁架和搁板疯狂地奔跑，觉得那种无耻的欲望在他背后肆无忌惮地蔓延。这时，他的店员们正走到厨房窗户下铁制的阳台边，他们抓住栏杆，抱着阿德拉的腰，使劲把她往外拽。她仍然抖动着眼睑，修长的、穿着丝袜的腿在身后乱蹬。

这些丑恶的罪行使父亲震惊不已，他那无处宣泄的怒火融入那令人畏惧的场景，下面那些巴力神的崇拜者们发出肆意纵情的哄笑——一群暴徒毫无廉耻的漫天哄笑。你怎么能指望这些昏庸腐朽、横冲直

---

① 迦南，作为以色列人（犹太人）的圣地，在《旧约》中被称为"流着奶和蜜"的地方，是最初亚伯拉罕带领着信徒追寻的地方。
② 巴力是古代迦南和腓尼基人敬拜的至尊神祇的名字。一般来说，巴力是一个掌管生育的神祇，被认为能使土地生产作物和让人们生产孩子。

撞的乌合之众能够有什么正经行为！你怎么能指望这些像风磨一样只知道把优雅的辞藻都磨成彩色碎末的商场浪子能够体会父亲巨大的担忧！那些穿丝绸长衫的商人对父亲先知般的震怒充耳不闻，三五成群地围着一堆堆叠好的布料，在欢声笑语中继续愉快地讨论着商品的品质。这伙黑压压的商贩巧舌如簧地挑剔这些衣料原本上乘的质量，头头是道地念叨自己的生意经，聒噪不停的语言几乎吞没了整个场面。

在其他地方，在亮丽鲜艳的衣料瀑布前，站着一群犹太人，他们穿着彩色长袍，戴着高高的皮帽。他们是犹太公会[①]的议员们，都是高贵而优雅的人，他们捋着修剪得整整齐齐的长胡子，用严肃谨慎的辞令交谈着。但是，即使在那些礼节性的交谈中，从他们会意的眼神中，还是能察觉到一丝微笑中暗含的讽刺。在他们周围，拥挤着其他普通百姓，看不清面容，也没有特点，一群行迹泯然的懵懂众生。他们不明所以地填补了风景的空白，在广大的背景上散布着轻率鲁莽、喋喋不休的话语和响动。他们都是哈利昆和普钦内拉[②]式的跳梁小丑，没有任何严肃的商业意图，只是用插科打诨的小丑行径在各处进行的买卖活动中捣乱。

渐渐地，这些欢快的暴徒厌倦了这种戏耍，他们四散到这片风景里最遥远的地方，慢慢地消失在岩石峭壁和山谷中。这些小丑可能一

[①] 犹太公会，或称犹太公议会，是古代以色列由71位犹太长老组成的立法议会和最高法庭。这个议会包括一名大法官、一名副大法官和其他69名成员。在开会时其他69名议员坐成半圆形。

[②] 哈利昆和普钦内拉是意大利即兴喜剧中的人物。

个接一个地陷入了附近地形的裂缝和褶皱中,就像那些在节日聚会中玩累了的孩子消失在房子的某个角落和里屋。

同时,这个城市的长老们——那些犹太公会的议员神情庄严肃穆地在人群中行走,低声地进行着热烈的讨论。他们在这辽阔的山野上散步,三三两两地徘徊在遥远而曲折的路上。他们黑色的剪影点缀在沙漠高原上,天空乌云密布,云带像长长的平行沟壑,在空中画出银白相间的条纹,天空深处透露出更加辽远的大气层。

灯光在那个地区创造了一个虚假的白昼——一个奇怪的白昼,没有黎明或黄昏。

父亲慢慢地平静下来,他的怒火在周遭风景的安抚中冷却下来。他现在正坐在一排高高的架子上,望着辽阔的秋野。他看见人们在远处的湖里钓鱼。渔夫们两人一组坐在小小的贝壳状的船上,将渔网浸入水中。在河岸上,男孩们头顶着篮子,里面装满了拍打着尾巴蹦跳的银色鱼获。

就在此时,他注意到远处有一群游荡者正仰面朝天,举起手指着什么东西。

很快,天空出现了一块块彩色的斑点,不断地扩大蔓延,很是奇特。不知道从哪里飞来一群奇怪的鸟,它们盘旋飞舞着,在空中画出巨大的纵横交错的螺旋图案。它们在高空飞行,翅膀大摇大摆地扇动,身体旋转上升,像一个活动的卷轴,要把整个天空卷入它们的翅膀之下。其中一些是巨大的鹳,它们的羽翼平静地展开,形成巨大的托力,支撑着整个身躯几乎不动地在天空中滑翔;也有一些鸟儿——它们的羽毛色彩斑斓，有点像野人插在头上的战利品——不得不努力又笨拙地扇动它们沉重的翅膀，以便在飘忽的暖气流中保持高度；还有一些鸟儿，轮廓模糊，像是一些不成形的翅膀、强壮的小腿和裸露的脖子拼凑在一起，填充物很差的秃鹫和秃鹰标本，散碎的锯末随着它们的飞舞不断掉落下来。

　　天空中有一些是双头鸟，还有多翼鸟，甚至有翅膀缺损的，单翼在天空中歪歪斜斜地飞行。现在的天空就像古老壁画上绘就的幻象一样，到处都是不曾见过的、神秘奇特的鸟兽，它们在空中盘旋鸣叫，令人眼花缭乱地飞舞穿梭，避免撞在一起。

　　父亲惊讶地站起身来，在一道突如其来的强光中，他伸出双手，用一种古老的咒语召唤着鸟儿。他认出了它们，满怀深情地向它们召唤。它们就是父亲曾经的那些远古鸟类遥远的、被人遗忘的后代，阿德拉曾经把它们驱逐到天空的各个角落。那群畸形的、看起来不怎么健康正常的鸟儿现在又回来了，要么更加残疾退化了，要么长得粗大壮硕了。有一些鸟大得离谱，但发育得愈加蠢笨，看起来脑子空空如也，毫无灵气，它们所有的活力都被注入了丰满的羽毛和华丽的头冠。它们就像博物馆里的绝种展品，像是曾经的鸟类天堂里那个见不得人、混乱不堪的储藏室。

　　它们有的仰面飞行，有的长着像挂锁一样奇形怪状的喙，有的眼睛失明看不见东西，有的身上长着颜色奇特的肿块。

　　父亲被鸟群这一次意外的回归感动，他对这些鸟的本能、对主人的依恋感到惊奇，那些被驱逐的种群把主人的召唤像一个传说一样世世代代保存在它们的灵魂里，在种群灭绝前的最后一天，回到它们古老的家园。

但这些纸糊的瞎鸟已经认不出父亲了。他用古老的密法，用鸟儿们已经遗忘的语言呼唤它们，但这都是徒劳的——它们既听不见他，也看不见他。

突然，石头开始从空中呼啸而过。是那些愚蠢的寻欢作乐的人在向天空中这群不可思议的鸟儿投掷石头。

父亲紧张地呼号，警告着人们，用类似施放魔法的手势阻止着他们，但这一切仍然是徒劳的——他们也对他充耳不闻、视而不见。鸟儿开始从空中坠落。它们被石头击中，垂直落下来，在空中就凋零解体，在撞到地面之前，就破碎成一堆残缺的羽毛。不一会儿，高原上就布满了奇异的腐尸。在父亲到达屠杀现场之前，这些曾经辉煌的鸟都已经死了，散落在岩石上。

直到现在，父亲才近距离地观察到这一代退化鸟儿的命运是多么惨不忍睹，它们空乏低等的身体结构是多么荒诞不经。

它们不过是一大堆羽毛随意拼凑到一起，再在身躯里胡乱地塞满了腐肉。其中有很多鸟儿甚至无法辨别哪里是头部，因为这个畸形的躯体里丝毫看不出有灵魂曾经存在的证据。有些像野牛一样浑身是卷毛，臭气熏天；另一些则让人想起了驼背、秃顶、死去的骆驼；还有一些肯定是用某种纸板做的，里面中空无物，外表却五彩缤纷。走近观察，发现还有一些根本什么都不是，就是一大捆孔雀的羽毛和彩色的扇子，通过一些诡秘莫测的办法，吸收了一些生命气息，就开始在天空翱翔。

父亲垂头丧气地回来了。这个人造白昼终于慢慢地染上了一种正常早晨的明亮色彩。在破乱的店铺里，最高的架子沐浴在晨曦洒下的光影中。在消逝的风景残片中，在破碎的夜景废墟中，父亲看见他的店员们刚刚从睡梦中醒来，他们从成捆的布堆中爬起来，迎着太阳打呵欠。在楼上的厨房里，阿德拉也已从温暖的梦乡中苏醒，头发蓬乱，正在用自己雪白的胸脯抵住一个小磨，磨着咖啡，把她酥胸的香暖传递给那些磨碎的豆子。家里的猫也在阳光下慵懒地舔着毛。

彗星

那一年的冬末出现了特别吉利顺遂的天文现象。日历上的各种提示语都用红色字体在某个日期栏上雪一样圣洁的空白处标注出来，礼拜天和祷告日的亮红色标记能让大半个星期的日子熠熠生辉，其他普通的日子只能冷冽地燃烧，闪烁着蹊跷和短促的光焰。有时短暂的一瞥，那红色鲜艳夺目，带着深深的误导，会让人们的心脏猛然地跳动几下，像漏掉了某个节拍。事实上，这红色并不能说明什么——只是一个过早的提醒，一个用鲜亮的朱红涂在日历本周外衣上的彩色谎言。从主显节①开始，我们夜复一夜地坐在铺着白桌布、摆满烛台和银器的桌子边，玩着无穷无尽的纸牌接龙游戏。每过一个小时，窗外的夜晚都会变得更明亮，像是披着糖纸外衣一样闪闪发光，散发着鲜嫩的杏仁和甜品一样的诱惑。月亮——最有创造力的魔术师——全神贯注于它的月相活动，随着连续不断的微妙变化，越来越明亮皎洁。即使

---

① 主显节是在圣诞节（12月25日）后的第十二天，主显节又叫第十二日节，也叫小圣诞节，因为它标志着圣诞节的结束。

到了白天，月亮也停留在原地，幽幽地隐藏起她枯黄暗淡的面庞。此时，一团团羽毛般轻柔的白云像绵羊般从它的轮廓上掠过，静谧的白色在天宇里徜徉，为月亮盖上一层微微闪耀着白贝母光泽的银纱，并准备着在黄昏时分帮它拉开冻结的天幕。

接下来的几天又是寡淡无味的，像空白的书页翻了过去。风从屋顶上呼啸而过，穿过冰冷的烟囱，从壁炉里吹出来。它在城市上空搭建虚幻的脚手架和看台，然后再竭力地摧毁这些四处灌风的建筑物，只剩下木板和横梁的一阵喧哗。有时，远郊处会发生火灾。在开阔的铜绿色天空下，烟囱清扫工在山墙之间的屋顶上穿梭，足迹遍布整个城市。他们从一个屋顶爬到另一个屋顶，在风向标和旗杆上，幻想着大风能够帮他们短暂地打开通向少女们居住房间的通道，然后再将这本风雨巨著砰然关闭，留下可以打发许多个寂寞日夜的心灵慰藉。

渐渐地，风力减弱了，直至平息。店员们用春意盎然的鲜亮布料把橱窗装饰得漂漂亮亮，很快，这些羊毛织品的柔和色调使空气变得轻柔起来，晕染上天空般淡蓝和草芽般嫩绿的色彩。积雪也开始消融，轻飘飘的像是婴儿娇嫩的毛发，在阳光下飘浮、蒸发，消散在和煦的春风和晴朗的天空里。窗户长时间地敞开着，花盆里的夹竹桃开始在屋子里四处绽放，麻雀无忧无虑的啁啾阵阵入耳，它们在沉闷的蓝天下做着自己美妙的梦。在整洁的广场上，白头山雀和苍头燕雀似乎进行着一阵激烈的冲突，发出尖锐刺耳的鸣叫。好在这场争斗很快平息，它们又四散开来，乘着春风飞走，消失在空旷无垠的蔚蓝中。有那么一瞬间，我们眼睛里还保留着那些彩色斑点的印记——像是一把随意抛向空中的五彩纸屑——随即慢慢消散在眼睛的底色里。早春季节来临了。实习律师们捻弄着胡子,把末梢卷曲起来,穿戴着高高的、代表他们身份的硬质衣领,是这个城市里最优雅时尚的人。有些时候,还是会有大风像洪水洗劫一样在城市上空呼啸而过,年轻的律师们会摘下深色的圆顶礼帽,远远地向他们所认识的女士们打招呼。他们背靠着风,燕尾服的衣摆在风中快速地飘荡着,然后他们立刻转移视线,表现出一种克制和体贴,以免让自己心爱的人暴露在不必要的流言蜚语中。女士们脚下一滑,在飘动的裙裾中惊叫起来,随后又恢复了平衡,微笑着回应他们的问候。有时到了下午,风会平静下来。

在阳台上,阿德拉开始清理家里的大铜锅,随着她的刷洗发出咔咔的金属声响。天空静止不动地笼罩在屋顶上,像一面蓝色的条纹旗子安逸地晾晒在那里,一切都风平浪静。从店里打发回来办事的店员聚在厨房门口,扶着阳台栏杆,在阿德拉身旁徘徊个不停。他们被一整天的风吹得晕乎乎的,又被麻雀无处不在的叽叽喳喳弄得头昏脑涨。微风从远处吹来了管风琴微弱的乐鸣。这群小伙子跟着轻声细语地哼唱,根本听不清唱的是些什么,他们还摆出一副天真无邪的表情,实际上是在故意逗弄阿德拉。她被惹毛了,反应十分激烈,对着他们生气地责骂,后来又因为识破了他们的把戏而内心窃喜。她那原本还沉浸在早春迷梦中苍白迟钝的脸庞,现在因为交替的愤怒和喜悦而涨得通红。小伙子们垂下眉目,假装无辜,内心对自己成功地惹恼了阿德拉而感到非常满足。

日子循环往复地流逝,在灰色的几个星期中,每天的事情都在城市的混乱中流淌过去，融入那些从我们阳台上看去、沐浴在混浊暗淡光线中的屋顶迷宫里。补锅匠四处奔忙，大声吆喝着招揽生意。亚伯拉罕①强悍的喷嚏使这座城市遥远、纷乱的喧嚣显得更加荒诞可笑。在远处的一个广场上，那个低能儿图雅，被男孩儿们的起哄和戏弄撩拨得疯狂，跳起狂野的萨拉班德舞②，她高高地撩起裙子，取悦着围观的众人。一阵风吹来，把这些吵闹的声音抚平了，把它们融化成单调的、灰色的丝缕杂音，在午后乳白色、烟雾缭绕的空气中，在瓦片屋顶组成的海洋上均匀地传播开来。阿德拉靠在阳台栏杆上，俯身观望着远处城市暴风雨般的咆哮，从中捕捉到了所有响亮的重音，并微笑着尝试把丢失的音节拼凑在一起，编成一个曲调，好从这一天起起伏伏、灰暗单调的时光中悟出一些道理。

那是一个电气和机械的时代，人类的聪明才智被充分地激发，一大堆新的发明不断问世。在中产阶级家庭中，配有电打火机的雪茄盒出现了：你按下一个开关，一束电火花就会引燃浸泡在汽油中的灯芯。这些发明唤醒了对便捷生活全方位的向往。有种中式宝塔形状的音乐盒，只要上好发条，就会像旋转木马一样开始转动，并且演奏起好听的回旋曲③。每次音乐反复的节点，清脆的铃声就会叮咚响起，音乐盒

---

① 《圣经》里面的人物，据说是希伯来人的始祖。原为希伯来文，意为"民族之父"，后来，它演变成"物之父"的意思。
② 萨拉班德舞是西欧古老舞曲之一种。据传16世纪初由波斯传入西班牙，后来由于情调热烈奔放而被教会禁止。16世纪末传入法国后，逐渐演变为速度缓慢、音调庄重的舞曲，常用于贵族社会和舞剧中。
③ 乐曲形式之一，特点是表现基本主题的旋律屡次反复。

的门扇敞开，展露出鼻烟壶①般精巧复杂的内部结构，里面旋转的机芯在演奏三重奏。

家家户户都装了电铃。家庭生活的方方面面都因为电力的广泛使用而改变，一卷卷绝缘电线成了那个时代的象征。年轻的花花公子们在沙龙里展示了伽尔瓦尼②的发现，受到女士们神采奕奕地褒奖。一种导体打开了通往女性心灵的道路。实验成功后，当天的英雄们在一片掌声雷动中向四周不停地播撒着飞吻。没过多久，这座城市就挤满了各种大小不同、形状不一的自行车。一种以哲学为基础的世界观责无旁贷地呼之欲出。只要谁承认有进步的信念，他就必须得出这个合乎逻辑的结论，然后学会骑自行车。走在时代前沿的必然是那些实习律师，他们蓄着卷翘的胡子，戴着圆顶礼帽，他们是希望之星和青春之花。他们挤过喧闹的人群，骑着巨大的自行车和三轮车在街道和车流中穿行，车轮上的辐条飞速转动，形成好看的光圈。他们手扶宽大的车把，坐在高高的车座上操纵巨大的车轮，在人群欣赏、赞叹的目光中骑出一条流畅蜿蜒的波浪曲线。他们中的一些人陷入使徒③般的狂

---

① 中国鼻烟壶，作为精美的工艺品，采用瓷、铜、象牙、玉石、玛瑙、琥珀等材质，运用青花、五彩、雕瓷、套料、巧作、内画等技法，汲取了域内外多种工艺的优点，被雅好者视为珍贵文玩，在海内外皆享有盛誉。
② 意大利医生和动物学家。1786年有一天，伽尔瓦尼在实验室解剖青蛙，把蛙腿剥了皮，用刀尖碰蛙腿上外露的神经时，蛙腿剧烈地痉挛，同时出现电火花。经过反复实验，他认为痉挛起因于动物体上本来就存在的电，他还把这种电叫作"动物电"。
③ 一般指最初由耶稣基督挑选并赋予传教使命的12个门徒，原意为受差遣者。某些高级行政官员或教会官员也有称使徒的。

热，他们踩着自行车的脚踏板，像蹬着马镫一样站起来，居高临下地向人群发表演说，预言人类将迎来一个新的幸福时代——人类将通过自行车得到救赎……他们在围观人群的掌声中继续前进，同时向四面八方鞠躬致意。然而，在那些辉煌的、凯旋般得意的骑行中，却还有一种令人极度难堪的东西，一种痛苦而不愉快的东西，让他们即使攀上了胜利的顶点，也有可能跌落神坛、沦为笑柄。当他们像蜘蛛一样悬挂在精妙的机械中，像青蛙一样跨坐在两侧的踏板上，在巨大的车轮上方像鸭子一样扭来扭去时，他们自己一定也感觉到了这一点。只差那么一点，他们就即将滑向荒诞滑稽的深渊，于是，近乎绝望地，这些年轻人俯身抓住车把，加快了速度，大力地蹬踩，那些动作让他们看起来像是陷入了一场激烈的、颠三倒四的体操中。这需要大惊小怪吗？人类正打着虚假的幌子进入难以置信的便捷领域，而这些便捷都是以远远不抵成本的低廉价格获得，几乎不劳而获。这些支出与收益的不平衡，对大自然赤裸裸的显著欺骗，对天才把戏所付出的过多代价，最终都必须用无奈的自我嘲讽来抵消。骑自行车的人在阵阵爆笑中远去——这些可悲的胜利者、天才的殉道者——原来所谓技术奇迹的滑稽吸引力是如此之大。

当哥哥第一次从学校带回一块电磁铁，让我们颤抖着触摸到线圈中流窜的神秘生命的振动时，父亲露出一种高深莫测的微笑。一个思虑长远的计划正在他的头脑中成熟，并且与他长久以来的一连串想法顺利地完成了贯通，简直不谋而合。为何他要对自己意味深长地微笑？为何他的目光变得迷离蒙眬，还隐约翻着白眼透露出一种虚伪的虔诚？谁能告诉我答案？是他预见到这股秘密力量的惊人表现背后的粗俗伎俩和拙劣阴谋了吗？然而，那一刻也标志着一个转折点的来临：从那时起，父亲又开始了他的研究实验。

父亲的实验室设备很简单：几卷电线，几瓶酸、锌、铅和碳——这些材料就构成了这位特立独行的神秘人的实验作坊。"物质，"父亲垂下眼睑，屏住鼻息，"物质，先生们——"他欲言又止的样子让听众们猜测他即将揭露一个大秘密，于是所有人都聚精会神地静坐等待，然而我们都上当了。父亲低垂着眼睛，默默地嘲笑我们这种长久以来盲目的崇拜和迷恋。"万物皆是流动的！"他高声叫道，双手挥舞，示意着物质的永恒循环。很长一段时间以来，他一直想调动隐藏在物质中永恒运动的力量，将它外部呈现的坚硬表象融化，为它未来能够在万物中普遍渗透、无限循环而铺平道路，使之符合它的真实本性。

"个体化原则——应该被踩在脚下。"他常常这样说，从而表达了他对这一人类指导原则的无限蔑视。在他说出这些话的同时，他正半闭着眼睛，用手从一段电线摸到另一段电线，小心翼翼地触碰着电路的各个端点，感受着电压的细微差别。他在电线上做了个切口，俯身下去仔细倾听，然后快速往前走了十来步，在电路的另一点重复同样的过程。他似乎生出三头六臂、千手千眼，他分散开的注意力可以同时关照到所有地方，空间万物没有任何一个可以逃脱到他的怀疑之外。他俯下身想在电路中截取一段电线，像猫猛然扑击它的猎物一样，出手后迅速向后跳跃回撤，可惜遗憾地失手了，父亲感到非常尴尬。"很抱歉，"有时他出乎意料地对旁边目瞪口呆的观众说，"不好意思，我想用用这块地方，能劳驾您往旁边挪一挪吗？"在交感神经系统的推动下，他高效地跳来跳去，很快做好了一些闪电般的测量，就像金丝雀一样敏捷灵动。金属浸在酸溶液中，痛苦的沐浴使它被腐蚀，生成新的盐溶液，飘浮的离子在黑暗中开始导电。它们从僵硬的死气沉沉中苏醒过来，咝咝哼唱着单调的金属之歌，在那些悲恸而沉寂的日子里，闪耀着分子的光芒。看不见的电荷在正负两极聚集，然后将其淹没，逃进了盘旋的黑暗。空间里形成一股难以察觉的刺痒的电流，极化成同心圆的能量线，形成围绕中心螺旋运动的磁场。一个不再休眠的仪器会不时地发出信号，而另一个会在片刻后作出回应，但这种回应没有定势和次序，只有沉闷的单音，嘀嘀嗒嗒地填补在混沌的间隙。父亲站在这些飘荡游移的电流中，脸上露出痛苦的微笑，他被这种结结巴巴的电流音所打动，被这些单调残缺的半音节中蕴含的禁锢在深渊、永不能逃脱的痛苦所打动。

通过这些研究，父亲取得了惊人的成果。例如，他证明了基于内夫氏锤[①]原理创造的电铃只是一个普通的技术产物，并不是人类闯进了大自然的实验室，而是大自然吸引着人类来到它的场域之中，并通过实验达到了大自然自身讳莫如深的目的。吃晚饭的时候，父亲用大拇指的指甲去弹动泡在汤里的勺子柄，突然，那个依据内夫氏锤原理制造的电铃就会在灯罩里叮咚作响。整个装置是完全多余、没有必要的：这个电铃是某些物质冲动的汇聚点，只是利用人类的聪明才智来达到

---

① 内夫氏锤，也叫瓦格纳氏锤、电流启动锤，一种能够快速开闭电流的自动装置。

自己的目的。这是大自然的意志得以实现的杰作,在这个过程中,人类只不过是一支瞄向目标的箭,是织布机中听话顺从的梭子,都在根据大自然的意志飞来飞去。我们自己都只是内夫氏锤的一个组成部分。

有人曾经提到过"催眠术",我父亲也即刻涉足了这个领域。他的研究链条已经形成理论闭环,他找到了曾经缺失的一环。根据他的理论,人类只是一个中转站,一个在永恒物质怀抱中四处游荡的迷流的临时交汇点。他引以为傲的一切发明,都是大自然引诱他落入的陷阱,永远面对未知的迷途。父亲的实验开始显示出魔术和杂耍的特征,类似变戏法的幻术。我就不想细述他用鸽子做的无数实验了。他手持一根魔杖,玄妙地变出一只鸽子,然后一只又变成两只、四只甚至十只,然后再假装很费力地把它们圈起来,再变回魔杖里。最后,他举起帽子,鸽子们又一只接一只地飞出来,真实地落在桌子上,咕咕叫着,挤挤攘攘。有时,父亲的实验会在某一个意想不到的时刻中断,他半闭着眼睛,犹豫不决地站起来,几秒钟的停顿后,他就突然跑到门厅,把头伸进烟道的通风口里。那里一片黑暗,煤烟弥漫、阴森凄凉,但父亲觉得那里就像在虚无的中心一样舒适,有温暖的气流在头脸上下流动。父亲闭上眼睛,在那温暖的黑色空间里待了一会儿。我们都觉得这件突如其来的小插曲和之前进行的实验活动完全没有关联,我们也不知道为何,事情要以这样的形式来收场,我们只好选择对这样跳脱、异度的行为保持视而不见。

在父亲的表演里,有些非常令人沮丧的戏码,容易把观众带入彻底的崩溃中。我们的餐厅里有一套高靠背的椅子,十分逼真地雕刻着花环样式，上面编织的树叶和花朵简直栩栩如生。只要父亲对着那些花环雕刻轻轻地打一个响指，它们就会异常诙谐地抖着激灵，幻化出一副副滑稽的鬼脸，意味深长地挤眉弄眼。这个把戏让人感到非常尴尬，几乎到了无法忍受的地步，因为这些眨眼的动作都有了明确的指向，指向了正在发生、不可抗拒的必然。在场的某个人会突然惊叫起来："旺达姨妈，我的天哪，旺达姨妈！"女士们开始尖叫，因为眼前真的是旺达姨妈的真实形象。哦，这不是看起来像，这就是旺达姨妈本人像是从天而降地造访。她坐在桌子边，滔滔不绝、侃侃而谈，在她说话的时候，任何人都永远插不上嘴。父亲创造的"奇迹"自动破灭了，因为他并没有制造出什么幻象，而是招来了真正的旺达姨妈，尽管她很普通，却破除了可能发生任何奇迹的想法。在我们继续叙述那个值得纪念的冬天发生的其他事件之前，我们不妨简要地提一件在我们家里一直被遮遮掩掩、闭口不提的事情——爱德华叔叔到底怎么了？他当时来和我们住在一起，把妻子和小女儿留在了乡下。毋庸置疑，他的身心非常健康，胸中怀着清晰明了的生活计划。他兴致勃勃地来，只是想暂时离开家人，换个环境，放松一下心情。然而发生了什么？父亲的实验给他留下了深刻的印象，玩了几次小戏法之后，他站起来，脱下外衣，完全听任父亲的摆布。毫无保留！他说这话时，脸上带着一种直截了当的表情，并和父亲有力而认真地握手，再次强调了他的坚定。父亲完全理解，他确信爱德华叔叔对"个体化原则"没有传统的偏见。看来他的确没有，真的一点儿也没有。叔叔思想进步，没有偏见，他唯一的热情就是为科学服务。

起初，父亲还给他一定程度的自由，因为他正在专心致志地为一项有决定性意义的实验做准备。爱德华叔叔利用闲暇时间游览了这座城市。他给自己买了一辆大得惊人的自行车，骑着它绕着集市广场转悠，从车座的高度望向二楼公寓的窗户。经过我们的房子时，他会优雅地向站在窗边的女士们脱帽致意。他上唇的胡子卷曲、上翘，下巴上是小小、尖尖的山羊胡。然而，叔叔很快就发现，自行车并不能让他了解更深层次的力学秘密，这惊人的机械也无法提供持久的形而上学式的刺激。于是，基于"个体化原则"的实验开始了。爱德华叔叔虔诚至极，完全不反对为了科学的利益，为了内夫氏锤式的简单纯粹原则而将肉体削弱。他无怨无悔地同意逐渐摆脱自己的所有特点，以便把他内心深处的自我暴露出来，与他长久以来所感受到的那种纯粹原则融为一体。

父亲把自己关在书房里，进行了一场持续了许多个日夜的精神分析，开始逐渐了解爱德华叔叔复杂的本质。书房的桌子上开始摆满了爱德华自我意识中多重多样的独立情结。起初，虽然被改造了很多，但叔叔还是来和我们一起吃饭，并且依然乐意参与我们的谈话。后来他又骑自行车出去兜了一次风，但很快就放弃了，因为他觉得自己已经缺少了些什么，内心不再完整。一种强烈的羞耻感占据了他的身体，这正是他所处阶段的典型特点，他开始回避与其他人相处。这一切都说明，父亲正在逐步接近他的目标。他把叔叔身上一切无关紧要的东西一个接一个地去掉，把他缩减到了最低限度。他把叔叔高高地放在楼梯间的壁龛里，按照勒克朗谢电池①的反应原理重新排列他的元素。

楼梯间的墙壁已经发霉，壁龛上面挂满了白色的菌丝。父亲毫无顾忌地利用了叔叔的全部热情，沿着门厅和房子的左翼将他的身体拉伸到极致。他踩着一副短梯子，沿着叔叔现在横陈的躯休，在黑乎乎的墙壁上钉上几根小钉子。那些烟雾弥漫、昏黄发霉的下午几乎沉浸在不见天日的晦暗中。父亲用点燃的蜡烛一寸一寸地照亮了长满霉斑的墙壁。我听说，爱德华叔叔在弥留一刻——虽然在那之前他一直像位英雄一样镇静——却表现出了一种暴躁。他们说，甚至发生了一场于事无补的雷霆盛怒，差点毁了即将完工的工程。但是，父亲的装置已经准备停当，爱德华叔叔——这位有生之年的模范丈夫、模范父亲和模范商人——最终体面地完成了他的终极使命。

叔叔表现得十分出色。如他承诺的，他从没违抗过指令。他抛弃了他那一度迷失了自我的复杂个性，终于找到了他从此要服从的简单纯粹、直截了当的指导原则。他之前的复杂性是很难掌控的，但他现在牺牲了复杂性，获得了一个简单、清白的永生。他快乐吗？这个问题其实问得毫无意义。像这样的问题只有对于生命中还存在其他选择的人来说才有意义，因为换一种选择可能意味着一种新的活法，与现实的生活彼此映照，我们才可以猜测会不会比如今过得更快乐。但爱德华叔叔已然没有任何选择，快乐或不快乐这类二分法对他来说完全没有不同，已经和他的生命凝固在了一起。当你看到他如此言出必

---

① 一种适用于间歇使用的电池。

行、严谨精确地践行自己信奉的使命时,你也不得不勉为其难地承认他的英勇。就连他的妻子特蕾莎婶婶——为了要找他而来到我们的城市——也忍不住常常按按开关,以便听到那响亮的声音,在那声音中,她能听出丈夫曾经发脾气时的怒吼。至于他们的女儿艾迪,可以说对她父亲的事业叹为观止。虽然,后来她确实是故意拿我出气,以报复父亲的所作所为,不过那却是另外一件事了。

日子一天天过去,因为无所事事,所以感觉下午都变得无比漫长。难以打发的时间十分生涩、空洞、多余,寂寥的黄昏直接延伸到空虚的夜晚,时间像在沙漏里一样流逝得平静缓慢。阿德拉早早地洗漱完毕,也打扫了厨房,懒洋洋地站在阳台上,茫然地看着远处淡红色的夜色。她那双美丽的眼睛,在别的时候是那么富于表现力,现在却因为沉思而显得迷离,一双大眼睛轻微地凸出,含着幽幽的眼光。她的肤色,在冬末时由于厨房的油烟而变得又黑又黄,现在,在春季月亮的潮汐引力影响下,一天胜似一天地变年轻了,乳白色的肤质透出珐琅般的亮泽。现在她可以对店员们发号施令,只要她阴沉下脸,他们就心惊胆战,再也不敢扮演愤世嫉俗者,或者城市酒馆和风月场所常客的角色。他们醉心于她崭新的美貌,迫切地需要接近她的新办法,并随时准备臣服于她、讨好于她,试图建立一种全新的关系,积极地拜倒在她的石榴裙下。

父亲的实验,尽管有人对其寄予厚望,但并没有在社会生活中产生任何实质性的变革。将催眠式的戏法嫁接到现代物理学上的做法并不成功。这倒不是因为父亲的探索实验中没有一点真理,但真理并不是一个想法能够获得成功的决定性因素,毕竟我们对形而上学的渴望非常有限,也很容易得到满足。父亲孤身一人走在通往新世界的窄道上,而我们——他曾经的使徒和信众已经开始厌倦,呈现出无政府的散漫状态。我们越来越多地表达我们的不耐烦,有时甚至公然抗议。我们的本性开始反抗对基本法则的摒弃,我们已经厌倦了所谓的奇迹,而是想要回归到永恒秩序那古老、熟悉、坚定的生活气息中。父亲深刻地明白这一点。父亲也意识到自己做得有些太过火了,于是抑制住了对他的奇思妙想进行更深入的实验的念头。他那些优雅的女弟子和卷翘胡子的男信众明显地一天天减少,父亲也想要体面、尊严地结束这一切,他正打算作最后一次总结演讲,可是突然发生一件新的事情把大家的注意力转到了一个完全出乎意料的方向。

有一天,哥哥从学校放学,带回来一个难以置信却千真万确的消息:世界末日很快就要来临。我们以为自己听错了,让他又重复了一遍。我们没有听错。我们努力地消化这个不可思议、令人费解的消息代表着什么:在某一个随机的时间和空间点上,我们的世界即将大难临头,毫无预兆、突如其来地受到不可挽回的毁灭。消息来得那么突然,我们没有任何思想准备,万事还没有了结,目标还尚未达成,就像一句话说了一半,还未来得及使用句号或感叹号加以停顿;也没有得到最终的判决或因触犯上帝而遭受天谴——就好像人们可能会心平气和地接受这样的结局,反正我们早就知道世界早早晚晚会迎来末日这一颠扑不破的永恒规则——这一切的一切即将彻底结束,灰飞烟灭。不,此刻还不该是先知们很久以前预言的末日悲剧结局,也和

《神曲》的最后一幕无关。不，这应该只是自行车骑手和变戏法儿的人的世界末日，是他们精彩的骗局和虚假的实验——伴随着所有进步精神的喝彩。几乎没有人不赞同这个想法，受到惊吓的抗议者们即刻被压制住了。他们为什么不明白，这简直是一个不可思议的机会，是可以想象得到的最进步、最自由的世界末日，完全契合时代精神，是尊贵光荣的结局，是在身体力行地对最高智慧表示赞颂。人们热情地讨论，从随身携带的笔记本上撕下纸张，画出"亲眼所见"的场面，用这些无可辩驳的证据来痛击他们的对手和怀疑者。更有图文并茂的报纸期刊，发表了整页整版具有舞台效果的插画，生动地展现预言中灾难来临的恢宏场面。这些图片通常描绘了在星象璀璨的夜空下，人口密集的城市陷入恐慌。人们已经看到那颗遥远的彗星惊人的运动，它带着稳定的抛物线形的拖尾在天空中飞行，目标明确地指向地球，以每秒数十英里[①]的速度逼近地球。就像马戏团的闹剧一样，所有的帽子都飞向空中，人们的头发根根竖立，雨伞自动弹开，假发不翼而飞，露出下面光秃秃的脑袋——巨大的黑暗天空像一张辽阔的网笼罩在万物之上，所有星星都奋力闪烁，发出最后的警告。

　　某种节日的气氛和浓烈的热情进入了我们的生活。我们的行为举止都渗透出庄严肃穆的色彩，我们的胸襟无限广大，心系宇宙的叹息。整个地球在夜晚沸腾，成千上万的人不约而同地流露出激越的狂喜和庄重的喧嚣。夜幕漆黑，辽阔无涯。越来越稠密的恒星星云环绕在地

---

① 1英里＝1609米。

球周围,在黑暗的星际空间中,这些恒星在不同的位置闪烁,将流星的尘埃从一个深渊洒向另一个深渊。我们迷失在无垠的宇宙中,几乎将脚下的地球彻底遗弃,我们失去了方向、没有了根基,像是站在天空穹顶上的对跖点①一样倒挂着,在稀繁的群星之间游荡,用湿漉漉的手指在天空的地图上移动,从一颗星星到另一颗星星。我们就这样漫无目的地在单一的队列中蜿蜒而行,四下散落在夜空无限阶梯的各个角落——这群从被遗弃的地球上移居来的人,正掠夺着浩瀚的星空。最后一道屏障消失了,骑自行车的人骑着他们的车闯入恒星空间,在星际的真空中静止迷蒙地飘浮,太空中不断显现全新的星座。从此,他们在无休止的轨道上旋转,标志着一个不眠不休的宇宙学路径,而在现实中,他们仍然陷入太空漆黑如烟灰的沉睡,仿佛他们也和父亲一样把脑袋伸进烟道,那是所有盲目飞行的终极目标。

经过短暂而破碎、时常昏昏欲睡的几天之后,黑夜像一片熟悉的、人群密集的故土,敞开广阔的怀抱。人群挤满了街道,聚集在广场上,黑压压的脑袋一个挨着一个,远远看去就像一瓶打开了盖子的鱼子酱罐头。现在人流向外涌动,像是一股闪闪发光的铅弹河流,在星光闪耀的黑暗夜幕上流淌而过。楼梯在成千上万人的重压下断裂了,所有上层的窗户上都出现了小小的身影,火柴杆一样的人在征服月亮般的狂热中跳过栏杆,形成像蚂蚁群一样的活链条、活建筑和活柱子——

---

① 位于地球直径两端的点,在地球两端遥遥相望,时差12小时,两点季节恰好相反。打个比喻,假设从某地区垂直于地面钻孔,穿过地球内部后从地球另一端穿出,出露点与该地区即为对跖点。

他们一个骑跨在另一个的肩膀上——从窗户流向被焦油桶燃烧的强光照亮的广场平台。如果我在描述这些人潮汹涌、人声鼎沸的景象时，无意中有夸大的倾向，或者不自觉地模仿了那本记载人类灾难和痛苦的伟大著作中的某些情形，还请读者谅解。但它们确实都创造出一个古老原像和极大程度的夸张表演，所有这些场景的巨大悲怆都证明，我们已经打通了永恒的记忆之地和神秘之地的暗道，闯入了一个充满未知元素和凌乱记忆的史前之夜，迎面扑来的是我们无力阻挡、膨胀翻涌的历史洪流。啊，这些夜晚繁星闪烁，漫天反射着鳞片般温润的光泽！啊，这一排排的嘴唇，在饥渴的气流中，不停地吞咽着那些阴雨淋漓的夜晚汹涌不息、未被啜饮的溪流！到底是在什么样的致命罗网中，在什么样的悲惨桎梏中，这些世代繁衍的后代被无情地终结了？哦，那些日子的天空，那片布满发光信号和闪耀流星的天空，被天文学家计算过千百次，编号过千百次，用代数的符号标注过千百次。

我们的脸因为受到那些夜晚光辉的璀璨映衬而泛蓝，借助遥远地方太阳爆炸产生的脉动，我们自由徜徉在太空中，漫步在一片恒星炫光中，蚂蚁似的人类在银河的沙洲上铺散开来，洒满了整个天空，但这一条人类的河流却被蜘蛛般迅捷地骑着自行车的人挡住了。哦，夜晚的星光竞技场，被那些敏捷的骑手炫技式的旋转和跳跃划出道道瘢痕；哦，那炫酷的车轮画出完美的摆线①和外摆线②，在灵感的驱使下沿

---

① 摆线是指一个圆在一条定直线上滚动时，圆周上一个定点的轨迹，又称圆滚线、旋轮线。
② 动圆沿静圆走的动圆定点轨迹就叫外摆线。在这里是指车轮运行的优美轨迹。

着天空的对角线前进，虽然失去了辐条，车轮也冷漠地脱落，它仍然赤裸着躯体奔向光明的目标，只有纯粹唯一的想法，那就是骑车！从那些日子开始，一个新的星座，第十三组恒星，永远存留在黄道带中，从那时起，它便永久地在我们的夜空中熠熠生辉：骑牛人星座。

那段时间里，夜色中的房子都门洞大开，在剧烈闪烁的灯光下赤裸裸地展示它们空无一人的凄凉。窗帘被风揉进了夜幕，一排排房间处于一种无所不包、持续不断的气流中，这种气流带着猛烈而无情的尖厉声音穿过房间，那是爱德华叔叔的警告声。是的，他终于失去了耐心，挣脱了束缚，践踏了绝对的命令，打破了所谓高尚道德的禁锢，发出了警报。有人用一根长棍子戳他打他，试图让他安静下来，有人用厨房抹布塞他的嘴来阻止他发出更为猛烈的爆炸声。但是，即使遭受这样的镇压，他的躁动也从未停止过，他不停疯狂地鸣叫着，没有片刻间歇，丝毫没有注意到他的生命正在怒吼中急速地流失，他的血液在这样致命的狂乱中枯竭在大家面前，已然无可救药。

偶尔会有人冲进那间被恶魔般的咆哮声穿透的空屋子，在灯火的照耀下踮起脚尖，踌躇几步，突然停下来，好像在寻找什么。几面镜子无声无息地把他拽进环绕、透视的深处，默默地将他拆解。爱德华叔叔的咆哮依然穿破这些明亮而空荡的房间，直冲云霄。这个从星空中落下来的孤独的逃兵，良心备受谴责，仿佛是来做坏事的，他偷偷地从公寓里退了出来，但那声音依然震耳欲聋，执着地响个不停。他在那些警觉的镜子的陪伴下走到前门，镜子让他穿过它们闪亮的队伍，同时，也有一群分身——手指放在嘴唇上示意他沉默——踮着脚走进镜子的深处。天空再一次向我们敞开怀抱，浩瀚的天宇飘散着无尽的星辰。每天凌晨，那颗致命的彗星都会出现在天空中，斜挂在它抛物线拖尾的顶端，准确地瞄准地球，每秒掠过数十英里。所有人的目光都死盯着它，而它，拖着椭圆形的外表，闪耀着金属般的光芒，中心的一点格外明亮，自顾自地按照数学运算一样的精确度朝地球奔袭而来。多么令人难以置信，这条看起来无辜地在无数星辰中发光的小虫，竟然是伯沙撒盛宴①上的那只燃烧的手指，在天空的黑板上书写下地球的毁灭。但是每个孩子都知道那个用整数乘方的对数表示的致命公式，从这个公式我们可以推算出彗星到来的后果，我们的星球将不可避免地遭到毁灭。还有什么能够拯救我们？当这群乌合之众四散在旷野，在星光和天象的照耀下迷失了信念，父亲却在家里深藏不露地安坐。他是唯一一个知道如何从我们的困境中逃脱的人——只有他找得到宇宙的后门。想到这里，他暗自一笑。爱德华叔叔被嘴里塞的破抹布呛得喘不过气来，正绝望地发出警报，父亲默默地把脑袋伸进了烟道的通风口。那里又黑又静，弥漫着温暖的空气、微弱的烟尘，散发着静

---

① 伯沙撒是新巴比伦王国的最后一位统治者。一天他宴请众人一起饮酒作乐——这种事情在当时是不被允许的。在喝得醉醺醺的时候，他命人把他父亲从耶路撒冷神殿里掠夺来的圣杯拿来给大家盛酒喝，旁人劝阻也不起作用。就在伯沙撒拿过圣杯的一瞬间，他突然呆住了，然后大叫："快看！墙上有一只奇怪的手在写字！"众人都不明白字的含义。王太后让国王去把但以理请来。但以理告知伯沙撒王，墙上的字是用阿拉米语写的，分别是：计算，天平，分裂。计算是指上帝已经计算好伯沙撒的统治时间；天平的含义是指伯沙撒在上帝的秤上分量不足，不配做国王；分裂是指巴比伦帝国将瓦解，取而代之的是玛代人和波斯人。当天晚上，玛代人和波斯人攻进巴比伦，抓住并处死了伯沙撒，玛代人大利乌登上了王位。

谧又平和的气息。父亲舒舒服服地坐着,心满意足地闭起眼睛。在那座黑色的房屋里,在星光灿烂的夜晚,一颗星星微弱的光芒从屋顶上射了进来,破碎的光点仿佛在望远镜的玻璃里放大了壁炉里的一点火化,在黑暗的烟囱里照亮了一颗小小的种子。父亲正在慢慢转动望远镜的对焦螺旋,那个飞来的致命星体,被镜头拉得近在咫尺,仿佛触手可及。它进入了父亲的视线,像月亮一样明亮,在太空凄美寂静的黑暗中泛着塑料或者石灰石的光泽。这是月球流落在外的兄弟,经过千年的漂泊,急匆匆地奔向地球母亲的怀抱。父亲又把图像往他突出的眼睛前拉了拉,它就像一片布满小孔的格鲁耶尔奶酪[①],呈现好看的明亮淡黄色,上面布满了白色麻风样的斑点。他把手放在望远镜的螺旋上,他的视线被目镜透出的光线刺得昏花,他用冰冷的目光仔细地观察它的石灰石表面。它看起来患有复杂的疾病,内部已被各种蛀虫啃咬、啮噬得面目全非,布满了深深浅浅的坑洞和弯弯曲曲的虫道。父亲有一瞬间的战栗,意识到自己的错误:不,这不是格鲁耶尔奶酪,这显然是一个人类的大脑,是一个人脑复杂结构的解剖切片。他聚精会神地凝视着,甚至可以破译复杂的脑半球地图深沟浅壑上的细小文字。大脑似乎已经被麻醉,进入深度睡眠的状态,并在睡眠中露出幸福的笑容。父亲被它的表情所吸引,并且通过复杂的表象看到了这一切的本质,他不禁再一次对自己会心地微笑。谁也说不上在自己熟悉的烟囱里会发现什么,那黑得像烟灰的烟囱。透过一层层灰色的物质

[①] 格鲁耶尔是瑞士阿尔卑斯山脚下的一个中世纪小镇,出产以原产地命名的格鲁耶尔奶酪。

和飘浮的微小颗粒，父亲看到了一个清晰可见的胎儿轮廓，它以特有的头朝下的姿势，拳头紧挨着它的脸庞，在淡淡的羊水中倒挂着，幸福地沉睡。父亲到此就停止了下来，他如释重负地站了起来，关上了烟道的通风门。也就这样了吧。但是，在精彩的铺垫之后，世界末日，那辉煌的篇章又会如何收场呢？父亲的答案藏在他低垂的眼睛和神秘的微笑里。在运用这些数字时，难道有计算上的失误、算法上的错误或者打印上的谬误？没有这回事。计算过程是正确的，给出的数字也没有问题。那后来发生了什么事？请仔细听我说。这颗彗星勇敢地前进，像一匹雄心勃勃的野马一样疾驰，为了准时到达终点而加速地冲刺。时节的运转也飞速地流动。有一段时间，它引领了这个时代，把自己的形象和名字都赋予了这个时代，成为中心的话题。后来这两个勇敢的坐骑拉平了阵线，在紧张的疾驰中并驾齐驱，我们的心也随着它们的状态而跳动。终于，还是时节的运转以微弱之势取胜，地球一个华丽的转身与这颗永不知疲倦的彗星擦身而过。那微妙的几毫米决定了彗星的命运。它注定要失败，被永远地甩开了。我们的心与时节一起奔跑，将灿烂的彗星抛在身后。我们漠然地看着它越来越苍白，身影越来越小，最后无可奈何地沉到地平线的某一点上，徒劳地向一边倾斜，沿着它的抛物线转过最后一个弯，变得湛蓝又遥远，再也不存在任何威胁。它在竞争中惨败，人们的新鲜感也已经耗尽，没有人再在乎一个被彻底战胜的东西。它绝望地自生自灭，在世人的冷漠中悄然凋零。

而我们，又低着头回到日常生活中，这一次的失望让原本的琐碎显得异常充实。宇宙的观点被匆匆地推翻了，生活又回到了正常的轨道。我们在那个时候几乎日夜昏睡，以弥补之前失去的睡眠。我们躺在已经漆黑的房子里，睡得很沉，任凭粗重的呼吸把我们推向星光暗淡的夜梦迷途。我们就这样飘浮着，起伏不定——伴着呼噜作响的肚皮，像是在吹奏呜咽的风笛和长笛——在空寂夜晚的无人区里鼾声如雷。爱德华叔叔已经永远沉默了。空气中仍残留着他惊恐绝望的警报声，但他已经离开人世。在那次疯狂的爆发中，生命从他身上流走，电路已经断开，他轻松无碍地走上了不朽的更高台阶。

在黑暗的公寓里，只有父亲一个人还醒着，在满是睡眠歌谣的房间里默默地徘徊。有时，他打开烟道的通风门，望着那黑暗的深渊咧嘴一笑。那里有一个微笑着的小矮人被封在玻璃樽中，沐浴着荧光的照射，永远地安睡在它明媚的梦境中。它已经被宣判，被抛弃，被归档，成为天空浩瀚档案中的另外一张登记卡。

—— 沙漏做招牌的疗养院 ——

书

献给约瑟芬娜·谢琳丝卡①

1

我直截了当地称其为书,没有任何修辞或定语。在这种清醒中,游荡着一种无助的阴影,面对着超然的浩瀚,我们只能沉默地妥协,因为没有任何言辞、任何典故能够充分地诠释无边的恐惧和战栗,还有那些超出了我们惊叹极限的对无名事物的预感。当一个人面对一件真正雍容华贵、富丽堂皇的杰作之时,一切语言都是苍白的,辞藻的堆砌和修辞的滥用又有什么意义呢?何况,对于真正的读者——这些故事只对这样的人诉说——无论如何都会理解我。只要我直视他的眼睛,释放出我目光里的意义,在眼神的惊鸿一瞥或双手的盈然一握中,他就会强烈地触碰到这一切的要义,会迷醉于这本书中的辉煌而发出叹为观止的赞叹。这就如同现在,在那张想象中的把我和读者隔开的

---

① 约瑟芬娜·谢琳丝卡(1905—1991),舒尔茨的未婚妻。因信仰不同,二人最终没能结为夫妻。

桌子下面，我们不是正偷偷地握着彼此的手吗？

书……在童年最初的时光，在生命的第一个黎明，地平线慢慢明亮起来，弥漫着柔和的光晕。这本书光彩夺目地躺在父亲的桌子上，他静静地、全神地阅读，耐心地用舔湿的指尖不停摩挲书页的顶端，直到空白处都变得模糊晦暗，伴随着一种诡异的愉悦预感。突然间，一片薄纸剥落，露出一块孔雀眼似的碎片，父亲抬起双眼——他的眼神因为激动而显得迷蒙——望向窗外像圣女般纯净的黎明，望向天空那难以言述的、湿润饱和的蔚蓝。

哦，那片片剥落的薄翳！哦，那光明的降临，那幸福的春天！哦，父亲……

有时父亲会走开，留我一个人和那本书待在一起。风沙沙地吹过书页，里面的画面就会升腾起来。当书页被大风哗啦啦地翻阅，其中的色彩和形状就融合在一起，一种战栗掠过一行行文字，数不清的燕子和云雀就从字母中扑簌簌地释放出来。一张一张的书页飘浮在空中，一种明媚的光芒渗透进周围的每一处风景。其他时候，书就静静躺在那里，风轻轻吹拂，它羞涩得像一朵含苞的百叶玫瑰。一片一片的花瓣，重重叠叠、掩掩映映，都轻柔地闭合着眼睑，在丝绒般的梦幻下，珍藏的是一只碧蓝色的瞳孔，一颗彩色孔雀宝贵的心脏，或者是一窝叽叽喳喳的蜂鸟。

那是很久以前的事了，母亲还不在我们身边。我每天都和父亲单独待在我们的房子里，对我们来说，那栋房子就是我们的整个世界。

房间里的水晶灯散射出璀璨晶莹的光，像一道道彩虹飞溅到所有的角落。当灯链摇摆，整个房间都在彩虹的碎片中旋转，好像九大行星的位置都改变了，互相围绕着运行。我喜欢站在父亲的两腿之间，像抱柱子一样从两边抱住它们。有时他会给别人写信，我坐在他的桌子上，出神地看着他龙飞凤舞地签名，像花腔歌手的颤音一样迷人。

墙纸上的图案幻化出隐秘的笑容，许多眼睛破壳而出，它们的目光在空中翻着跟头。为了逗我开心，父亲用一根长吸管吹肥皂泡，它们在五彩缤纷的空间中迸裂，或者撞到墙上破碎开来，但梦幻的色彩仍然在空中久久浮动。

后来，母亲回来了，真实具体地出现在我们的生活中，同时结束了我和父亲田园诗般的悠闲生活。在母亲温柔爱抚的诱惑下，我忘记了父亲，生活开始沿着一条新的、不同的轨道运行，没有了节日也没有了奇迹。如果不是因为某个夜晚、某个梦，我甚至可能会永远忘记那本书。

2

在一个漆黑的冬日清晨，我早早地醒了——在黑暗的河岸下，显映出深处阴森的曙光——我眼皮底下仍残留着一大堆模糊的身影和符号，开始陷入昏昏沉沉的梦境，那本被遗忘的旧书带着种种无法圆满的遗憾落进我的心扉。

可是谁也不知道我到底要什么，我被他们的迟钝烦透了，开始更加急切地唠叨，愤怒而不耐烦地骚扰父亲和母亲。

我光着脚，身上只穿着睡衣，用急切得发抖的手指翻遍了父亲书架上所有的书，然后生气而失望地向目瞪口呆的围观者描述那件无法形容的东西，没有任何语言、没有任何颤抖的、口手并用的动作能准确地唤起他们的印象，我在没完没了、复杂而矛盾的解释中筋疲力尽，绝望崩溃地大哭起来。

父亲和母亲手足无措地站在我面前，带着无法排解的局促和不安，为自己的无能而深深地羞愧。我动作激烈的肢体，急躁狂热的语调，使我看起来义正词严，我的不满具备充分的理由。他们拿着各种各样的书向我走来，小心翼翼地塞到我手里，可我气愤地把它们全扔到一边。

其中一本厚重的大部头，一次又一次被父亲推到我面前。我打开一看，那是一本《圣经》。我在书页上看到许多动物在四处游荡，成群结队地挤满了路面，又沿着不同的岔路走向更遥远的领土。我还看见书里的天空中有成群的飞鸟在翱翔，还有一个巨大的、倒置的金字塔，它的平顶上停泊着神奇的诺亚方舟。

我抬起头，用责备的目光看着父亲。

"你一定知道，父亲，"我哭喊道，"你一定知道。别再假装了，别再狡辩了！这本书出卖了你！你为什么给我一本这样假冒的仿本，一个这么拙劣的伪造？你把那本书怎么了？"

父亲转移了视线。

3

几周的时间飞逝而过，我那强烈的冲动也渐渐平息。但那本书的印迹仍然在我的记忆中燃烧着,化成一团明亮的火焰——那巨大的、翻动起来沙沙作响的古籍抄本,那潜藏着狂风暴雨的《圣经》——当风吹过它的书页,就像吹散一朵花瓣片片零落的大株玫瑰。

有一天,父亲见我已经平静下来,便谨慎地走近我,用温和的语气劝慰我说:"实际上,世上有许多书。那一本只不过是我们年轻时相信的一个神话,但随着年龄的增长,我们便不再虔诚地相信它。"

然而,那时的我心里已经有了完全不同的想法。我深信那本书是一种责任,是一个目标,而我,就是那个担负着义不容辞的伟大使命的人。我没有回应父亲的话,内心充满了痛苦,一方面是对他说辞的轻蔑,另一方面是对自己固执己见的骄傲。

事实上,我已经找到了一些那本书破烂的残片,仅仅是一些少得可怜的碎片,似乎是由于命运的玩笑而落入我的手中。我把这些宝贝妥善地藏好,不让任何人发现,那本书的彻底解体让我万分悲愤,而且我知道我不能指望任何人会和我一样欣赏那些残破的书页。事情是这样的。

那年冬天的一天,我偶然碰见阿德拉正在整理房间,正在偷懒的她还被我吓了一跳。她手里拿着一把长柄扫帚,身体斜斜地倚坐在书桌边,桌上放着几张纸。我靠近她,从她的肩膀上望过去,与其说是出于对桌上纸张内容的好奇,不如说是为了能贴着她,享受她身上的气味,她身上散发的青春魅力正好击中了我刚刚觉醒的感官。

"看,"她说,她顺应着我的依偎,没有躲闪或抗拒的意思,"你说,真有人的头发能长得垂到地面上吗?我也想有那么长的头发。"

我看了看纸上的图片。那是一张印在大对开页面上的照片，照片里的女人矮墩墩的，体态偏胖，脸上写满了旺盛的精力和丰富的生活阅历。一大绺茂密的头发从她头上垂下来，沉重地流过她的后背，浓密的发梢拖在地面上。大自然的造物之手堪称鬼斧神工，竟然用头发的卷须编织出一件密不透风的宽大斗篷。很难想象，这些头发没有将主人的脑袋拖垮，甚至连负担都谈不上。这长头发营造的奇观的主人，看起来还对此倍感自豪——照片下面的文字讲述了这一奇迹形成的故事，开头是这样写的："我，安娜·西拉格，出生在摩拉维亚的卡洛维兹，我的头发原本长得很不好……"

这是一个很长的故事，在结构上类似《约伯记》①。由于神的旨意，安娜·西拉格的头发长得十分稀疏。全村人都同情她患上这样的顽疾，他们对她非常关照，因为她过着模范的信徒生活，尽管他们私下也怀疑她不见得真的是无辜受难。但是，你瞧，她虔诚的祈祷终于灵验了，诅咒从她头上解除，安娜·西拉格得到了神祇的祝福。她接收到各种神迹的显现和开悟的预兆，调制出一种混合的、神奇的灵丹妙药，使她的头皮恢复了繁殖能力。她开始长头发，不仅如此，就连她的丈夫、兄弟甚至堂兄弟，一夜之间都长出一头乌黑、茂密、亮泽的毛发。在

---

①《约伯记》是《圣经·旧约》中的一卷书，本卷书共42章。记载了义人受苦、他的朋友们与他的辩论，以及上帝给他的回答等，最后约伯因回转而比受苦之前更加蒙福。本卷圣经着重探讨了为什么行为完全的人却会受苦的主题。约伯这个名字的含义是"仇视的对象"。该书的形式是诗歌，讲述了约伯的故事：一位男人失去了财产和子女，并患有严重的皮肤病。生活坎坷，不过约伯很坚强，他的忍耐常被当作信徒的榜样。

下一页，展示的是安娜·西拉格得到这个秘方六周以后，她被她的兄弟、姐夫、妹夫和侄子包围着的画面。他们都是胡须垂到腰间的男人，在旁观者的赞叹中展现出一种原始野性、如狼似虎的阳刚之气。安娜·西拉格成了她们村子的恩人，在这个村庄里，飘逸长发和蓬松刘海的圣迹已经降临，从此以后，这里的男性居民可以像拿扫把一样，用他们的胡须扫地。安娜·西拉格成为生发的代言人，她给自己的家乡带来了幸福，现在她想让整个世界与之共享，于是请求、游说、敦促每个人都接受这份上帝恩赐他们能够得到救赎的礼物，这份只有她知道个中奥秘的灵药。

我枕在阿德拉的手臂上读完了这个故事，突然灵光一闪，一个披荆斩棘、乘风而来的念头在我脑海里重重地炸响。这就是那本书！这是它的最后几页，非正式的增刊，写满垃圾信息和浮夸广告的商家赠送版面的内容！我头晕目眩，彩虹的碎片开始在墙纸上舞动。我从阿德拉手里夺过那摞纸，结结巴巴地问："你从哪儿找到这本书的？！"

"我的傻孩子，"她耸耸肩膀回答说，"它一直就在这儿啊，我们每天撕下几页纸，去肉铺的时候包肉用或者给父亲打包午饭用……"

4

我疯了一样地跑回自己的房间，我躁动不安，满脸通红，用颤抖的手指翻览那本破书。唉，书页所剩无几，没有一页是正文，全都是广告或个人声明。在长发西比尔①的预言宣传之后，下一页紧接着专门介绍一种能够妙手回春、让人百病不侵的灵丹妙药——一种叫作"艾莎"的芳香药油，包装上印着天鹅的图案，宣称可以治愈各种顽疾，创造无数奇迹。这一页写满了患者的使用反馈，都是那些亲身受益的患者对药效感激不尽的交口称赞。

这些从特兰西瓦尼亚、斯拉沃尼亚和布科维纳来的热情的康复者急切地为其表白，用温暖感人的语言讲述他们的故事。他们来的时候缠着绷带，弯着腰，现在已经扔掉多余的拐杖，从眼睛上摘下膏药，从伤口上撕下绷带。

看到这些成群的残障者，你们可以想象到他们所在的遥远、凄凉的村庄，在苍白如纸的天空下，被日常的艰苦生活折磨得死寂僵化。那些是被遗忘在时间深处的村庄，居住着被永远被打上卑微的命运标签的可怜虫。皮匠就是一个彻头彻尾的皮匠：他身上有一股兽皮的腥膻味道；他长着一张消瘦而憔悴的脸，黯淡又近视的眼睛，和一簇花白的、紧贴在鼻子下面的小胡子——从头到尾都是个皮匠——没有任何其他身份或改变的可能。只要脓包没到影响生活的程度，只要骨头没有嘎吱作响，只要浮肿没有让他们卧床不起，这些人就能陷入死气沉沉、灰暗惨淡的幸福，他们在出售彩票的售货亭前吸食廉价、发黄的"皇家"牌烟草或者做着无聊的白日昏梦。

几只小猫忽左忽右地从他们面前走过，他们有时会梦见黑狗，手

---

① 西比尔是西方传说中能预言未来的女巫。在这里指刚刚安娜·西拉格的生发剂广告。

心常常发痒。每隔一段时间,他们就会从写作手册上抄一封夸赞某种药物疗效的感谢信,小心翼翼地在信封上贴好邮票,不情愿地把它托付给信箱,然后用拳头轻轻地锤打信箱几下,好像要赶紧把它唤醒。后来,他们又梦见嘴里衔着书信,消失在云层里的白鸽。

接下来的几页,不再是生活琐事的范畴,而是上升到纯粹的诗歌领域。

画面上有簧风琴、古筝和竖琴,以前这些乐器都只能由贵族家的小天使们来演奏。现在,由于工业的进步,普通家庭的人——所有敬畏上帝的人——都能以大众化的价格买到它们,从中获得正当的娱乐和愉悦。

还有手摇风琴——真正的技术奇迹——上面布满了笛孔、音栓和风管,能够发出像夜莺啼泣一样柔美的颤音。对于那些残疾多年的人来说,这简直是无价之宝,能给他们带来丰厚的收入;对于那些有音乐底蕴的家庭来说,这也是不可或缺的重要乐器。你们可以想象,这些裱花精美的手摇风琴,被背在那些干瘦、脏兮兮的小老头儿的背上——他们的面孔被岁月的风霜无情地蹂躏,像蒙了一层蜘蛛网一样模糊不清,只能看到一双满含泪水、目光空洞的眼睛;他们沧桑的脸庞像裂开、风化的树皮一样变得褪色,没有生气,只剩下雨和天空的潮腐气味。

这些老人早已忘记自己的名字和背景,他们沉浸在自己的世界里,脚上裹着又大又沉的靴子,屈着膝盖,拖着小小的步幅,沿着单调笔直的路线慢慢走——全然不顾其他路人超越他们时踩出的蜿蜒曲折的印迹——仿佛自己没有来处也不知去处。

在惨白无光、寒冷刺骨又琐事缠身的早晨，他们会不知不觉地从人群中抽离出来，把手摇风琴放在街角的支架上，站在被电报线切割得支离破碎的昏黄天空下，当人们漫无目的地翻起衣领匆匆赶路时，他们就会弹奏起他们的曲调——不是从头开始唱，而是接着昨天没唱完的地方继续——"黛西，黛西，给我你的答案……"[①]当他们唱歌的时候，白色的蒸气从烟囱上方翻涌而起。奇怪的是，那首曲子，几乎还没开始唱，就会滑落下来，融进那个时刻、那个地方、那个风景里，仿佛它生来就该属于那个梦幻般自我观照的日子。匆匆路人的思绪和他们灰蒙蒙的忧伤现在与这曲调协调同步，保持着起承转合的奇特一致。

过了一会儿，曲子唱完的时候，手摇风琴内部发出一阵悠长的回响。接下来，所有思绪和忧伤都停顿了一下，然后像舞者突然变换脚步转向相反的方向一样，它的风管里又传出了下一首新的曲调："玛格丽特，我永生的挚爱……"

在那天早上沉闷的冷漠中，没有人注意到这个世界的感觉已经完全改变了，它现在不再与"黛西，黛西……"同频共振，而是以"玛——格——丽——特——"的形式出现……

我又翻了一页……这会是什么呢？是春季从天而降的一场倾盆大雨吗？不，这是鸟儿的啁啾，像灰色的散弹落在撑开的伞上，因为在

[①] 这里指美国音乐家哈里·戴克1892年创作的广为流传的流行歌曲 *Daisy Bell*（黛西·贝尔）。

这一页，我看到了来自哈尔茨山脉真正的德国金丝雀，成群的金翅雀和椋鸟，还有各式各样带翅膀的演说者和歌唱家。它们长着纺锤形的轻盈身体，好像一个个塞满了棉絮的小飞球。它们蹦蹦跳跳，动作敏捷得像是飞跑在光滑滚动的钢珠上。它们像时钟里的布谷鸟一样叽叽喳喳，渴望让孤独者的生活变得热闹甜蜜，想给单身汉们带来家庭生活的充实气氛，为最坚硬的心灵披上母性的温暖——虽然它们的陪伴方式简单质朴却没有实际助益。即使当这一页快被翻过时，它们齐声欢唱、美妙动听的鸣叫仍然不绝于耳。

但后来，这本书的残篇断简变得越来越令人沮丧。后几页的内容都是一个庸医哗众取宠的无聊表演，那个身穿长袍的人，脸上一半的笑容都掩藏在黑压压的胡须下面，他正卖力地取悦着观众，到底是什么人？应该是米兰的博斯科先生，一位这个时代的黑魔法大师。他正发起着一些晦涩难懂的呼吁，同时指尖上也做着一些演示动作，但他所说的内容仍然十分令人费解。尽管他声称自己已经取得惊人的成果，并且在这些所谓重磅的结论被空气轻描淡写地揉碎之前，他似乎还权衡了一番；尽管他挑起眉毛，让人感觉他即将展示一件匪夷所思的成就，以此来证明他此番演说的辩证性和微妙性，人们还是完全无法理解。更糟糕的是，人们打从心里并不想去理解，空留他自己去欣赏他那精妙的手势，柔和的声音，脸庞绽放的黑压压的笑容，这一切很快变成最后的、几乎分崩破碎的几页。

这几页很明显已经滑入了疯狂呓语的绝境，彻底沦为了无稽之谈：一位绅士提供了一种明确决断和痛下决心的万无一失的方法，并长篇大论地谈及崇高原则和个人品格。但是只要再往后翻一页，就足以让我在原则和坚定方面完全迷失方向。

某位叫玛格达·王的女士，穿着裹身的低领长裙，袒露着胸口，当众宣称她并不赞成所谓男人的决断和原则，相反，她最擅长于拿捏最强有力的人物心理。（说到这里，她轻轻往前踢了一下她的小脚，整理了一下她的裙摆。）"我有的是方法，"她继续咬牙切齿地说，"但是这些屡试不爽的方法并不方便在这样的场合公开透露，"于是她把读者引向她写的名为《紫色的日子》的回忆录（由布达佩斯人类智学研究所出版），在这本书里，记录了她用"盛装舞步"[①]式的方法收服男人，让他们沦陷于自己"殖民"统治的赫赫战果（"男人"这个词还被她眼睛里挤出的讽刺眼神所重点强调）。奇怪的是，那位不修边幅、信口开河的女士似乎肯定自己依然会得到那些被她冷嘲热讽的男人们的认可和追捧，在她胡言乱语的奇特混乱中，人们感到关于决断和原则这类词汇的意义神秘地发生了变化，我们进入了一个完全不同的领域，在那里万物本末倒置，指南针也南北颠倒。

这就是那本书的最后一页，它让我头晕目眩，眼前光怪陆离，内心充满了莫名的兴奋和渴望。

5

俯在那本书上，我的脸像彩虹一样容光焕发，我的心在安静的狂

[①] 盛装舞步又称花样骑术，是驯马术语，在这里指代驯服男人的"御人术"。

喜中炽热地燃烧。我全心投入地阅读，全然忘记了吃饭的时间。我感叹自己的直觉是正确的：这才是那本真正的书，神圣的原作，无论现在它如何残破和蒙羞。到了深夜，我开心地笑着，把它放在抽屉的最下面，用一堆其他书盖好，觉得自己好像要在散发着紫色自燃火焰的黎明中才能安睡。

现在，得到了这本书，我之前的那些书籍显得多么相形见绌啊！

因为那些普通的书就像流星。每一本书都只有那么一个瞬间，能够像凤凰一样呼啸着翱翔，所有的书页都在熊熊燃烧。因为有了那样一个瞬间，我们会永远记住它们、热爱它们，尽管它们很快就会化为灰烬。有时，我们怀着苦涩的无奈，深夜漫步在已经绝迹的书页上，这些书页像木头念珠一样，诉说着它们石沉大海的讯息。

这本书的注释坚持认为所有书籍都以真实为目标。书中的人物都只是享受着一场借来的生命历程，在灵感迸发的瞬间重新回归古老的来源之所。这意味着随着书籍数量的减少，真实性反而会增加。然而我们不想让读者对说教式的阐述感到厌倦。我们只希望他关注到一件事——真实的生命和成长。这到底是什么意思？好吧，比如说，也许下一次，当我们翻开那本书的时候，我们可能会发现安娜·西拉格和她虔诚的信众们已经不在原来的地方了。也许我们会看到她——那个长发飘飘的使徒——用她厚重的、斗篷似的头发扫过摩拉维亚的道路，她在遥远的地域上徘徊，穿过那些凄凉涣散的惨白村庄，把那种叫"艾莎"的药油小样分发给能够受到上帝眷顾的子民——那些患有各种疼痛病和瘙痒症的可怜人。啊，还有村里那些被巨大胡须弄得动弹不得的可敬的大胡子们呢？这群忠诚的随从也许注定要花绝大多数的时间照料和打理他们过度生长的毛发，除此之外，还能做些什么呢？谁知道呢，也许他们会购买正牌黑森林手摇风琴，沿着他们的女使徒的足迹来到这片新的领地，一边演奏着"黛西，黛西……"，一边到处找她。

哦，这些大胡子的奥德赛①，背着手摇风琴，从一个城镇游荡到下一个城镇，追寻着他们的精神支柱！有没有一个吟游诗人可以与这些史诗般的主人公相媲美？他们本该留在他们的村庄里，在安娜·西拉格的出生地坚守着精神的力量。难道他们不能预见，失去了他们所信奉的人，失去了他们辉煌的头目，这个村庄将陷入质疑和背叛，并终将向外人敞开大门？向哪个外人敞开大门？除了玩世不恭、任性乖张的玛格达·王（刚刚那个在布达佩斯人类智学研究所出版过回忆录的人），谁还会在那里开设一所人类"盛装舞步"和行为重塑的学校？

不过，还是让我们回到那些追寻的虔诚随从的故事吧。

我们都知道，这些流浪的坎伯兰人，这些女使徒的年老随从，他们头顶黑发，身材高大，但实际上并不精壮，他们的身体结构里并没有强健的肌肉和充沛的精力。他们全部的能量、全部的精髓，都融进了旺盛生长的头发里。人类学家们对这个奇特的部落已经观察了很长一段时间，他们总是穿着深色的西装，肚子上挂着粗粗的银链，手指

---

①《奥德赛》是古希腊最重要的两部史诗之一，主要情节是描写主人公海上的冒险故事，是航海小说的鼻祖。主人公从海上航行到回归故里，共经历了十三次大的劫难，代表着从不灰心丧气、永不终止奋斗的形象。

上戴着各种黄铜图章戒指。

我喜欢他们,这些嘉士伯和巴尔退则①,我喜欢他们的深沉严肃,总是带着像是出席葬礼般肃穆的饰物;我喜欢那些典型的男性样本,他们有着燃烧过的咖啡豆一样深邃的目光;我喜欢他们臃肿的、海绵样的身体,显得养尊处优又慵懒懈怠;我喜欢他们颓废的病态,喜欢从他们强壮的肺里呼出的喘息,甚至喜欢从他们的胡须里散发出的缬草②气味。

像御前天使③一样,他们有时突然出现在我们厨房的门口,高大却气短,很快就疲惫不堪。他们擦去眉毛上湿润的汗水,同时转动着泛蓝的眼白。他们一时忘记了自己的使命,慌乱扭捏地在心里寻找借口,好去解释他们到厨房来的理由,最终无奈地伸出一只手乞求我们的施舍。

让我们回到关于这本真实书籍的话题。这本书始终伴随着我们,我们也从未曾抛弃它。在这里,我们必须强调这版刻本的一个奇怪特

---

① 据《圣经》记载,东方的博士夜观星象得知犹太人的新君即将诞生,就赶往耶路撒冷前去拜见。希律王得知此事,要求三博士找到孩子的下落以后禀报他,他也要前去拜访。东方博士根据星宿的指引终于在伯利恒找到了圣母马利亚和圣婴耶稣,那颗预言圣婴诞生地的星宿被称为"伯利恒之星"。博士们对圣母子献上黄金、乳香和没药等礼物以表达崇敬之意。三博士的名字分别是嘉士伯、梅尔基奥和巴尔退则。
② 缬草是一种多年生耐寒开花植物,在北半球,每年6月至9月是其花期,会开出芬芳的白色或粉红色花朵,根茎可入药,具有安心神、祛风湿、行气血、止痛的功效。
③ 御前天使是指那些有资格直接面见上帝的天使,即被允许亲身经历上帝的真实存在。

征——这个特征现在无疑已经为读者所清楚：书中的内容在阅读的过程中展开和变化，它没有固定的边界，而是开放地接纳所有的潮流和涌动，千变万化、没有定数。

举个例子，现在已经没有人倒卖哈尔茨山的金翅雀了，因为从那些头顶黑发的人的手摇风琴里，不时有毛茸茸的小歌唱家飞出来飞进去，现在集市广场上到处都是金翅雀，装扮着五颜六色的树枝。啊，这群歌声婉转、数量众多的小鸟啊……所有的房檐、塔尖、旗杆上都挤满了这群色彩斑斓的小东西，它们扑腾争斗、叽喳鸣叫，都要在广场上找到自己的一席之地。如果你从窗户探出一根手杖，不消片刻上面就会落满团团簇簇、蹦蹦跳跳的鸟儿。

我们现在很快就要讲到这个故事最辉煌壮丽也最多灾多难的部分，我们在书中且把它称为天才时代。

在这里，我们必须像米兰的博斯科先生一样，暂时扮演诡谲神秘的角色，把我们的声音降低为一种具有穿透力的耳语，我们要带着意味深长的微笑，用指尖掂捻一些无法量化的微妙物质，以此来渲染我们要表达的内容。如果这使我们看起来有点像《皇帝的新衣》中用精心策划的动作来展示隐形布料的商贩，也请读者千万不要怪罪我们。

那么，天才时代曾经出现过吗？这个问题很难回答。应该出现过，又似乎未曾存在过。有些事情总是不太可能精确地发生。它们太宏伟、太壮观，很难用某件具体真切的事实来描述。它们只是试图发生，是在检验现实的基础是否能承载它们的体量。但它们很快就退却了，害怕在意识的脆弱中失去自己的完整性。如果它们投入了全部的资本，却在实体化的尝试中失去一些东西，那么很快，他们就会丧心病狂地取回自己的财产，重新组织整合。结果，在我们的故事中出现了白色的斑点，那是有香味的圣痕，是天使赤裸的双脚上褪色的银色印记，是踏过我们日日夜夜的生活所散落的足迹，而充实的生命不断地自我完善，在一个又一个奇迹中反复地超越我们。

然而，从某种意义来说，完整性会被整合地包含在每一个残缺不全的形象之中。这就是想象性和替代性并存的现象。一个事件在它起源的时候可能是微小的、无足轻重的，然而，当我们仔细地探究它时，就会看到从它内部的中心打开一个无限的、放射状的视角，因为更高层次的存在试图在通过它来展现自己，并且将它照耀得晶莹璀璨、光彩夺目。

因此，我们要收集这些想象，这些尘世的感应，这些人生道路上的驿站和阶段，就如同妥善地收起一面摔碎镜子的残片。我们将一点一点地重建一个浑然一体的伟大时代，我们生命中的天才时代。

也许在专注于渺小自我的过程中，我们会被超然的无限所吓倒——我们限制一切、质疑一切、否定一切。然而，无论我们做了什么，它还是来临了。

这是一个不争的事实，没有什么能动摇我们对它的确定：我们仍然可以感觉到它的味道停留在我们的味蕾，它的冷冽附着在我们的上颚，它的气息松弛，纯净得像一种珍贵的群青[①]。

[①] 群青颜料是最古老和最鲜艳的蓝色颜料，鲜亮的蓝色微微透着一点红光。

那么，此刻我们是否已经在一定程度上让读者对接下来的事情有所准备？我们能冒险回到我们的天才时代吗？

读者可能已经敏感地察觉到了我们的怯场心理，我们也可以感受到他们的焦虑。尽管表面平静，实则我们内心感到很沉重，充满了恐惧。

好吧，以上帝之名，我们出发吧！

天才时代

1

日常事件都是按照一定的时序排列来发生的，就像一条细线上连缀的串珠，首尾相连，编织成一条严丝合缝的时间项链。每件事都有各自的因由和结局，这一件的后果又变成下一件的前因，它们紧紧地推挤在一起，一刻不停地层层递进。这种互为引导和互为推进对任何叙事都有极端重要性，因为连贯性和环环相扣是叙事的灵魂。

然而，对于那些在时间项链上没有自己位置的事件，那些在整个时间已被分配、派发和领取之后才姗姗来迟的事件，那些被冷眼旁观、悬而未决、无家可归和游手好闲的事件，该怎么办呢？

是不是时间的轨道对所有需要承载的事件来说，有点太窄了？或者是不是某班时间列车上所有的座位都卖光了？我们忧心忡忡地沿着事件的列车奔跑，为旅途做着准备。

看在上帝的分上，还有没有可能让我们在这趟时光之旅中分一杯粪？售票员！我们能不能谈一谈？

别激动。别惊慌。也许我们可以再想一想，用自己以往的经验，找个办法来稳妥地解决这一切。

你听说过双轨时间内的平行时间流吗？是的，有这样的时间分界线，虽然听起来有些非法和可疑，但是当一个人像我们一样，背负着无法登记的额外事件违禁品时，他别无选择，也不能太挑剔。让我们试着在历史的某个时刻找到这样一条分界线，一条将这些非法事件分流的盲道。没什么好害怕的。这一切都将潜移默化地发生，读者也不会感到任何意外。谁知道呢？也许尽管是现在，当我们提到它的时候，这个可疑的行为已经得逞，而事实上，我们正走在一条不知道通向哪个终点的轨道上。

2

母亲冲进来，惊慌失措地张开双臂抱住我，想用她怀中温暖的母爱平息我尖叫的气焰。她甚至用她的嘴唇覆上我的嘴，但不知怎么，却开始和我一起疯狂地尖叫。

但我一把推开了她，指着那道火柱，那是一根从炉膛里直挺挺地伸出来的巨刺，顽固地划破周围的空气，燃烧着耀眼的光亮和升腾的尘霾，仿佛永远都无法熄灭。我高声尖叫："把它弄灭！把它弄灭！"

壁炉前的一幅巨大彩画现在变成了血红色，它像一只火鸡一样膨胀起来，在血管、肌腱和肿胀身体的抽搐中，似乎要爆裂开来，试图用一声刺耳的啼鸣，将自己彻底解放。

我像个路牌一样生硬地站着,手指僵直愤怒地伸开,全神贯注地在空中指指点点,一双手因为狂喜而颤抖不已。

那陌生而苍白的手指引着我,牵拉着我伸向另一双僵硬、蜡黄的手,那是一双像是教堂里祈祷的大手,就像天使举起来宣誓的手掌。

冬天快要结束的时候,世界已经在潮湿中消融了冰雪,突如其来的热浪似乎充满了火焰和胡椒粉的味道。白昼那甜蜜的果肉被切割成银色的条块,变成色彩斑斓又辛辣呛口的多棱镜,折射着一天的时光。在这当中,正午时刻在转瞬之间,就把这些天来所有的无名之火和耀目之光都浓缩到自己短促的时空里。在这一刻,由于无法收拢住热量,白昼褪去了银色马口铁和松脆锡纸鳞片的外衣,一层一层地露出了它的核心,那是一片坚实火热的光亮。似乎这还不够,烟囱里蹿着浓烟,冒着滚滚闪光的蒸气。天空明亮的侧翼爆炸成白色的羽毛,一团团云朵在一门隐形大炮的轰炸下消散蒸腾。

面向天空的窗户受到无穷无尽的热浪熏蒸而膨胀,窗帘在火焰中飘升而起,冒着剧烈的浓烟,溅出金光灿灿的影子和闪闪发光的气旋。窗口的强光在地毯上歪歪斜斜地投射一个四边形的光影,黏稠得像是和地毯长在了一起。那根火柱深深地困扰着我。我呆呆地站在那里,两腿叉开,用一种陌生的语调对它高声咒骂。

门口和穿堂里站着大受惊吓、不知所措的人们:有亲戚、邻居,还有穿得过分讲究的三姑六婆。他们踮着脚尖慢慢靠近,又赶忙转过身去,仍是一片茫然,好奇心并没有得到满足。我尖叫起来:"难道你们都忘了吗?"我冲着母亲和哥哥大喊道:"我早就告诉过你们!万物皆被压抑，被驯服，被裹挟在无聊空洞中动弹不得！现在你们看看，阻碍已被冲破，看这汹涌的洪水！这盛放的鲜花！这极致的喜悦！"

带着无尽的幸福和无助，我已泪流满面。

"醒醒吧，"我喊道，"快来帮我！我要如何独自面对这泛滥的洪水，我要如何应对这翻涌的激流？我怎么能独自回答上帝向我提出的无数令人眼花缭乱的问题？"

他们都不吭声，我继续生气地大喊："快点，把这些成桶的财宝都收集起来，储藏起来！"

但是没有人来帮我，他们仍然一脸蒙，躲在邻居身后探头探脑地张望。

然后我意识到我必须做点什么，我从橱柜里拿出几本旧的《圣经》和父亲写了一半的散页账簿，把它们扔在地板上，放在那柱燃亮了空气的火光下。可我还需要更多更多的纸。母亲和哥哥带着一摞又一摞的旧报纸和杂志冲了进来，把它们堆在地板上。我坐在堆堆叠叠的纸张中间，被强光晃得睁不开眼睛，我的眼里充满了爆炸的亮光、喷射的火焰和炫目的色彩，我开始狂热地在印满图形和数字的纸上胡乱画着。我的彩色铅笔在灵感的驱使下，在一字排开的难以辨认的字句中飞快地穿梭，它们巧妙地用歪歪斜斜的字体书写着，飞快地画出曲折的"之"字形曲线，又突然间扭结成视觉的字谜，幻化成明亮启示的暗语，然后溶解在空洞、明亮的闪电中，沿着想象的轨迹飞快地前进。

哦，这些光彩照人的画面，像是出自一位异域画师之手，哦，那明暗调和的色彩和阴影，多么诱人！时至今日，我依然经常梦见它们，甚至多年以后我又重新在旧抽屉的最底层发现了它们。它们闪着微光，新鲜如黎明——仍然像被那天初生的朝露温柔地打湿：那些鲜活如初的人物、风景、脸庞！

哦，那画面里让人因恐惧而窒息的蓝！那比鬼斧神工的大自然还绿的绿！那些还没来得及命名、无法预期的全新色谱！

为什么我当时要如此肆无忌惮地将这些过剩的财富挥霍一空呢？我竟然允许邻居们乱翻乱抢这些画，他们甚至整捆整捆地往家里搬。我的这些画，最终流落到哪些房子里，又或者填满了哪些垃圾堆？阿德拉把它们像墙纸一样挂在厨房里，直到屋子里变得色彩通明，好像是昨夜下过雪似的。

这些画得来不易，允满了残忍、陷阱和谋略。我坐在地板上，紧绷得像一张弓，纹丝不动地安静等待，周围的纸张在阳光下闪闪发光。只要一幅画被我的笔尖钉住，哪怕它只有十分不易察觉的、微弱的逃避迹象，我的手就会因为难以克制的冲动和念头而剧烈颤抖，像猫一样迅猛地攻击它。凶猛而贪婪的我，会用闪电般的一击，野蛮对待试图从我的蜡笔下逃脱的创造物。直到现在，已经死去的躯体一动不动地在纸上展示了它多彩奇妙的解剖结构，就像草药清单里的一株植物标本，那支蜡笔才肯收手。

那是一场凶残的追击，一场殊死搏斗。在这充满愤怒、惊叫和恐惧的混乱场面中，谁能分辨出哪个是猎手，哪个又是猎物呢？有时，我的前两三次出击都徒劳无功，也许要到第四次、第五次才能在纸上捕捉到猎物，更何况，当猎物在我的利刃下疯狂扭动尖牙和钳子时，我的手也经常因为疼痛和惊恐而不得不退缩。

时间一个小时接一个小时地流逝,眼前的景象变得越来越拥挤,道路变得堵塞不堪,直到有一天,所有的大路和小径上都挤满了浩荡的队伍,整个大地都被一列列弯弯曲曲的队伍分隔开来——这是接踵而至的野兽和动物的朝圣之旅。

眼前的景象让人情不自禁地想到诺亚方舟的时代——这皮毛和鬃毛的河流,这背部和尾巴的浪潮,这些随着脚步单调晃动的脑袋,构成了一支五颜六色的流动队伍。

我的房间是一个国境线和哨卡,它们在这里停了下来,紧密地挤在一起,发出哀求的叫声。它们扭来扭去,焦急地挪动着脚步。这是一群驼背、长角的动物,披着各式各样的动物外皮和铠甲,它们互相害怕,甚至也会被自己伪装的样子吓到,用惊恐而震撼的眼睛透过毛茸茸的伪装看着对方,悲哀地哞哞叫着,好像被它们披着的外皮堵住了嘴。

它们是指望我给它们起好名字并且破解它们的密语吗?或者是要求受洗,名正言顺地拥有名字,并赋予那个名字实际的意义?这些怪异的野兽,难解的谜团,存疑的生物,让我忍不住尖叫着挥舞双手,不停地驱赶它们。

它们向后退去,低俯下脑袋,斜睨着眼睛,完全不知何去何从。然后它们又回来了,在一片混乱中消失,变成了数个形态各异的垃圾堆。唉,当时有多少或挺直或隆起的背从我的手底下走过,而我的手又用天鹅绒般的爱抚触摸了多少颗奇特的头颅!

我终于明白了动物长角的原因:也许是为了给它们的生活引入一

种奇怪的元素,一个异想天开或非理性的玩笑。那是它们生命中最固执的东西,突破了它们生长的局限,到达头顶的高处,突然触及光明,固化成为可碰触又坚硬的物质。然后,它获得了一个狂野的、不可思议、不可预测的形状,像那种阿拉伯式的藤蔓纹饰,虽然自己看不见却会令人生出恐惧,对于它们来说,在艰难求生的威胁下,角就是它们通向幸存的密码。我终于明白为什么这些动物容易陷入非理性和疯狂的恐慌,时常发生狂野的踩踏奔逃:因为它们被逼疯了,无法从这些角的纠缠中解脱出来。每当它们低下头时,都会激进或悲伤地寻觅,好像在树枝间寻找出路。这些有角的动物没有得救的希望,它们带着悲伤和顺从背负着头上罪恶的耻辱。

　　猫科动物就比较喜欢避光之处。它们如此完美,令人震惊和恐惧。由于拥有极高的精度和效率,它们的身体在出击时既不会犯错误,也不会有偏差。它们有时会将自己沉入内心的静谧,在柔软的皮毛里岿然不动,庄严肃穆,不怒自威。它们的眼睛圆睁如月,能把所有可见的光都吸进藏在瞳孔中的炽热火山口。但过了一会儿,它们又回过神来,打着哈欠消磨掉心中的空虚,之后瞬间清醒,将异想天开的梦境抛之脑后。它们的生活中充满自给自足的优雅,没有任何被替代的余地;可它们却对这个完美的牢笼感到沮丧厌烦,总想要发脾气,用它们那布满皱纹的嘴唇狂吐口水,那宽阔的条纹脸上就浮现出一种抽象的残忍神色。

　　下层的貂鼠、臭鼬和狐狸也偷偷地溜过去,它们是队伍里的小偷,有着天生的坏心眼。它们违背造物主的意图,通过狡猾、阴谋和诡计找到安身立命之本，同时也被仇恨追逐，总是受到威胁，总是保持警惕，总是对世界感到恐惧。它们热忱地钟爱于自己鬼鬼祟祟的生活，并随时准备为了保卫这种偷鸡摸狗的胜利而献身。

最后，所有的队伍都穿行过去，寂静再一次充斥着我的房间。我又开始画画，聚精会神地在那些呼吸吐纳着耀眼光芒的纸张上创作。窗户开着，窗台上的鸽子在春风中瑟瑟发抖。它们把头转向一边，露出一双双圆圆的、玻璃般的眼睛，仿佛受到了惊吓而随时准备飞走。这个时节接近尾声，日子变得柔和、通透、亮泽，又仿佛充满珠光宝气的气派，洋溢着朦胧的甜蜜。

转眼就到了复活节，父亲和母亲出门一周，去看望我那已经出嫁的姐姐。我一个人留在公寓里，此刻只受那莫名的灵感支配。阿德拉每天用餐盘给我送来早晚的饮食，当她穿着她最好的节日盛装站在门口时，身上的薄纱和丝绸散发着春天的气息，却丝毫没有引起我的注意。

柔和的风从敞开的窗户吹进来，房间里飘浮着远处影像的屡景。有那么一会儿，从远处吹来的颜色停留在空中，但持续不了多久，这色彩就很快散去，消失在蓝色的暗影中，一切静谧而温柔。绘画的洪流稍微缓和了一些，想象的海面也平静下来，逐渐退潮。

我坐在地板上，周围散落着各种颜色的蜡笔和颜料的碎块。这些神圣的颜色啊，这呼吸着最新鲜气息的蓝，还有突破了想象极限的绿！当我手里拿起一支红色蜡笔时，红彤彤的欢声笑语响彻人间，所有的阳台都被飘扬的红旗淹没了，沿街的一溜房子排成了一支欢欣鼓舞的凯旋队伍。身着樱桃红制服的城市消防队员在明亮幸福的街道上巡逻,绅士们举起草莓色的圆顶礼帽打着招呼。樱桃红的甜蜜随风飘荡,樱桃红的鸟鸣不绝于耳,光灿灿的空气中充满了薰衣草的香味。

当我伸手去拿蓝色的颜料时,深蓝色[①]的泉水就漫上街头所有的窗台,窗玻璃一扇接一扇地颤动着,映现着蔚蓝和天堂般的火焰。窗帘摇晃着,好像被惊动了,在那条小路上,在薄纱窗帘和空荡阳台上的夹竹桃之间,升起了一股欢快的气流,仿佛远处有某个人从一条康庄大道的另一边出现了,现在正向这里走来。这个发光的人,预示着胜利的消息和吉祥的兆头,踩踏着燕子欢快环绕的翅膀,在一英里又一英里的焰火鸣放中阔步走来。

3

复活节通常是在三月底或四月初,那时托拜厄斯的儿子西洛玛就会从监狱里被释放出来。他在夏秋时节卷入了偷盗和械斗,被关在监狱里过了一个冬天。那年春天的一个下午,我从窗口看到他正离开镇上的理发铺子——那个理发师不仅会理发,还兼任外科医生的职能。我看着他小心翼翼地推开店铺光可鉴人的玻璃门,走下三级木制的台阶。他看上去很精神,焕发着青春的模样,头发剪得整整齐齐,他穿着一件对他来说又短又紧的夹克和一条格裤子,尽管他已经四十岁了,但看上去依然苗条而年轻。

[①] 原文是"钴色的",钴是一种银白色铁磁性金属,在早期中国就应用于瓷器釉料,古代希腊人和罗马人曾利用它的化合物制造有色玻璃,生成美丽的深蓝色。

此时的圣三一广场空旷而整洁。春天冰雪消融后，暴雨洗去了路边的淤泥，人行道也被冲刷得干干净净。暖融的时节里是连续的好天气，安静悠远、和煦绵长。漫漫而空旷的日子绵延到难以尽述的夜晚，黄昏似乎无穷无尽，空荡寂寥，在巨大的期待中休憩。当西洛玛小心地关上身后的理发铺门，巨大的天幕立刻覆盖上去，几乎把门缝都塞满，就像塞满那栋小平房所有的窗口一样。

走下台阶后，他发现自己完全孤零零地站在一个空旷的大广场边上，那天下午，从他的角度看去，巨大而洁净的广场就像一个玻璃球，又像一个全新的、未开启的崭新年份。西洛玛站在广场边上，神情淡漠地沉浸在一片湛蓝天光中，无法抉择是否要踏出一步破坏掉这未曾开封的一天完美的圆润。

一年只有这一次，当他出狱的时候，西洛玛才会觉得自己是如此的干净，没有负担，焕然一新。这一天接纳了他，洗净了他的罪孽，使他重获了新生，与世界和解，并且随着一声叹息，在他面前展现出一尘不染的弧形地平线。

西洛玛并不着急。他站在白昼的边缘，不敢轻易跨越，甚至也不敢用他那年轻的、轻微瘸跛的小脚步，仓促迈进午后那微微拱起的穹顶。

一束半透明的阴影混混沌沌地笼罩着城市。下午三点的寂静，从房屋的墙壁上吸取了粉笔一样的纯白，然后再悄无声息地扩散开来，像是分发一副纸牌。发完第一轮，又开始第二轮。这一轮它从圣三一教堂巨大的巴洛克式立面上吸取出储藏的洁白，这白色像是从天而降的众神的长袍，在落地之前被折叠成壁柱、栋梁和浮雕，或膨胀成螺纹及拱顶。

西洛玛抬起脸，嗅了嗅空气。微风带着夹竹桃、肉桂的馥郁和节日室内的香氛吹送而来。然后，他大声地打了个喷嚏，他那远近闻名的有力喷嚏吓坏了警察局屋顶上的鸽子，它们惊慌失措地飞走了。西洛玛对自己笑了：这鼻孔里的爆炸，一定是上帝给他捎来的信号——春天已经来了。这比鹳鸟的到来更能说明问题，从那时起，这些爆炸声就会从四面八方打断城市的喧嚣，就像一篇诙谐的评论文章为城市里的事件加上生动的标点。

"西洛玛！"我从一楼低矮的窗口向外喊道。

他看到了我，愉快地笑了笑，并和我打招呼致意。

"整个广场上只有我们两个人，你和我。"我轻声说，因为天空鼓胀的幕布让我的声音听起来像在一个木桶中瓮声瓮气地回响。

"你和我，"他苦笑着重复了一遍，"今天的世界多么空荡啊！"

其实我们可以在彼此之间把世界分割开来，再给每个部分重新命名，它会变得如此开放、毫不设防、独立自主。在这一天，弥赛亚①走到地平线的边缘，俯视着世界。当他到来的时候，看到的世界苍茫而寂静，被包围在天空的蔚蓝和宇宙的沉思之中。他可能看不见云朵的边界，只能顺着云朵构建的通道，不知不觉地降临到地球上。在大地的幻想中，世界上甚至还没有人注意到他，他就已经到达了目的地。人们像是刚从午睡中醒来，对这一切毫无知觉。整个事件将被抹去，

---

① 弥赛亚，耶稣基督的另一称谓。

一切照旧，就像历史开始前的混沌一样。

"阿德拉在家吗？"他笑着问。

"其他人都不在家，只有我自己。进来坐一会儿吧，我给你看看我的画。"

"如果没有其他人，而你又愿意给我开门的话，那么，我十分荣幸。"

他在门口左右张望，像做贼似的、蹑手蹑脚地闪进了屋。

4

"这些画太棒了！"西洛玛说。他伸出手臂，摆出一个艺术鉴赏家的姿势。他的脸色在画面颜色和室内光线的反衬下显得神采奕奕，然后，他把手指弯曲放在眼睛周围，通过这只临时凑合起来的小望远镜看了看，一本正经地做出一副由衷欣赏的怪相。

"有人甚至会说，"他说，"世界经你之手完成了自我更新，完成了神圣的蜕变，像一只神奇的蜥蜴一样蜕去陈旧的鳞片。啊，你说，如果这个世界不是那么破旧和腐朽，如果世间万物不是如此僵化和呆板，如果不是这一切都失去了神圣之手遥远的爱抚，我会去偷窃和做那些疯狂的蠢事吗？在这样的世界里，一个人能做什么？当一切都紧闭，当所有有意义的东西都被高墙围困起来，当你不断地敲打砖块也无济于事，就像敲打监狱的墙壁一样徒劳时，一个人怎么能不屈服，不心灰意冷呢？啊，约瑟夫，你要是早点出生就好了。"

我们站在半明半暗的大房间里，房间的纵深透过面向广场的窗口延伸到更远的地方。空气的波浪以轻柔的脉动到达我们这里,在寂静中沉淀下来。每一轮波浪都带来了一种新的寂静,与远方的色彩相得益彰,仿佛前一轮的沉寂已经消耗殆尽。这个幽暗的房间只有通过窗外远处房屋的反光才有了生气,它们的颜色在房间的暗影中反射出来,就像在暗箱①里投影一样。透过窗户,可以像通过望远镜一样看到警察局屋顶上的鸽子,它们肥硕臃肿,沿着阁楼的屋檐来回踱步。有时它们一下子全飞起来,在广场上空绕着半圆飞旋。它们扇动着翅膀,房间里顿时明亮起来,又因它们飞翔的回响而变得深邃宽阔,当它们再次降落下来时,房间又变得昏暗无光。

"对你,西洛玛,"我说,"我可以袒露这些画的秘密。从一开始我就怀疑它们到底是不是真是我画的。有时在我看来,它们似乎是种无意识的抄袭,是有人向我暗示或提醒我画出来的……就好像我身体之外的某样东西利用了我的灵感来达到一个未知的目的。我必须向你坦白,"我看着他的眼睛,轻声补充道,"直到我找到了伟大的原作……"

"原作?"他问道,脸庞被强烈的好奇所点亮。

"是的,你自己看吧,"我跪在一个五斗橱前说道。我先是从里面拽出阿德拉的丝绸连衣裙,然后拿出一个她装着发带的小盒子,最后取出她的崭新高跟鞋,空气中立刻弥漫着胭脂和香粉的气味。我又挪开一些书,在抽屉的底部藏着的,就是我那些秘不示人、珍贵心爱的残本。

"西洛玛,"我激动地无法控制颤抖的声音,"看,它在这儿……"

---

① 又称暗盒,是一种光学仪器,可以把影像投在屏幕上。

但他却陷入了沉思,手里拿着一只阿德拉的鞋子,出神地凝望着。

"上帝没有提过这事儿,"他说,"但我完全相信眼前这一点,因为我完全找不到任何否定它、怀疑它的理由。这些图案的线条如此不可抗拒,具有惊人的准确性,毋庸置疑地,像闪电一样直击事物的核心。这就好像当你自己被最忠诚的朋友收买、否决、背叛,你要如何辩白自己的无辜,你又如何能反抗?上帝创世的前六天是神圣而光明的,但是在第七天,上帝崩溃了。到了第七天,他感到手指下面触碰到一种前所未有的质感,他惊恐万分地罢手,尽管他的创作热情还可以持续许多个日日夜夜。哦,约瑟夫,留神第七天……"

他满怀敬畏地提起阿德拉细长的鞋子,说话时的神情仿佛被那双漆皮鞋流畅华丽的线条所诱惑:"你能理解女人脚上穿着的这个东西能传递出多么可怕的玩世不恭吗?你能感受到她穿着如此精致的高跟鞋放肆地在你面前走来走去会是多么大的挑逗吗?我怎么能让你受到这个意象的蛊惑和支配呢?上帝不会允许我这样做的……"

他一边说着,一边用灵活的手指把阿德拉的鞋子、衣服和项链塞进了自己的口袋。

"西洛玛,你在干什么?"我试图打断他。

但他已经迈着微微瘸跛的步子飞快地朝外走去,格子裤筒在他腿上急速地飘动着。在门口,他那灰暗模糊的脸又转向我,抬起手做了个让我安心的手势。然后,他就退出门去消失了。

春天

1

这是一个关于春天的故事,这个春天比其他任何一个都更加真实,更加耀眼,更加明媚。这是一个严肃对待自己使命、认真完成自己篇章的春天。它创作出一个充满灵感的剧本,再用火漆蜡[①]和印刷日历那种鲜艳的红色书写,用彩色铅笔那种热情的红色书写,用来自远方的喜事电报那种艳丽的紫红色书写。

每年春天都是这样开始的,令人惊叹的星象运势,总是壮阔得超出人们对新的一季原本的预期。每年春天,有些事情都不可避免,比如层出不穷的游行和示威、革命和对垒。在某一特定时刻,每一种情感都会带来狂乱的热风,带来无尽的悲喜,它们徒劳地在现实中寻找与之对应的东西。

[①] 火漆又称封口漆、封蜡,以松脂、石脂、焦油加颜料混合加热制成,一般为红色或棕红色,易点燃,专供瓶口、信函封粘之用。

后来，这些不加掩饰的夸张、高潮和狂喜都演变成花团锦簇的盛开，变成了颤抖的树叶洒下的片片阴凉，淹没于花园里繁花树影的喧嚣交响。就这样，春天违背了它的初衷，全神贯注地投身于百花争艳的园圃里那令人醉心的低语，全然忘记了它的承诺，任由记载着它们誓言的叶子一片接一片地凋落。

但那个特别的春天却拥有执着的勇气去抵制诱惑，坚守住了它的诺言和契约。经过许多次失败的尝试，它终于成功地获得了一个永恒的状态，并突然降临在世界上，成为终极的包罗万象的春天。

哦，那些风一样的细节，那些飓风一样的事件，那次成功的政变，那些辉煌的、胜利的、得意扬扬的日子！我多么希望这个故事的节奏能赶上它那引人入胜、鼓舞人心的节拍，踏着那部史诗的豪迈基调，奏响那春意盎然的《马赛曲》！

春天的星象多么辽阔无边！人们可以用上千种不同的方式来解读它，胡乱地阐释它，随心所欲地把它拆解开来，再小心翼翼地避开鸟群啁啾的预言误导，无论能破译点什么东西出来，都会让人兴奋不已。春天的文本可以正着读也可以倒着读，可以超脱出它的意义来放飞思绪地阅读，或者，我们也可以换一千种方式，选许多种版本来阅读。因为春天的文本本来就是用暗示、省略的方法和点缀在蔚蓝天空中的只言片语来书写的，而且音节之间的空白被鸟儿用轻浮的猜测和揣度所填补，所以我的故事，就像春天的文本一样，将会遵循许多不同的叙事线索来讲述，并将随时被像弹簧一样跳跃的破折号、感叹号和省略号所打断。

2

在春天到来之前的那些迷蒙空旷的夜晚，天空高远，万物寂寥，月色寡淡，空中一条云带铺就的小路通向辽阔无限的星空。父亲有时带我去一家花园餐厅吃晚饭，它隐藏在集市广场的最远处，掩映在几座房屋曲径通幽的后墙之间。

路灯在风中咝咝作响，我们走在潮湿的灯光下，沿对角线穿过空旷的广场。广场被浩瀚的天幕压得喘不过气来，天上星月迷蒙，衬托得广场更加凄凉清冷，让人无所适从。父亲仰起脸沐浴在微光中，焦急地看着星星点点的沙砾散落在天穹旋涡状的浅滩上，那些散乱的、数不清的星星还没有排列成星座，月宫的瑶池里也还未见影影绰绰的暗影。星空荒野的忧伤沉重地笼罩着整个城市，街灯用一束束光刺穿黑夜，再在夜幕下面把光线的尾梢胡乱地打成一个个结。在这些灯下，有路人三五成群地停在微弱的光晕里，有那么一会儿，它看起来就像是餐桌上朦胧温暖的烛光。但夜晚依旧冷漠而阴郁，任凭无家可归的大风用蛮力把天空撕扯成一片荒凉的景象。人们的谈话断断续续，被帽子遮蔽的眼角偶尔会流露出荡漾的笑意，伴随着他们出神地倾听远处星星的窃窃私语。

通往花园餐厅的小路上铺满了碎石子，两盏造型简单的小灯轻轻地发出咝咝的声响。穿着黑色礼服的绅士们三三两两地坐在铺着白桌布的餐桌前，出神地望着银光闪闪的盘子。他们就这样呆坐着，心里在盘算巨大的天空棋盘上的棋局，每个人都用心观察着马跳跃的走位和被吃掉的小兵①导致的空缺,但新的星座立刻补好了各枚棋子该占据的位置。

舞台上的乐手们——胡子浸到装有苦味啤酒的杯子里——无聊地呆坐,陷入凝重的沉思。他们的小提琴和名贵的大提琴都被扔到一边,淋着无声、默然的星光大雨。他们中不时会有人伸手去拿起乐器试一下,轻柔地调音飘出哀婉的曲调,同时他还要使劲憋住轻声的咳嗽,尽量不去破坏与音乐相适的忧郁氛围。弹了几下他就又把提琴放到一边,仿佛它还没有准备好,无法支撑这奔流不息的夜色。然后,当刀叉开始在白色桌布上轻轻地叮当作响时,小提琴的琴声独自悠扬地响起,这一次突然行云流水,仿佛忘记了刚才的青涩和犹疑。它们腰身纤细,却执着地承担起自己的使命,重拾乐器在人类世界存在的意义。在铁石心肠的星际法庭上,它们为自己发声辩白,此刻的天幕上飘浮着这些乐器的形状,像是动态的水印或者琴键的碎片,像是未完成的七弦琴或天鹅座,那其实不过是星星在音乐道路上的一种模仿和轻率的注释。

城里的摄影师一直从邻桌向我们投来意味深长的目光,最后他终于坐了过来,把他的啤酒杯放在我们桌上。他模棱两可地笑了笑,好像在和自己做着激烈的思想斗争,他打着响指,一次又一次地把嘴边的话咽了下去。在这个时候,我们一致感觉这个在遥远星星的赞助下临时搭建的餐厅注定要悲惨地倒闭,无法满足黑夜不断膨胀的胃口。

---

① 国际象棋,棋子有王、后、象、马、兵,是一种二人对弈的棋类游戏。

我们能用什么来对付这些无底洞呢？黑夜只是粗暴地终止了我们人类的欢宴，尽管我们得到了小提琴的乐声加持，可它依然飒飒地移动到天空的裂缝中，把本就属于夜晚的星座移回到它们原本的位置。

我们看着这支离破碎的桌子、卷起了一半的桌布和乱七八糟的餐巾纸构成的战场，夜幕挂在天空，放射着胜利的光辉。我们也站了起来，我们的思想摆脱了身体，急切地追随闪烁的星辰马车在伟大而绚丽的道路上飞驰。

我们走在浩渺的星空下，眯缝着眼睛搜寻着夜空里更加闪耀的光亮。啊，这样的夜晚，充满了胜利者的冷嘲热讽！它霸占了整片天空，现在懒洋洋地玩起了星光的多米诺骨牌，它骄傲散漫，漫不经心，丝毫不计算自己在牌桌前到底是输了还是赢了几百万。玩腻了之后，夜晚又百无聊赖地在无数翻倒的骨牌背面勾画着荧光闪闪的曲线，那是千千万万张一模一样的笑脸，不等须臾，就都飞升向着远处的星辰奔去，遁入其中，被暗夜凝固成星空中永恒散落的冷漠。

在回家的路上，我们在一家糕点店停了下来去买些蛋糕。我们刚走进那间亮堂的、糖霜似的店铺，黑夜就突然紧张地警惕起来，生怕我们趁机逃跑似的。它守在门外耐心地等着我们，当我们在店里专心致志地挑选蛋糕时，它安插了一个静止不动的星星哨兵，透过橱窗的玻璃监视着我们的一举一动。

就在那时，我第一次见到比安卡。她和她的家庭教师侧着身子站在柜台前。她穿着一件白色连衣裙，身材苗条，玲珑有致，就好像刚从黄道十二宫走出的女神雅典娜一样。她没有回头，而是以一个年轻女孩完美的姿态站着,吃着一个奶油甜甜圈。我看不清她的模样,因为天空中那些星象的线条还在我眼皮底下萦绕。这是我们仍然混乱的星座走势第一次相遇、碰撞,然后在冷漠中失散。我们还无法从星座早期的位置排列来预测我们的命运,于是随意地离开了商店,弄得玻璃门乒乓乱响。

摄影师、父亲和我穿过遥远的郊区,绕了一大段路才走回家。远郊零星的几栋房子很低矮,走到最后连房子也销声匿迹了。在空荡荡的夜晚,我们仿佛进入了温暖和煦的春天,刚刚升起的一轮年轻、紫罗兰般淡雅的月亮用它银色的清辉笼罩着泥泞的小路。那个早春的夜晚提前到来,热切地期待着即将铺展开的盛大春日的繁华景象。往年这个时节的空气一般都弥漫着一股潮湿阴冷的酸腐味,现在却变得甜蜜而朦胧,混合着雨水、潮湿的壤土和第一朵在洁白晶莹的光线下飘逸绽放的雪花的气息。奇怪的是,在那温柔的月光下,银色的土地并没有被成群的青蛙占领,在那浸透了晶亮清甜河水的砾石河岸上,也没有那些成百上千张的嘴在喋喋不休。人们不禁想起夜晚青蛙鸣叫的呱呱声和地下泉水流淌的潺潺声,于是——经过片刻的宁静——月亮可以继续赶路,在天空中爬得更高,把它的银亮扩展得更广阔,更明亮,更神奇,更超然。

我们就这样走在逐渐满盈的月光下。我累得步履蹒跚,双腿灌铅一样的沉重,父亲和摄影师就把我夹在中间几乎是架着我在走,我们的脚步踩在潮湿的沙地上嘎吱作响。我被他们拖行得昏昏欲睡,感觉这样游荡了很久,现在我的眼皮下都是整个天空闪耀的磷光,周身都是发光的标志、信号和星辰万象。最后我们到了一块空地。父亲在地上铺了他的大衣,让我躺在上面,我迷醉地闭上眼睛,在梦境中看见太阳、月亮和十一颗星星在天空中排着队,从我面前齐步走过。

"太棒了,约瑟夫!"父亲欢呼着拍手称赞。显然我是无意识地剽窃了另一个约瑟夫①,虽然情况不太一样,但没有人以此来指责我。父亲雅各布摇了摇头,不停地咂着嘴唇,摄影师把三脚架放在沙地上,拿出他那像手风琴一样的相机,自己完全钻进相机那黑色布幔的褶皱里:他正在拍摄这个奇怪的现象,用镜头捕捉那些天空中出现的异常明亮清晰的星座图纹。而我,四肢无力地躺在地上,只剩脑袋在一片明澈中游动,软绵绵地托举着我的梦境,让它呈现在这夜幕的胶片上。

3

日子变得漫长、明亮、空旷——对它们贫瘠无趣的内容来说,或许确实显得太空旷了。那些是具有进步空间的日子,因为无聊和不耐烦而显得苍白,充满了对变化的期待。清新的微风抚去了它们的空虚,自己却没有受到阳光明媚的花园里光秃秃的氛围干扰,把街道吹拂得干干净净。街道显得又长又喜庆,像是在翘首盼望某个人的到来,但

---

①《旧约·创世记》中的约瑟夫是雅各布和瑞秋的第十一个儿子,有一天他做了一些梦,梦见太阳、月亮和十一颗星星都向他下拜。约瑟夫把这个梦一五一十地告诉了哥哥们,哥哥们说:"你果真要我们向你下拜吗?你是我们兄弟中最小的,我们永远不会俯伏拜你的。"约瑟夫十七岁时遭哥哥们嫉妒,被卖往埃及为奴,后来做了埃及的统治者。

又不确定他到底会在什么时候来。太阳向着春分点①的位置运行,然后在即将就位的时候突然踩下了刹车,几乎静止不动,保持着一种理想的平衡,再向空旷的、兼收并蓄的地球抛出一波接一波的火流。

  一股持续的气流吹过整个开阔的地平线,勾勒出大街小巷错落起伏的轮廓。这股气流在抚摸城市的过程中逐渐冷却,最后屏住呼吸,停了下来。它巨大而通透,似乎希望把这个城市的理想图景包裹在它包罗万象的镜子里,在它明亮的凹面深处投射出宏伟的海市蜃楼。然后,有那么一瞬间,世界仿佛全然静止了,凝息闭目地想要完整融入那虚幻的画面,融入那展现在它面前的短暂的永恒。但这诱人的一刻很快就烟消云散,风打破了它的镜子,时间又一次把我们带进了它的怀抱。

  复活节假期开始了,漫长而毫无限制。我们这些年轻人没有了学校的束缚,漫无目的、优哉游哉地在城里闲逛,不知道该如何打发空虚寂寞的闲暇时光。我们找不到方向,总是寄希望于时间老人能给我们带点事情来做,可是,他现在已经顾不得我们,因为连他自己都迷失在千头万绪的蹉跎里。

  咖啡馆前的人行道上已经摆满了桌子。女士们穿着色彩艳丽的连衣裙坐在桌边,一小口一小口地吞咽着微风,就像在吃着冰激凌。她们的裙子呼啦啦鼓荡飘动,那是风从地面吹起来,像一只发怒的小狗,惹得她们心烦意乱。女士们的脸变得通红,像被热辣的风吹焦了,嘴

---

① 太阳从南向北移动,运行到赤道和黄道的焦点,就是春分点,一般是每年的3月20日或21日,在这一点昼夜等长,太阳直射赤道。

唇也灼热干燥。这仍然是一段间歇时光,伴随着惯常的无聊,而世界却在缓慢而颤抖地朝向某个边界游走。

在那时候,我们每天都像饿狼一样大快朵颐。被风吹得烦躁,我们就匆忙跑回家,闷声不吭地吃着大块的面包和黄油,要不然我们会在街角买一大堆散发着鲜甜气味的薄饼,再不然我们就在集市广场上一所房子的巨大拱形门廊里坐成一排,脑袋放空,神游天外。透过低矮的拱廊,我们可以看到广场上空旷整洁的广阔景象。大厅的墙壁下立着几个气味浓烈的空酒桶。我们坐在一条长凳上——每到赶集的日子,这里就会开始售卖五颜六色的农人头巾——无精打采、无聊透顶地用脚后跟踢打着木板。

突然,嘴里还咯吱咯吱地嚼着薄饼的鲁道夫从口袋里掏出一本集邮册,摊开在我面前。

4

我在刹那间意识到为什么这个春天在此之前一直那么空虚和沉闷。不知道为什么,它一直沉默和内敛——不停地退缩,似乎遁入空门,躲避进一个没有意义、空无一物的湛蓝中——它只愿意做一个目前饱受质疑的空壳,随时等待接受未知又崭新的内容。因此它就有了那种好像刚刚被唤醒的蓝色的中立性,那种对任何事情都无动于衷的伟大准备。这个春天始终整装待发:荒芜而空寂,等待着一个妙笔生花的批语来将它开启。而谁能想到,这一切将会由鲁道夫的集邮册来开启,而我们还在讶异,原来这道神秘的批语早已准备就绪,全副武装,令人恍然大悟。

册子中有各种奇怪的缩写和公式，来自文明世界的处方，便携的护身符，让人可以用拇指和食指在不同的气候和地域之间任意穿行和摸索。这些邮票都像各个帝国和共和国、群岛和各大洲的银行汇票一样珍贵。哪怕是皇帝和篡位者、征服者和独裁者，也不可能拥有比这更伟大的东西了。我突然想象到了君临天下的骄傲和喜悦，这种挫败感的刺痛唯有通过权力才能治愈。我想和马其顿国王亚历山大[①]在一起，我想征服整个世界，而且寸土不让。

5

带着无知和热望，怀揣着充满了躁动的欲望，我加入这创世的游行，想要览遍这些列队的国家。我的心脏在急剧地跳动，血液在激荡地奔涌，我只能间或拨开我那血脉偾张所引起的一片绯红，从间隙里窥视到那闪耀的队伍，让我的心与所有种族的普世游行同步向前。鲁道夫在我眼前检阅着那些兵营和军团，他全神贯注、勤勉肃穆地接受队伍的敬礼。他，画册的主人，自甘降级到一个副手的角色，庄重地向我报告检阅的事宜，自己都有点被他模棱两可的角色弄糊涂了。最后，在一阵慷慨激昂的冲动中，他十分激动，将邮票像颁发奖章一样贴在我胸前，那是一枚像五月一般明媚灿烂的粉色塔斯马尼亚岛勋章，

[①] 亚历山大大帝（前356—前323），即亚历山大三世，马其顿王国（亚历山大帝国）国王，生于古马其顿王国首都佩拉，世界古代史上著名的军事家和政治家，西方历史上四大军事统帅之首。

还有另一枚海得拉巴①的勋章,上面密密麻麻地写着许多我们听不懂的吉卜赛人的密语。

6

就在那时,启示现世,圣迹降临:世界丰饶炽热的美丽景象突然出现,那是带着福音的秘密信息,是存在无限可能性的特别宣告。明亮激越、令人惊叹的地平线在我们眼前舒展开来,世界的关节在颤抖摇晃,危险地倾斜,威胁性地表示将要打破它惯有的一切规则和习惯。

亲爱的读者,对你来说,邮票的魅力是什么?你觉得弗兰茨·约瑟夫一世②戴着月桂花冠的秃头侧面像代表着什么?它仅是一个普通的头像,还是束缚着一切可能性的终极象征,又或是让世界被一而再、再而三地封闭在无法逾越的防线的保证?

在那时,整个世界都几乎被弗兰茨·约瑟夫一世所征服。

在所有的地平线上,都隐约出现了这道无所不在、无法回避的侧影轮廓,它把世界封闭起来,就像一座监狱。就在我们放弃了希望,内心痛苦地向世界的统一性臣服,接受弗兰茨·约瑟夫一世就是这个世界狭隘、固定的有力保障者之时,然而,天哪——我们甚至还没来得及意识到它的重要性——上帝就突然间在我面前打开了那本集邮

---

① 海得拉巴是印度第六大城市,特伦甘地邦的首府,位于印度中部,以其富饶的历史和建筑、清真教寺、庙宇而著名。
② 弗兰茨·约瑟夫一世(1830—1916),奥地利帝国和奥匈帝国皇帝,19世纪到20世纪初中欧和南欧的统治者。

册，让我看到了它闪烁的色彩，看到了那些页面中的珍宝一个接一个地掉落下来，一件比一件耀眼，一件比一件震撼，这个过程简直让人惶恐难安。此时此刻谁会质疑我为什么僵立在那里，因为情感的奔涌而变得盲目、脆弱，任由眼泪夺眶而出？这是多么璀璨耀眼的相对论，多么哥白尼式的行为，多么纷繁复杂的范畴和概念！哦，上帝，所以确实是有无数种不同的存在，所以你的世界真的是浩瀚无垠！这比我最大胆的梦境里能够想象的还要多。因此，尽管此前受到种种相反论据的压制，我早期的预想还是坚持直抒己见，坚持认为世界的多样性是不可估量的，而如今这一观点最终被证明是正确的！

7

当时的世界是由弗兰茨·约瑟夫一世一手设定的，在每一枚邮票、每一枚硬币和每一枚邮戳上，他都用肖像去证实了世界稳定性和统一性的教条。这位老皇帝用自己的肖像为一切打上烙印，宣称这就是唯一的世界，除此之外，再不可能有别的，任何其他可能性都是虚构的伪装和放肆的篡夺。弗兰茨·约瑟夫一世凌驾于一切之上，控制着世界的发展。

我们倾向于忠诚守纪，亲爱的读者。我们既温良又随和，对权威的魅力并非麻木不仁。弗兰茨·约瑟夫一世恰恰是最高权威的化身。如果那个专制的老头子非要把自己所有的威望都强加于人地尽数释放到他所统辖的领域，人们也只能放弃自己所有的抱负和渴望，在唯一可能的世界里，也就是一个没有幻想和浪漫的狭隘世界里，尽可能地管理好自己，然后忘记一切内心本真的初衷，别无他法。

但是，当这座监狱似乎要被无可挽回地封闭，当最后一个逃生通道被砖块堵死，当一切事物都在密谋要对你保持沉默的时候，哦，上帝，当弗兰茨·约瑟夫一世设起路障，把最后一道缝隙都堵住，企图让人再也看不见你的时候，你终于站起来，披上了一件海陆并肩的怒吼斗篷，戳穿了他的谎言。哦，上帝，承担起了异端邪说的恶名，揭露了这对世界巨大的、壮丽的、多彩的亵渎。哦，你这伟大的异端领袖！你用那本燃烧的著作震撼了我，用鲁道夫口袋里那本惊世骇俗的集邮册点醒了我。当时我还不知道集邮册可以是袖珍的，一开始甚至有眼不识泰山地把它叠成一把纸手枪，在学校里我们有时用它假装从座位底下开枪，惹得老师生气。然而，现在我才顿悟，这本小册子象征着上帝激情澎湃的讨伐檄文，是对弗兰茨·约瑟夫一世极其无聊论调的强烈抨击，这是一本真理之书，荣耀之书！

我翻开它，五彩斑斓的世界和寂静空间的魅力在我面前展开。上帝穿行于其间，一页又一页，身后拖着一列由所有地区和气候编织而成的火车，加拿大、洪都拉斯、尼加拉瓜、阿布拉卡达布拉、希波拉邦迪亚……我终于理解你了，我的神啊。这些只是你财富的伪装，是你脑海中第一批随机出现的名字。你把手伸进口袋，像抓出一把弹珠一样，向我展示了你的世界所包含的各种可能性。你不用说得很精确，你想说什么就说什么。你也不妨说潘菲布拉斯和哈莱利瓦，反正它们都只是代号和名称而已。那样的话，你手掌间的空气会随着翩翩起舞的鹦鹉翅膀而急速震颤，天空就像一朵巨大的蓝宝石百叶玫瑰，被吹开花苞袒露花蕊,它灿烂夺目的内核中心守护的是你那摄人心魄的孔雀眼睛,闪耀着智慧的光芒,又散发出一种超凡的香味。上帝啊,你想让我眼花缭乱,令我心悦诚服,或许仅仅是想炫耀一番,因为即使是你,也会有自我陶醉的时候,也有屈从于虚荣心的时候。哦,我多么喜欢这些时刻!

弗兰茨·约瑟夫一世,你和你那些无聊的福音书,现在变得多么渺小!我的眼睛费力地搜寻你,终于被我找到了。你混迹在人群中,如此失魂落魄、如此灰头土脸、如此无足轻重。你和其他人一起在大路的扬尘中行进,紧跟在南美洲之后,却在澳大利亚之前,和其他人一起吟唱着:和散那!①

8

我成了新福音的信徒,并且和鲁道夫成了朋友。我钦佩他,但又隐隐约约地感到他只不过是一个工具,这本集邮册注定是要等待它另有其人的真命天子。事实上,在我看来,他似乎只是它的守护者。他把这些邮票按目录分好种类,进行一番添添减减,再把册子收好,锁进抽屉深处。我能看出他的忧郁,因为他也知道自己在逐渐退出这个舞台,而我,正如一颗新星冉冉升起。他就像一个提前降世来替主铺平道路的先驱。

---

① "和散那"是耶稣骑驴进入耶路撒冷时,众百姓的欢呼语,有求助的意思,后引申为赞美。原意为祈祷词:"快来拯救我!""上主,求你拯救!""请赐给我们救援!"现今则较经常被用来作赞颂之语助词,带有欢呼、激励的意义。

9

我有充分的理由相信这本集邮册是命中注定属于我的。许多信号似乎都表明它专程为我而来,只为向我传递一个特殊的信息和一项赋予我的使命。例如,此前从没有人认为自己是这本集邮册的主人,即使是鲁道夫也不例外,他的行为更像是它的仆人,一个出于义务而不情愿、不勤快的仆人。有时嫉妒会使他心中充满痛苦,于是他内心并不愿意承担守护一件并不真正属于他的珍宝的角色。他羡慕地望着远方世界波光粼粼的倒影,那倒影使我的脸上光彩熠熠。只有在这映衬中,他才留意到这些书页美妙的光辉,然而,在此之前他自己从没有得到过这样激动人心的照耀。

10

我曾经见识过一个魔术师的表演。他站在舞台中央,身材苗条,每个人都能看到他。他向观众展示他的大礼帽,让我们看见帽子底部空荡荡的白色衬里。他向我们保证他的表演绝不是欺诈和伪装的障眼法,而是真正的艺术。他用手杖在空中画出一个复杂的魔法符号,继而以夸张的精度和幅度,开始从大礼帽里拽出彩色的绸带。很快,这些明亮的彩绸以几尺、几丈甚至几英里的速率增加。房间里充满了沙沙作响的色彩,在成堆的彩丝中变得明亮夺目,而魔术师仍然在往外拉着无尽的彩绸。尽管观众们抗议,尽管我们欣喜若狂的叫声已逐渐变成断断续续的抽泣,但最后我们清楚地意识到,所有这些创举对他来说都不算什么,他变了这么多东西出来,其实不是他自己的功劳,而是超自然的资源已经被他开发和使用,这是超越人类的心法和运算的不竭源泉。

其中也有些人能感受到这个表演的真正意义,他们在沉思和陶醉中回家,洞见了"上帝是无限的"这个真理。

11

现在也许是把亚历山大大帝和谦逊的我相提并论的时候了。亚历山大对各国的气场很敏感,他的鼻子能够预知到无数的可能性。他是这样一种人,当他们睡着的时候,上帝的手爱抚地放在他们头顶,让他们破除蒙昧,掌握未知的奥义,又让他们充满直觉和猜想,将遥远世界的映像牢牢收于他们紧闭的眼底。然而,亚历山大把神的暗喻看得太流于表面了。作为一个行动派——也就是说,一个精神肤浅的人——他把自己的使命单纯地归结为征服世界,他和我一样感到永不满足,他的胸膛也起伏着同样的叹息,他渴望看到新的地平线和更远处的风景。没有人曾指出过他的错误,甚至亚里士多德[①]也无法理解他。因此,尽管他征服了整个世界,他还是失望地死去,他对不再显圣的上帝充满怀疑,对所谓上帝的奇迹充满质疑。他的肖像霸占了许多国家的硬币和印章,最后,他也成了他那个时代的弗兰茨·约瑟夫

[①] 亚里士多德(前384—前322),古代先哲,古希腊人,世界古代史上伟大的哲学家、科学家和教育家之一,堪称希腊哲学的集大成者。他是柏拉图的学生,亚历山大的老师。

一世。

12

我觉得有必要让读者至少大致了解一下那本集邮册，册子中早已预示了那个春天的桩桩件件，然后再把这些事件一一展现出来。一股难以形容、令人惊恐的大风吹过这些华丽的装饰着徽章的邮票街道，在地平线上阴云密布的裙袂下，这些图案和徽章在某种不安的寂静中悄然展开。紧接着，第一批使者出现在空荡荡的街道上，他们身穿文有红色臂章的制服，汗流浃背，神情庄重，心中充满了使命感和自豪感。他们默默地、全神贯注地、庄严地做着仪仗队的姿态，大街上立刻被前进的队伍填满，变得黑压压的，所有的道路都被游行人群的脚步声淹没了。这是一场共襄盛举的团聚，是普世欢庆的五月节日，是世界各国的集中检阅。全世界有成千上万的手振臂高呼，有成千上万的语言齐声呐喊，这不是弗兰茨·约瑟夫一世独裁的时代，而要即将迎来一位更伟大的君主。游行队伍沐浴在一片绯红色的耀眼光焰之中，那是一种红得浓烈炽热、红得热情激越的颜色。从圣多明各、圣萨尔瓦多和佛罗里达来了热情的代表团，他们穿着紫红色的衣服，气喘吁吁地挥舞着樱桃粉色的圆顶礼帽，喋喋不休的金翅雀三三两两地从他们的帽子里钻出来。愉快的轻风使号角的光泽变得更加耀眼夺目，它轻柔地拂过乐器表面，唤起细小的电流火花。尽管有大量的人参加游行，但一切井然有序，庞大的队伍在沉默中按序出场，挨个儿亮相。有那么一阵儿，飘扬的旗帜在阳台上猛烈地挥舞着，在紫红色的海洋中剧烈地翻动着,在静默地奋力飘扬中,在沮丧的热情爆发中,突然变得像被点名一样默然矗立——整条街都变成了亮堂的红色,充满了无声的压迫感。而在远处的黑暗中,精心计算过的大炮齐射,发出四十九发炮弹,在昏黄晦暗的空气中传来沉闷的回响。

这时,地平线突然变得乌云密布,就像春天的暴风雨来临之前一样,只剩乐队的乐器闪耀着黄铜色的光芒。在寂静中,人们可以听到阴暗天空的喃喃低语和遥远宇宙空间传来的沙沙声,而从附近的花园里传来的稠李①的气味芳香浓郁,无声无息地完全溶解于空气中,在天地间曼妙地飘荡。

13

四月底的一个清晨,天气温暖却又有些阴沉,人们在街上自顾自地游走,几乎目不斜视,丝毫没有注意到公园里的树已经多处爆裂,露出新添的溃疡般的创口。

灰暗闷热的天空缠挂在茂密树枝编织的黑色大网中,沉重地压在人们的肩头。人们像是六月里活跃的昆虫一样从各种缝隙中艰难地爬出来,或者也有人怅然若失地坐在公园的长椅上,膝上放着一张褪色斑驳的报纸,面无表情地望向远方。

大约十点钟的时候,太阳从浮肿绵延的云层下钻出来,它光亮的脸庞在阴暗的天空中像一个射出金光的污点。突然间,树枝上所有胖

---

① 稠李属于木本植物,是一种蜜源及观赏树种。它会开比较漂亮的花朵,一般作为庭荫树养植。

嘟嘟的嫩芽都开始闪光,鸟儿的一阵啁啾揭开了白昼淡金色的面纱,显露出刚刚到来的春天的迷人面容。

转眼间,刚才还空无一人的林荫道上,挤满了从四面八方匆匆赶来的人。仿佛这里是城市的中心,到处都飘动着女人们亮丽的裙角和衣摆。动作敏捷、身材匀称的女孩们匆匆忙忙地走过——有些人是去商店和办公室上班,有些人是去约会——但有那么一会儿,当她们穿过林荫大道光彩熠熠的镂空花篮时,那里散发着温暖潮湿的花香气息,到处都是鸟儿的清脆啼叫,这一刻她们似乎变成那条林荫道上的一部分风景,她们完全属于那个时刻,成为这幅春日剧院场景中的临时演员,仿佛她们是和这些娇嫩滴翠的枝叶一起在公园里新生出来的。公园的大道上似乎挤满了她们令人耳目一新的匆忙和衬裙细碎的交响。啊,这些新鲜的、刚上浆的衣裙,被穿到春天走廊的镂空光影下散步,腋下被淋漓的香汗浸湿,现在正被远方飘送的紫罗兰味的清风吹干!啊,这些年轻的、有节奏的步伐,那些由于锻炼而热得发烫的腿,穿着崭新的、柔韧的丝袜,上面有红色的斑点和丘疹,这是热血沸腾的身体上健康的春日风疹!整个公园都变得毫无羞耻地长满了青春痘,所有的树木都长出了密密麻麻的斑点,在一阵鸟儿叽叽喳喳的叫声中爆发出来。

接着,林荫道上又变得空无一人,在树的拱顶下,人们可以听到一辆高轮婴儿车发出慢悠悠的吱吱声。在涂了清漆的小独木舟里,被像打包花束一样用浆洗得很厚的亚麻布带包裹着的,是一个比花朵更珍贵的宝贝,在沉沉地睡着。慢慢推着婴儿车的女孩会时不时地俯身,让摇摇晃晃、吱吱作响、绽放着白嫩清新气息的婴儿篮向婴儿车的后轮稍稍倾斜,她小心翼翼地向轻柔的花束里亲昵地哈气,直到她的爱意吹拂到那甜蜜的、睡梦中的核心,在宝贝的梦中,云和光的潮水像童话般轻轻飘过。

中午时分,公园小径上光影交错,鸟儿的歌声在空中经久不息地回荡,但是围着广场边缘散步的女人们已经疲惫不堪,因为偏头痛而将头发蓬乱地散开,她们的脸色也被春风吹弄得倦意浓重。再过些时候,林荫大道上又空寂无人,午后的宁静中,阵阵香味开始慢慢地从公园里的餐馆飘过来。

14

每天同一时间,都可以看到比安卡在她的家庭教师的陪伴下在公园里散步。我该怎么描述比安卡呢,我该怎么形容她呢?我只知道她非常忠于自我,凡事皆有规划,一切按部就班。我的内心总是因为她的出现而狂喜不已,一次又一次地观察她如何以舞蹈家般轻盈的步调走出自己的风姿,以及她如何以每一次隐逸的动作毫无意识地击中我的心。

她走路的样子很平凡,没有刻意的端庄优雅,但她的真实质朴非常打动人心,让我的心里充满了喜悦之情,因为比安卡能如此简单地做她自己,没有任何的矫揉造作。

有一次她慢慢地抬起眼睛看着我,那严肃的眼神像利箭一样刺穿我,把我钉在原地。就从那一刻起,我知道我的任何事都瞒不过她,她已洞悉我的一切想法。在那一瞬间,我迷失了自己,可以毫无保留地听从她的摆布。她以几乎察觉不到的动作轻微地合了下眼睛，接受了我的臣服。没有一句话，只是一个眼神，事情就这样发生了。

每当我回想她的样子时，我的记忆里就只能唤起一个毫无意义的细节：她膝盖上皲裂的皮肤，就像个男孩似的。这深深打动了我，并引导我的思想进入矛盾的诱人地带，进入幸福的摇摆阶段。关于她其他的一切，膝盖以上和膝盖以下的其他部分，都是超然的，让我无法想象。

15

今天我再次钻研鲁道夫的集邮册。这是多么神圣的研究啊！册子中的一切充满了相互印证的参照和典故，但是所有的线索都在向比安卡集中和汇聚。这是多么幸福的猜想啊！我的期望和希望越来越耀眼刺目。啊，我是多么痛苦，我的心是多么沉重，因为它塞满了我所期待的神秘信息！

16

现在每天晚上都有乐队在城市公园演奏，大街上到处都挤满了春游的人们，他们走来走去，擦身而过，然后又在下一条小径上再次相遇，不断重复着穿梭的路径，反复碰面。年轻人戴着崭新的春帽，手里随随便便地握着手套。人们熙熙攘攘地穿行在树丛和篱笆之间，姑娘们衣着亮丽，走在树木并肩的林荫路上，摇动着色彩缤纷的裙摆。她们成双结对，扭动着屁股，在飘带和荷叶边的衬托下，像天鹅一样昂首阔步地走着。有时她们停靠在花园的座位上，仿佛被闲散的漫步累坏了似的，她们的花布裙子像展开的喇叭花一样在座位上铺开，又像花瓣开始脱落的玫瑰，然后她们露出了交叉的双腿——那白皙的、令人难以抗拒的双腿摆出极其富于表现力的姿势——年轻的小伙子们从她们身边走过，都变得沉默无声、脸色苍白，仿佛被某一番言辞的精辟性击败了，完全被说服了，只剩目瞪口呆。

黄昏降临之前，世界上所有色彩都变得比以往任何时候都更绚丽更斑斓，充满节日的热烈，又透露着隐隐的伤感。公园里的一切很快就像是被涂了一层粉红色的釉彩，这层闪亮的釉面让所有颜色都显得更加亮眼。与此同时，色彩之美变得过于饱和，甚至有些真假莫辨。转眼间，公园的灌木丛中那些幼嫩的、还有些光秃的草木和抽出的嫩枝都披上黄昏的粉红色，散发着丝丝凉意，流露出一种无法形容的悲凉，那是一种美轮美奂却又行将就木的哀伤。然后整个公园变成了一个巨大的、寂静的管弦乐舞台，庄严而沉稳，在指挥家举起的指挥棒下等待着音律的奏鸣和飙升。在这种无声的、认真的交响乐中，一个短暂的、戏剧性转变的黄昏突然蔓延开来，仿佛被乐曲中释放的音符击落而覆盖到大地上。暮色中，嫩绿的叶子被一只看不见的黄鹂啼音所刺穿，一切立刻变得阴沉、孤独和迟缓，像是一片夜晚的森林。

一阵难以察觉的微风从树梢吹过，干燥的樱花被吹动，飘起满天簌簌的花瓣雨。一股酸涩的气味在朦胧的天空下高高地飘浮，像死亡的预兆在四处游荡。最早露面的星星流下了眼泪，像淡紫色灌木丛中采下的丁香花一样随风飘零。

此刻,一种奇怪的绝望抓住了那些走来走去、有规律地相遇碰面的年轻小伙子和姑娘。每个小伙子都超越了自己,变得英俊潇洒,像唐璜[①]一样让人无法抗拒,他们的眼神里流露出一种让女人心旌摇荡的冷酷杀伤力。姑娘们的眼睛变得更加深邃,里面蓄着一汪幽暗神秘的春水。她们的瞳孔张大,毫不抵抗地张开,接受那些盯着她们眼睛的来访者落入那汪春水的怀抱。隐藏在公园深处的小径显露出来,通向暗影下的灌木丛,越来越深远,越来越窘窄,他们在灌木丛的迷踪中迷失了自我,就像游走在天鹅绒幕布后的凌乱后台和僻静角落的混乱之中。没有人知道,他们是如何穿过这些完全被遗忘的黑暗花园的清冷,到达暗夜发酵和退化的奇怪地点,那里的植被散发出一种气味,就像被遗忘已久的酒桶里的沉淀物的味道。

这群年轻人在花园毛茸茸的黑暗中盲目地游荡着,终于在落日的最后一道紫色余晖下,在一片空旷场地上的一个经年累月泥泞荒芜的池塘边相遇了。在世界后门某个腐烂的栏杆上,他们发现自己已然穿越回到遥远"前世",那是早已逝去的生活,以遥远时代的姿态存在着,他们呜咽恳求,沿着兴奋的阶梯向永难实现的诺言奋力地攀爬,当他们终于到达最终的顶峰,发现除了死亡和无名的欢乐带来的麻木,什么也没有。

[①] 《唐璜》是拜伦的代表作,也是欧洲浪漫主义文学的代表作品。主人公唐璜是西班牙贵族青年,曾经是个浪荡子。

17

春天的黄昏到底是什么？

我们现在说到问题的关键了吗？这就是问题的终点了吗？我们开始不知道说什么好了，这一切开始听起来像是曲折费解、语无伦次的胡言乱语。然而，要描述这个难以置信、漫无边际的春天，必须从这些文字之外另辟蹊径来开始。这黄昏的奇迹！我们语言的魔力再一次失败了，无法被接纳的黑暗元素在我们的词汇无法触及的某个地方咆哮。单词被分解成各个部分，然后被溶解，回到它们的词源，重新进入发源的深处和遥远模糊的词根。我们只能从字面上去理解这个过程，因为周遭越来越暗淡，我们的语言在昏暗不清的联想中失去了自我：冥河、地狱、阴界……你是否感到黑暗正从这些词句中渗出，你是否能够预见鼹鼠的小窝正摇摇欲坠，地窖的阴风正呼之欲出，还有坟墓的石门即将慢慢开启？春天的黄昏到底是什么？我们再一次提出这个问题，强烈地克制自己的追求，而这种热切的追求必然得不到回报。

当树根想要倾诉，当草皮下积累的许多古老故事和传说想要冒头，当太多已经存在万年的窃窃私语、说不出话的果肉和黑暗无名的东西拥挤在地下，树皮就会变黑，分解成厚厚的、粗糙的鳞片，形成深深的裂纹。你把脸埋进黄昏毛茸茸的皮肤里，一切都变得密不透风，就像在棺材盖下一样，然后你必须瞪起你的眼睛，正面迎击，把你的视线挤过密不透风的隧道，穿过沉闷的腐殖质——突然，你到达了你的终点，出现在世界的另一边，此时的你深入冥界，飘荡在地狱。你可以看到东西……

　　这里不像我们预想得那么黑，相反，这里正随着荧光的脉动而微微闪耀。当然，这是根茎的内在光晕，一种徘徊不定的磷火，在黑暗中呈现大理石纹路般的细小光脉，一种夜间沼泽物质发出的转瞬即逝的微光。同样地，当我们沉睡时，完全与世界隔绝，踏入深深的内向寻根之旅，游荡在自我回归的路途中。我们即使闭上眼睑也可以清楚地看到脚下的路，因为我们的思想被内心的蜡烛点燃，不规律地炽炽燃烧。这就是完全的回归发生的方式，彻底地回归到本真的自我，返至自己最原始的根脉。这就是我们如何回溯到记忆的上游，并为地下浅表的颤抖所震撼。因为只有在地面上，在白天的阳光下，我们才会战栗、清晰地唱出一支支曲调，而在地下深处，我们被再次分解成黑色的呢喃、困惑的咕噜声和无数未竟的故事。

　　直到现在，我们才明白，春天是植根于什么样的土壤，为什么春天总会有说不出的忧伤和背负太多秘密的沉重。哦，如果不是亲眼所见，我们是不会相信的！这里有迷宫般的纵深，有丰富物质的仓储，有仍然温暖的坟墓，有各种垃圾和腐烂的东西，还有太多不为人知的古老故事。如同古代特洛伊的七层遗址，土地下有数不尽的走廊、房间、宝箱，还有无数金色的面具，一个叠着一个，那是被压扁的微笑、被腐蚀的脸庞、木乃伊和空茧……这里是骨灰安置所，存放死者的棺椁，他们躺在里面逐渐干瘪，发黑，像树根一样，等待着他们的终结时刻。这里有很大的药库,许多药品陈列在泪瓶①、坩埚和罐子里,多年来,它们一直在货架上整齐地排成长长的一排,尽管从来没有人光顾过它们。也许这些死者已经在自己的小洞穴里活了过来,生前的伤痛完全愈合,现在像熏香一样干净,散发着香味——他们甚至能发出叽叽喳喳的声音,唤醒了不耐烦的药物、香膏和晨啼——在舌尖上体味着这一切最初的味道。这些围在墙内的鸽子洞到处都是孵化出来的雏鸟,它们第一次尝试鸣叫。这些长长的、空旷的巷子,像雨露般清新,让人期待着新时代的到来。在这些巷子里,成排的死者从长期的休憩中苏醒过来,即将迎来一个崭新的黎明!

但这还没有到达终点,我们还可以再深入一点。没有什么好害怕的。把你的手给我,只要再往前走一步,我们就来到树根上,周围的一切立刻变得黑暗幽深、腐朽刺鼻、盘根错节,就像在森林的最深处。空气里有一股草皮和树木腐烂的气味,树根四处延伸,盘绕在一起,充满了汁液,仿佛被水泵吸出来,流得到处都是。我们身处阴暗的地府,在世界的另一边,游走在闪着磷光的幽暗中。这里车水马龙,川流不息,到处泛滥着纸浆和腐烂的东西,到处残留着部落和世族的痕迹,到处都充斥着繁育了上千倍之多的《圣经》和《伊利亚特》②!这里到处都是流浪与喧嚣,到处都是历史的纠结与争吵!这条路已经到

---

① 古罗马有一种特别的殉葬品,是一种瓶子,叫作"泪瓶"。这种瓶子里装的是死者的恋人和家属在葬礼流下的眼泪。
②《伊利亚特》相传是由盲诗人荷马所作史诗,分为24卷,主要内容是叙述希腊人远征特洛伊城的故事。

了尽头。我们现在是在最底层,在黑暗的基地,在万物之源中间。这里是无尽的地狱,无望的奥西恩①空间,还有那些可悲的尼伯龙根②。这里是历史的繁殖地,是生产故事情节的工厂,是构思寓言故事的烟雾缭绕的瓦窑。直至最终,人们才能理解春天这个伟大而悲伤的机器。啊,它是如何在各种故事、事件、历史、命运中茁壮成长的!所有我们读过的东西,所有我们听过的故事,以及那些我们从未听过但从小就梦想着的东西都来自这里——这才是它们的家,不可能再有别的地方是它们的故乡。如果作家们没有发现这些储备,没有激活这些冻结的存货,没有开发这些存放在地下世界的本金,他们将从哪里寻求灵感,他们如何能鼓起勇气去创作呢?这些喊喊喳喳的低语,这些持久的大地咕噜声在你耳边持续地嗡嗡不停,你眯缝着眼睛走在温柔的耳语、微笑和建议的气氛中,这些都在无休止地纠缠着你,你被无数个问题骚扰,就像被无数昆虫纤弱的喙叮咬一样。它们想让你从它们那里带走点东西,随便什么东西都行,至少听上几句它们这些虚无缥缈、没完没了的故事,把某些情节吸收到你年轻的生命中,融入你的血液中,然后试着接纳它、拯救它。如果春天不是历史的复活,那又会是什么呢?在这些没有形体的事物中,只有它是有生命的、真实的、冷酷的和不为人知的。哦,这些幽灵和鬼影、妖魔和怪兽,对它年轻的绿色血液,对它幼嫩的植物是多么感兴趣啊!无助而天真的春天将它

---

① 奥西恩是凯尔特神话中的古爱尔兰著名的英雄人物,传说他是一位优秀的诗人。他代表的是浪漫、夸张的风格。
② "尼伯龙根"一词出自德语,是指北欧神话中生活在"雾之国"尼福尔海姆的人。

们带入梦乡，与它们一同入眠，但到了黎明时分的半醒之间，却什么都不记得了。这就是为什么春天总是倍显沉重，因为它背负着所有被遗忘的悲伤，又必须替代这些被拒绝的生灵去独自生活，它必须呈现美丽，以祭奠已逝去的一切……为了弥补这一切，春天所能提供的只有令人陶醉的樱花香气，把一切都容纳在一场永恒的、无限的洪流中流淌。遗忘是什么？一夜之间，古老的故事上又长出了新的绿色植物，一簇柔软鲜嫩的绿叶，一簇明亮浓密的幼芽从所有毛孔里均匀地生长出来，就像男孩理发后第二天新生的发茬一样。遗忘过后的春天变得多么青翠欲滴：老树重拾甜蜜的稚气，在嫩枝中醒来，虽然它们的根浸透在古老的历史中，却没有了记忆沉重的负担。这种绿色将再次使它们焕然一新，就像初生时一样，故事将重新焕发活力，重新开始它们的情节，就像之前从未发生过一样。

还有那么多未曾现世的故事。啊，那些在根系中悲叹的合唱，那些相互倾轧的故事，那些在突发的即兴创作中绵绵不绝的独白！我们有耐心听完吗？在已知的最古老的传说之前，这里还有许多世人一无所知的作品。这里有无名的先驱著作、没有标题的小说、宏大苍白单调的史诗、未整理的吟游诗作、杂乱的情节、模糊的探险故事，还有为晚霞剧目而书写的艰涩文字。在这些文字的背后，是传奇故事、是未完成的作品和书籍——永远的伪装者，以及在异端领域中遗失的巨作。

在所有围绕着春之根源的故事中，有一个故事很久以前就已经成为夜晚的主宰，永远扎根在苍穹的底部，作为星空永恒的伴奏和背景。

在每个春日夜晚,这个故事无论如何都会在青蛙的呱呱叫声和磨坊无休止的劳作声中默默发生。那是一个人走在夜晚的风磨磨出的奶白色、零散的星辰下,怀里抱着一个裹在斗篷里的孩子,他穿过天空,不停地赶路,像一个永久的流浪者,穿越无尽的空间。哦,这份孤独的哀伤,黑夜中孤儿寡父的悲怆!哦,这遥远星辰耀眼的光芒!在那个故事里,时间永远不能改变任何事情。这个故事出现在星光灿烂的地平线上,并将永远如此、永远崭新、永远轮回,因为一旦脱离了时间的轨道,它就变得深不可测,永远不会因为重复而筋疲力尽。有个人怀抱着孩子赶路——我们故意重复那句叠句,作为那可怜的夜晚格言,是为了表达那场连续行走的间歇性,有时他为星星的纠缠所阻挡,有时他在漫长而寂静的间歇中完全消失不见,在这间歇中,人们可以感受到永恒的微风在轻轻地吹拂,遥远的世界触手可及,星空闪耀着令人恐惧的光芒,它们以一种无声的语言在永恒的时空中发出暴力的信号——而他继续往前走,不停机械地哄着怀里的小女孩,对夜晚的低语和柔情的规劝无动于衷,沉默的嘴唇里含混着唯一的词汇,然而并没有谁真的在听……

这是一个关于被绑架和替换的公主的故事。

18

深夜,她们回到花园里宽敞的别墅,回到那间低矮的白色房间,一架黑色闪亮的钢琴静静地竖立,所有的琴键都无声无息。透过宽大的玻璃墙——就像透过温室的玻璃——苍白的春夜映入眼帘,闪烁着点点星光，樱花的香味从瓶瓶罐罐中飘散在凉爽的白色被褥上。焦灼的倾听之欲充满了这个不眠之夜，我们的心在睡梦中倾诉、呜咽、奔跑，跌跌撞撞地穿过长长的、露珠晶莹、蝇蛾纷飞的夜晚，天色明亮，散发着稠李的芳香。啊，是那稠李赋予了无限的夜以深邃的色彩；我们的心因飞翔的跋涉而疼痛，因快乐的追求而疲惫，想找一个通风的狭窄山脊休息一会儿。但是从那无尽的苍白夜晚之中，又孕育出一个新的夜晚，更加惨淡，更加虚无，被切割成明亮的线条和"之"字形，变成星星的螺旋和苍白的航线，无数次被吸吮了少女鲜血的看不见的蚊虫所搅扰。不知疲倦的心必须再次在睡眠中蹒跚而行，疯狂地忙碌于星星复杂的事务，在气喘吁吁的匆忙中，在月光下的恐慌中，不断上升和扩大，在昏睡的痴梦和颤抖中与某种苍白的迷醉纠缠在一起。

啊，那个夜晚里，这些绑架和追逐、背叛和私语、黑人和舵手，阳台栏杆和百叶窗、匆忙逃跑的身后拖着的薄纱长裙和面纱……直到最后，突然断电了，一阵沉闷的黑色停顿后，终极时刻来临，所有木偶都回到了他们的盒子里，所有窗帘都拉上了，所有急促的呼吸都慢慢平静下来。在宁静广阔的天空中，远处粉色和白色的城市、精致而高耸的大楼和尖塔在无声地建造着。

19

直到现在，对于一个细心的读者来说，春天的本质才会变得清晰可辨。所有这些早晨的准备工作，所有的清晨沐浴，所有的犹豫、迟疑和纠结的选择都会向一个熟悉邮票的人透露它们的意义。邮票将人们带到晨间外交活动的复杂游戏中，带到任何一天最终版本之前的漫长谈判和欺骗气氛中。在九点钟的红色薄雾中，一张花哨斑驳的墨西哥邮票逐渐登场，画面中秃鹰的嘴里有一条蛇正在蠕动，炽热的天气里浮动着红疹一样焦灼的光斑。在一片青翠的树木间的天蓝色缝隙中，一只鹦鹉用同样的语调固执地重复着"危地马拉，危地马拉"，在这个绿色词汇的感染下，周遭的植物突然变得清新娇嫩、枝繁叶茂。慢慢地，在困难和冲突中，投票开始，仪式的程序得以确定，包括游行的名单和当天的外交礼仪。

五月的日子像埃及邮票一样粉红。广场上的灯闪闪发光，波光粼粼。夏日的云雾在阳光的缝隙下翻腾着——像喷发的火山，轮廓分明（像巴巴多斯岛、拉布拉多岛、特立尼达岛）——所有的东西都泛着红晕，就像透过红宝石眼镜看到的一样，或者是血液冲到头顶的颜色。圭亚那的大型巡洋舰在天空中航行，张开了所有的帆。在紧绷的绳索和拖船的喧闹声中，在海鸥的风暴和大海的红光中，它鼓起的帆布巍然屹立着。接着，一个个巨大纠结的绳索、梯子和桅杆都升上了天空，在天上铺开了一大片画布，形成一个由帆、桅杆和支架组成的多层次的空中奇观。一个敏捷的黑人小男孩在其间飞速地穿梭，然后又消失在迷宫般的画布上，消失在各种标志和人物中间神奇的热带天空里。

紧接着，天空中的景色发生了变化：在密集的云层中，同时发生了三次粉红色的日食，闪亮的熔岩开始闷烧，明亮地勾勒出乌云凶猛的轮廓（像古巴、海地、牙买加）。世界的中心在消退，其耀眼的颜色变得更加深沉。咆哮的热带海洋，蔚蓝的群岛，欢快的水流和潮汐，赤道上腥咸的季风逐一显现了。我手里拿着集邮册，研究这个春天。难道它不是一个伟大的时代评论，和对其日日夜夜的语法标注吗？

最重要的是不要忘记，不要像亚历山大大帝一样得意忘形，没有哪一个墨西哥是最终的，这是一个世界将在其中穿行的通道，在每一个墨西哥之外，都会有另一个更耀眼夺目的墨西哥，一个拥有超级色彩和非凡芳香的墨西哥。

20

比安卡神情黯淡，她灰暗的脸色里有一丝余烬的味道。我简直无法想象，如果我能触碰她的手，那会是什么样的感觉。

她训练有素的血液中流淌着一代又一代人对她的精心栽培。她听天由命地服从于教养的规则，以此证明她克服了逆反心理，突破了她这个年龄叛逆的常规。她定会时而隐忍地哭泣，自我消化外界对她自尊心的打压和暴力，对于这样一个年轻姑娘来说，这是相当感人又令人钦佩。她的每一个手势都表达了对大家闺秀范式的顺从，带着善意和悲伤的优雅。她不会做任何不必要的事情，她的每一步都经过深思熟虑，一切都只是按部就班、因循守旧地做着某一件事，不带任何感情色彩，只是出于一种无奈、被动的责任感。通过日复一日的进步，比安卡汲取了她早熟的经验和智慧。她知道什么是该知道的，而且她似乎也很享受自己丰富的知识储备，尽管这些知识都是严肃而又充满悲伤的。她的嘴紧闭成无限美丽的线条，眉毛的轮廓也描画得一丝不苟。不，她的智慧不会导致规则的放松，不会导致精神懈怠或自我放纵；恰恰相反，她那忧郁的目光所凝视着的真理，只有通过被密切地关注和严格地遵守，才能得到证明。那种不屈不挠的理智和对传统的忠诚掩盖了汪洋般宏大的悲伤和痛苦。

然而，尽管被规则圈囿，她还是成功地从规则中蜕变成一个高贵的少女。但是，谁能说清这一成功是她用什么样的牺牲换来的呢？

当她走路时，身姿苗条而挺拔，谁也不清楚她那简洁的步调里藏着什么样的骄傲，是她自己那被压制的骄傲意志，还是她所服从的规则的胜利姿态？

但当她抬起眼睛直视你时，你的一切都瞒不过她。她虽年轻，却具有能猜出最隐秘事情的本领。经过长时间的痛哭和啜泣，她才获得了这份宁静。这就是为什么她的眼睛总有深深的黑眼圈，总有湿润、炽热的光芒，以及从不遗漏任何细节的多余的目的性。

21

比安卡，令我着迷的比安卡，对我来说像个谜团一样神秘。我用充满固执的激情和略带绝望的酸涩研究她——用集邮册作为我的教科书。我这样做行得通吗？集邮册可以作为心理学教科书吗？多么天真的问题！这本集邮册是一部通典，是人类一切知识的概要。当然，册子中的内容都是通过典故、暗示和影射来显现的，你需要一些洞察力，一些内心的勇气，一些想象力，才能找到贯穿整本书的主线。

有一件事无论如何都要避免，那就是要切忌心胸狭窄、沉闷迂腐、乏味琐碎。大多数事物都是相互关联的，大多数线索都指向同一个终点。你可曾注意到,在某些书中,会有成群结队的燕子从字里行间飞起,整个段落都随着扑扑腾腾的燕子在颤抖,我们应该研究研究这些鸟的飞行……

还是说回比安卡。她的动作多么优美动人啊!每一个线条都经过深思熟虑,似乎已经下定决心了几个世纪,一切都始于听天由命地遵守,仿佛她早就知道自己命运的进程和必然的步骤。恰好我坐在公园里,面对着她,我想用我的眼睛询问她一些事情,在我的脑海中乞求得到更多一些关于她的信息。我还没来得及表达清楚我的请求,她就已经做出了回应,她用一个短促而敏锐的眼神悲伤地回答了我所有的问题。

她为什么总是低头凝思?她聚精会神、若有所思的眼神里到底藏着什么秘密?她的生活就这么充满悲戚吗?然而,尽管是这样,她不也是仍然带着尊严和骄傲地顺从着各项规则吗?似乎在她心里一切都本该如此,仿佛那些剥夺了她欢乐的知识反而给了她一种不可触摸的权力,一种只有自愿的服从才能获得的更高层次的自由,因此,她的顺从才会带有那种傲然和超越的优雅。

她和她的家庭教师面对着我坐在一条长凳上,两人都在看书。她的白裙子——我从来没有见过她穿其他颜色的衣服——像一朵盛开的花躺在座位上。她修长暗淡的双腿交叉在身前,优雅得难以形容。我想,如果能够触摸她的身体,内心一定充满了犯罪般的痛苦,因为对于她的纯粹神圣来说,任何一种触碰都像是亵渎。

然后她们两人合上书,都站了起来。比安卡瞥了我一眼,算是回应了我热情的问候,然后离开了。她闲散地踱着步子,心不在焉地交错着双脚，悠然地跟随着家庭教师轻快的步伐。

22

我已经察看了别墅周围的整个地形，我绕着那片开阔土地周围的高栅栏来回走了几次，我从各个角度看到了别墅白色的墙壁、露台和宽阔的回廊。别墅后面是一个公园，毗邻一大片没有树木的空地，有一些风格怪异的建筑矗立在那里，有一部分像是工厂，还有一部分像是农舍。我把眼睛靠在栅栏的缝隙上，我想我看到的应该是幻觉。在春日的热浪中，空气由于炎热而变得稀薄，有时可以看到远处几公里外的景物通过空气的颤动被反射出来。尽管如此，我还是因为矛盾的想法而头脑发热。我还是要再翻阅一下集邮册。

23

这可能吗？比安卡家的别墅竟然是国际条约保障下的治外地区？对集邮册的研究让我产生了多么惊世骇俗的假设！只有我一个人洞晓了这个惊人的真相吗？然而，我却不能轻视集邮册在这一点上提供的依据和论证。

今天我又在别墅周围进行了一次勘察。几个星期以来，我一直在那扇雕花铁门附近徘徊。当两辆空马车驶出花园时，我的机会来了。大门洞开着，看不见任何人，我装作若无其事地走了进去，从口袋里掏出画册，靠在门柱上，假装在画一些建筑上的细节。我站在一条被比安卡轻盈的脚步踩过无数次的砾石路上。一想到她也许会穿着一件轻薄的白裙子在落地窗前现出身影，我的心就会因为幸福的期待而停止跳动，但是所有的门窗都拉上了绿色的遮阳帘，没有任何哪怕是最细微的声音来泄露那所房子里隐秘的生活。地平线上的天空突然乌云密布，远处似有电闪雷鸣正欲袭来。没有一丝风，空气温暖而稀薄，时间好像在这一刻凝固了。在这个灰蒙蒙的宁静日子里，只有别墅的粉白墙壁在静默而生动地诉说着它们那富丽堂皇的风格和内容。这座建筑的优雅风格在各个细节之处以千变万化的形式得以反复地展现。浅浮雕的花环沿着一条白得炫目的横饰带有规律地从左到右排列，最后在转角处汇合到一起。一挂大理石楼梯从中央露台的高处缓缓而下，典雅而庄严地从稳重的栏杆和雕花立柱之间延伸出来，它宽阔、气派地流泻到地面，似乎在向主人深深行了个屈膝礼后铺平了它的拖尾。

我对风格有很敏锐的感觉，那幢别墅的风格使我既烦躁又恼火，尽管我无法解释原因。在其拘谨的古典主义背后，在一种看似冷峻的优雅背后，隐藏着其他一些难以捉摸的风格影响。它的设计过于激烈，过于尖锐，充满了意想不到的装饰品。也许是一滴不知名的毒药滴进了建筑师的血管，使他的设计变得深奥、炸裂和危险。

我的内心一片混乱，矛盾的冲动让我浑身发抖，我踮着脚尖朝着别墅的正面走去，把睡在台阶上的蜥蜴惊得四下逃窜。

在现已干涸的圆形水池旁，大地被太阳晒得焦躁，依然光秃秃的，从地上的裂缝中，时不时地长出一簇簇张牙舞爪的奇异绿色。我拔掉了几根杂草，把它们夹进我的画册。我激动得微微颤抖。泳池上方的空气氤氲而有光泽，因炎热的烘烤而起伏不定。附近一根柱子上的气压计显示了近乎灾难的低点。四处都很平静,树枝纹丝不动。别墅睡着了,窗帘紧闭着,在灰暗的空气中,它那极端的苍白十分刺眼。突然,仿佛这种停滞已经达到了临界点,空气颤抖着,呈现一种五颜六色的发酵状态。

巨大、笨重的蝴蝶在嬉闹中缠绵交叠,在阴暗的空气中,那笨拙的、振动的游戏持续了一会儿。蝴蝶飞来飞去,仿佛在竞相追逐,然后又回到了它们的伴侣身边,像金光闪闪的纸牌在眼花缭乱地飞舞。难道这只是熟透了的大气在快速分解,在充满迷药和幻觉的空气中产生的海市蜃楼?我挥动我的帽子,一只天鹅绒般的大蝴蝶落在地上,仍然扇动着翅膀。我把它捡起来藏好。这是一个新的有力证据……

24

我终于参透了别墅风格的秘密。它的建筑线条反复复制一个难以理解的模式,如此多次,如此坚持。现在我终于明白了它们神秘的代码:那完全是一种欲盖弥彰的假面伪装。在那些夸张优雅、精致多变的线条中,有太多的矫揉造作,太多的故弄玄虚,显得十分急切和浮夸——总之,它展现着丰富多彩的殖民地风格……事实上,这种风格是相当令人厌恶的,它内核淫荡,外表又过分精致,看似热情如火,其实又极端愤世嫉俗。

25

我不必赘述对于这个发现我是何等的震撼。线索越来越清晰,各种猜测和暗示突然显示出高度的契合。最令我激动的是，我和鲁道夫分享了我的发现。他似乎并不感兴趣，甚至还气愤地哼了一声，指责我夸大其词和胡编乱造。一段时间以来，他一直指责我对他扯谎，还刻意神秘兮兮。鉴于他是集邮册的主人，我仍然对他保有一些尊敬，但他那嫉妒和痛苦的爆发使我对他越来越反感，但我没有表现出任何怨愤，因为不幸的是，我不得不依赖于他——如果没有了他的集邮册，我该如何是好？他也深谙此理，并十分懂得利用自己这一优势。

26

这个春天发生了太多事情。太多的抱负、自命不凡和无限的野心隐藏在它黑暗的深处。它永无止境地扩张，而管理这个庞大繁杂、蓬勃发展的事业正在急剧地消耗我的精力，令我疲于奔命。于是我希望鲁道夫帮我分担一部分，就提名他为共同执政官——这当然是徒有虚名的。与那本集邮册一起，我们三个——这个非官方的三人组——对整个春天令人费解和疑惑的事件全权负责。

27

我已经没有足够的勇气再绕到别墅的后面去。我肯定会被人发现的。尽管如此，为什么我却有一种很久以前就到过那里的感觉？事实上，我们对于将在生活中看到的所有风景，难道不是早该了然于胸吗？难道还会有什么事情是全新的，是长久以来在我们的内心深处始料未及的？比如，我深知，将来迟早会有一个夜晚，我会和比安卡手牵着手，站在花园的门口。我们会找到一些被遗忘的角落，在古老的墙壁之间，生长着有毒的植物，就像爱伦·坡①创造的伊甸园，满是铁杉、罂粟和旋花②，在古老壁画般灰蒙蒙的天空下招摇多姿。我们将唤醒那沉睡的白色大理石雕像，看它睁开空洞的眼睛，迷失在那时空之外、空虚的边缘世界里。我们把它唯一的爱人惊醒，那是一只折叠着翅膀睡在它大腿上的红色吸血蝙蝠。它无声无息地飞走，动作流畅而起伏，成为一个无助的、脱离实体的、没有骨架也没有血肉的鲜红色碎片。它盘旋着、颤动着，在充满死亡气味的空中消失得无影无踪。穿过一个小门，我们将进入一块完完全全的空旷之地。它的植被像烧焦的烟草一样，看起来有点像夏天里某个干枯的印第安阜原。它可能就在新奥尔良或路易斯安那州——毕竟国家只不过是一个名头。我们坐在方形池塘的石阶上，比安卡会把她苍白的手指浸在满是黄叶的温水里，眼睛也不抬一下。在池塘的另一边，端坐着一个苗条的，戴着面纱的黑色身影。我悄悄地问比安卡那是谁，她摇摇头，轻轻地说："别怕，她不是在偷听我们说话。她是我死去的母亲，就住在这里。"然后她会跟我讲述她最甜蜜、最安宁和最悲伤的往事，听起来却并不

---

① 爱伦·坡（1809—1849），美国作家、文艺评论家，出身演员家庭，提倡"为艺术而艺术"，宣扬唯美主义、神秘主义，受西欧尤其法国资产阶级文学颓废派影响最大，其小说风格怪异离奇，充满恐怖气氛。
② 也叫打破碗花、燕覆子、蒲地参、兔耳草、富苗秧、扶秧、钩耳藤、喇叭花，多年生常绿草本植物，高30~100厘米，根粗壮，茎被白色柔毛，有分枝。原产我国，广布于四川、陕西、湖北、贵州、云南等省份。

会引起任何舒适感。紧接着，黄昏即将降临……

28

事件以疯狂的速度接踵而至。比安卡的父亲来了。当时我站在喷泉街和圣甲虫街的交叉口，一辆像海螺一样宽而浅的漂亮敞篷马车从我身边驶过。在那白色丝绸衬里的车厢里，我看到了身穿薄纱连衣裙、斜倚着的比安卡。她那顶用缎带系在下巴处的帽子边沿遮住了她温柔的侧影，她几乎被整个包裹在白色绸缎的海洋里。在她旁边坐着一位绅士，穿着一件黑色礼服和白色螺纹布坎肩，上面装饰一条沉重的金链，还配有许多小饰品。在他黑色的圆顶礼帽下，我可以看到一张阴沉、灰暗、留着鬓角的脸。我看到他的时候不禁浑身一颤。毋庸置疑，那一定是V先生……

当优雅的马车从我身边经过，小心翼翼地拖着它那减震良好的车厢隆隆作响时，比安卡对她的父亲说了些什么，他就转过身，透过他的大墨镜，目光炯炯地盯着我看。他的脸看起来像一头没有鬃毛的灰色狮子。

我激动不已，矛盾的情绪几乎使我精神错乱，我大声喊道："相信我！"随即又道，"直到我流尽最后一滴血……"然后从我胸前的口袋里掏出一把手枪，冲着空中开了一枪。

29

许多事情似乎都指向这样一个事实：弗兰茨·约瑟夫实际上是一

个强大但可悲的半吊子。他的眼睛细长，瞳仁像嵌在三角形褶皱里的纽扣一样呆滞，甚至不像是人类的眼睛。在他的脸旁，花白的两鬓像日本的魔鬼一样向后梳着，露出一张闷闷不乐的老狐狸脸。从远处看，从美泉宫①的露台高处看，那张脸，由于皱纹的某种组合，似乎在微笑。走近再看，那微笑就暴露出艰涩的苦相和寡淡的面容，任何思想的火花都无法触动它。就在他身着将军的绿色羽衣出现在世界舞台，蓝色外套垂到地面，微微驼背敬礼致意的那一刻，世界也发展到了一个可喜的时段。所有的形式都在不断的变化中耗尽了自身的价值，它们松松地挂在万物之上，半蔫半裂，随时都要脱落。这个世界就像一只蛹，即将剧烈地进化，蜕变出闻所未闻的年轻、崭新的颜色，欢快地伸展着所有的筋骨和关节。那是一触即发的过程，世界地图这张拼接起来的布毯，可能会像风帆一样膨胀着飘浮在空中。弗兰茨·约瑟夫认为这是对他个人的侮辱，他所处的环境是一个为凡俗规则和无聊的实用主义所支配的世界，司法机构和警察局的气氛就是他赖以呼吸的空气。而且，奇怪的是，这个干瘪、迟钝的老人，没有任何迷人之处，却成功地把很大一部分创举拉到了自己身上。所有忠心耿耿又有远见卓识的亲族们每每和他在一起都会感受到威胁，但当这个强大的恶魔把自己的重量压在一切事物上，遏制着世界的愿望时，他们却都

---

① 奥地利美泉宫，又被称为香伯伦宫，是一座巴洛克风格的建筑，位于维也纳西南部。这里曾经是罗马帝国、奥地利帝国、匈牙利帝国以及哈布斯堡王朝家族的皇宫。相传，在17世纪的时候，罗马帝国的皇帝打猎至此，发现这里有一个泉眼，并且泉水甘甜可口，便命名为"美泉"。

松了一口气。弗兰茨·约瑟夫把世界像折纸一样摆平了，用规范的程序来引导它的进程，使它在规矩的范围内运行，保证它不会偏离轨道，陷入不可预见的、冒险的或完全无法掌控的事情中。

弗兰茨·约瑟夫并不反对神圣而体面的享乐。正是他在某种仁慈的驱使下，为人民发明了皇家彩票、埃及梦书、带插图的日历和皇牌烟草商店。他把天国的仆人统一起来，给他们穿上具有象征意义的蓝色制服，把他们分好等级和小组——这些天使般的队伍，分别是邮差、售票员和税吏等。在这些天国的使者中，哪怕是最卑微的一个，脸上也挂着从造物主那里借来的古老智慧，鬓角也勾勒出愉快、亲切的微笑，即使他的脚由于在尘世中长时间的漂泊而散发着阵阵汗味。

但是，有没有人听说过一个在王座脚下被挫败的阴谋，一场在这位帝王的光辉统治开始之初，被扼杀在萌芽之中的伟大宫廷革命？一旦失去了鲜血的哺育，王位就会枯萎，他们的生命力就会随着大量的错误和对生命的否定而增长，会随着所有永远不同的和被他们驱逐的事物的粉碎而增长。我们在这里披露这些秘密和禁忌，我们正在触及那些被隐藏起来，并被千万个沉默的封印所守护的国家秘密。这位造物主有一个弟弟，他们的思维和想法完全不同。谁没有这样或那样的兄弟，像影子、像对立面、像永恒对话的伙伴一样如影随形？按照某一种说法，他只是一个表亲而已，可按照另一种说法，他似乎从未真正出生。他只在造物主睡梦中的恐惧和胡言乱语中存在，也许他只是虚构了这个兄弟，再用他代替自己，只为了演出这场象征性的戏剧，为了第一千零一次，隆重地，有仪式感地，重复那非法的、致命的行为。尽管这已经重复了一千次，却还是一次又一次地继续发生。这个在一定条件下才能降生的不幸对手，因为他的角色而受到了职业性的冤枉，他的名字叫马西米连诺大公①。这个名字一被低声提起，就会使我们的血液焕发出新的活力，使它变得更红更亮，使它在热情的、像是火漆蜡和印着幸福信息的红铅笔的清晰颜色中迅速跳动。马西米连诺有着粉红色的脸颊和闪亮的蓝眼睛，他是所有人的心之所向，燕子也快乐地喳喳叫着，从他途经的路上飞过。即使是造物主自己在密谋搞垮他的时候，其实内心也暗中喜爱着他。首先，弗兰茨·约瑟夫任命他为黎凡特中队的指挥官，希望他在一次前往南海的远征中遭遇悲惨的意外。不久之后，他又与拿破仑三世结成秘盟，拿破仑三世以欺骗手段引诱他参加了墨西哥的混战。一切都提前计划好了。这个充满幻想和想象力的年轻人，被在太平洋上创造一个更幸福的崭新世界的希望所诱惑，放弃了他作为皇位继承人和哈布斯堡王朝继承人的所有权利。他搭乘着法国"勒希德"号旗舰，径直驶入了一个事先为他准备好的埋伏圈。而关于那个秘密阴谋的文件从未被公之于众。

因此，不满者的最后希望破灭了。马西米连诺惨死后，弗兰茨·约瑟夫以服丧为借口，禁止使用红色，黑色和黄色成为官方的哀

---

① 马西米连诺生于维也纳美泉宫，是奥地利的弗兰茨·卡尔大公与巴伐利亚维特尔斯巴赫家族的公主苏菲的次子，奥地利皇帝弗兰茨·约瑟夫一世之弟。他本是奥地利大公，1864年4月10日在法国皇帝拿破仑三世的怂恿下，接受了墨西哥皇位，称墨西哥皇帝马西米连诺一世（也称马克西米利安一世），最终被墨西哥的军事法庭以颠覆墨西哥共和国的罪名判处枪决。

悼颜色。从那以后，热情的紫红色只在信徒追随者的心中暗暗地飘扬。但是造物主并没有成功地把这种赤红从大自然中完全根除，毕竟，它是阳光中潜存的颜色。只消在春天的阳光里闭上眼睛就足够了，在每一波温暖里都可以用眼皮来吸收这道激情的红光。照相纸在春天的强光下也会燃烧出同样的红色。公牛在城市阳光明媚的街道上行进，它们的角上裹着一块布，只要看到它的光亮，就会低下头，准备攻击在想象中阳光普照的竞技场中惊慌逃窜的斗牛士。

有时，一整天都在阳光爆炸性的照射下度过，一团团的云块闪耀着红色的光芒。人们被强光照得头晕目眩，闭着眼睛还可以在眼睑内看到飞升的火箭、罗马烟火和爆炸的火药筒。后来，到了傍晚，日光强烈的飓风减弱了，地平线变得更圆，更美，充满了蔚蓝色，就像一个玻璃球，上面有一个世界的全景缩影，一切错落有致、井然有序，云朵高耸如山，像一顶金质的皇冠，或教堂里敲响晚歌的大钟。

人们聚集在集市广场上，在巨大的光穹下默不作声，不动声色地凑在一起，形成一个个庞大的、静止不动的团块，一个集中等待的场景。云朵翻腾着粉红色的波涛，所有人都目光平静，眼中闪亮地映衬出遥远的风景。就在他们等待的时候，世界突然达到了顶峰，在几次心跳的瞬间达到了极致的完美。花园排列在水晶球般光洁的地平线上，五月的花草像即将溢出的酒沫一样蔓延，云团掩映下的山势变化多端。越过了极致，世界之美便倏然消散，迈入永恒。

当人们低着头一动不动地享受着幻觉，为世界光明的升腾所迷惑时，他们无意识地等待着的那个人从人群中跑了出来。他是一个气喘吁吁的信使，脸色涨红，穿着紫红色的紧身衣，身上装饰着小铃铛、徽标和勋章。他慢慢地绕着广场跑了六七圈，以便每个人都能看见他。他眼睛低垂，好像很羞涩，双手紧贴着屁股。他那沉重的肚子被有节奏的脚步震得上下颤动不停。由于用力过猛，他的脸涨得通红，黑色的波斯尼亚式小胡子上的汗珠闪闪发光，徽标、勋章和铃铛像铠甲一样在他胸前上下跳动。人们从远处可以看到他，沿着一条紧绷的抛物线形路线拐弯，带着他的铃铛，英俊如神，脸上泛着令人难以置信的绯红，身躯挺拔坚定地走了过来，用一根短鞭驱赶着一直跟着他的狗群。

后来，弗兰茨·约瑟夫被普世的和谐化解了心防，谨慎地宣布一项大赦，允许有条件和限制地使用红色。在五月的一个夜晚，在糖果色调的柔和月色中，他终于与世界和解，出现在美泉宫敞开的窗户里。那一刻，全世界都可以看到他——无论身穿粉红色的使者如何迅捷地在整洁的集市广场上跑来跑去，穿过周围沉默的人群，也不会干扰到这一点。在云彩的映衬下，他穿着一件蓝绿色的外套，上面系着马耳他骑士团大十字勋章的绶带，双手戴着手套，斜倚在窗台上，显出一副帝王和皇家的神化形象。他的眼睛——像没有仁慈和优雅可言的蓝色纽扣——在褶皱的三角洲里眯成一种微笑。他就这样站着，雪白的鬓角向后拂去，扮作和善的样子：在远处的旁观者看来，就像一只心怀怨恨的狐狸，他假装微笑，既没有真实的幽默，也没有表演的天赋。

30

犹豫了很久，我还是把最近几天发生的事情告诉了鲁道夫。我再也不能自己坚守那个沉重的秘密了。他的脸色阴沉下来，他尖叫着，说我在撒谎，最后流露出十分明显的嫉妒之情。"这一切都是你自己的胡编乱造，这是一个彻头彻尾的谎言，"他高声喊道，举起胳膊狂躁不安，"什么法外之地！马西米连诺！墨西哥！哈哈！棉花种植园！够了，到此为止！"他表示再也不会把他的集邮册借给我了，我们的合伙关系到此结束，之前的合约也随之解除。他激动地扯着头发，已然完全失控了，不惜一切代价地要离开我、抛弃我。

我惊恐万分，开始向他求情。我承认我的故事乍一听似乎不太可信，甚至匪夷所思。我承认，连我自己亲身经历时都感觉相当惊讶，也难怪他毫无心理准备，一时难以接受。我以恳求的姿态试图再次打动他的心，唤起他的使命感和荣誉感。就在事情即将进入决定性阶段的时候，他的良心会允许他拒绝最终助我一臂之力吗？他忍心现在因为他的退出而毁掉这一切吗？最后，我要以集邮册里的内容为依据，向他证明我所说的一切都是真实的，一字不差。

鲁道夫稍微平静了一些，打开了集邮册。我从来没有以这样振奋的力量和饱满的激情阐述过什么，这是我有史以来发挥得最好的一次。我用邮票的证据来支撑我的推理，我不仅驳斥了他所有的指控，消除了他的疑虑，而且得出了极其具有启发性的结论，以至于我自己也对这些脑洞大开的观点感到惊讶。鲁道夫保持沉默，他泄了气，再没有说更多关于解散伙伴关系的话。

31

几乎是在同一时间，一次伟大的魔幻剧目，一场壮观的蜡像展要来到我们的城市，他们在圣三一广场支起帐篷，准备迎接观众，这一切难道会是巧合吗？我早就预料到了这一点，非常激动地把这个消息告诉了鲁道夫。

晚上起了风，空中飘起了小雨。在昏黄沉闷的地平线上，白昼正准备离去，人们匆忙地给马车盖上了防风雨的灰色罩子，他们驾着车一列一列地向远处凉爽的地方驶去。在半遮半掩的深色窗帘下，最后一丝落日余晖挣扎了一会儿，然后消失在一片坦荡无垠的平原上，融化在一片光影交错的湖泊里。一种可怕的、预示着未来的黄色炫光从半边天中射出，夜幕很快就降临了。苍白的屋顶反射着潮湿的光线，天渐渐黑了，排水管开始发出单调的吟唱。

蜡像展已经开幕了。在帐篷的前厅，阴沉的灯光下，一大群人撑着雨伞，仪态隆重地把买票的钱塞给一名衣着花里胡哨、牙齿金光闪闪的摩登女郎：她活像一个系着花边、涂着颜料的蜡像，下半身坐进天鹅绒桌布的阴影中。

通过一扇半开的门板，我们进入了一个灯火通明的空间。里面挤满了人。一群群穿着湿漉漉的大衣、竖起衣领的人默默地来回走，最后沿着一个半圆形的弧度聚气凝神地站定。我易如反掌地从他们中间分辨出那些只属于这个虚幻世界的蜡像，他们经过防腐处理，实际上在基座上过着独立、有尊严的生活，或者一种表演性质的、节日般空虚的生活。他们神情肃穆地站在那里，一副寡言少语的样子，身上穿的是用优质布料缝制的黑色长礼服和晨衣，面色苍白，脸颊上还泛着因病逝而散出来的发烧的红晕。很长一段时间以来，他们脑子里没有任何想法，就只是从各个角度展示自己而已，展示自己存在的空虚。其实他们早就应该躺在床上，裹在冰冷的床单里，服下一定剂量的药物。而现在，让他们这么晚还待在局促的基座上，坐在僵硬的椅子上，穿着紧绷的漆皮鞋，这与他们以前过的生活大相径庭。他们目光呆滞，完全失去了记忆，所有的呈现都只是观众的一种臆断。

他们每个人的嘴边都挂着当他们离开精神病院时发出的最后一声哭喊，那气若游丝的声音就像被勒死的人的舌头一样，僵硬地垂挂在那里。他们曾经被当作疯子，都是挨过了一段炼狱般的日子，才来到这个终极之所。不，他们不是真正的德雷福斯①、爱迪生或卢切尼，他们只不过是伪装者。他们可能是真正的疯子，能够准确地把握住在他们头脑中灵光一闪的绝妙主意，当真理降临时他们可以巧妙地将它提炼出来，成为他们存在新的关键，纯粹得如同一个元素，那么坚不可摧。从那时起，那个唯一的想法就像一个感叹号一样停留在他们的脑海里，他们牢牢地抓住它，单脚站立、悬在半空，或者手势做到一半

---

① 阿尔弗勒德·德雷福斯（1859—1935），法国军官，19世纪末期法国著名反犹太案件德雷福斯冤案的主角。他被控在一封信中向德国驻法武官出卖了有关新式武器的秘密。在证据不足的情况下被判刑，后被证实他是冤枉的。此案暴露了当时法国司法界的种种陋习。

儿就卡顿住了。

我焦急地走来走去,在人群中寻找马西米连诺。最后我找到了他,他没有穿着黎凡特中队海军上将的华丽制服,也没有穿着他临终时穿的骑兵将军的绿尾大衣,那是他乘坐勒西德号旗舰从土伦驶往墨西哥时穿的。眼前的他穿着一套普通的衣服,一件带有可拆卸下摆的长外套和浅色裤子,下巴靠在打着领结的高领衫上。鲁道夫和我虔诚地在他面前半圆形的人群中驻足。突然,我愣住了,在离我们几步远的第一排观众中,站着身穿白色连衣裙的比安卡,还是她的家庭教师陪着她,她也在聚精会神地凝视他。几天不见,她的小脸变得更加苍白,她忧郁的眼睛,黑黑的眼圈都充满了阴影,带着一种深深的哀怨表情。

她安然不动地站在那里,两只合拢的手藏在衣服的褶皱里,从严肃的眉毛下用悲悯的眼睛望着那座蜡像。我一见到她就心如刀绞。我不自觉地顺着她注视的方向看去,我看到马西米连诺的面容动了起来——像被唤醒了一样——他的嘴角微微一笑,眼珠光彩熠熠,开始在眼眶里打转,他那满是装饰品的胸膛里发出一声轻微的叹息。这不是奇迹的显灵,而只是一个简单的机械戏法。大公恰如其分地表现出整装待发的模样,在机械程序的控制下召开朝廷会议,像他在世时那样优雅而隆重。他现在打量着观众,眼神依次注视着每一个人。

他的目光在比安卡的眼睛上停留了一会儿。他畏缩又犹豫,艰难地吞咽着口水,仿佛想说些什么,但是过了一会儿,屈从于机械的限制,他继续用同样迷人而灿烂的微笑扫视着其他面孔。他有没有意识到比安卡的存在,他的内心有没有感受到悸动?谁知道呢?此刻的他甚至不是完整的自己，而仅仅是从前的他一个遥远的替身，被简化了很多，处于深深的虚脱状态。仅仅根据眼前的事实，我们必须承认，在某种程度上他是自己最亲密的血亲，在他死去这么多年的情况下，这次重塑甚至可能是最大限度地接近了他自己。在这次蜡像般的复活中，要成为真正的自己一定非常困难，一定有什么新的可怕的东西潜入了他的体内，一定有什么外来的东西从那个狂妄自大的疯癫天才的痴狂中分离出来了——现在这似乎使比安卡充满了敬畏和恐惧。哪怕是一个病入膏肓的人也会和之前有所不同，变得脱离原本的自我，更不用说一个被如此拙劣地复苏的人了。那么他现在对自己的骨肉有何反应？他假装快乐和虚张声势，继续扮演他的小丑帝国喜剧，华丽又虚假地微笑。难道他有很多东西要隐瞒吗？或者他是不是害怕那些在他和其他人按照医院的规定待在蜡像陈列室里的时候，负责看管他的工作人员？当他辛苦地被从某人的疯狂中提炼出来，净化了、治愈了、终于得救了，难道不会因为害怕可能会再回到混乱的境地而颤抖吗？

当我再次望向比安卡时，我看到她用手帕遮住了脸。她的家庭教师用一只胳膊搂住她，用那双珐琅色的蓝眼睛茫然地盯着她。我再也见不得比安卡的痛苦，我的心在无助地抽泣。我拉了拉鲁道夫的袖子，朝出口走去。

在我们背后，这位涂脂抹粉的长辈，这位年富力强的先人，继续向所有人展示他那气宇轩昂的帝王式敬礼：在乙炔灯的咝咝声和细雨飘落在帆布帐篷上的滴答声中，他甚至过分热情地举起手来，在几乎静止的寂静中，向我们飞吻。他用尽最后一丝力气，踮着脚尖站了起来，和其他久病缠身的人一样，渴望着死亡的降临。

在前厅里，浓妆艳抹的女收银员还想对我们说点什么，她的钻石和金牙在魔术帷幔的黑色背景下闪烁着咄咄逼人的光芒。我们走出去，进入一个雨露蒙蒙的温暖夜晚，屋顶上的雨水闪闪发光，排水管单调地发出汩汩的声响。我们在倾盆大雨中奔跑，路灯照亮我们的脚步，在大雨中踢踏起一阵喧嚣。

32

哦，深不可测的人心险恶，无所不用其极的地狱阴谋！到底在什么人的脑海里才会产生那么狠毒而邪恶的想法，竟然比最复杂的胡思乱想还要大胆出离？我越看透它的恶意，我就越惊讶于它的背信弃义，那是邪恶的天才在那个可怕的想法中轰然一闪。

所以我的直觉并没有让我误入歧途。在这里，就在我们眼前，在一种明显的合法性之中，在有各种条约保障的和平时期，却正在犯下这样令人毛骨悚然的罪行。一出阴沉的戏剧在完全的寂静中上演，它的行迹如此隐秘、如此周全，在那个春天天真无邪的氛围中，没有人能够捕捉它，甚至丝毫无法察觉它。谁能料想到，在那沉默不语、眼波流转的蜡像和谨慎精致、举止优雅的比安卡之间，正在上演一场家庭悲剧呢？比安卡到底是谁？我们最终要揭晓这个秘密了吗？如果她不是墨西哥正统皇后的后代，也不是那位在巡回歌剧舞台上以美貌征服了马西米连诺大公的平民妻子伊莎贝拉·德·奥格兹的后代，那她到底是谁呢？

如果她的母亲是那个被大公昵称为康奇塔的克里奥尔[①]小女孩，并且以这个名字走后门进入了历史的记载，那会怎么样呢？我在集邮册的帮助下能够收集到的关于她的信息仍然只有寥寥数语。

皇帝倒台后，康奇塔带着她的小女儿去了巴黎，在那里她靠遗孀的抚恤金生活，对她的皇室情人依旧念念不忘。在那里，历史失去了这位令人感动的人物的消息，取而代之的是道听途说和构想猜测。关于这个小女儿的婚姻和她随后的命运，人们一无所知。相反，在1900年，有一位气度不凡、异域风情的V夫人带着她的小女儿和丈夫用假护照离开了法国，前往奥地利。在奥地利—巴伐利亚边境的萨尔茨堡换乘火车去维也纳时，这家人被奥地利宪兵队拦住并逮捕了。值得注意的是，在审查了他们的假证件后，V先生被释放了，但他并没有设法让他的妻子和女儿同样获释。他当天就回到了法国，从此也销声匿迹。在那之后，故事就变得非常扑朔迷离。因此，当集邮册帮助我找到这位逃亡者的踪迹时，我的激动之情难以抑止。这完全是我自己的发现。我成功地确认了之前见到的V先生是一个高度可疑的人，他现在以一个完全不同的名字和身份出现在另一个国家。但是，先别急！关于这一点，我们不需要再说什么。只要比安卡的家族背景已经确定无疑就足够了。

[①] 这个名称在16—18世纪时本来是指出生于美洲而双亲是西班牙人的白种人，以区别于生于西班牙而迁往美洲的移民。

33

正史仅此而已,但官方的历史记载仍不完整。这里故意留有一些引人猜想的空白和长时间的停顿,让春天用它的幻想迅速将其填满。人们需要极大的耐心,才能在春天纷繁复杂、变幻莫测的事物中找到一丝真理的蛛丝马迹。我们可以通过对春天的短语和句子进行仔细的语法分析来找到一些线索。谁?谁的?什么?我们必须消除鸟儿们那些诱人的杂音——它们叫声里那些尖锐的副词和介词,那些轻浮的代词——如此才能慢慢地找到其中那些有用和有益的东西。这本集邮册是我寻找的指南针。愚蠢的,不分青红皂白的春天!它用一视同仁的成长覆盖一切,把金口玉言和痴人说梦混在一起,永远嬉皮笑脸、插科打诨。难道它也是和弗兰兹·约瑟夫一伙的吗?难道它和他之间有一个共同的阴谋吗?每一次稍有线索就立刻被上百个谎言和雪崩般的废话所掩盖。鸟儿们用错误的标点符号抹掉了所有的证据,掩盖了所有的痕迹。每一块空白和每一道裂缝都立即被繁茂的枝叶所填满,真理被围困在其中,走投无路。真理要去哪里避难,如果不是找到一个出其不意的地方,真理又能到哪里寻求庇护?于是它藏在集市售卖的历法和年鉴中,隐于乞丐和流浪汉的歌谣中,而这些奇思妙想都直接来源于那本集邮册。

34

经过许多个阳光充足的星期后,这一段时间又炎热又阴沉。天空变得像古老的壁画一样黑暗，在压抑的寂静中，云层隐约出现，就像那不勒斯画派①作品中惨烈的战场。在这些铅灰色积云的映衬下，粉笔一样洁白的房屋在飞檐和壁柱的阴影下闪烁着亮泽的光。人们低着头走路，他们的情绪阴沉而紧张，就像一场充满静电的暴风雨来临前一样。

比安卡再也没有在公园里出现过，她显然受到严密监视，被禁止外出，他们一定是嗅到了危险。

我在城里看到一群身穿黑色晨衣、头戴高帽的绅士，迈着外交官般尊贵的步子穿过集市广场。他们的白衬衫在铅灰色的空气中耀眼醒目。他们默默地看着周围这些房子，仿佛在内心评估它们的价值，然后迈着缓慢而有节奏的步伐走过去。他们的脸上留着煤黑色的胡子，一双明亮而富有表情的眼睛在他们的眼眶里平稳地转动，好像上过油似的。他们时不时地脱下帽子，擦一擦前额和眉毛上的汗水。他们都是中年人，保持着体形瘦削，身材高大，有着黑帮分子似的冷峻面孔。

35

天空变得黯淡、多云，阴沉沉的。一场遥远的、潜在的风暴日夜潜伏在地平线上等待，当它到来，绝对不会仅仅是一场倾盆大雨，而是必然掀起一番极度的肆虐。在宏大的寂静中，一阵阵臭氧的气味不时穿过钢铁般凝滞的空气，带着雨水潮湿的气息和湿润清新的微风。

---

① 文艺复兴时期的一种绘画流派，代表人物萨·洛撒，善于创作风景画、肖像画、历史画，具有浪漫主义气息。

后来，花园里充满空气巨大的喘息声，叶子也匆忙地生长，日日夜夜不眠不休地生长。所有的旗帜都沉重而昏暗地垂下来，在浓密的气场中无助地倾泻出最后的一道道色彩。有时在街头有人转过半张脸望向天空，像在黑暗中做出一个切口，露出一只跳动着惊惧光焰的眼睛，倾听着天空的隆隆声和掠过云朵的电流的寂静。而空中颤抖的、黑白相间的燕子像利箭一样划破了苍穹的茫然。

厄瓜多尔和哥伦比亚正在作着战前动员，在不安的寂静中，穿着白色长裤、胸前系着白色飘带的步兵队伍集结在码头。智利的独角兽昂头站立，人们可以在傍晚看到它映在天空上的轮廓，这只可怜的动物，被吓得一动不动，蹄子悬在空中。

36

日子在阴暗和忧郁中越陷越深。天空将自己遮挡严实，低低地悬挂，笼罩着世界，好像正在孕育一场昏天暗地、无限威胁的暴风雨。干枯而斑驳的大地正屏住呼吸，只有花园还在疯疯癫癫、醉醺醺地继续生长、发芽，用清凉的绿叶填满所有自由的空间。（肥厚的花蕾黏糊糊的，像令人发痒的皮疹，溃烂又疼痛，现在它们正在用凉爽的叶子进行自愈，形成叶子的伤疤，回复绿色的健康状态，无限繁殖、不计其数。绿油油的树下，连布谷鸟孤寂的呼唤，也听不见了。它们遥远的声音现在从茂密的树丛中隐隐地响起，为快乐的树叶洪流所冲淡。）

为什么那栋房子在昏暗的景色中熠熠生辉？随着繁华喧闹的公园变得越来越暗，房子上的白色粉饰在没有阳光的空气中变得锐利刺眼，灼热的泥土反射出炽烈的光,仿佛一瞬间就把传染病的发热点泼溅到了地面上。

几只小狗仰起鼻子,头晕目眩地跑着。它们又疯狂又兴奋,在毛茸茸的绿色丛中努力地嗅着什么。某些神圣的启示和宏大的事件正准备从这些阴天密不透风的封锁中迸发出来。

我也在绞尽脑汁地猜测到底是什么事件能与这巨大电荷中所包含的消极期望相匹配,有什么神迹能与这灾难性的低气压相媲美。

正是这件尚未可知的事情将大自然变成一个开放的空槽,尽管花园里有着最迷人的丁香花气味,却永远无法填满它。

37

黑人,成群结队的黑人来到了城里!人们曾在这里和那里看到他们,他们的身影无处不在。他们三三两两地在街上乱跑,冲进杂货店,哄抢食物。他们笑逐颜开,互相打闹,嬉皮笑脸地翻着白眼,嘴里叽里呱啦地说着话,露出洁白闪亮的牙齿。民兵还没来得及动员起来,他们就又跑得无影无踪了。

我已经感觉到,有一件事情正在不可避免地靠近,那是连日以来盘旋在天际的风暴即将下凡的结果。直到现在我才意识到我一直猜测了很久的东西是什么:春天是在宣告,黑人即将到来。他们从哪里来的?为什么一群群穿着条纹棉睡衣的黑人突然出现在这里?是伟大的巴纳姆[①]在附近开了他的马戏团，带着各路奇人异兽和妖魔鬼怪在巡演吗？他的大篷车，挤满了热热闹闹的兽群和喋喋不休的杂耍演员，正停在我们附近吗？肯定不是。巴纳姆离我们很遥远。我有我的怀疑，但我不会透露一个字。为了你，比安卡，我会保持沉默，任何酷刑都不会让我招供。

38

那天，我庄严凝重地慢慢穿好衣服。终于，在镜子前，我强作镇静地摆出一副平和而坚定的表情。我小心地给手枪上膛，然后把它塞进裤子的后兜。我又向镜子里瞥了一眼，用手拍了拍我上衣胸前的口袋，那是我藏文件的地方。我已经准备好去会会那个人了。

我感到非常从容和坚定。比安卡的未来危在旦夕，我愿意为她赴汤蹈火！我决定不向鲁道夫吐露心声。我越了解他，就越觉得他是一个庸俗的人，无法超脱鸡毛蒜皮的小心思。我已经受够了他的脸，时而因惊恐错愕而冻结凝重，时而因我的每一次新发现而嫉妒得面如土色。

我陷入沉思，快速地走过了很短的一段距离。当我身后巨大的铁

[①] 巴纳姆是著名的马戏艺人，他初期的游艺事业以畸人异物为主，演员多是一些怪人，如侏儒、长胡须的女人、文身人、连体双胞胎等。1870年，他联合经验丰富的马戏团经理库普组织大型巡回节目：博物馆、动物展览、有篷马车、杂技场，加上柯斯蒂罗的特技表演、走绳索、小丑。1871年4月10日在布鲁克林开幕后，此"伟大的世界巡回博览会"即带着五百人、两百匹马及一列篷车队巡回演出，开启其事业巅峰。

门在压抑的震动中哐啷一声关上时,我立刻进入了一个新的地带,和外界有着完全不同的气候、完全不同的气流,像是一个伟大的年份里阴凉而陌生的地域。黑色的树枝伸向另一个抽象的时空,它们分叉的、光秃秃的树冠在另一个陌生地区的惨淡天空下勾勒出影影绰绰的轮廓。林荫大道已经封闭。在广阔的天空中,鸟儿的叫声变得柔和,划破了长久的寂静。一种沉重的寂静蔓延成灰色的凝思,变成一种巨大、闪动、漫无目的地游移的苍白。

我抬头挺胸,冷静而沉着地请求向里面通传我的名字。有人带我进入一间黑暗的大厅,这里散发出一种静谧奢华的气息。花园的空气穿过一扇开着的高大窗户,送进来和煦温暖的波浪。这些柔和的气流从起伏不定的飘逸窗帘间穿行而过,点石成金般地为室内的物品都赋予了鲜活的生命力。在一个带玻璃门的柜子里,一排排的威尼斯平底酒杯悄悄唱起了和音,墙纸上的树叶婆娑摇动,发出银铃般的响声,令人心头一紧。

奇怪的是,室内古老的装饰竟然能够勾画出他们黑暗动荡的过去,能够在沉寂中唤醒过去的历史,能够在无限的变化中再现与曾经同步的情形,只不过被墙纸和挂饰之间毫无因果的辩证关系搅得颠三倒四、黑白混淆。终于,这场压抑的沉默、被玷污和被打击的情绪,此刻统统发酵成激烈的兴师问罪和推诿指责。何须隐瞒?在这里,一夜又一夜地注射秘密药物,来缓解过度的兴奋和高热的发作,而墙纸上则反射出想象中宁静的风景和远处朦胧的水岸涟漪阵阵的幻象。

我听到一阵脚步声。在一个男仆的引领下,一个男人走下了楼梯。

他身材矮小，但体格结实，没有什么多余的动作，宽大角框眼镜上的反光使我无法看清他的眼睛。这是我第一次近距离地面对他。他看起来难以捉摸，但我不无得意地注意到，在我说了第一句话之后，他的脸上拧出了两道忧虑和苦涩的皱纹。当他在眼镜后面把自己的脸伪装成一副非常傲慢威严的面具时，我可以察觉有一丝惊慌正慢慢地爬上他的心头。他渐渐对我感兴趣起来，从他聚精会神的神情中可以明显看出，他终于开始把我当回事了。他邀请我到隔壁的书房里去。当我们进去的时候，一个穿白衣服的女人从门口迅速闪开，转眼就消失在房子里，我猜测她之前定是一直在外面偷听，会是比安卡的家庭教师吗？当我进入书房，我觉得自己好像进入了一片山水丛林。昏暗的绿色暮光为窗户上的威尼斯百叶窗帘水汪汪的阴影所笼罩，割裂成一道道的光晕。墙上挂满了各种植物的图谱和标本，五颜六色的小鸟在大笼子里翩翩起舞。大概是想拖延时间，他给我看了挂在墙上的原始武器标本——飞镖、回旋镖和战斧，我敏锐的嗅觉嗅到了箭毒草的气味。

当他拿着一把原始的战戟时，我提醒他要小心，同时拿出我的手枪以示警告。他苦笑了一下，有点尴尬地把武器放回原处。

我们在一张很大的黑檀木桌子前坐下。我谢绝了他递给我的雪茄，告诉我不抽烟。我的谨慎节制显然给他留下了深刻的印象。他耷拉着的嘴角叼着一支雪茄，用一种并未激发出自信的友好目光看着我。然后，他翻着支票簿，突然提出了一个折中方案，抛出一个四位数的金额，这时他的眼球却在眼角打转。我脸上轻蔑的微笑使他突然改变了话题，他叹了口气，打开了一本大账簿。他开始解释他的状况。虽然我们说的每一句话都与比安卡有关，但她的名字却一次也没有被提及。我一动不动地看着他，嘴角上嘲讽的微笑从未收敛过。最后，他精疲力竭，向后瘫倒在椅子上。

"你太固执了，"他自言自语地说，"你到底想要什么？"

现在轮到我表态了。我尽量慢条斯理地说，努力克制着我内心澎湃的激情，这让我憋得脸颊通红。我颤抖的声音几次提到马西米连诺这个名字，并且加重语气强调它，这时我注意到对手的脸色逐渐变得苍白。最后我喘着粗气说完了，他还在崩塌的震撼中没有回过神来。他已经无法控制自己的表情，他的脸上突然显现出颓丧的苍老和疲惫。

"我想知道你的决定，"我最后说，"我想知道你是否真的了解最新的事态，是否准备采取点行动来应对这新的情况。我想要的只有事实，除此之外，别无他求……"

他伸出颤抖的手去够房里的呼唤铃，我举起手来制止他，我的手指按在扳机上，从房间里向外退去。到了门口，仆人把帽子递给我。我发现自己站在一个沐浴着阳光的露台上，我的眼睛里仍然充满了从屋里带出来的暮色的旋涡。我走下楼，头也不回地离开了，心里却在扬扬得意，我确信不会有刺客的枪从那座宅邸紧闭的百叶窗后面瞄准我。

39

这些重要的事情，最高级别的国家事务，迫使我现在要和比安卡频繁地进行秘密会谈。我一丝不苟地为每次谈话做准备，坐在书桌前研读比安卡的家谱，时常钻研到深夜。随着时间的流逝，夜晚在敞开的窗上迟疑地逗留，慢慢变得更加深邃、更加庄严——这暗示着更深露重的午夜降临——最后以一声无奈的叹息卸下自己所有的防备。黑暗的房间悠长、缓慢地呼吸着公园里的空气，吹拂蓬松轻柔的种子和花粉，那些安静的毛茸茸的飞蛾，轻轻地绕着墙壁飞舞。墙纸因为恐惧而汗毛竖立，夜凉如水的狂喜和天马行空的幻想开始了，在五月的一个午夜过后，恐慌和愚蠢的骚动也开始了。当我俯身于各种卷宗工作到深夜时，暗夜里透明细微的昆虫和浮游生物落在我身上，蚱蜢和蚊子落在我的纸上——像吹制的玻璃花体字、纤细的字母组合、夜晚发明的阿拉伯式图案——然后它们变得越来越大，越来越魔幻，像蝙蝠或吸血鬼一样巨大。

  在这样无边无际的夜晚，空间失去了它的意义。我被一圈亮闪闪的小飞虫包围着，手里终于准备好了一摞材料，朝着一个未知的方向走了几步，就走进夜晚的一条死胡同。那条胡同的终点不是别处，一定会是一扇门，就是比安卡房间那扇白色的门。我按了一下把手，门就应声打开，我走进去，就像从一个房间跨到另一个房间。当我迈过门槛时，我的黑色宽边帽檐像被风吹动一样飘起来。当我把一个装满秘密文件的公文包贴在心口时，我那精心地打了漂亮结扣的领带在风中噼啪作响。我感觉自己已经从夜晚的门廊步入了夜晚的最深处。夜晚的空气是多么的浓醇甘洌！这里是夜之森林的幽深腹地，这里是散发着茉莉花香的夜之核心。

  夜晚就在这里开始了它真正的故事。床头亮着一盏粉红色灯罩的大灯。在一扇敞开的大窗户下，比安卡躺在巨大的枕头上——像是漂浮在夜间的潮水里——沐浴在粉红色的光辉中。比安卡倚着她白皙的小臂在看书。我深深地向她鞠躬，她从书本上抬起眼睛迅速瞥了我一下作为回应。从近处看，她的美丽是温润内敛的，反不如远观时那么惊为天人。带着亵渎神灵的喜悦，我注意到她的鼻梁不是特别高挺优雅，肤色也谈不上完美无瑕。虽然我知道她是怕我会紧张过度而张口结舌，才心怀悲悯地尽量控制着自己的魅力，但我还是松了一口气。于是，她的美丽又在这一小段距离的媒介中重新绽放，又变得令人充满痛苦，那无与伦比的魅力简直超出了我能承受的极限。

在她的首肯下，我坐到她的床边，拿出我准备好的文件开始向她报告我的各种推论。透过比安卡身后那扇敞开的窗户，可以听到外面树木疯狂摇动的沙沙声。树木的队列从我们身旁经过，穿墙入室，蔓延开来，变得包罗万象、无处不在。比安卡有点心烦意乱地听我说着话。与此同时，她并没有停止看书，这令我十分恼火。她让我对每一件事进行彻底的论证，并且列举正反方面的论据，然后，她终于把眼睛从书上抬起来，有点心不在焉地忽闪着眼皮，做出了一个快速、敷衍但恰当得惊人的决定。我专心致志地听着她的话，仔细地分析她说话的语气，以便理解她隐藏的意图。然后我谦恭地把种种文件递过去请她签字，比安卡又低垂下她的眼睛，睫毛投下了长长的阴影，并且在我也签上名字的时候用略带讽刺的表情看着我。

也许午夜过后，时间已晚，不利于专注研究家国大事。夜晚已经抵达了它最后的边界，即将解体消散。在我们谈话时，房间的幻象消失了，实际上我们现在身处森林的核心地带，每一个角落都长着一簇簇蕨类植物，在床的后面，一排排灌木丛生机勃勃地纠缠在一起。大眼睛的松鼠、啄木鸟和各式各样的夜间生物从枝繁叶茂的墙壁里钻了出来，瞪着亮晶晶、鼓溜溜的眼睛，一动不动地望着灯光。在某个时刻，我们已经进入了一个常规之外的非法时间，进入了一个难以控制的夜晚，在这样的环境里，很容易受到各种激烈、疯狂情绪的影响。现在发生的事情并不算数，仅仅都是些鸡毛蒜皮的小事、鲁莽乖张的怪癖和夜间轻浮无聊的嬉戏。这一定是比安卡的行为发生奇怪变化的原因。她，平时总是那么沉着和严肃，是完美和自律的化身，现在变得异想天开、摇摆不定、难以捉摸。那些文件被摊在她平整的床单上，比安卡漫不经心地拿起它们，看了一眼，然后又松开手指让它们随意地滑落。她噘着嘴，头枕着白皙的胳膊，对之前的决定产生了深深的迟疑，让我不安地等待。要不然，她就转身背对我，用手捂住耳朵，对我的恳求和劝说置之不理。最后，她一言不发，从被子下踢起一脚，所有的文件都滑落到地板上。她睁大眼睛，在枕头上从她胳膊的缝隙里俯视我蹲下身子，小心翼翼地从地上捡起那些纸，轻柔地吹走掉落在上面的松针。她这些奇思妙想的举动本身相当迷人，但并没有让我变得轻松，为她摄政的任务依然艰难而沉重。

在我们谈话的过程中，森林里的婆娑树影和茉莉花的清新香味在房间里激发出我们对更多风景的幻想。无数的树枝和灌木、整个森林的幽深景色，都在我们面前一一掠过。我们发现自己置身于一辆火车上——一辆夜间的森林列车——在城市森林覆盖的远郊峡谷中缓慢行驶。此刻,车厢里吹过一阵沁人心脾的微风。一位掌着灯的售票员不知从哪儿冒了出来——可能是从树林中钻出来——用他手中的机器为我们检票。黑暗越来越幽深,森林中气流的穿透力也越来越强。比安卡的眼睛闪闪发亮,脸颊红润,一个迷人的微笑撬开了她的双唇。她想向我倾诉吗?透露她的秘密吗?比安卡谈起叛国罪来,她的脸因极度的兴奋而烧得通红,眼睛因一阵狂喜而眯成一团。她像蜥蜴一样蜷缩在床单下,指责我背叛了最神圣的使命,她固执地用她那眯缝的眼睛甜美地注视着我此刻苍白的脸。

"去吧,"她专注地低声说,"去吧。你将成为他们中的一员,那些黑人中的一员……"

当我绝望地把手指放在嘴唇上做出恳求的姿态时,她的小脸突然变得刻薄而恶毒起来。

"你这种死板的忠诚和使命感简直太可笑了。天知道你为什么自以为是地觉得自己至关重要,甚至不可或缺。如果我当初选择了鲁道夫是不是会更好呢?其实比起你,我更喜欢他,你这个无聊的书呆子。啊,起码他会乖乖听话,甘心跟着我去犯罪,不惜为我粉身碎骨!"

接着,她又换上一副胜利者的表情,问我说:"你还记得伦卡吗?那个你小时候和她一起玩耍的,洗衣妇安东妮娅的女儿?"

我迷惑不解地打量着她。

"那就是我,"她咯咯地笑着说,"只不过那时我还是个小男孩。那时你喜欢我吗?"

一瞬间,从春天的核心,释放出一种腐朽落没、邪恶放荡的东西。

哦，比安卡，我的比安卡，难道你也要让我失望吗，你真的这么想吗？

我可不想过早地暴露我的底牌。我下了太高额的赌注，万万不敢冒险。我已经很久没有向鲁道夫汇报事态发展了。此外，他的行为最近也发生了变化。嫉妒曾经是他性格中最主要的特征，现在已经被某种宽宏大量所取代。现在，每当我们偶然相遇时，他局促的手势和笨拙的话语中都流露出一种热切而尴尬的友好，而从前，在他既沉默又暴躁、既矜持又期待的表情下，至少有一种强烈的好奇心，一种对这件事最新细节的急切渴望。现在他变得异常平静，似乎对我可能要说的话不感兴趣。这对我很受用，因为每天晚上我都要参加蜡像展内非常重要的会议，而这些会议的内容必须要暂时保密。工作人员被我慷慨提供的酒水弄得昏昏沉沉的，在他们的小房间里，睡得几乎不省人事。而我则在几支冒烟的蜡烛照耀下，与尊贵的展品同伴们促膝长谈。他们当中有一些皇室成员，与他们谈判绝非易事。他们从过去保留了一种现在已无处施展的勇敢本能，一种随时准备在某种原则的烈火中燃烧、把自己生命置之度外的勇气。那些曾经照耀他们生活方向的理想，在日常生活的琐碎中一个接一个地被质疑和摒弃，他们心中的火焰已经被无情地浇灭。他们站在这里，看起来一无是处，内在却充满了未曾爆发过的能量，他们的眼睛疯狂地闪烁，等待着去完成他们最后角色的指示。当他们如此毫无防备又毫无招架之力的时候，要想给他们一点错误的提示，随便提出一些什么想法是多么轻而易举啊！当然，这倒是个省事的做法。然而，要真正地触及他们，点燃他们身上兴趣的火花又是极其困难的，因为他们已经变得如此空洞冷漠，华而不实。

为了把他们唤醒，我可费了不少劲。他们都躺在床上，面色苍白，呼吸困难。我不得不俯身向他们每个人，低声说出至关重要的密语。那些话会像电流一样直击他们的心灵，他们就会偷偷地睁开一只慵懒的眼睛。他们害怕那些工作人员，就总是假装聋子或死人。只有当他们确信只有我在时，才会从床上爬起来，缠好绷带，整理好七零八碎的身体部件，默默地组装起他们的木头四肢和仿制内脏。一开始他们对我也并不信任，还想重操老一套的旧把戏。他们不能理解为什么会有人要向他们提出各种各样的要求。就这样，他们无所适从地呆坐着，不时地呻吟。他们都是曾经显赫的人，是人类史上的朵朵骄傲之花：德雷福斯、加里波第[1]、俾斯麦[2]、维托里奥·埃马努埃莱一世[3]、甘必大[4]、马

---

[1] 朱塞佩·加里波第（1807—1882），意大利爱国志士及军人。他献身于意大利统一运动，亲自领导了许多军事战役，是意大利建国三杰之一（另两位是撒丁王国的首相加富尔和创立青年意大利党的马志尼）。而由于在南美洲及欧洲对军事冒险的贡献，他也赢得了"两个世界的英雄"的美称。
[2] 俾斯麦（1815—1898），劳恩堡公爵，普鲁士王国首相（1862—1890），德意志帝国首任宰相，人称"铁血宰相""德国的建筑师""德国的领航员"。俾斯麦是19世纪德国最卓越的政治家，担任普鲁士首相期间通过一系列铁血战争统一德意志，并成为德意志帝国第一任宰相。
[3] 维托里奥·埃马努埃莱一世（1798—1849），萨伏伊公爵和撒丁国王。1802登基，此后12年间，他在卡利亚里统治撒丁尼亚，并组建作为意大利军队一部分的宪兵团队。1814年，他得到了原属于热那亚共和国的领地，这些地方也成为撒丁尼亚的海军基地。1819年，他成为詹姆斯党王位继承人。1821年传位给其弟卡洛·费利切。
[4] 莱昂·甘必大（1838—1882），法国第二帝国末期和第三共和国初期著名共和派政治家。资产阶级共和党人。

志尼①，还有许多其他人。最难以说服的是马西米连诺大公本人。

当我在他耳边低声念叨比安卡的名字时，他只是眨了眨眼睛，脸上没有出现一丝波澜。只有当我清清楚楚地说出弗兰兹·约瑟夫这个名字的时候，他的脸上才露出一种疯狂的狰狞，但这纯粹是一种条件反射，与他内心的真实感情已无关联。那种特殊的情结早就从他的意识中消失了，要不然他怎么能忍受，他，这个在克雷塔罗②被血腥处决之后才被拼凑起来的人，怎么能够忍受这燃烧着的仇恨？从一开始我就必须叫他回忆起自己这一生。他的记忆力很差，我不得不试图激发起他潜意识里隐约闪现的感情。我给他灌输了爱与恨的元素，可往往到了第二天晚上他就已经什么都不记得了。他那些感悟力更好的同伴也尝试帮助他，促使他做出应有的反应。唉，对他的重塑只能一步一步慢慢地推进。他一直被人忽视，内心受到工作人员的践踏和蹂躏，然而尽管如此，我终于成功地使他在听到弗兰茨·约瑟夫的名字时拔出他的长剑，甚至有一次，他差点就刺伤了来不及躲闪开的维托里奥·埃马努埃莱一世。

事实上，在这蓬荜生辉的集会上，大多数人都比那笨拙、倒霉的大公更热切、更迅速地吸收了我的想法。他们的热情是无限的，我不得不使出浑身解数来约束他们。很难说他们是否完全理解了其中的含

---

① 马志尼（1805—1872），统一的意大利的缔造者之一，历史学家说："意大利的统一，归功于马志尼的思想，加里波第的刀剑和加富尔的外交。"
② 克雷塔罗市（全称克雷塔罗－圣地亚哥市），位于墨西哥首都墨西哥城西北220公里处，克雷塔罗州首府为墨西哥的地理中心。

义，明白了他们要为之奋斗的理想，其实他们也并不关心个中是非曲直。他们注定要在某种原则的火焰中熊熊燃烧，由于我的缘故，他们获得了一个信条，他们醉心于此，可以为之欢欣鼓舞地战斗至死。我用催眠术让他们平静下来，耐心地教他们如何保守秘密。我为他们的进步感到无比骄傲。试问哪一位领袖曾有过如此杰出的下属，如此激情的将领，由天才组成的卫队？尽管他们都可能是残废！

最后的时刻终于来临，在一个风雨交加的夜晚，一切准备就绪、整装待发。闪电划破天空，刺破地壳，露出血淋淋的、令人恐惧的地球内部，接着又把它关上了。然而，随着树木的呼号、森林的倒退、视野的变化，世界仍在继续变化。我们在夜幕的掩护下离开了展会。我走在这支激情澎湃的队伍前面，在猛烈的跛行和咔嗒声、拐杖和金属的碰撞声中雄壮地前进。闪电舔舐着寒光凛凛的剑刃。我们跌跌撞撞地走到了别墅的门口，我们发现门开着。我担心会有埋伏，于是下令点燃了火把。空气被燃烧的树脂碎片染成红色，受惊的鸟儿飞向天空，在孟加拉火光的映照下，我们清楚地看到了别墅，它的露台和门廊被明炽的火焰照得通亮，屋顶上飘着一面白旗。我被一种不祥的预感击中，带着我的战士们走进了院子。别墅的总管出现在露台上，他鞠了一躬，从那屹立如山的楼梯走下来，犹犹豫豫地来到我面前，显得手足无措。我用剑指着他。我忠诚的部队一动不动地站着，高举着冒着烟的火把，在寂静中可以听到火焰的噬噬声。

"V先生在哪儿？"我问。他无助地摊开双手。

"他已经走了，先生。"他回答说。

"我们等着瞧吧。公主在哪里？"

"公主殿下也走了，他们都走了……"我没有理由怀疑他的话，一定是有人出卖了我。没有时间可以浪费了。

"整队上马！"我大喊着，"必须把他们截住！"我们闯进马厩，在燥热的黑暗中找到了马。不一会儿，我们都骑上了身强体壮、嘶鸣铿锵的骏马。我们组成了一支长长的疾驰队列，闯到了公路上。

"穿过树林朝河边走。"我命令道，队伍拐进了一条森林小径。森林吞没了我们。我们在各种嘈杂的声浪和被惊扰的树影中骑行，手中的火把照亮了队伍脚下的路线。混乱的思绪掠过我的脑海——比安卡是被绑架了呢，还是她出身卑微的父亲终于推翻了她母亲的血脉之声和我徒劳地灌输给她的使命感呢？小路变得越来越窄，最终变成了一个峡谷，在峡谷的尽头有一大片森林空地。在那里，我们终于赶上了他们。看见我们追来了，他们停下了马车。V先生下了车，双臂交叉放在胸前。他向我们走来，他的眼镜在火光中闪着深红色的光。十二把明晃晃的剑直指着他的胸膛。我们无声地围成一个大半圆，小步向马车靠近。为了看得更清楚，我用手遮住了眼睛上方倒映的火光。马车被火把照亮了，我看到比安卡，脸色如同死一般的苍白，鲁道夫和她坐在一起，他握着她的手，把它贴在胸前。我也缓缓地下马，跟跟跄跄地走向马车。鲁道夫站起身来，好像想出来和我说点什么。

我在马车旁边停下来，转头看向跟在我身后的队伍——他们已经摆好剑拔弩张的姿态——我说道："先生们，很抱歉让你们白白走了这一遭。这些人自由了，如果他们愿意，可以继续赶路，我们不必阻拦。

不要伤害他们，请让他们毫发无损地全身而退。你们已经尽了责，先生们，现在请收剑入鞘吧。我不知道，对于那个我让你们为之奋斗的信念，你们理解得有多透彻，也不知道这个信念到底在多大程度上激发了你们的战斗力。正如你们所看到的，这个信念现在一败涂地。可我相信，就你们而言，可以挺过这次失败的痛苦，因为在此之前你们已经挺过来一次了，每个人都曾经历过信念的破灭，现在你们已坚不可摧。对我来说嘛……不提也罢。但我却不希望你们以为——"说到这里，我转向马车里的两人，"你们不要以为，我对于眼前的形势完全没有准备，事实并非如此，我早就预料到了这一点。如果我长期坚持错误的想法，不愿意睁眼看看现实，那只是因为我无法掌控超出自己能力范围的事情，也没有能力公开地把控事情的发展。我想继续扮演好命运分配给我的角色，我想完成我的任务，继续忠于我篡夺来的使命。因为，我现在必须遗憾地承认，尽管我的野心激励着我，但我只是一个篡位者。在我的盲目中，我解读这个文本，阐释上帝的意志，我误解了那些我在集邮册的书页上找到的寥寥无几的痕迹和暗示，并且深信不疑。不幸的是，我把它们编织成了我自己的战衣。我把自己的喜好强加给了这个春天，设计了自己的程序来解释它的盛大繁荣，并妄图驾驭它，根据我自己的思想来指导它。春天纵容了我一段时间，它耐心而冷漠，几乎没有注意到我的折腾。我把它的无所谓看作对我的宽容，是鼎力相助，甚至是同谋共策。我以为我能比春天本身更好地解读它最本质的特征、体会它最深刻的意图，我能读懂它的灵魂，或者预见它由于过分宏大而无法表达的东西。我忽略了它狂野和无拘无束、独立自主的所有迹象,我忽略了它的暴力和不可估量的躁动。"

"我的狂妄自大竟然到了这种程度,我甚至敢于窥探最高权力层的国家事务,先生们,我甚至动员你们,来对付造物主。我滥用了你们对信念的接受能力,滥用了你们高尚又轻付的信任,以便在你们心里灌输一种错误的、颠覆性的信条,利用你们炽热的理想主义来施行一件轻率鲁莽的事情。我不确定,对于雄心壮志所驱使的最高职责,自己是否是个可胜任的人选。我可能只是被召来启动这一切,之后就被抛弃了。我的行为已经超出了我的能力范围,但这也是可以预见的。事实上,我从一开始就知道自己的命运。我的命运和那个不幸的马西米连诺一样,就是亚伯①的命运。可能有那么一刻我的牺牲对上帝来说似乎是甜蜜和愉悦的,而你的机会似乎是零,鲁道夫。但该隐②总是赢家。这种掷骰子的概率游戏,我从来占不到便宜。"

就在这时,远处的一声爆炸送来震荡的气浪,一柱火光从森林上空升起,在场的人都转过头张望。

"冷静点,"我说,"那是蜡像展着火了。在我们离开之前,我在那里留下了一桶点着导火索的火药。尊贵的先生们,你们失去了家园,现在无家可归,希望这不会对你们造成太大的困扰。"

---

① 亚伯,《圣经》中的人物,该隐的弟弟,因遭到哥哥嫉妒而被杀害。该隐和亚伯代表世界上两种人,该隐代表犯罪而自以为正义的人,亚伯代表有真诚信心而敬畏神灵的人。
② 该隐,《圣经》中的人物,名字意为"得到"。杀亲者,是世界上所有恶人的祖先。人类祖先亚当以及妻子夏娃最早所生的两个儿子之一。该隐为兄长,因为憎恶弟弟亚伯的行为,而把亚伯杀害,后受上帝惩罚。

但是这些曾经强大的英雄，这些人类的领袖，却沉默地站着，无助地翻着白眼，在远处耀眼的火光中痴狂地保持着战斗队形。他们面面相觑，眨着眼睛，不知所措。

"陛下，"我对马西米连诺大公说，"你错了。也许你也有狂妄自大的毛病。我没有权利代表你去改变世界。也许这也不是你的本意。毕竟，红色只是一种颜色，和其他颜色相比也并没有什么特殊的，而且只有所有颜色融在一起才能构成整合的剔透光芒。请原谅我滥用你的旗号来达到与你毫不相干的目的。弗兰茨·约瑟夫一世万岁！"

大公听到这个名字浑身发抖，伸手去拿佩剑，但他犹豫了一瞬间，又重新考虑了一下。此刻，他那涂了脂粉的双颊变得更加红润，嘴角翘起，眼睛开始在眼眶里转动，然后，他迈着很有风度的步子，带着容光焕发的微笑，帝王临朝般地在人群之间来回走动。他们感到愤慨，骂骂咧咧地从他身边走开了。在这个不合时宜的时刻，宫廷礼仪的复兴给人留下了最糟糕的印象。

"别这样，陛下，"我说，"我丝毫不怀疑你已经把宫廷礼仪谙熟于心，但现在不是讲究这些的时候。尊贵的先生们，还有你，我的陛下，我要向你们宣读我的退位令。我完全放弃了，我要解散这个三巨头的执政团体，我要放弃摄政权而全力支持鲁道夫。你们，高贵的先生们，"在这里我转向我的队伍，"现在可以走了。你们的意图很好，我以我们废黜的信念的名义由衷地感谢你们，"眼泪涌上我的眼睛，"尽管一切……"

就在这时，附近响起了一声枪响，我们都把头转向那个方向。V

先生站在那里，手里拿着一支冒着烟的手枪，身子僵直地歪向一边。他的表情痛苦而扭曲，然后摇摇晃晃地扑倒在地。

"父亲，父亲！"比安卡尖叫起来，扑倒在那个奄奄一息的人身上。混乱随之而来。加里波第经验丰富，对各种伤势了如指掌，他俯身检验，发现子弹刺穿了V先生的心脏。皮埃蒙特国王①和马志尼小心地把他抬起来，放在担架上。比安卡抽泣着，鲁道夫在旁边搀扶着她。就在这时，出现在树下的黑人围住了他们的主人。"马萨，马萨，我们善良的马萨。"他们齐声高呼。

"这一夜可真要命！"我哭道，"这场悲剧还没有彻底结束。但我必须承认这是我始料未及的。我冤枉了他。事实上，他的胸中跳动着一颗高尚的心。我要在此撤销我对他的误判，那显然是目光短浅的偏见。他一定是个好父亲，对他的仆从们来说又是个好领袖。这么看来，我对这件事的推测也失败了，但我毫不遗憾地承认这一点。鲁道夫，你有责任安慰比安卡，用你加倍的疼爱，替代她的父亲去照顾她。你们可能想把他的遗体带上船，那么现在，我们要列队向港口进发。我已经听到汽船的汽笛声了。"

比安卡回到马车里，我们也纷纷上马。黑人们把担架扛在肩上，我们都朝港口走去。骑兵的队列跟在他们悲戚的身后。在我讲话的时候，风暴已经减弱了，火光在树林中劈开了一条又深又长的裂缝，转瞬即逝的黑影在我们背后形成了一个幽深的半圆形。最后我们离开了

---

① 此处指上文中的维托里奥·埃马努埃莱一世。

森林，可以依稀望到远处的汽船和它的巨桨。

没什么可补充的了，故事已经接近尾声。伴随着比安卡和黑人们的哭泣，V先生的尸体被抬上了船。于是我们最后一次重整了队伍。

"还有一件事，鲁道夫，"我一边说，一边抓住他夹克上的一颗纽扣，"你现在要作为一大笔财产的继承人离开了。其实这本与你无关，为这些无家可归的英雄提供晚年生活的保障该是我的任务，但很不幸，我是一个穷人。"

鲁道夫立刻伸手去拿支票簿。我们私下进行了简短的讨论，很快达成了一致。

"先生们，"我对我的将士们说道，"这位慷慨的朋友决定对你们给予补偿，因为我剥夺了你们的生计，毁坏了你们的栖身之所。在发生了这些事情之后，没有一个蜡像馆会接纳你们，尤其是当下，竞争非常激烈，恐怕你们不得不放弃一些雄心壮志。相反，你们将成为自由的人，我知道，这会比其他报偿更吸引你们。遗憾的是，由于你们没有接受过任何实际工作的训练，注定要做的是纯粹的表演工作，我的这位朋友捐了一笔钱，足够购买十二台黑森林牌手摇风琴。你们将遍及世界各地，为了人们的欢乐而演奏。音乐由你们来随心选择。既然你们不是真正的德雷福斯、爱迪生和拿破仑，还何须拐弯抹角呢？你们可以继续冒充这些名字，因为也没有更适合的称谓。现在你们要壮大那些前辈的队伍，随着你们的加入，那些无名的加里波第、俾斯麦和麦克马洪①的人数将再一次增加——他们本就人数众多，默默无闻地游荡在世界各地。在你们的心灵深处，你们会永远保持自己的本色。现在，亲爱的朋友和尊贵的先生们，让我们一起祝福这对新婚夫妇：鲁道夫和比安卡万岁！"

"鲁道夫和比安卡万岁！"他们也齐声高呼。

黑人们在唱一首他们的送灵歌曲。当他们完成后，我挥手把他们重新聚合，然后拿出我的手枪，喊道："现在，再会了，先生们，请接受你们即将看到的告诫，不要妄图猜测神的意图。从来没有人能看穿春天的意图。Ignorabimus②，众位正直的先生，Ignorabimus！"

我把手枪举起来抵住太阳穴，正要扣动扳机，这时有人把枪从我手中打掉了。一位德国骑兵军官站在我身边，手里拿着一些文件，问道："你是约瑟夫·N先生吗？"

"是的。"我回答。

"你是不是不久前做过一个关于《圣经》中的约瑟夫的梦？"这位军官问。

"也许是吧……"

"这么说，你承认了，"军官看了看他的文件说，"你知道吗？这个梦已经引起了最高层的注意，而且受到了严厉的指责。"

---

① 麦克马洪伯爵（1808—1893），法国军人，法兰西第三共和国第二任总统（1873—1879）。在克里米亚战争及意大利马坚塔战役中扬名，被升为法国元帅，并受封为马坚塔公爵。
② 拉丁文，意思是"人永远是无知的"。

"但那只是个梦,还需要我负什么责?"我问道。

"不,你必须负责。我要以国王陛下的名义逮捕你!"

我无奈地笑了。

"正义的车轮转得太慢了。国王陛下的官僚机构运转效率还是那么低下。我早已跨越了那个早期的梦想,并且采取了更危险的行动。我正想以自杀来赎罪,然而这个过时的梦想又救了我的命……好吧,我跟你走。"

我看见一队士兵向我逼近。我伸出双臂,让他们给我戴上手铐,然后又转过头来,最后一次看向比安卡,她站在汽船上,挥动着手帕。我那些卫队的老兵默默地向我敬礼。

七月之夜

在毕业前最后一年的长假里，我第一次熟知了夏季的夜晚。窗户整天整天地敞着，我们的房子暴露在夏日炎热的微风和刺眼的强光中。家里现在来了一位新房客——我姐姐的小儿子——一个噘着嘴、哼哼唧唧的小家伙。他的到来使我们家退回到原始的状态，使我们好像沦为了一个游牧民族或者后宫般的母系营地。在那里，各种婴儿衣物、尿布和床单总是反反复复地被清洗和烘干，在那里，人们明显地忽视了女性的外表，我们的生活常常伴随着频繁发生的宽衣解带（但此刻这个动作是极其纯洁神圣的）、一种婴儿特殊的酸腻气味和丰盈乳汁引起的乳房肿胀。

经历过一段非常难熬的产后恢复期，我的姐姐去水疗中心休养，姐夫开始只在吃饭的时候出现，而父母则一直在店里待到深夜。家里完全交由婴儿的奶妈打理，准母亲的角色进一步增强了她丰富的女性气质。那种庄重的威严，再加上她那厚重肥硕的仪态，在整个房子里留下了一种女性统治的印记。这是一种基于丰满、成熟、性感肉体的天然优势而得以实现的女性统治，这种优势以十分精妙的比例将奶妈和两位女仆粉雕玉琢，让她们的举手投足都展现了女性全部自我专注的魅力。花园里满是沙沙作响的树叶、粼粼闪烁的银光和悠远寂静的冥想，飘动着花团锦簇的成熟味道。在屋里，飘在白色亚麻布和萌动肉体上的一种女性气质和母性芳香与之呼应，互为平衡。在烈日当空的正午时分，敞开的窗户里所有的窗帘都惊慌失措地升起，一排排晾干的尿布都飘飞了起来。在这条亚麻和细布织成的白色大道上，羽毛状的种子、花粉和脱落的花瓣流了进来。园中光影的潮汐，时断时续的飒飒与静谧，缓缓地进入房间，仿佛这个属于潘神的时辰掀起了所有的墙壁与隔断，变出了一个包罗万象的大一统天下。

那年夏天的许多个晚上，我都是在镇上唯一的电影院里度过的，常常是一直待到最后一场演出结束才离开。

从黑暗的影厅中出来，穿过光线与人影的纵横交错，我们走进安静明亮的前厅，就像在暴风雨之夜突然找到一家温馨的客栈作为短暂的避风之所。

在经历了电影里的奇幻冒险之后，在明亮的前厅里，我们怦怦乱跳的心可以平静下来，不再受那凄凉夜晚的冲击。在这个安全的避风港，时间仿佛静止不动，电灯泡发送出一波又一波光的浪潮，这种节奏由放映机沉闷的隆隆声和售票机微微摇晃的频率所决定。

那个前厅就像最后一班火车离开后的候车室，陷入了深夜的寂寥之中，有时像是在生命最后几分钟的人眼中定格的风景，在一切都过去，生活的喧嚣被消耗殆尽之后，它还会被保留下来。在一张巨大的彩色海报上，阿丝塔·妮尔森①永远都在跌跌撞撞地走着，额头上留有死亡的黑色烙印，她张开的嘴里发出最后一声尖叫，那双眼睛出奇地瞪得老大，有种惊心动魄的美丽。

售票员其实早就回家了。现在她可能正在她的小房间里一张没收拾的床前忙活着，那张床就像一条小船，等着把她带到幽暗的睡眠潟湖，进入复杂的梦境世界。坐在售票处的人只是一个傀儡，一个虚幻的假象，用疲倦的、浓妆艳抹的眼睛望着空洞的灯光，怅然若失地眨着睫毛，驱散光线里散落的引人昏昏欲睡的金色尘埃。她偶尔对消防队的士官淡淡地笑笑，那位士官自己也对现实很茫然，他靠着墙一动不动地站着，永远整齐地佩戴着闪闪发光的头盔、肩章、银色饰带和勋章。通往七月之夜的玻璃门板随着放映机的节奏和谐地摇晃着，但是电灯投在玻璃上的反光斥退了浓重的黑夜，使人产生了一种身处远离漫天黑暗的避难所的幻觉。终于，前厅的魔法被打破了，玻璃门被推开，红色的窗帘因黑夜的气息而鼓起，这种气息瞬间压倒了一切。

想象一下，当一个瘦弱多病的高中生推开这扇避难所的玻璃门，独自走进七月无垠的夜晚时，他会感受到何种冒险的刺激之感。他是会永远跋涉在无尽暗夜的黑色沼泽和泥潭，还是会在某天早上找到一

---

① 女演员阿丝塔·妮尔森以代表作《无底洞》成为丹麦第一位享誉国际、家喻户晓的明星，除了参与丹麦本地的制作，也拍摄许多当时欧洲第一大制片厂德国乌发（UFA）公司的电影。然而，不同于美国甜心玛丽·毕克馥的清纯甜美，阿丝塔·妮尔森的魅力以深具情色与挑逗的表演著称，她经常扮演在爱情中受折磨的女性，为了深爱的男人牺牲自己或是在诱惑和抛弃中痛苦，这样的女性角色形象，也成为丹麦电影传统中相当重要的典型。

个安全的港湾?他孤独的流浪会持续多少年?

没有人绘制过七月夜晚的地形图,它还不曾被对应在某个人内心小宇宙的地理位置上。七月之夜!有什么可以与之相较呢?要怎么来形容它呢?我能不能把它比作一朵巨大黑色玫瑰花的核心,用数百片天鹅绒般柔软的花瓣覆盖着我们的梦想?夜风吹开了它蓬松的花蕊,在它芬芳的深处,可以看到星星在俯视着我们。

我能把它比作我们半闭半睁的眼睑下那黑色的苍穹吗,那里布满了散落的光点、白色的罂粟花种子、流光溢彩的星星、火箭和彗星?又或者把它比作一列与世界一样漫长的夜班火车,正在一条无尽的黑色隧道内疾驰?我们越过七月的夜晚,就像在闷热车厢里熟睡的乘客之间穿行,沿着狭窄、通风的走廊,摇摇晃晃地从一节车厢走到另一节车厢。

七月之夜!这黄昏的秘密流体,黑暗中生动、敏锐、流动的物质,不断地从混沌中塑造出某种东西,然后又转瞬即逝地发生各种变化。黑色木材层层叠叠,沿着昏昏欲睡的流浪者的道路打造了洞穴、拱顶、暗角和壁龛。就像一个喋喋不休的人,夜晚伴随着一个孤独的朝圣者,把他关在魔幻的包围圈里,不知疲倦地展示自己的发明和幻想,为他唤起遥远的星空、白色的银河,幻化出绵延的、由竞技馆和角斗场构成的迷宫。夜晚的空气——这位黑色的普罗透斯[①]——顽皮地弄出天鹅绒般浓密的物质,夹杂着茉莉花的香味和新鲜丰富的气流,还有突

[①] 普罗透斯是希腊神话中的一个早期海神,荷马所称的"海洋老人"之一。他的名字可能有"最初"的含义,因为希腊文protogonos表示"最早出世的"。他有预知未来的能力,但他经常变化外形使人无法捉到他:他只向逮到他的人预言未来。

如其来、密不透风的灰霾。这一切都被裹挟在空中,像黑色的球体一样上升,飘飞到无限的天空,仿佛可怕的、成熟的葡萄崩裂出黑色的浆汁!我沿着这些狭窄的通道挤过去,我低下头穿过低矮的角门和拱顶,突然天花板随着星空的一声叹息裂开了,这个宽阔的圆顶瞬间滑落,又把我推挤到狭窄的墙壁和通道之间徘徊。在这些令人窒息的海湾中,在这些阴暗的角落里,夜晚流浪者们留下的只言片语还悬挂在空中,残败的豪言壮语粘贴在海报上,此刻人们仍能听到失落的笑声和尚未被夜晚微风吹散的低语。有时候,黑夜像一个没有门的小房间将我包围。我昏昏欲睡,不知道是我的腿还在支撑着我前进,还是我已经在夜晚的小房间里休息了。但我又一次感觉到了丝绒般的热吻,那是某些芬芳的嘴唇在太空中漫游时留下的。一扇百叶窗打开了,我大步跨过窗台,继续在流星的抛物线下漫步。

　　两个流浪者从黑夜的迷宫中走了出来,他们在一起闲聊着,从暗夜里扯出一长串索然无味的对话。其中一人的伞尖单调地敲击着人行道(这样的伞是为了阻挡晃眼的星光和流星雨的影响而携带的),他们戴着圆顶礼帽的大脑袋开始摇摇晃晃地前进。在其他时候,我会被一双黑色、斜睨的眼睛所吸引,揣摩那双眼中闪烁的充满阴谋色彩的眼神。我盯着他们在黑夜中蹒跚而行,其中一个人手执一根手杖,他那关节突出、瘦骨嶙峋的大手紧紧抓着一个由鹿角制成的手柄(在这样的手杖中,有时会暗藏着细长的剑)。

　　最后,在城市的边缘,黑夜放弃了它的游戏,揭开了神秘的面纱,露出了它严肃而永恒的面孔。它不再在我们周围建造幻觉和噩梦般的虚幻迷宫，而是向我们敞开它那繁星点点、时空永驻的宏大怀抱。天空变得无穷无尽，星座在永恒的位置上闪耀着神圣的光辉，在天空中描绘出神奇的图影——好像它们想宣布什么，便通过它们阴郁的沉默来宣告一些终极的奥秘。这些遥远的世界闪烁着银色的星辉，此起彼伏的——就像夏季时断时续的蛙鸣。七月的天空散落着令人难以置信的流星尘埃，默默地沉入无尽的宇宙。

夜半时分——群星还沉浸在永恒的梦中——我发现自己又来到了熟悉的街道上。一颗星星在街道的尽头闪耀着，散发出一种奇异的光彩。当我打开房子的大门时，在黑暗的过道里能感觉到一阵穿堂风拂面而过。餐厅里的灯还亮着，黄铜烛台上点着四支蜡烛。姐夫还没来。自从姐姐走后，他常常不跟我们一起吃晚饭，有时要到很晚才回家。有时我从睡梦中醒来，看见他在脱衣服，神情呆滞，若有所思。然后，他吹灭蜡烛，脱光衣服，赤身裸体地躺在冰冷的床上，久久不眠。睡意只能逐渐压制他壮硕的身体，他会不安地咕哝着什么，沉重地呼吸着、喘息着，与想象中胸口上的重负做着斗争。有时他会轻声、压抑地啜泣。我吓坏了，便在黑暗中问他："你还好吗，查尔斯？"但这时他已经走上了梦中那条陡峭的小路，吃力地爬上一座鼾声深沉的山峰。

透过敞开的窗户，夜晚正在平缓地呼吸。一种凉爽、刺鼻的液体被注入它巨大的无形物质中，黑暗的关节变得更加松散，让细腻的气流渗透进来。黑暗的死寂物质在茉莉花香的启发下试图寻求解放，但尚未形成的夜之深处仍然死气沉沉，它们还是无法得到自由。

从门缝里透出隔壁房间的光线，像一根微微跳动的金弦，醒目而敏感，像是婴儿在摇篮里柔软的梦呓。从那里可以听到奶妈和婴儿之间的喁喁私语，无疑是一种最初、最纯、柔情蜜意的田园诗篇。一群夜魔聚集在窗前的黑暗中，为里面的幼小生命所闪烁的温暖火花所吸引。

另一边是一个空房间，再过去是父亲和母亲的卧室。我竖起耳朵，可以听到父亲是如何在刚入梦的时候，陶醉地在空中滑翔，全身心地投入这次梦境的旅途。他那富有穿透力的悠扬鼾声，讲述了他在未知的睡眠僵局中徘徊闯荡的故事。

众多灵魂就这样慢慢地跃入远日点，那是生命中暗无天日的一面，没有任何生物曾见过生命的这一种面目。他们像垂死挣扎的人一样躺着，发出可怕的挣扎声和呜咽声，而黑暗的日食紧紧地束缚着他们的灵魂。当他们终于通过了黑暗的最低点——摆脱了灵魂最深处的奥库斯①，汗流浃背地奋力穿过这奇异的海岬时，他们肺里的风箱开始以不同的曲调膨胀起来，他们那激动人心的鼾声一直响到黎明。

浓重的黑暗仍然压迫着大地，这时奇异的气味和丰富的颜色正在宣告黎明缓慢地到来。这时，哪怕是最清醒、常失眠的头脑也会被短暂的睡眠关照片刻。那些患病的人，那些伤心的人，那些灵魂被撕裂的人，此时此刻都会得到些许的安慰。谁知道黑夜为正在它深处上演的事情落下帷幕需要多长时间？然而，这短暂的间隔足以让一切改头换面，将夜晚的伟大事业和黑暗中所有的奇异盛世都抹去。你惊恐地醒来，感觉睡过头了，紧接着看到地平线上明亮的晨曦和凝固的黑色大地。

---

① 奥库斯，不死生物的恶魔王子，深渊里最强大的恶魔之一，他的力量甚至可以威胁到神。

父亲加入了消防队

通常是在十月初,我和母亲会从乡下度假回来。我们度假的地方是邻近的一个县郊,坐落于斯洛特维卡河的一个山谷,那里树木繁茂,时时回荡着地下泉水的潺潺回响。在鸟语花香的环境里,我们的耳朵总是充满了山毛榉树的沙沙声和鸟儿欢快的啾鸣声。我们坐上一辆巨大而陈旧的四轮马车,头上还顶着一个硕大的顶盖。我们坐在顶盖下面像洞穴一样幽暗紧凑的车厢里,周围包裹着华丽的天鹅绒内饰,透过窗户看着外面不断变化的风景,那些斑斓的色彩就像慢慢从一摞照片中一张一张地浏览。

黄昏时分,我们到达了一处高地——那是广袤又令人震撼的乡间交通枢纽。天幕深沉低垂,令人喘不过气来,狂风呼啸而过。这里是乡下最偏远的收费站,也是最后的一个转折点,再往前走,初秋的景色就在地势低洼之处尽情展现出来。边境线也在这里,以一个古老而破烂的边检哨所为标志,一块随风飘摇的木板上写着早已褪色的界碑铭文。

马车巨大的车轮在沙地里上下滚动时发出嘎吱嘎吱的声响,刚刚还哼哼唧唧的车轮辐条被泥沙糊住,陷入了沉寂,只剩宽大的顶盖在横风的呼啸中发出沉闷的嗡嗡声和装饰布幔萧肃的拍打声,整辆马车就像一只降落在沙漠中的方舟。

母亲付了过路费,收费站的横杆被抬起来时尖锐地吱吱作响,车轮便沉重地滚进了一派瑟瑟的秋景。

我们进入一片辽阔的平原,一切都显得枯萎和乏味,寡淡的微风慵懒、沉闷地笼罩着黄色的远景,一阵孤独凄楚的感觉从这秋风扫落叶的苍茫景象中油然而生。

就像一则古老寓言里泛黄的书页,风景变得更加苍白脆弱,仿佛它会随时在巨大的虚空中瓦解。在那风声阵阵的原野,在那泛黄的涅槃之地,我们或许已经冲破了时间和空间的极限,又或许将要被永远留在那里——在温暖、萧瑟的微风中,一辆巨大的四轮马车孤单地挂在天际,卡在羊皮纸一样松脆的天空和云层之间,这种定格就像一幅古老的插图、一本过时发霉的小说中被遗忘的木刻画——可就在这时,马车夫突然猛拉缰绳,从昏沉模糊的十字路口操纵起马车,开进了一片森林。

我们进入了一片干枯的灌木丛,毛毛茸茸的枝杈上挂着一种烟草一样萎蔫的色彩。我们周围的一切都被遮蔽起来,只剩灰突突的茶色,就像蒙特克里斯托雪茄[①]木质包装盒的颜色一样。在雪松树掩映的半明

[①] 蒙特克里斯托雪茄来自古巴哈瓦那,它继承了古巴雪茄高贵雄浑的基因,深褐色的茄衣显出大气与尊贵。

半暗中，我们的马车驶过了它们枯干而散发着雪茄味儿的树干。我们继续往前走，森林越来越暗，烟草的气味越来越浓，直到最后它像个干燥的大提琴箱一样围困住了我们，微弱地回荡着它最后的旋律。车夫没有火柴，所以他无法点亮灯笼。马喘着粗气，完全地依赖老马识途的本能来认路。辐条发出的咔嗒咔嗒声变小了，车轮开始在香甜的针叶上轻轻转动。母亲睡着了。时间不知不觉地过去了，在流逝的途中形成了奇怪的结点和符号。车厢外一片混沌的黑暗，没有任何可以穿透进来的光线，森林里干燥的嘎吱声仍然在顶盖上回响。当马蹄下的地面变得坚实，马车转过弯后停了下来，几乎贴上一堵墙。母亲拉开车厢的门，在黑暗中摸到了我们家的大门。车夫已经开始帮我们卸下行李。

我们走进一条深幽的拱形走廊，它黑暗、温暖而安静，就像黎明时烤箱尚未加热的空荡荡的面包房，又像深夜的土耳其浴室，荒废的浴缸和脸盆在黑暗中冷却了，寂静攀上水龙头，随着滴滴答答的水声敲击着人们的神经。一只蟋蟀正耐心地从黑暗中撕下光亮的针脚，可是那过分精细的光线，根本不能把它照亮。我们盲目地摸索，直到找到楼梯。

当我们踏上吱嘎作响的楼梯缓步台时，母亲说："约瑟夫，醒醒，再坚持一下，还有几步就到了。"

可深沉的睡意排山倒海地袭来，我几乎失去了知觉，紧紧地靠着她，一下子就睡着了。

后来，我再也无法从母亲那里了解到，那天晚上我闭合的眼睑下所看到的东西有多少是真实的，当我疲惫不堪，一次又一次陷入失忆般的麻木时，这些东西到底有多少是我想象的产物。

父亲、母亲和这场事端的主角阿德拉之间正在进行一场激烈的争论——我突然意识到，这场争论至关重要。如果我不能找到现场重现的感觉，那一定是我的记忆中出现了断档和空白，也是我现在正试图用推测、猜想和假设来填补的睡眠中的盲点。我仍然麻木不省，一次次地在梦境边缘游走，星夜的微风从敞开的窗户吹进来，扫过我紧闭的双眼。夜晚的呼吸洁净而富于规律，星星时不时地出现，仿佛揭开了一层轻透的面纱，窥视着我的睡眠。透过眼睑的缝隙，我能看到一间燃着蜡烛的房间，烛光投射出曼妙的金色线条和花体图案。

当然，这一幕也很可能发生在另一个时间。许多证据似乎表明，那是在很久以后的一天，我和母亲、店员们一起，很晚才关闭店铺回到家里，终于又确切地见证了这一场景。

一进家门，母亲错愕地惊叫起来，店员们都愣在原地。房间中央站着一位威风凛凛、身穿华丽铜衣的骑士，一位名副其实的圣·乔治①，一身抛光的金色马口铁制成的胸甲下隐约可见铿锵有力的战盔，佩有金色的臂章。我惊喜地认出了父亲浓密的胡须，从沉重的禁卫军头盔下钻出来。盔甲在他胸前起伏，一条条金属片光彩闪动，就像某种巨大昆虫腹部的鳞片。父亲穿着这身铠甲，在金灿灿的光芒中显得高大魁梧，活像一位神兵天降的首席战略家。

---

① 圣·乔治，约公元260年出生于巴勒斯坦，为罗马骑兵军官，骁勇善战。

"唉，阿德拉，"父亲说，"你根本无法理解更高级的事情，所以你一次又一次地以毫无意义的愤怒爆发来挫败我的行动。但我现在身披铠甲，已经不再惧怕你对我挠痒痒了，我却仍然记得在我卧床不起、孤立无援时，你曾把我逼迫得多么绝望。现在你是不是感觉一种无力的愤怒压住了你的舌头，你语言的粗鄙烂俗只有它的愚蠢能与之相配？实话告诉你吧，我对你充满了同情和怜悯。你永远无法体验到那种乘着奇思妙想任意遨游的快感，因此你对一切超越平凡的事物都怀有无意识的嫉妒和怨恨。"

阿德拉用完全轻蔑的目光瞪了父亲一眼，同时又流下了恼羞成怒的眼泪，她转过头来对母亲生气地说："他拿走了我们所有的树莓糖浆！他刚刚从储藏室搬走了我们去年夏天做的所有糖浆！他想把它们送给那些一无是处的消防员。而且，更过分的是，他怎么能对我说这么无礼伤人的话！"阿德拉抽泣着。

"你当的是什么消防队队长，还不就是给一群游手好闲的人当队长！"她继续说道，眼神厌恶地看着父亲，"屋里全是他们的人。早上，我想去拿点面包卷，连门都推不开——他们中的两个正躺在走廊里睡觉，把门口堵得死死的。还有几个人躺在楼梯台阶上，戴着黄铜头盔睡着了。他们不要脸地强行挤进我的厨房，像兔子一样的脸上竟然还好意思堆着笑，像小孩儿一样举起两根手指，哀怨地乞求道，'糖，糖，请给我们点糖……'他们从我手里抢过水桶，跑到水泵那里给我打水。他们围着我欢蹦乱跳，嬉皮笑脸，就差摇尾巴了。他们一直色眯眯地看我，不怀好意地舔着嘴唇。如果我看一眼他们中的任何一个，他的脸就会立刻变得像一只淫秽的火鸡一样臊红。难道我该答应把我们的树莓糖浆拱手让给那群讨厌的人吗？"

"你的粗俗，"父亲说，"玷污了你所接触到的一切。你给我们勾描了一张被你亵渎的眼睛看到的火之子的肖像。对我来说，我完全同情那些不幸的火蜥蜴部落，那些可怜的、被剥夺了继承权的火之子们。这个曾经辉煌一时的部落所犯的错误就是，他们献身于为人类服务的事业，为了五斗米而折腰，把自己出卖给人类。他们得到的回报却是民众的蔑视，因为他们的愚蠢简直无可救药，现在这些曾经如此敏感的生物不得不在落寞中生活。有人会奇怪，难道他们不喜欢在城市学校执事的妻子在一个公共饭锅里煮出来的乏味又粗糙的食物吗？没有办法，他们必须和那些犯人共用这个锅。他们的味觉——如热情的精灵般细腻精致的味觉——渴望高贵而黑暗的香料，芬芳而多彩的药剂。因此，在这个喜庆的夜晚，当我们都坐在市政厅里铺着白布的桌子旁，当成千上万盏明灯在城市上空闪耀时，我们每个人都将把自己的面包卷浸在盛有树莓糖浆的宽口杯里，慢慢地啜饮那瓶高贵的美酒。这是一种抚慰消防员的途径，以弥补他们在烟花、火炮和孟加拉焰火的伪装下浪费掉的所有能量。我的心里充满了对他们遭受的苦难和本不应承受的屈辱的感同身受的共情。我已从他们手里接过了队长的佩刀，希望我能带领他们从目前的堕落中走出来，走向信奉新思想的未来。"

"你完全变了，雅各布，"母亲说，"你真了不起！尽管如此，我还是希望你今晚待在家里。别忘了，自从我从乡下回来以后，我们还没有机会认真地谈一谈。至于消防队员,"她转向阿德拉,继续补充道,"我确实认为你对他们有点偏见。他们虽然平庸无为,但都是正派的孩子。我总是愉快地看着那些身材苗条、穿着合身制服的年轻人,不过我得说,他们的腰带束得太紧了。他们有一种自然的优雅,特别是那种随时准备为女士服务的热情和精神真的令人感动。每当我把伞掉在街上或者停下来系鞋带时,总有他们的身影在我身边,积极地帮忙和服务。我不想让他们失望,所以总是耐心地等待他们中的一个出现,并为我做点什么,这似乎让他们很是兴奋。当他完成任务离开时,就立刻被一群同事围住,他们热切地向他询问,而这位英雄则会比比画画地解释刚刚发生了什么。如果我是你,阿德拉,我会心甘情愿地接受他们的殷勤。"

"我觉得他们不过是一群无所事事的懒汉,"管事的店员西奥多说,"我们甚至不能指望他们去灭火,因为他们像孩子一样不负责任。只要你看到他们是多么一脸羡慕地围观那些男孩往墙上扔纽扣,你就知道他们的大脑简直像野兔一样简单。每当你望着窗外的孩子们在街上玩耍时,你一定会看到其中有一个这样的大个子在他们中间气喘吁吁地跑来跑去,在孩子们的游戏中玩儿得忘乎所以。一看到火,他们就高兴得跳起来,还拍着手,像野人一样手舞足蹈。不,不能指望他们来灭火。相反,那些烟囱清洁工和城市民兵才是可以倚重的人选。这样一来,只有集市和民间节日的工作能够交由消防员来承担。例如,在去年秋天一个阴沉的早晨,在所谓的国会大厦风暴中,他们装扮成迦太基^①人，带着恶魔般的声音攻打着圣巴西勒山，而观看他们的人们则唱着：'汉尼拔^②，汉尼拔，兵临城下！'快到秋末的时候，他们就懈怠下来，整天昏昏欲睡的，站着都能睡着。随着第一场雪的到来，他们就完全从我们的视线中消失了。一个老司炉工曾告诉我，当他修理烟囱时，经常发现消防队员抓着风道，像蛹一样一动不动，身上仍穿着猩红色的制服，戴着闪亮的头盔。他们直挺挺地睡着，喝树莓糖浆喝到不省人事，浑身沾满黏稠的糖浆和烟灰。你必须揪着他们的耳朵把他们拉出来，带他们回到营房去，他们在被白霜覆盖的清晨街道上醉醺醺、半梦半醒地走着，街上的顽童向他们扔石头，他们则报以内疚惭愧的尴尬微笑，像醉汉一样东倒西歪。"

"不管怎么说，"阿德拉说，"他们也不能喝我的糖浆。我花好几个小时在厨房的热炉灶上熬糖浆，烤得我的皮肤都要变色了，结果却让这些闲人捡了便宜，我可不干。"

父亲没有回答，而是拿出一个锡质哨子，吹响了一声刺耳的哨音。四个瘦高的年轻人立刻冲进房间，贴墙站成一排。他们闪亮的头盔使房间熠熠生辉，帽子下露出他们被太阳晒得黝黑的脸庞。他们摆着庄严的军姿，等待父亲的命令。父亲稍一示意，他们中的两个人就抬起一个装满树莓糖浆的大罐子，还没等阿德拉上前阻止，他们就带着珍贵的战利品跑下楼去了。剩下的两个人敬了个潇洒的军礼，也跟着

---

① 古城名迦太基，坐落于非洲北海岸（今突尼斯），与罗马隔海相望，最后因为在三次布匿战争中均被罗马打败而灭亡。
② 迦太基战神。

走了。

　　一时间,阿德拉似乎要大发雷霆,她美丽的眼睛里迸发着愤怒的火焰,但父亲没有等她发作,就一步跳到窗台上,张开双臂。我们紧追上去。窗外,集市广场灯火通明,人山人海。在我们的房子下面,八名消防队员把一大块帆布完全抻开了。父亲转过身来,他的铠甲在灯光下闪烁着点点磷光。他默默地向我们敬礼,然后张开双臂,像流星一样耀眼地跳进了窗外流光溢彩的夜空。他的动作如此优美利落、充满华彩,我们都开始高兴地欢呼。就连阿德拉也忘了她的委屈,鼓掌叫好起来。此时,父亲从帆布单上跳了下来,抖了抖他那叮当作响的胸甲,走到那支队伍的前面,他们慢慢地排成两列,整理好队形走过围观的人群,璀璨的灯光在他们的黄铜头盔上熠熠闪烁。

第二个秋天

在父亲充满冒险和风雨的生活中,在他频受灾难和毁灭打击的间隙,他会享受到一些难得的安逸而平静的时期。在此期间,父亲会从事许多科学研究,其中,比较气象学是他最感兴趣的。特别是我省的气候有许多独特之处,父亲为之倾注了最多的心血,正是父亲奠定了娴熟地分析气候趋势的基础。他的《秋季系统学概论》深入细致地阐释了那个季节的本质,在我们这个省份的气候中,秋季呈现出一种孤单冗长、名目众多和过分繁芜的形式,也被称为中国之夏,一直延伸到多姿多彩的隆冬时节。

我还能说什么呢?父亲是第一个解释那个季节产生这种无关紧要、依附衍生特征的人——这一切只不过是我们的气候为堆挤在博物馆里的巴洛克艺术的退化标本散发出的瘴气所毒害的结果。那些博物馆里的艺术品,在无聊和遗忘中腐烂,被关在密不透风的地方,像陈旧的蜜饯一样发酵,使我们的气候变得又甜蜜又败坏。这也是那种美丽的疟疾热和怪异的精神病的致病原因——在秋季里这种糟糕的小毛病总是时有发生。正如父亲所坚信的那样，美丽是一种疾病，是一种神秘感染的结果，是一种被分解的黑暗先兆，它从完美的深处升起，而完美又以最深切的幸福标志向它致敬。

我想，在这里简要地介绍一下关于我们省博物馆的一些现实情况还是非常合时宜的。它的起源可以追溯到18世纪，得益于圣巴西勒教团令人钦佩的收藏热情。该教团的僧侣们将他们的财宝赠予了这座城市，从而给城市预算增加了过多的非生产性开支的负担。多年来，共和国的财政部几乎没花什么钱就从穷困潦倒的教团那里收购了这批藏品，然而这些本该由皇室享有的珍藏品却被这种所谓的艺术赞助方式搞垮了。但是下一代的城市管理者们更加务实，也更加注重经济上的效益，他们试图把这些藏品卖给一个大主教收藏馆的馆长，在进行了毫无结果的磋商之后，他们关闭了博物馆，解雇了管理员，并为最后一任馆长提供了终身养老金。在谈判过程中，有专家们颇具权威地表示，当地的爱国分子很大程度地高估了这些藏品的价值。圣巴西勒仁慈的长老们——在他们值得称赞的盲目热情中——买到的很多东西都是赝品。博物馆里甚至没有一幅画是名家真迹，而是几乎囊括了市面上三四流画家的各种画作，还有一些本省画派的产物，只有少数搞专门研究的史学家对这些名不见经传的作品略知一二。

令人费解的是，这些慈眉善目的僧侣似乎内心怀有军国主义倾向，因为大多数画作都描绘了战争场面。燃烧的金色黄昏使这些画布因岁月流逝而褪色斑驳。由大帆船和轻快艇组成的舰队，以及被人遗忘的古老无敌舰队在封闭的海湾里被四下冲散，他们鼓起的风帆承载着遥远共和国的庄严徽章。在硝烟弥漫的黑暗场景下，几乎看不清骑行军排兵布阵的轮廓。在阴暗而凄惨的天空下，灼热的阳光炙烤着广袤的平原，骑兵们在一种不祥的寂静中分兵左右冲锋陷阵，远处有火炮的光焰和冲天的浓烟。

在那不勒斯画派的绘画中，那个闷热、多云的下午永远地沉寂了，仿佛透过一个黑色瓶子看过去的场景。在这些风景中，苍白的太阳似乎在人们眼前枯萎，仿佛是酝酿着一场宇宙灾难的前夜。这就是为什么那些肤色黝黑的渔民妇女向四处游荡的喜剧演员兜售成捆的鱼虾时，她们那讨好的微笑和手势显得如此徒劳。这个世界早就被诅咒和遗忘了。因此，只有最后一代人留下的无限甜蜜被永远地冻结定格了。在那个国家更深远的地方，住着一群乐天派的无名小卒、丑角演员和提笼子的养鸟人，在那个没有任何现实或真诚可言的地方，土耳其的小姑娘们用胖胖的小手拍着摆在木板上的一排排蜜糖蛋糕。两个戴着那不勒斯帽的男孩用一根杆子挑着一篮子吵吵嚷嚷的鸽子。在最远处的背景里，在最后一片土地上，一束凋零的莨苕[①]在虚无的边缘摇曳着，人们还在玩最后一局纸牌，而黄昏已至终点，夜幕即将降临。那间古香古色的美丽木屋，在多年的无聊压力下，已经经历了痛苦的升华。

"你能理解，"父亲过去时常问我，"那被谴责的美，它的日日夜夜是多么绝望吗？它不得不一次又一次地唤醒自己去进行虚构的拍卖，

[①] 莨苕是原产自欧洲的一类草本植物的总称，共有20个品种。莨苕是一种有观赏价值的植物，其叶子叶片较大，叶边带刺，开有白色、粉色、红色、淡紫色的花朵。

举办成功的销售会和喧闹拥挤的展览会，被疯狂的豪赌式的激情点燃，然后又跌落萧条，像疯子一样大肆挥霍、散尽千金。但它又清醒地认识到这一切都是徒劳的，它永远不能超越自我中心的完美，也无法缓解过度锐利的疼痛。难怪美的烦躁和无助最终在我们的天空中找到了它的倒影，于是它在我们的地平线上脱颖而出，幻化成大气的图景，幻化成这些巨大的奇幻云层的排列，我称之为我们的第二个秋或虚假之秋。我们省的第二个秋只不过是一个病态的海市蜃楼，将我们博物馆里垂死的、封闭的美丽通过一片辐射之光投射到我们的天空里。秋天是一场伟大的巡回演出，富有诗意的欺骗性，像一个巨大的紫洋葱在它的每一层皮肉下都勾刻出一幅崭新的全景，任何人都无法抵达它最深的核心。在每一片被移动和回收的布景后面，都有新的光彩照人的场景展现出来，那是真实而生动的一个个瞬间，直到你终于意识到它们是用纸板做的。所有的图景都是画的，所有的场面都是用木板做的，只有气味是真实的，那些凋零的风景的气味，剧院化妆间的气味，油彩和脂粉的气味。黄昏时，布景凌散而混乱，像一堆破烂的演出服散落在地，你可以像穿过泛黄的落叶一样涉水而过。这里一片杂乱无章，每个人都在拉幕绳，那个伟大的秋日天空，破烂不堪地摇摇欲坠，响彻着滑轮的刺耳滚动声。这里充斥着狂热匆忙的气氛，如同一个姗姗来迟的狂欢节，像一个在凌晨即将清场的舞厅里，那些戴面具的舞者找不到自己真正衣服时的慌乱。"

"秋天，它是一年中最宏大雄奇的时期，像巨大的亚历山大图书馆一样收藏着太阳种族三百六十五天的贫瘠智慧。哦，那些古老的清晨，像羊皮纸一样枯黄，又像深夜一样充满甜蜜的智慧！那些神秘的微笑就像睿智的复写本，像是泛黄的书本里层层叠叠的连篇累牍！啊，秋天的日子，那个狡猾的老图书管理员，穿着褪了色的晨衣，摸索着爬上梯子，品尝着几勺来自各个世纪和不同文化的蜜饯，每一幅风景对他来说都像一本古老小说的开篇。在那雾蒙蒙、焦糖色的天空下，他把古老故事中的英雄们释放到朦胧、悲伤、迟来的甜蜜微光中，这是多么神奇而有趣啊！唐·吉诃德会在索普力科沃[①]开启什么新的冒险？鲁滨孙·克鲁索回到他的家乡德罗霍比贝奇后又会过得怎么样？"

在近在咫尺的宁静夜晚，在火红的夕阳照射下，父亲会给我们读他手稿的摘录。思想的涌动有时能够使他忘记阿德拉带来的烦恼。然后，来自罗马尼亚的暖风徐徐而来，形成了一个巨大的黄色的单细胞体，将我们包裹其中，带来一种身在南方的感觉。秋天还没有结束。就像肥皂泡一样，日子变得越来越美丽和空灵，每一天都显得如此完美，它持续的每一刻都像是一个无法估量的奇迹，同样充满了无法掌控的痛苦。

在那些深沉而美丽的日子里，叶片的质地也在不知不觉中发生了变化，直到有一天，所有的树木都站在像是燃起的稻草堆一样不可救药的火焰里，所有的叶片都失去了本来的样貌。周围呈现出一种淡淡的红色，就像一层层彩色的纸屑在堆砌，从中飞蹿出艳丽无方的孔雀和凤凰，哪怕是最轻微的吹拂或颤动都会导致它们褪去华丽的羽毛，那些深深浅浅、洋洋洒洒的叶片，像漫天飞羽般簌簌飘落。

[①] 亚当·米基维茨在立陶宛进行泛苏德行动的国家公园的名称。

死季

1

　　清晨五点，明媚的晨光已经持续照耀了一个小时，我们的房子为一片热烈而宁静的阳光所笼罩。在这个庄严的时刻，没有人留意到——窗帘下半明半暗的房间里人们仍在熟睡，空气里浮动着他们轻柔和谐的呼吸——房子的正面沐浴在阳光下，在清晨寂静的薄雾中，它仿佛被粉饰了，那感觉就像幸福地沉睡着的眼睑一样让人感到心情安宁。就这样，在这清晨的静谧中，我们的房子吸收了太阳的第一波热浪，它那睡意蒙眬的脸庞融化在光辉中，它的面容因真实的梦境而微微抽搐。房前金合欢的影子像波浪一样，顺着炙热的表面滑下去，想要穿透过去，渗进它沉睡的深处，却总是徒劳无功地勉强挣扎。亚麻布百叶窗一点一点地吸收着早晨的热量，在强光下被晒得昏昏欲睡。

　　一大清早，父亲就睡不着了，他拿着书和账簿下楼去开店，我们的店铺就在这栋楼临街的那一面上。有一会儿，他静静地站在门口，半闭着眼睛承受着阳光猛烈的冲击，阳光普照的墙面温柔地把他拉进幸福安详、平坦光滑的房屋表面。有那么一会儿，父亲的身影变得扁平，和墙壁完美地契合在一起，他甚至能够感觉到自己伸出的双手颤抖而温暖地融入了金色的灰泥中。（除了他，还有多少个父亲在楼梯的最后一级上，永远地嵌入了凌晨五点的房子外立面？除了他，还有多少个父亲就这样变成了他们自家的门房，一只手放在门把上，一张脸被平展地雕刻成一个门框，变成了平行而幸福的皱纹？后来，他们儿子的手指在上面徘徊，回忆着他们的父母——那些永远融入了房子正面、定格成一张张笑脸的人。）但很快，他挣脱了束缚，重新回到了三维世界，再次变回人形，从店铺的金属门上取下了门闩和挂锁。

当他打开那扇厚重的铁门时，室内推挤抱怨的昏暗从门口后退了一步，向房间深处移动了几英寸，找了个更隐蔽的位置又躺了进去。早晨的清新，像从凉爽的人行道瓷砖上冒起的轻烟一样，害羞地站在门槛上，吹起一股微小而颤抖的气流。在店铺里，之前许多日日夜夜的黑暗潜伏在未拆封的布包里，层层叠叠，然后在店铺的核心位置——储藏室里被全部消磨掉。在那里，它们被溶解了，分化了，自我满足了，变成了一团暗淡模糊的布料。

父亲沿着哔叽和灯芯绒垒起的厚墙壁缓缓走着，用手爱抚着那些直立的捆包。在他的抚摸下，那一排排随时准备倒塌或捣乱的布料卷都平静下来，并按照它们的布匹等级和精良程度稳稳地占牢了自己应有的位置。

对父亲来说，我们的店铺是永远充满痛苦折磨的地方。一段时间以来，他手里的这个小生物在成长的岁月里，一天比一天更猛烈地反抗着他，最终发育得比他还要魁梧高大。对他来说，经营店铺成了一项力所不能及的任务，因为现在它既巨大又崇高，其日益庞大的权利要求使他望而生畏，即使他拼上老命也不能满足它的索要无度。他绝望地看着店员们的轻浮举动，他们愚蠢盲目的乐观心态、嬉笑怒骂和疯癫无状，都发生在这个伟大的商业帝国版图内。他带着苦涩的讽刺之情看着那一张张无忧无虑的面孔，那些空无一物的脑袋，他注视着那一双双对他充满信任的眼睛深处，那些目光从未为哪怕是一丝怀疑的阴影所困扰。尽管母亲对他很忠诚，很投入，但她又能怎么帮助他呢？对更高层次问题的认知已远远超出了她简单质朴的思维能力，她生来普通，完全不具备成为英雄人物的潜质。因为父亲确实注意到，在他的背后，母亲偶尔会和店员们交换一个会心通达的眼神，她很高兴在不受监督的情况下，可以参与他们愚蠢的小丑行径。

父亲越来越远离那个轻松的世界，全身遁入无私忘我的学科世界。他被到处蔓延的散漫吓坏了，把自己封闭在为崇高理想服务的孤独中。他的手从来没有松开过准绳，他从来不允许自己摆脱规则的束缚或寻求简单解决问题的捷径。

这对巴兰达公司和其他对于这一行业一知半解的人来说已经足够了，他们不能体会什么是对完美的渴望，也无法懂得高级祭司的禁欲主义。父亲看到纺织零售业的衰落时内心十分难过，当代纺织商中还有谁记得他们代代传承的优良传统？举例来说，他们中有谁知道，根据纺织艺术的原理，陈列在架子上的布片堆叠在一起，在手指向下触摸时，会发出一种类似下降音阶的音律变化？在与他共事的同行当中，哪一个人在交流笔记、备忘录和信件时熟悉文体的细微要点所在？有多少人还记得商业外交的魅力，那些老派的外交礼仪，谈判过程中激动人心的几个阶段？正统的留易往往是这样的流程：从一家外国公司代表来访之处不可调和的僵硬交涉和无可妥协的保留意见开始，中途通过某位特使不知疲倦的游说和糖衣炮弹的斡旋而逐渐破冰，直到达成一次工作宴请的邀约——桌上的文件边摆放着酒水，大家情绪高涨，当阿德拉端上饭菜时，有人轻轻捏了捏她的屁股。在辛辣的笑话和自由的交谈中，心照不宣的绅士们理所当然地最终达成一项互惠互利的商业交易。

在清晨的寂静中，气温缓慢上升，父亲希望找到一个生动而充满灵感的短语，给他写给克里斯蒂安·赛佩尔父子公司（纺纱厂和机械纺织厂）的信里增加些分量。这是对这些先生的无理要求作出的尖锐回击，这句话要在决定性的时刻言简意赅、直中其意，这样这封信就可以顺水推舟地提出一个有力而机智的最后请求，以产生预期的震撼效果，然后可以用一个巧妙的、优雅的、无可辩驳的句子来结束。他几乎能够感觉到那句话的轮廓，它已经回避他很多天，他甚至可以用指尖触摸到它，但就是抓握不住。他等待着一阵突如其来的幽默灵感从天而降，冲破那些顽固地阻挡他前进的思维屏障。他伸手去拿过另一张干净的纸，为的是给这句呼之欲出的绝妙佳句提供一点新的动力，来克服这个一直在阻挠他所有努力的小障碍。

与此同时，店铺里渐渐有店员来上班，铺子里的气氛活跃了起来。

他们因清晨的炎热而面色红润，走进来时故意绕过父亲的办公桌，远远地向他投以敬畏和愧疚的目光。

经过许多个这样的夜晚，他们感到筋疲力尽，因为他们也意识到了父亲对他们沉默的谴责。这种无声的威胁给他们带来了沉重的负担，而他们所做的一切却都无法使之消除。什么也不能安抚这位老板，抚平他的忧虑，当他像只蝎子一样潜伏在书桌后面，像觅食的老鼠一样在文件中来回搜索时，他的眼睛闪动着诡异的光芒，任何热切的表现都于事无补。他的情绪愈加起伏，他潜在的坏脾气随着热度的上升而加剧。地板上方形的阳光耀斑刺眼夺目，身披金属光泽的苍蝇像闪电一样在店铺门口闪现，在门的两侧久久挥散不去。玻璃气泡从太阳的热管中被吹制出来，把那灿烂的一天变成各种晶莹夺目的玻璃制品。它们停留在那里，随着光影展翅飞翔，动作十分敏捷，然后以激烈的"之"字形变换位置。透过玻璃门明亮的四边形，人们可以看到城市公园里的柠檬树在阳光下蔫头耷脑，远处教堂的钟楼在迷蒙微光的空气中被清晰地勾勒出来，仿佛在望远镜的镜头里看到的那样。镀锡的屋顶在热浪中燃烧，巨大的热量像膨胀的金色圆球笼罩了整个世界。

父亲怒火升腾。他无助地环顾四周，疼得直不起腰来，剧烈的腹泻已使他精疲力竭。他现在觉得嘴里有一股比苦艾还艰涩的味道。

高温加剧了苍蝇的躁动，它们嗡嗡怏怏地飞舞，闪亮的腹部像金属一样晃人眼眶。玻璃门透进四边形的强光，已经照射到父亲的办公桌上，他的文件像启示录一样燃烧起来。父亲的眼睛被阳光照得睁不开，无法忍受这一片极致刺眼的纯白。透过厚厚的眼镜，他发现所看到的一切都像是加上了深红色、绿色或紫色的滤镜，他对这种色彩的大爆发感到绝望，对这种在光辉狂欢中席卷世界的混乱感到绝望。他的双手止不住地颤抖，他感到嘴里又干又苦，像是一场大病的预兆。他的眼睛嵌在深深的皱纹里，凝神地注视着店铺深处发生的事情。

2

到了中午，父亲热得疲弱不堪，又因为莫名的兴奋而浑身发抖，几乎快要发疯了。他退到楼上，在他那鬼鬼祟祟的脚步声中，楼上的天花板四处都显露出细碎的裂缝。这时，店铺迎来了一次短暂的休整和放松：午休时间到了。

店员们在一捆捆布上翻筋斗，在架子上搭起针织品的帐篷，用窗帘荡秋千。他们解开那些布捆，释放那被紧紧卷着的古老细腻的黑暗。那破旧的、毡制的昏黄，如今已被解放出来，让天花板下的空间充满了另一个时代的气息，在很久以前凉爽的秋天里，往日的气息被耐心地定格，排列成无数层叠的布匹。黑暗的空气中散落着看不见东西的飞蛾，店铺里到处都是羽毛和羊绒，浓浓的秋意弥漫着这片布料和天鹅绒的黑暗营地。在那个营地野餐时，店员们设计了各种恶作剧，他们让同事用深色清凉的布顺着耳朵紧紧地裹住自己，再兴奋地躺成一排，在布包里一动不动，就像木乃伊一样。他们只剩眼睛在外左顾右盼，假装对自己身上的五花大绑深感恐惧。或者，他们让同事用巨大、展开的布毯把自己高高抛起，摸到天花板再落下。这些毯子发出低沉的砰砰声和升起的气流使他们高兴得手舞足蹈，仿佛整个店铺都在翱翔，各种布料在灵感中翻腾，店员们的衣摆向上飘舞，就像先知在短暂地飞升一样。母亲纵容地看着这些游戏，午休时的放松在她看来是理所应当的，即使是最过分的捣乱行为也值得被宽解。

夏天的时候，由于院子里杂草丛生，店铺后面一片阴暗。从储藏室的窗户俯瞰，树叶的摇动和起伏的光反射使它变成了一派绿意盎然又光影斑斓的深海。在漫长而昏沉的午后，苍蝇单调地飞来飞去，它们是用父亲的甜酒培育出来的怪物，是长毛的隐士，日复一日地在漫长而单调的传说中哀叹它们该死的命运。这些苍蝇十分善于在野生环境下发生意想不到的突变，产生大量非自然的怪胎——有许多都是由乱伦的结合繁殖而来，退化为一个笨重巨大的超级种族，那些缺胳膊少腿的老家伙只会发出深沉忧郁的嗡嗡声。夏天快要结束的时候，一些死去昆虫的后代被孵化出来，长着无用的翅膀。它们沉默无声，是最后一代的种族，像是蓝色的大甲虫，它们沿着绿色的窗玻璃爬上爬下，浑浑噩噩地忙碌着无用的差事，直至结束它们悲惨的生命。

那扇很少打开的门上布满了蜘蛛网。母亲睡在书桌后面一张挂在架子间的布制吊床上。店员们被苍蝇骚扰着，眉头紧皱表情扭曲，在不安的睡梦中翻腾。在此期间，繁茂的杂草占据了庭院。在无情的阳光炙烤下，垃圾堆里长出了巨大的荨麻和锦葵。

太阳的热量落在这片土地上，使地下水中产生了有毒的物质，那是某种叶绿素发酵导致的毒性衍生物。这种病态的过程造就了畸形、起皱又极其轻盈的叶子，一直蔓延到窗户下面的空间里，变成了一团团轻轻薄薄的绿色赘肉。杂草丛生的垃圾堆退化成一张破旧的壁纸，俗气地拼贴在储藏室的墙上。店员们从小睡中红光满面地苏醒，他们异常兴奋，精力充沛地站了起来，准备上演更多"英勇"的闹剧，但很快他们就厌倦了，于是爬上高高的架子，用脚打着鼓点，神情空洞地望着空荡荡的集市广场，内心渴望随便出现点什么可消遣的东西都好。

有一次，一个乡下来的农夫，光着脚，穿着布衫，站在店门口，犹犹豫豫地往里张望。对那些百无聊赖的店员来说，这真是天赐良机。他们飞快地从梯子上冲下来，就像蜘蛛看到了苍蝇一样围了上去。他们拽着他，推着他，穷追不舍地问东问西，他只是羞涩地微笑，想要逃开这些问题。他挠了挠头，尴尬地笑着，一脸警惕地望着那些殷勤的年轻人。所以，他是想要烟草吗？但是要什么牌子呢？最好的马其顿卷烟，像琥珀一样色泽金黄诱人的那种？不是？那普通烟斗的烟草行吗？粗烟丝要吗？想不想进来选选？进来看看也好呀，没什么好怕的。店员们轻轻地把他推到店里更深处的柜台边。里奥走到柜台后面，假装要拉开一个抽屉——可那个抽屉根本就不存在。啊，他表现得多么逼真，双手用力，紧抿双唇！该死的抽屉被卡住了，打不开。必须使劲用拳头猛敲柜台顶部才行。这个农夫在年轻人的鼓动下，全神贯注地敲了起来，不管他怎么使劲儿，抽屉依然纹丝不动，最后他蜷起身子，顶着花白的头发爬到柜台上，赤着脚使劲儿地跺了跺。他的举动把我们都逗得哈哈大笑。

就在那时，令人遗憾的事情发生了，这让我们充满了悲伤和羞愧。虽然我们没做什么坏事，但我们也同样负有责任，这都是由于我们的轻浮，由于我们缺乏对于父亲所担忧的事情的认真理解和严肃对待鉴于父亲捉摸不透、极度脆弱和反复无常的天性,是我们的轻率行为产生了真正致命的后果。

当我们在柜台边围呈半圆形,为自己的恶作剧沾沾自喜时,父亲不声不响地走了进来。

我们没有看见他。当他突然识破了我们的小把戏时,我们才注意到他正铁青着脸,眼里喷射着难以遏制的狂烈怒火。母亲赶紧跑过来,惊恐不安地问:"怎么了,雅各布?"她吓得连大气都不敢喘。

母亲开始拍打他的后背,就像拍一个被呛住的人一样。可是这一切都太迟了。父亲全身的毛发都因为愤怒而竖起来,他的脸在我们眼皮子底下腐化分解、支离破碎,急剧地变化着,这是一场无法解释的灾难性打击。我们还没来得及弄明白是怎么回事,他就剧烈地摇晃着身体,发出嗡嗡声,在我们眼前飞跑起来,变成了一只可怕的、毛茸茸的铁蓝色马蝇,疯狂地在店铺上空盘旋,盲目地撞着墙壁。我们都绝望地惊呆了,听着他的悲叹,听着那极富张力的低沉哀鸣,在店铺幽暗的天花板下,不停地飞旋出锐利的舞步,记录着无尽的痛苦——那是他铭心刻骨、无法缓解的痛苦。

我们呆立在原地,深感羞愧,更无颜相互对视。在我们内心深处却感到了某种解脱,因为在关键时刻,父亲找到了一条摆脱困境的出路。我们钦佩他飞蛾扑火般地投入绝望的死胡同的勇气,那孤单的身影无限地放大了他义无反顾的气概。

然而,如果能够心平气和地看待这个事件,我们就会觉得父亲这次变形的完美程度仍值得商榷。它更像是一种内心抗议的表征,一种暴力和绝望的示威,然而,这几乎无法真正在现实中达成。我们必须记住,这里描述的大多数事件都受到夏季的喜怒无常、酷暑的明暗参半以及沿着死季边界不负责任地运行的边缘时间的影响。

  我们静静地聆听着。父亲的报复特别狡猾:这是一种变相的折磨。从那一刻起,我们就注定要永远被那可怕的、沉闷的嗡嗡声所包围——那是一种持续不断的呜咽,在越来越长、越拉越尖的尾音中迅速跌落,忽而停止。在那一瞬间,我们如释重负地享受着片刻安宁,这是一种仁慈的喘息,就在此时,我们心中会隐约升起一线希望。但没过一会儿,嗡嗡声又卷土重来,而且越来越强烈,越来越哀婉。我们终于意识到,这种痛苦,这种诅咒,这种无家可归、四处碰壁的声音,会无休无止地追随着我们。这种抱怨与沉默的独白,一次比一次响亮,一次比一次愤慨,仿佛要取消刚才短暂的恻隐之意,让我们神经紧张、烦躁不堪。那无穷无尽的痛苦,那被顽固地困在自己狂躁的囹圄里的痛苦,那令人心神不宁、想要自残的痛苦,对于我们这些无助、不幸的目击者来说,最终变得忍无可忍。这种没完没了、要求我们对其施以同情的奔走呼号,包含了对我们沉迷于自己福祉太明显的指责和太直接的指控,又不允许我们辩驳申诉。我们的内心都在挣扎,心中充满了抗议和愤怒,而不是悔恨。难道他除了盲目地把自己投入这可怜而绝望的境地,真的就没有别的出路了吗?无论是由于他自己的过失,还是由于我们的错误,他都已经陷入了这种境地,难道他就不能找到更强大的精神力量,更伟岸的尊严,毫无怨言地忍气吞声吗?母亲好不容易才压住了怒气。店员们呆呆地坐在梯子上,一脸惊愕，幻想着要报复，想拿着皮制的苍蝇拍沿着货架穷追猛打，他们气愤得眼睛都充血了。店铺门口的帆布窗帘猛烈地拍打着，午后的热浪笼罩着数英里阳光普照的平坦之地，摧毁了更低处那遥远的世界。在明暗交错的店铺中，在幽暗的天花板下，父亲绝望地盘旋着，把自己越来越紧地卷入了不见天日的曲折飞行中。

3

然而，尽管所有的证据都表明事实与此相反，却也没有什么大不了的，因为当天晚上，父亲像往常一样在看他的报纸，这件事似乎早就被忘记了，那种深刻的怨恨也被抚平和抹去了。当然，我们也都保持缄默，没有人刻意提起。我们高兴地看着他，气定神闲、心无旁骛地用精确的书法一页又一页地、勤奋地写着什么。相反，我们越来越难以忘记那个可怜的农夫的存在。显而易见，这件未完成的事业竟然如此顽固地扎根于他的头脑。在这空虚的几个星期里，我们故意不理睬他，让他在黑暗角落的柜台上继续跺着脚，看着他一天天地变得越来越矮小，越来越暗淡。他现在几乎不怎么引人注意，但还是在原地跺着脚，脸上挂着慈善的微笑，弯腰伏在柜台上，不知疲倦地喃喃自语着。跺脚和敲打成了他真正的使命，他孤注一掷地投身于此。我们没有干涉，他已经无法自拔，我们谁也不能把他唤醒。

夏日里白天和夜晚首尾相连，似乎没有黄昏的过渡。我们还没来得及观察自己身在何处，夜幕就降临到店里。一盏大油灯亮了起来，店里还在继续营业。在这些短暂的夏夜，犯不着回家来回折腾。父亲总是全神贯注地坐在书桌前，在某封信的空白处画上黑色的星星和墨点，或者将某处重点的内容圈起来做好标记，这些黑色的原子就从窗外的夏夜中分离出来，游离在空气里。夜晚像一团蒲公英花球，在灯罩下散开，列外都是不同物体的缩影，构成一个缥缈的微观世界。父亲的眼镜反射着灯光，他什么都看不清，他在等待，非常不耐烦地等待，同时安静地倾听，眼睛盯住那张白茫茫的信纸，看着黑洞洞的恒星和尘埃组成的黑暗星系从纸张上流过。可以说，在他身后，在没有他参与的情况下，正在进行一场争夺店铺的大战。奇怪的是，这场大战爆发在明亮的灯光下，战火在他脑袋后面挂着的那幅画作上燃烧，弥漫在文件柜和镜子之间。这是一幅神奇的画作，像一种护身符、一幅画之谜语，不断地被解读，并且代代相传。它究竟代表什么呢？这是多年来争论不休的话题，是两种对立观点之间无休止的争辩。

这幅画描绘了一场交易中对立的双方，以及两个截然相反的世界。

"我用信用担保！"这个瘦小的、衣衫褴褛的小家伙喊道，他的声音因绝望而哽咽。

"可我只接受现金交易，概不赊账。"坐在扶手椅上的胖子回答道，他交叉着双腿，双手交握在肚子上，两根拇指互相围绕着旋转。

父亲是多么痛恨那个胖子！他从小就认识这两个人，甚至在他还是一个孩子的时候，他就对任何一个肥胖的利己主义者充满了蔑视，因为他们都会一早起来就不管不顾、狼吞虎咽地吃掉许多个黄油蛋糕卷。不过，他也不太支持瘦小的那个。现在，他看起来很惊讶，因为所有的主动权都从他手中滑落，并且由那两个争吵不休的人接管。

父亲屏住呼吸，眨着眼睛——为了看得清楚，他已经把眼镜摘下来了——紧张地等待着争论的结果。

这家店铺本身就一直是个谜团。这是父亲所有思想的中心，他每夜思考的中心，他可怕的沉默的中心。它高深莫测，包罗万象，矗立在日常事件的背景中。白天，充满父权制尊严的一批批布料按照品质等级排列，根据它们的先来后到和追本溯源进行区分对待。但是到了夜里，它们中叛逆的黑暗因子爆发了，并以低沉的长篇大论和地狱般的即兴创作席卷而来。秋天，店铺里忙得不可开交，到处充斥着预备越冬的商品黑压压的库存，仿佛好几英亩的森林被连根拔起，正行进在狂风肆虐的风眼中。夏天，到了那个死季，商店回到惨淡的退守之地，隐匿在密密麻麻的布丛中无法被人接近。晚上，店员们就用他们的木尺子敲打着布料垒起的沉闷的高墙，听着被关在布匹洞穴里的店铺发出痛苦的吼叫。

在黑暗的笼罩中，父亲回溯到了过去，回归到了时间的深渊。他是他们家族的最后一员，他是阿特拉斯[①]，肩负着巨大遗嘱的重担。

许多个日日夜夜，父亲思考着这一切的意义，试图理解其中隐藏的含义。他常常满怀期待地斜眼打量他的店员们，他自己并没有得到任何暗号、启迪或指示，他希望这些刚刚破茧而出的天真无邪的年轻人，会突然为他指点迷津，点破自己对着这个店铺行当百思不得其解的真谛。他不断地追问、纠缠着他们，他们却懵懵懂懂，口齿不清，

[①] 希腊神话里的擎天神，是泰坦巨神的一族，他被宙斯降罪，用双肩支撑苍天。

把眼睛转开，避免与他目光相接，嘟囔着一些稀里糊涂的废话。早上，父亲用拐杖支撑着身体，像牧羊人一样在他那群瞎眼的、毛茸茸的羊群中，在撅着屁股拥挤在饮水槽周围咩咩叫的牲畜中间游荡。他还在等待着，拖延着他们部族迁徙的时刻，在此之前，他要为自己找到支撑的理由，去承担起带领那些蜂拥而来的无家可归的以色列人走出黑夜的责任。

门外的夜晚是凝固的铅灰色——严丝合缝，没有一丝微风。走了几步后，它变得无法再继续穿行。你就像在梦里行走一样，虽然脚步移动实际上却并没有前进，虽然双脚只是原地踱步，你的思想却在继续不休地往前奔走，不停地提问和质疑，被辩证的双方和夜晚的种种引入歧途。夜晚的微分学仍在继续，进行着自我比较和分析。最后，你停下脚步，一动不动地站在原地，在夜晚最黑暗、最私密的角落，就像找到一个公厕，在死一般的寂静中，呆立了很长时间，体味着一种带着幸福的羞愧感。只有思想，任由自己慢慢地转过身来，大脑复杂的解剖结构像卷轴一样展开，夏夜的抽象论述继续着它毒辣的辩证法，在逻辑上翻了个身，发明了新的复杂问题，却始终找不到答案。

就这样，你在黑夜的浩瀚思辨中与自己辩论，脱离了现实，进入终极的虚无。

午夜过后很久，父亲突然从一堆文件中抬起头来。他站起身，满心自大，瞪大了双眼，聚精会神地听着。

"他来了，"他面露喜色地说，"快开门。"

还没等管事的店员西奥多打开那扇夜里落锁的玻璃门，已经有一个人挤进来了。他背着大包小裹，头发黑亮，留着胡子，容光焕发，面带微笑：正是那位期待已久的客人已然到访。雅各布先生激动不已，急忙向他致意，鞠躬，热情地伸出双手，与他拥抱在一起。有那么一会儿，就像一辆黑色闪亮的火车头无声无息地开到店铺门口，一个头戴铁路工人帽子的搬运工背着一个巨大的箱子进来了。

我们一直不知道这位尊贵的客人到底是何许人也。西奥多坚信他就是克里斯蒂安·塞佩尔父子公司（纺纱厂和机械纺织厂）的董事长本人，但是没有什么证据可以证明这一点，母亲也不同意这个说法。不过，毫无疑问，这个人一定是个狠角色，是本地债权人联合会的重要支柱之一。他那张肥胖、亮堂、骄傲的脸庞周围留着一撮精心修剪过的黑胡子。父亲亲热地搂着他，他们互相点着头向桌子走去。

虽然我们听不懂这场外语对话，但我们还是满怀敬意地听着，欣赏着他们的微笑，眯起的眼睛，微妙而细腻的相互恭维。先生们先是寒暄了一下，然后就开始讨论问题的关键。账本和文件在桌子上摊开，旁边还有一瓶启封的白葡萄酒。他们嘴里叼着浓烈的雪茄，脸上皱着一副粗略的满意表情，互相交换着简短的单音节暗语，不时地用手指指着账本上某个相应的条目，眼睛里闪着狡黠的笑意。慢慢地，讨论变得激烈起来，我们可以感觉到一种越来越强烈、几乎无法抑制的兴奋。他们咬着嘴唇，雪茄烟从突然失望而充满敌意的嘴里垂落下来，现在变得冷淡又苦涩，他们内心激愤得发抖。父亲的鼻子粗重地喘息，眼睛下面红红的，头发在汗涔涔的额头上竖立着。局势瞬间逆转，暗潮汹涌。再过一会儿，两个人都从椅子上站了起来，气得几乎看不见东西,呼吸沉重,从眼镜下面怒目而视。母亲吓坏了,开始哀求地拍着父亲的背,想阻止这一场灾难的爆发。两位先生一见到女士,都恢复了理智,回忆起了谈判的礼节,又互相鞠躬微笑,坐下来继续讨论。

大约凌晨两点钟,父亲砰地一声合上了总账沉重的封面。我们焦急地看着两个人的脸,以图分辨是谁赢得了这场战斗。父亲表面上的好心情似乎是在强颜欢笑,而那个黑胡子男人则靠在扶手椅上,双腿交叉,脸上浮动着善意和豁达。他以炫耀的慷慨给店员们分发小费。

整理好文件和发票后,先生们从桌子后面站了起来。他们含蓄地向店员们眨眨眼,表示已经准备好迎接新的挑战;他们背着母亲提议,可以找个机会庆祝一下——这当然都只是些客套话,店员们也并没有把它当真。夜晚没有任何其他的出路,它必须在阴沟里,在虚无和秘密耻辱的盲墙旁边的某个地方结束,所有通向夜晚的小径最终都折回了店铺。从一开始,所有试图进入它深处的飞行都是注定要失败的,店员们也只是出于礼貌才回应地眨了眨眼。

那个黑胡子男人和父亲挽着胳膊,在身后年轻人宽容的目光中,兴致勃勃地离开了店铺。一出门,黑暗的夜就一下子吞没了他们的脑袋,他们一头扎进了深夜的黑色海水中。

谁曾探测过七月之夜的深处,谁曾测量过那些无事可做的虚空到底有多幽深?穿过那片黑色的无垠之地后,他们两人又站在门前,仿佛是刚刚离开而已。他们又恢复了理智,嘴里还念念不忘昨天没有说出的话。他们就这样站了很长一段时间,单调地交谈着,就好像他们刚从一次遥远的探险回来似的。他们现在被所谓的冒险和夜间放肆的伙伴关系束缚住了。他们像醉汉一样把帽子往后推，步履蹒跚地走了。

他们避开店铺前面亮着灯的地方，悄悄地走进房子的门廊，然后缓缓地走上吱吱作响的台阶，来到一楼。他们蹑手蹑脚地走到阳台上，站在阿德拉的窗前，试图看看那个熟睡的女孩。他们看不见她，因为她躺在阴影里，在睡梦中无意识地抽泣着，她的嘴微微张开，头向后仰着，带着燃烧的狂热专注于她的梦境。他们拍打着黑暗的玻璃窗，唱着一些淫词艳曲，但是阿德拉丝毫不为所动，她正在遥远的道路上麻木不醒地徘徊着，半张的嘴唇上挂着一丝呆滞的微笑，像被催眠了一样，距离他们有几英里远，游荡在他们够不着的地方。

然后，他们倚靠在阳台的栏杆上，无可奈何地打了个大大的哈欠，又开始用脚踢打栏杆。深夜，不知什么时候，他们又发现自己的身体飘浮在两张窄床上堆积如山的被褥之间，他们并排遨游着，打着呼噜，竞相追逐。

在更遥远的地方，是睡眠的暗流将他们的身体裹挟在一起了呢，还是他们的梦境不知不觉地合并在一起了呢？——他们觉得躺在彼此的臂弯里，仍然在进行一场艰难的、无意识的搏斗。他们面对面喘着粗气，徒劳的拼尽全力。那个黑胡子男人压在父亲身上，就像天使压在雅各布①身上一样。父亲用尽膝盖的全部力量抵抗他的压迫，僵硬地失去知觉，在一轮又一轮的角力之间又偷偷地睡了一小会儿。可是，他们的这番争斗是为了什么？为了他们的好名声？为了上帝的旨意？

---

①《圣经·创世纪》中，雅各布曾与天使进行过摔跤。

还是为了合同？他们汗流浃背地扭打、挣扎着，耗尽最后一点力气，睡眠的浪潮把他们推送到了夜晚更加遥远和陌生的地方。

4

第二天，父亲走路稍微有点瘸，但他却容光焕发。黎明时分，他的信中出现了一句精彩绝伦的话，这是他许多个日夜都在努力寻找却徒劳无功的措辞方式。我们再也没有见过黑胡子先生，他在天亮前就带着他的箱子和包裹离开了，并没有向我们告别。那是死季的最后一晚，从那个夏夜开始，我们的店铺开始了长达七年的繁荣。

沙漏做招牌的疗养院

1

这次旅途十分漫长。在那条被人遗忘的支线上,每周只有一列火车经过,载着为数不多的乘客。我以前从未见过这么古老的车厢,因为在其他列车上,这种车厢早就被淘汰了,它们像起居室一样宽敞,光线昏暗,还有许多隐蔽之处。走廊从不同的角度通向空荡荡的车厢,使得这里地形复杂、环境寒冷,散发出一种陌生、惊悚、荒凉的气氛。我从一节车厢走到另一节车厢,寻找一个舒适的角落。这里四处漏风,冷空气穿过车厢内部,从头到尾地刺穿了整个列车。地板上零星地坐着几个人,他们寸步不离地守着身边的行李,不敢去找个空座位眯上一会儿。除此之外,那些高耸凸起、裹着油布的座位凉彻如冰,由于年代久远而变得黏糊糊的。在空无一人的车站,没有乘客上车。没有汽笛的嘶鸣,没有轨道的呻吟,火车又慢慢地开动起来,仿佛迷失在虚空的冥想之中。

有一段时间，一个穿着破旧铁路工制服的人陪着我。他沉默不语，把手帕贴在肿胀疼痛的脸上，全神贯注于自己的思绪。后来他也不见了，应该是在某个车站偷偷溜下了车。他在地板上的稻草堆里留下了躺过的痕迹，还落下了一个破烂的黑色手提箱。

我蹚着稻草和垃圾，摇摇晃晃地挨个车厢走过。车厢敞开的门在穿堂风中呼扇着。火车上一个乘客都没有了。最后，我遇到了一位身着黑色制服的列车员，他的脖子上围了一条厚厚的围巾，正收拾他的东西——一盏提灯，一本官方的车辆运行日志。

"我们就快到了，先生。"他说着话，同时用疲惫的眼睛看着我。

火车正慢慢停下来，没有气喘吁吁，也没有嘎嘎作响，仿佛生命正随着最后一股蒸气慢慢地弃之而去。我们终于停下了。四周空空荡荡，安静无声，看不到车站的建筑楼。列车员给我指了指疗养院的方向，我提着手提箱，开始沿着一条狭窄、泛白的公路向一个公园的幽深树丛走去。带着一些好奇心，我观察了一下四周的风景，我脚下的路通向一座缓坡的山顶，从那里可以看到一片开阔的田野。天空完全是灰蒙蒙的，死气沉沉，没有任何色彩明暗的对比。也许是在这种沉重而压抑的气氛影响下，山谷的洼地看起来十分黑暗，在这个洼地中，一片广阔的树木繁茂的风景就像医学透视光片上照出的风景一样。一排排的树木，树冠相接，越来越灰白，越来越幽远，沿着平缓的斜坡向左右方向延伸。整个画面阴森肃穆，似乎不知不觉地飘浮起来，仿佛天空中画满了蒸腾翻涌、移形换影的云朵。连绵起伏的森林瑟瑟摇曳、沙沙作响，就像潮水逐渐向着海岸涌动。不断抬升的白色道路在那片树林的黑暗中蜿蜒曲折。我从路边的树上折下了一根树枝，树叶的颜色暗沉，几乎是黑色的，这是一种奇特的黑暗，显得深沉而仁慈，像宁静安稳的睡眠。这片风景中所有深浅不同的灰色都是由这一种黑暗演化而来。这是我国乡下某个多云的夏日黄昏的颜色，经过长时间的降雨后，这里的景致被雨水浸透，散发出一种消极无望的感觉，一种不需要色彩调剂的随波逐流和终极的空虚麻木。

公园的树丛中一片漆黑。我在柔软的松针铺成的地毯上摸索着前进。当树木变得稀疏时，一座人行天桥的木板在我脚下发出轻轻的声响，在它的另一边，在幽暗树影的映衬下，隐约可见那家旅店有许多窗户的灰色外墙，他们标榜自己就是一间疗养院。入口的双层玻璃门十足地敞开着，那座小小的人行天桥，带有用桦树枝编织的扶手，颤颤巍巍地一直通向那里。

走廊里半明半暗，一片肃穆的寂静。我踮着脚尖从一扇门走到另一扇门，想看看上面的门牌号。拐过一个转角，我终于遇到了一个女服务员，她从一个房间里跑了出来，像是刚刚勉强挣脱了什么人的怀抱似的，激动得喘不过气来。她几乎听不懂我在说什么，我不得不重复一遍，她茫然无助又无可奈何地看着我。

我问他们收到我的电报了吗，她摊开两手，眼睛斜望着别处。

她一边敷衍我，一边眯着眼瞟向一扇半开着的门，她一直在找机会想躲到那扇门后去。

"我是远道而来的，之前发过电报预定了一个房间。"我有些不耐烦地说，"现在我该找谁办理入住的事儿？"

她也不知道。"也许你可以在餐厅里等一会儿,"她嘟嘟囔囔地说,"现在大家都睡觉呢。医生睡醒了我就来告诉你。"

"他们都睡觉了?现在是大白天,又不是晚上,为什么都睡觉了?"

"在这里,所有人都一直在睡觉。难道你不知道吗?"她说着,并且开始饶有兴趣地打量我。"再说,这里从来没有晚上。"她腼腆地补充道。

很显然,她已经放弃了逃跑的念头,现在她正大惊小怪地摆弄着围裙的花边。我没再管她,自己走进了灯光昏暗的餐厅。那里有几张桌子,沿着整面墙摆放着自助餐台。我现在觉得有点饿了,当我看到餐台上有一些甜点和蛋糕时,内心总算有些欣慰。

所有桌子都空着,我把手提箱放在其中一张桌子上。我拍拍手,但是没有任何回应。我朝隔壁房间看了看,那个房间更大些,也更明亮。那里有一扇宽大的窗子,或者说是凉棚,可以俯瞰我刚刚路过的风景。在窗户的衬托下,这似乎是一种无时不在的哀痛提醒,暗示着深深的悲伤和无奈。一些桌子上放着不久前刚吃过的残羹剩饭、没有塞好瓶塞的瓶子,还有半空的酒杯。四处都是零星摆放的小费,服务员还没来得及收走。我回到自助餐台,看了看甜点和蛋糕,它们看起来非常诱人可口,我不知道是否可以自己取食。我突然感觉到贪婪的食欲,有一种特别的苹果馅饼,香甜得让我直流口水。我正要用一把银制餐刀掀起一块来吃时,感到有人在我身后,是那个女服务员穿着柔软的毛毡拖鞋走进了房间,轻轻地碰了碰我的背。

"医生现在可以见你了。"她低着头，看着自己的指甲说着这些话。

她面对着我，刻意地展现着自己臀部扭动的魅力，并没有立即转身。离开餐厅后，我们经过了许多有编号的门，她开始挑逗我，有意地控制着和我之间的距离，忽远忽近、若即若离。后来走廊变得越来越阴暗。在一片漆黑里，她飞快地从我身边轻轻蹭过。

"这就是医生的房间，"她小声说，"请进。"

戈达尔医生站在房间中央等着迎接我。他身材矮小，肩膀宽阔，蓄着一脸浓密的胡须。

"我们昨天收到了你的电报，"他说，"我们派了马车去车站接你，但你一定是乘另一列火车来的。很抱歉，路途上的联络总不能很及时。一切还顺利吗？"

"我父亲还活着吗？"我问，焦急地凝望着他淡定的脸。

"是的，当然，"他回答，镇定地面对我质疑的目光，"也就是说，形势还在我们的控制之内，"他半闭着眼睛补充道，"你和我都清楚，从你家人的角度，从你们家乡的角度来看，你父亲已经死了。这是完全无法补救的。那边的死亡无疑给他在这里的生活投下了一定的阴影。"

"可是父亲他自己知道吗？他猜得出吗？"我低声问他。

他坚定地摇了摇头。"别担心，"他低声说，"我们的病人都不知情，也猜不出来这个方案的全部秘密，"他补充说，同时抬起手，准备用手指展示它的发生机制，"就是我们把时钟拨回了过去。在这种情况下，我们总是会得到一定的时间差，虽然我们也无法确定这个时间差的确切长度。整个事情就是一个简单的相对论。你父亲的死，在你们家乡是已经存在的噩耗，但在这，却还没有发生呢。"

"这么说来，"我说，"父亲在这里也会即将迎来死亡，甚至说危在旦夕了。"

"不，你没真正理解我的意思，"他用一种宽容却不耐烦的口气说道，"在这里，我们重新激活了过去的一切可能性，因此也包括被治愈的可能。"他微笑地看着我，摸了摸他的胡须。"不过，我猜，现在你应该很想去看看你父亲。如你所愿，我们为你预留了你父亲的房间里的另一张床。我这就带你去那儿。"

当我们走在黑暗的走廊里时，戈达尔医生轻声说着话。我注意到他也穿着毛毡拖鞋，和那个女服务员的一样。"我们允许这儿的病人长时间地睡觉，这样可以节省他们的精力。再说了，除此之外，他们也没事可做。"

最后，我们在一扇门前停了下来，他把一根手指放在嘴唇上。"嘘。小点声儿，轻轻地进去，你父亲睡着了。你最好也安心睡一觉，这对你来说是最佳选择。那么，我们先告辞了。"

"再见。"我低声说，心跳得十分剧烈。

我按下把手，房门就像沉睡中失去抵抗能力的嘴唇一样，轻轻开启。我蹑手蹑脚地进去，看到房间几乎是空的，色调晦暗，四壁苍苍。在一扇小窗下，父亲躺在一张简陋的木床上，盖着一堆被褥，正呼呼大睡。随着呼吸，从他的胸腔深处发出阵阵鼾声。整个房间从地板到天花板都充满了鼾声，同时，更新更响亮的鼾声还在层出不穷地继续往上覆盖。怀着深深的情感，我看着父亲瘦弱的脸，现在完全沉浸在打鼾的翕动中——那是一张遥远、恍惚的脸，已经撇开了尘世的面容，通过庄严地讲述它的分分秒秒来坦白它在遥远海岸的重生。

房间里并没有医生说的另一张床。刺骨的冷风从窗户吹进来，炉火也没有点燃。

我心想，他们似乎并不怎么关心病人呐。怎么能让这样一个病人暴露在这样的冷气流下！而且这里也没人打扫卫生，地板和床头柜上盖了厚厚的一层灰尘，上面放着几瓶药和一杯冷咖啡。餐馆里明明有成堆的糕点，但他们给病人喝的却是黑咖啡而不是其他更有营养的东西！但是，与时光倒转的好处相比，这也许都只是一些无关紧要的细节。

我慢慢脱下衣服，爬上父亲的床。他没有醒过来，但是他的鼾声起了一点变化，大概是之前的音调太高了，现在降了一个八度，不再是高亢的朗诵声。可以说，它变得更加私密，变成只有他自己能听懂的窃窃私语。我把父亲盖在鸭绒被下面，尽可能地保护他免受房间里的风吹。很快，我也在他身边睡着了。

2

当我醒来，已是黄昏时分。父亲已经穿好衣服，坐在桌子旁喝茶，把糖霜饼干泡在里面吃。他穿着一套英国布料的黑色套装，这是他前一年夏天才做的，领带系得松松垮垮。

见我醒了，他苍白的脸上露出愉快的微笑，他对我说："约瑟夫，我真高兴你能来。这真是个惊喜！我在这里孤独极了。但我想，以眼下的情况看，我或许不应该抱怨。我甚至经历过更糟糕的事情，如果要把它们一一列举出来,好吧,那也没关系。你能想到吗,在我来这里的第一天,他们做了美味的蘑菇烤牛肉片。那简直是黑暗料理,该死的肉啊,约瑟夫。我必须非常严正地警告你,他们要是给你上牛肉片的话,你可要当心!我仍然能感觉到肚子里灼烧的烈火。还有折磨人的腹泻,真是受不了。但我必须告诉你另一个消息,"他接着说,"你听了别笑我。我在这里租了一间店铺来经营。是的,我确实弄了一家店。我十分庆幸自己想到了这个好主意。不得不说,我已经非常厌烦这种无聊的日子。你无法想象这种无聊。可现在,我至少有了一个愉快的营生。不要幻想什么伟大的壮举,不是那种。它比我们之前的店铺简陋很多,顶多算是一个摊位吧。如果是在家里,我会为只能打理这样一个摊位而感到羞耻,但在这里,我们不得不放弃许多自命不凡的东西——你说对吗,约瑟夫?"他苦笑起来,"不管怎么样,总得想法子活下去,不是吗?"

父亲似乎也恍然意识到,他用错了"活下去"这个词,此刻,他困惑不解的神态令我感到十分尴尬。

"我看你还是很困倦的样子,"过了一会儿他继续说,"再睡会儿吧,如果你愿意的话,睡醒了以后你可以到我的铺子来找我。我现在得去那边看看生意如何。你不知道,在这里要搞到信用贷款的难度有多大,他们对老牌商人和有着良好记录的商人也一样丝毫没有信任可言。你还记得集市广场上的眼镜店吗?嗯,我们的店铺就在它隔壁。上面仍然没有任何招牌,但我相信你会找到路,绝不会错过的。"

"你就要这样出去吗?连外套也不穿?"我焦急地问。

"也许是他们忘记帮我收好了。你瞧，我在行李箱里根本找不到外套，但我其实也并不需要它，看看这温和的气候，甜美的空气……"

"那你穿我的外套去吧，"我坚持道，"你必须多穿点。"

但是父亲已经戴上了帽子，向我挥挥手，走出了房间。

我顿时觉得困意全消。此刻我感到体力早已恢复，肚子却咕咕叫。怀着愉快的期待，我想到了自助餐台。我穿好衣服，心里盘算着要品尝多少糕点才能饱。我决定从苹果馅饼开始，却也没有忘记一种带陈皮的海绵蛋糕，它也让我萦绕于心。我站在镜子前面系领带，但镜面像是有玻璃瓶样的弧度，总是把我的影像藏在镜子深处的某个地方，只能看到一个影影绰绰的模糊形状。我徒劳地尝试调整我和镜子里的自己的距离——先靠近镜子，然后再往回缩——但那银色的表面像是有一团薄雾在流动，什么都看不清。我必须再弄一面镜子，我心里这样想，然后离开了房间。

走廊里一片漆黑，在一个拐角里，一盏小小的煤气灯闪烁着蓝色的火焰，强化了庄严肃穆的氛围。我在迷宫般的房间、门廊和壁龛之间纠结，根本想不起来哪扇门通向餐厅。

我突然决定，还是出去转转。我可以到镇上去吃饭，说不定能找到一家很不错的咖啡馆。

走出大门，我一头扎进了这里又厚重又湿润又清甜的特殊空气中。那片灰色的光晕变得更加深邃了：现在在我看来，那感觉像是透过丧服的黑纱直视阳光。

我尽情欣赏着这至暗之境里天鹅绒般柔软多汁的黑暗，还有惨淡、落寞、斑驳的人行甬道，那些柔和的色调是这片风景默默弹奏的夜之曲。一阵阵空气在我脸上轻轻吹过，带来了经年累月的雨水沤出的陈腐又回甘的气味。

还有那黑色森林中永恒的沙沙声——那是沉闷的和弦在空间中震颤着放大、提升，最终的音调已经高得超出了我们听觉的极限。我当时站在疗养院的后院，我转身看了看主楼的背面，它的形状像一个围绕着中庭的马蹄铁，所有的百叶窗都紧闭着黑色的扇片，整座疗养院都在深深地沉睡。我从一扇铁栅栏大门走出去，旁边有一个巨大的狗窝，但里面空空如也。我又一次被黑色的树丛抓住，被吞没在它的怀抱中。随后，天色又变亮了一些，我逐渐看到了树林间房屋的轮廓。再走几步，我发现自己来到了一个很大的城镇广场。

它和我们家乡的集市广场有着多么令人惊奇、多么令人误解的相似之处啊！事实上，世界上所有的集市广场都是那么大同小异！都是几乎一模一样的房子和店铺！

马路上几乎空无一人。在某个不能确定的时刻，阴郁沉闷的哀伤从模糊晦暗的灰色天空中降临。我可以很轻松地看清所有店铺的招牌和海报，但如果知道了现在已是深夜，我也不会感到惊讶。只有几家店还开着门，其他店铺的铁闸门已经拉下一半，正在匆忙地准备闭店。一股浓郁醉人、沁人心脾的空气似乎遮住了一部分视线，像一块潮湿的海绵，把一些房屋、一盏路灯和一段招牌都擦去了。有时，人们很难长时间地睁眼睛，因为他们会被一种奇怪的慵懒或困倦所征服。我开始寻找父亲提到的那家眼镜店，他把这件事当作我所知道的事情来交代，而且他似乎认为我对当地的情况已经很熟悉，难道他忘了我是第一次来这里吗？显而易见，他的头脑是混乱的，可我还能对父亲要求些什么呢？毕竟他不能算是真实的人，只是勉为其难地过着与世俗相对的、有那么多限制的生活！我无法否认，我们需要心怀善意的悲悯，才能相信他这种奇特的生命方式。他所经历的只是生命的一种可悲的替代形式，依赖于别人对这种方式的默许和支持他从中汲取微弱力量的共识。显然，只有公众团结一致，对他那明显的、令人震惊的缺点睁一只眼闭一只眼，他这种可怜的生命假象才能在现实组织中维持下去，哪怕只有极其短促的一段时间。即使是最轻微的怀疑都会破坏它，最隐忍的质疑都会毁掉它。戈达尔医生的疗养院能为父亲提供这种友好纵容的温室气氛，并保护他不受冷静分析的毁灭性打击吗？令人震撼的是，在这种朝不保夕又如履薄冰的情形下，父亲却能表现得如此从容，这着实令人钦佩。

当我看到一家店铺的橱窗里摆满了蛋糕和甜点时，我的内心涌起难以抑制的欣喜，我的味蕾都在蠢蠢欲动。我推开上面写着"冰点"的玻璃门，进入昏暗的室内，迎面飘来咖啡和香草的味道。一个女孩从店铺的深处走出来，她的脸因昏黄的灯光笼罩而模糊不清，她来帮我点餐。等了这么久，我终于可以吃到美味的甜甜圈了，再配上咖啡让我大快朵颐。在昏暗、蔓延的阿拉伯式图案的包围下，我狼吞虎咽地吃着一个接一个的糕点，感觉到黑暗在我眼皮子下悄悄爬上来，用它温暖的脉动和千万种微妙的抚触击中了我的身体。最后，只有窗户在完全黑暗的情况下透出一些光亮，就像一个灰白色的长方形。我用勺子敲了敲桌面，但是没人理睬我，也没人出来收钱。我把一枚银币放在桌上，然后走到街上。

隔壁书店的灯还亮着，店员们正忙着整理书籍。我向他们询问是否知道父亲的店在哪里。"它就在我们隔壁。"其中一个人告诉我。一个热心肠的小伙子甚至把我送到门口，还给我指了路。

父亲的店铺门上装了一块玻璃，展示橱窗还没有准备好，用一张灰色的纸盖住了。一进门，我惊讶地发现店里挤满了顾客。父亲站在柜台后面，正往发票上填写一长排数字，他还反复舔着铅笔。等着开发票的那个人斜靠在柜台上，用食指顺着数字栏轻轻地点着，在心中默数核对。其余的顾客都在默默地围观。

父亲透过眼镜上方看了我一眼，又继续低头在发票上做了记号，说道："有一封给你的信，就在桌子上，在那堆文件中间。"他又回过头接着研究他的账目。与此同时，店员们正在帮顾客取来他们要的布料，麻利地用纸和细线包好系牢。只有一半儿的架子上摆放了待售的布料，其余一些架子还是空的。

"你怎么不坐着呢，父亲？"我走到柜台后面，轻声问道，"明知道自己身体不好，还这样不好好照顾自己。"

父亲举起手来，似乎要拂去我的提议，手里还是忙着他算账的活计。他的脸色呈现出病态的苍白。很明显，只有他那狂热的经营所带来的兴奋才能支撑住他的意念，并延缓了他走向油尽灯枯的时刻。

我走到书桌前，看到的不是一封信，而是一个包裹。几天前，我曾写信给一家书店，订购一本色情书刊，现在竟然在这里收到了。他们找到了我的地址，或者更确切地说，找到了父亲的地址，虽然他刚刚在这里开了一家新店，既没有名字也没有招牌！这是多么玄妙的信息收集效率，多么奇异的投递方式，多么惊人的速度啊！

"你可以到后面的办公室里看，"父亲不太高兴地看着我说，"你看，这儿可没有地方。"

店铺后面的房间仍然空着。一缕光线透过玻璃门投射进来。店员们的大衣都挂在墙上的挂钩上。我打开包裹，借着门口微弱的光线，读了里面的附信。

信中写道，很遗憾，我订购的那本书目前断货，但他们会留意，帮我寻找，但是完全不确定是否能够找到。出于补偿，他们免费给我寄来了一件东西，相信我一定会对此感兴趣的。接下来是关于一个折叠式望远镜的复杂描述，它拥有强大的折射率和许多其他优点。这确实激起了我的兴趣，我把仪器从包装里拿出来，它是用黑色油布或帆布制成的，被折叠成扁平的形状，像一架手风琴。我一直对望远镜有着无法抗拒的偏爱，我赶紧动手展开它外层的褶裥。这架用很多细杆支撑的机器在我的手指下舒展开来，几乎占据了整个房间。它像一种巨大的风箱，前面是一个个长长的暗箱，互相嵌接，构成一个由许多个小黑屋连接而成的迷宫。它看起来也像一辆由漆皮制成的加长汽车模型，或者是那种舞台表演的道具，巧妙地用轻质纸和硬帆布模仿出实物的庞大与沉重。我朝仪器的黑色漏斗里望去，可以看到疗养院背面模糊的轮廓深藏其中。出于好奇，我把头更深地伸进了仪器的后舱，我现在可以在视野中看到那个女服务员正端着一个托盘，在疗养院黑洞洞的走廊里走着,她随即转过身,投来一个微笑。"难道她能看见我吗?"我在心里琢磨着。突然间一股强烈的睡意模糊了我的双眼。可以说,我坐在望远镜的后舱,就像坐在豪华轿车的后排座位上。我轻轻抽碰了一下细杆,整架仪器开始像纸蝴蝶一样准备破蛹振翅,我感觉到它在移动,带着我转向门口的方向。

像一条黑色的大毛毛虫,望远镜缓慢地爬进灯光明亮的店铺——它像一个巨大的纸制节肢动物,前面挂着两个模拟头灯。顾客们聚集在一起,在这条盲目的纸龙面前望而却步,店员们则猛地打开了临街的大门,我驾着我的纸坐骑在一层层围观的人群中大摇大摆地开出去,他们用震惊的目光追随着我放肆、离谱的退场。

3

这就是人们在这个小镇上的生活方式,也是最主要的度日手段。一天的绝大部分时间都花在睡觉上,而且睡眠发生的地点也不仅仅是在床上。在睡觉这个问题上,没有人有什么特别的挑剔,在任何地方,任何时候,人们都随时准备好安静地打个盹儿:他们可以把头靠在餐厅的桌子上睡,坐马车时在路途中睡,甚至站着,或者出去散步时,哪怕只是在公寓的大厅里短暂逗留的片刻,他们也随时会被那种对睡眠无可抑制的需求所降服。

一觉醒来,仍然头晕目眩,摇摇晃晃,人们又继续刚才中断的谈话或烦闷的散步,继续进行没头没尾的复杂讨论。这样一来,大段大段的时间就随便荒废在某次突如其来的小憩中,人们失去了对一天时光的连续性的控制,直到时间的概念变得完全无关紧要,人们之前每天都格外留心规划的连贯时间框架被毫不犹豫地抛弃了。对"一寸光阴一寸金"的那种一丝不苟的珍视和对虚度韶华的那种"一日难再晨"的追悔懊恼——那是我们经济体系得以飞速发展的骄傲之处和雄心所在——都已被抛之天外。这些基本的美德,在过去从来没有人敢质疑和违背,在这里都已无关紧要。

我将举出几个例子来说明这种情况。在某一特定时间——人们需要依靠天空颜色中极细微的差别来分辨那一刻是白天还是晚上——我在暮色中醒来,发现自己站在通往疗养院的人行天桥的栏杆旁。我一定是在昏沉的睡意支配下,不知不觉地在城里游荡了很久,然后才拖着疲惫不堪的身子走到了桥上。我不知道戈达尔医生是否一直在陪着我漫步,但此刻他站在我面前,刚刚完成他的长篇演说并得出了决定性的结论。他为自己的口才所倾倒,伸手架住我的胳膊,带我去另一个地方。我和他一起继续往前走,甚至还没等我们通过那座桥,我就又睡着了。透过我紧闭的眼睛,我恍惚地看到医生那富有表现力的手势和他黑色胡须下涌起的微笑,我试图理解他那些高明的观点,但显然失败了——他一定是在我的失神中得意扬扬地阐述完了这一点,因为他现在已经张开双臂站在那里。我们不知道并肩走了多久,沉迷于一场风马牛不相及的交谈,当我突然间完全清醒的时候,发现戈达尔医生已经走了。我的眼前一片漆黑,但那只是因为我的眼睛还闭着。当我睁开眼,发现自己已经回到了房间里,可我懵然不知我是怎么回到这儿的。

295

我再举一个更富戏剧性的例子。某一天的午饭时间,我走进了镇上的一家餐馆,那里人满为患,人声鼎沸,餐桌上的盘子压得桌子都要塌了。在餐桌边,你们猜我碰到了谁?是父亲。所有人的眼睛都盯着他,而他却兴高采烈,可以说是欣喜若狂,他的钻石领带夹闪闪发光,他在人群里四下转来转去,跟每个人都客套地聊上几句废话。我怀着极大的疑虑心情观察,他摆出一副虚张声势的样子,不停地点些新菜,然后把菜堆在桌子上。尽管他还没吃完第一道菜,但还是兴奋地把所有盘子都聚拢在自己身边。他咂咂嘴,边咀嚼边说话,装模作样地表示对这顿大餐感到极度满足,然后用崇拜的目光追随着服务员亚当,又带着讨好的微笑,问他点了更多菜。当那个服务员挥舞着餐巾,冲过去给他端菜的时候,父亲转向其他客人,叫他们一同感受一下伽倪墨得斯①不可抗拒的魅力。

"这绝对是个万里挑一的孩子,"父亲半闭着眼,幸福地一笑,高声叫道,"他就像一位天使!我的先生们,我想你们一定也看到了,这真是个倾国倾城的美少年!"

父亲并没有注意到我,我厌恶地离开了那里。即使他是饭店老板为了取悦客人而安排到这里来的,他也不用表现得如此轻浮招摇。我的脑袋困倦而沉重,跌跌撞撞地穿过街道向疗养院走去。我靠在一个柱子上休息了一会儿,小睡了片刻。最后,我在黑暗中摸索着,总算

---

① 希腊神话中的美少年。父亲是特洛伊国王特罗斯之子,母亲是卡利罗厄。特罗斯有三子:伊洛斯、阿萨剌科斯和伽倪墨得斯。伽倪墨得斯在其中最年少貌美,因此受到众神之王宙斯的喜爱,将他带到天上成为宙斯的情人并代替青春女神赫柏为诸神斟酒。

找到了大门,走了进去。我们的房间昏暗无光,我按了按电灯开关,但是灯并没有亮。一股冷风从窗口吹进来。木床在黑暗中嘎吱作响。

父亲从枕头上抬起头说:"啊,约瑟夫,约瑟夫!我已经在这里躺了两天了,没人管我的死活。呼唤铃也坏了,没有人来看顾我,就连我的儿子也抛下了我这么一个重病之人,跑去镇上和姑娘们鬼混。你听我的心,在怦怦地乱跳!"

我该如何协调这一切?父亲是被贪欲驱使正坐在餐馆里风光着呢,还是像现在这般躺在床上病入膏肓了呢?难道有两个父亲吗?不,完全不是这样。问题在于,时间被迅速地分解了,不再时刻被人们警惕地察觉到。

我们都知道,时间这个不受约束的元素,只有通过被不断的规劝,精心的看管,以及对它的放肆行为进行不断的调节和纠正,它才会把自己限制在一定的规则之内,却仍然是极不稳定、充满变数的。脱离了这种警惕的管束,它马上就开始变戏法、撒野,搞出一些不负责任的恶作剧,沉溺于狂妄的小丑行径。现在,我们私人时间的不协调变得十分明显——父亲的时间和我自己的时间已经不再吻合了。

顺便说一句,父亲对我的指责是完全没有根据的——我没有出去勾搭姑娘们。我一直像个醉汉一样从一个睡梦中摇曳到另一个睡梦中,即使是在我少有的清醒时刻,也几乎没有丝毫精力去留意当地的女士。

而且,街道上无处不在的黑暗让我根本看不清她们的脸。我所能观察到的——作为一个对这些事情仍有一定兴趣的年轻人——只是这些姑娘走路的特殊方式。

每个人都对各种障碍不管不顾，只遵循某种内在的节奏，沿着一条不可阻挡的直线行走，这条直线就像是从一个看不见的铰链上缓缓放开，在她们的脚步下延伸。这种直线的快步充满了装腔作势的准确性和分寸感。每个女孩似乎都有一套自己的规矩，像弹簧一样紧绷。

她们就这样聚精会神、优雅庄严地往前走，似乎只有一个担心——不要违反规则，不要犯任何错误，不要走得偏右或偏左。后来我清楚地意识到，她们如此自觉地在自己身上坚持秉承的东西是她们对自身卓越风姿的一种执念，而且这种信念的力量几乎将它转化为现实。其实对于她们而言，这是一种有风险的预期，没有任何保障，因为实际上那是一个求之不得的教条，遥不可及又不容置喙。

在那种虚构的果敢旗帜感召下，无论什么样的缺陷和瑕疵，无论什么样的朝天鼻或塌鼻梁，无论什么样的雀斑或痘印，都能够被执着追随信念的勇气绿灯放行！没有什么丑陋或粗俗不能通过这种信仰的托举而飞升到虚幻的完美天堂。

她们的身体沐浴着这种神圣的光辉，显得愈加清丽脱俗，她们的脚穿着一尘不染的鞋子，亦是无与伦比的匀称而优雅。那双脚在雄辩地剖白，她们流畅而晶莹的步调完美地诠释出这种信念的伟大之处，而她们的脸，因为太过冷艳骄傲，反而欠缺了这种表现力。姑娘们把手揣进在紧身短夹克的口袋。在咖啡馆和剧院里，她们交叠双腿，裸露着膝盖，用挑衅的沉默按捺住所有的轻举妄动。

关于这个镇上的怪异之处，就先说到这吧。我曾经提到过这个地区的黑色植被，其中有一种黑色的蕨类植物值得特别注意。这里的每一间公寓的窗户和每个公共场所都在花瓶里插着大把大把的这种蕨类植物，这几乎是哀悼的象征，是小镇上丧礼一般压抑氛围的徽饰。

4

疗养院的环境越来越令人难以忍受了，不得不承认，我们中了圈套。自从我来以后，除了当天他们还能对新人表现出热情好客的样子，疗养院的管理者甚至不屑于给我们营造任何他们具备专业的监管护理体系的错觉。我们只能听天由命，从来没有人来关照我们的需求。比如说，我发现呼唤铃的电线早就在门后不起眼的地方被剪断了，飘摇无依。什么服务都没有。走廊里不管白天黑夜都是漆黑一片，鸦雀无声。我强烈怀疑我们是这个疗养院里唯一的住客，那个女服务员在进出其他房间时，在开门和关门的瞬间所做的神秘或谨慎的表情都只是为了营造假象而已。

有时我会有一种强烈的想把每扇门都踢开的欲望，我想让它们都半开着，这样我们所卷入的悲惨阴谋就会暴露于光天化日之下。但我还是不太确信我的怀疑是否有道理，因为有时在深夜里，我会在走廊里遇到戈达尔医生，他穿着白大褂，手里拿着灌肠瓶，那个女服务员脚步匆匆地走在前面为他带路。这种时候我也不好直接叫住他，要求他作什么解释。

如果不是镇上有餐馆和面包房，这里的病人可能都得饿死。直到现在，我还没能为我们的房间找到第二张床。床单更是不可能更换的。

我们不得不承认，在这里，对文明习惯的完全忽视也影响了我们俩。对我——一个文明人来说,穿着外衣和鞋子上床曾经是绝对不可想象的。而现在,我睡眼惺忪地晚归,房间里朦朦胧胧,只有窗口的窗帘在寒风中上下翻腾,我迷迷糊糊地倒在床上,把自己埋在羽绒被里。就这样,睡眠时间也丧失了规律,我有时能连续睡上几天甚至几周,在空旷的梦境风景里游荡,总是在某条路上徘徊,总是在呼吸的陡峭小路上踟蹰。有时我轻轻从平缓的斜坡上优雅地滑下来,然后再吃力地爬上打鼾的峭壁。在悬崖之巅,我拥抱着睡眠的巨大岩石和广袤沙漠的地平线。在某个时候,在鼾声的某个急转弯处,我昏昏沉沉地醒来,感觉到父亲正睡在床脚,他蜷缩着躺在那里,弱小得像只猫崽。接着我又睡着了,张着嘴巴,梦中广阔的山脉全景庄严地从我身边滑过。

在店里,父亲表现得精力充沛,忙着做生意,用尽浑身解数招徕顾客。他的脸颊因兴奋而发红,他的眼睛光彩熠熠。可在疗养院里,他病得气若游丝,就像在家里弥留时的最后几个星期一样。显然,父亲的大限将至。他用微弱的声音对我说:"约瑟夫,你应该多到店里来看看,不然店员们就要骑到我们头上了。你也看到了,我现在自顾不暇,对生意更是力不从心。我生病的这几个星期,店铺无人照管,全靠以前的基础在支撑。也不知道情况怎么样,有家里来的信吗?"

我突然开始后悔这件事了,当我们决定把父亲送到这里来的时候,也许是被他们吹嘘得神乎其神的广告误导了。时光倒流——听起来像那么回事,可实际情况呢?在这里,有谁享受到了时间的真正价值,有谁得到了真正的时间——那种像从一块崭新布料上剪下来的鲜嫩时间，散发着新生的感觉和刚刚浆洗过的染料味道？恰恰相反，这里的时间都是使用过的时间，早已被别人消磨掉，只是一段充满了漏洞、像筛子一样破败不堪的时间。

难怪如此。它是时间的反刍，原谅我，我只能愤怒地使用这种表述：二手的时间！愿上帝保佑我们！

还有就是，对时间进行严重的错误操纵问题。他们那可耻的把戏，暗中穿透时间的机制，鲁莽冒失地触发它危险的秘密！有时候，你恨不得拍案而起，大声训斥道："够了！别碰时间，它是不可侵扰的，不要激怒它！人类占有了空间还不够吗？空间已经为人类所有，你可以在空间中尽情摇摆，闪转腾挪，从一个星球跳到另一个星球。但是看在上帝的分上，千万不要去篡改时间！"

可是，从另一个角度说，我真敢去向戈达尔医生发难，与他对质吗？无论父亲此刻的生活多么悲惨，我都能见到他，和他在一起，跟他说话。事实上，我应该永远对戈达尔医生心怀感激。

有好几次，我都想和戈达尔医生开诚布公地谈一谈，但他却行踪不定。"他刚到餐厅去了。"女服务员说。我转身往餐厅走，她又追上来告诉我她记错了，说戈达尔医生是在手术室里。我匆匆上楼，心想这种地方能做什么手术。我走进等待室，他们叫我等着，说戈达尔医生一会儿就来，他刚做完手术，正在洗手。我几乎可以想象他的样子：身材矮小，迈着大步，敞开外套，急匆匆地穿过一连串的病房。过了一阵儿，你猜他们怎么说？戈达尔医生根本没去过手术室，那里已经很多年没有做过手术了。戈达尔医生正在他的房间里睡觉，他的黑色小胡子翘在空中，房间里充满了他的鼾声，仿佛是云朵把他从床上抬起，越升越高——在一浪一浪的鼾声和铺满铺盖的床上，他正经历一场可悲的爬升。

还有更奇怪的事情发生在这里——我本想将它永远地深埋于心底，因为这些事情荒谬至极。每当我离开房间，我都有这样一种感觉，觉得有人一直站在门后，现在突然走开了，拐了个弯之后就不见了。或者有时我觉得有人好像走在我前面，但她从来没有回头看。那绝不是这里的护士。我知道是谁了！"母亲！"我惊叫起来，声音激动得发抖，母亲把脸转向我，带着尴尬和恳求的谜一样的微笑看了我一会儿。我到底是在哪里？这里究竟发生了什么？我陷入了怎样的迷宫呢？

5

我也不知道为什么，可能是一年中每到这个时候都这样，但是白天的颜色变得越来越浓重，越来越阴沉，仿佛人们是戴着黑墨镜看世界。

现在，这里的风景就像是一个装满墨水的巨大水族箱底部。树、人和房子融合在一起，像水下植物一样，在漆黑的背景下来回摇摆。

疗养院附近经常看到成群的黑狗。它们大大小小、形形色色，在黄昏时分沿着大街小巷奔跑，全神贯注于犬类世界的事情，它们沉默无声，紧张又警觉。

它们三三两两地奔跑着，伸长脖子，竖起耳朵，低声哀叫，仿佛并不情愿——这是它们极度紧张的信号。它们全心全意地奔跑，匆匆忙忙地，总是在去往某个地方的路上，总是追求某个神秘的目标，几乎不去注意过路的人。偶尔有人在它们跑过的时候多瞥了一眼，它们那乌黑而聪慧的眼睛里就盛满了愤怒，只不过由于时间紧张而不得发作。有时，这些狗甚至已经冲到那人的脚边，怒火中烧，它们低着头，发出恶狠狠的咆哮，但很快就改变了主意，转身跑开了。

对于这场狗的瘟疫我们也无可奈何，但是为什么疗养院的管理者要把一只巨大的阿尔萨斯牧羊犬拴在链子上——那是一只恐怖的野兽，像一只真正恶魔般凶残的狼人，每当我经过它的狗窝时，我都会害怕得直哆嗦。它一动不动地站在狗窝旁边，戴着链子很短的项圈，脑袋上竖起一团乱蓬蓬的毛发，脸上胡须浓密，有力的下颚露出它口腔内长长的獠牙。虽然它不吠叫，但这张狂野的脸一看到人类就扭曲起来。它浑身僵直，带着一种无限愤怒的表情，慢慢地抬起它那可怕的嘴巴，发出一声低沉、炽热、痉挛的嚎叫，这是从它充满仇恨的内心深处爆发出来的——一种因它目前无法挣脱困境而发出的绝望和悲叹的嚎叫。

每当我们一起出去时，父亲都会冷漠地走过那头野兽。至于我自己，面对那条狗无处发泄的仇恨，我总是担惊受怕。我现在比父亲高两头，他显得又瘦又小，以一个高寿之人特有的碎步在我身边蹒跚而行。

有一天，当我们走到城镇广场附近时，我们观察到一阵非同寻常的骚动。街道上挤满了人。我们听到一个令人难以置信的消息，敌军已经来到本镇。

人们惊恐地交换着不可思议的危言耸听和自相矛盾的消息。难道没有经过外交照会，战争就来了？这是一场针对谁的战争，又是出于什么原因？有人告诉我们，敌人的入侵使一群本就愤世嫉俗的城镇居民鼓起了勇气，他们公开武装起来，恐吓手无寸铁的平民百姓。事实上，我们注意到，确实有一群这样的激进分子，穿着黑色的便服，胸前系着白色带子，他们端着枪，默默地前进。他们走过的时候，人群都退到人行道上，他们的帽子下面露出写满讥讽的阴沉脸庞，还带着几分优越感和一丝心术不正的得意之情，似乎忍不住要放声大笑起来。人群认出了他们中的一些人，但是受到他们手中枪管的震慑，那些欢欣鼓舞的叫喊声立刻停止了。他们走了过去，没有理会任何人。

大街小巷立刻又挤满了惊恐、阴郁、沉默的人群。一阵沉闷的喧闹声在城市上空飘荡，我们似乎听到远处传来的炮声轰响和炮车隆隆。

"我得到店铺去看看。"父亲说。他脸色苍白，但态度十分坚决。"你不用跟着我，"他又说，"你会妨碍我的。你回疗养院去吧。"

怯懦的拉扯让我顺从了他的意见。我看着父亲费力地挤过拥挤的人墙，转眼就淹没在人群中看不见了。

我拣着偏街僻巷跑了起来，急匆匆地向城北方向跑去。我觉得，朝着上坡方向走的话，我应该可以避开现在被人流挤得满满当当的城镇中心。

再往上走，人群变得稀疏，最后彻底走到荒无人烟之处了。我静静地沿着空荡荡的街道走向市政公园。街灯在那里亮起，燃烧着深蓝色的火焰,那是哀悼之花阿福花①的颜色。每盏灯都被一群跳舞的金龟子包围着,它们重得像子弹一样,奋力地振动着翅膀,七上八下地翻飞。有些金龟子飞不动了就掉下来,落在沙地上,笨拙地挣扎着,拱起坚硬的甲壳,想把脆弱的薄翼收到甲壳下面去。草地上和小径上都有三五成群的行人在散步,他们兴致勃勃地交谈着。

公园的尽头树木低垂,伸进了建在公园围墙另一边较低地面上的屋舍庭院里。我沿着公园一侧的那堵墙漫步,它的高度才到我的胸口,可另一侧的那堵墙,高度陡然下降,与庭院持平。在院子里,有一块坚实的斜坡拔地而起一直延伸到墙头,从那里我毫不费力地跨过围墙,挤过房子之间的缝隙,来到一条街上。正如我所料,我发现自己几乎正对着疗养院,它的楼体背面清晰地勾勒出一排黑色的树木轮廓。像往常一样,我打开铁栅栏门,远远地看见那条看门狗守着它的哨所。我依然满怀厌恶地哆嗦起来,希望尽快从它身边走过,以免又要听到它仇恨的嚎叫,但我突然发现,今天它没有拴链子,正绕着院子走,低声咆哮着,想要切断我的去路。

我吓得浑身僵硬地往后退,本能地寻找庇护所,连滚带爬地躲进了一个小凉亭,心里暗想恐怕我所有躲避它的努力都将是徒劳的。那只毛茸茸的野兽向我扑来,它的嘴已经够进了凉亭,我被困住了。我

---

① 诗人们所指的阿福花通常是水仙。在希腊传说中,阿福花常与死者和冥府相联系。荷马曾描写阿福花长满了死者出没的大草坪。人们在墓地种植阿福花,并常将它与宇宙之女珀耳塞福涅联系起来。阿福花之所以被人与死亡联系起来,可能是因为叶呈灰色,花呈黄色,灰色使人想到冥界的阴暗。

几乎魂飞魄散,但是很快就发现那条狗仍然被一条长长的链子拴着,它已经把链子全部抻开,这个长度正好牵制住它,它的爪子够不着凉亭里面。即使是这样,我仍然吓得半死,浑身瘫软着,感觉不到一丝宽慰和放松。我摇摇晃晃,差点昏厥过去,强撑着抬起眼睛。我以前从来没有如此近距离地观察过那头野兽,直到现在我才清楚地看到它的模样。哦,偏见的力量何其强大!恐惧的控制何其强大!我之前是多么有眼无珠啊!这并不是狗,而是个人!那是一个被锁链锁住的人,由于一个简单、盲目、彻底的错误,我竟把他当成了一条狗。我要再解释一下我的意思,我依然可以说他确实是条狗,却是条人形的狗。狗的特征是一种内在品质,它既可以表现为人的形式,也可以表现为动物的形式。他站在我前面,站在凉亭的入口处,龇牙咧嘴、张牙舞爪地发出可怕的咆哮,实际是个中等身材、留着黑色胡须的男人。他脸色蜡黄,骨瘦如柴,他的眼睛是幽暗的黑色,喷射着邪恶、痛苦的火焰。单单看他身上的黑西装和修剪出的胡子形状,我可能会猜测他是位知识分子或学者,说不定他就是戈达尔医生某位不成器的哥哥。但第一印象往往是错误的。他那双沾满黏胶的大手,两条凶残而愤世嫉俗的法令纹从鼻孔两侧流下来,消失在胡须里,还有低垂的额头上粗俗的抬头纹很快就驱散了这种第一印象。他看起来更像一个装订工,一个酒鬼,一个心直口快的某种邪教徒——总之是一个暴躁粗鲁的人,沉溺于阴暗的情绪和突发的激情。正是这种深渊般的激情,让他所有的肌肉纤维组织都时刻保持痉挛般的紧张状态,一旦有人抄起棍子指向他时,他就会爆发出恶狠狠的吠叫和狂怒——这使他沦为一条彻头彻尾的狗。

我想着，如果我尝试从凉亭的后面逃走，我就能彻底甩开他，然后沿着一条小路回到疗养院的门口。我正要抬腿跨过栏杆，又突然停了下来。我觉得如果自己就这么干脆地走了，把他留在那儿，被深陷的无助和无限的愤怒所占据，这太残忍了。当我逃离他的陷阱，从他的魔爪中一劳永逸地解脱时，我可以想象他那极度失望还有难以承受的痛苦。我决定留下来。

于是我走上前去，轻声说："放松，请你冷静点儿。我来解开你的锁链。"

他的脸刚刚还在一阵阵咆哮中丑恶地扭曲，现在又恢复了完整、光滑，几乎像个正常人了。我毫不畏惧地走到他跟前，解开他项圈的扣子。我们肩并肩走着。这位装订工穿着一套很像样的黑色西装，但脚上却没有鞋。我试着和他说话，但得到的只是含混不清的回答。只有他那双乌黑、炯炯有神的眼睛，流露出一种狂野的感激之情和顺从之意，我倒是有点心有余悸。每当他被一块石头或土块绊倒时，这一瞬间的震荡都会使他的脸因恐惧而干瘪收缩，随之而来的就是愤怒。这时，我就以一声亦师亦友的严厉斥责来使他乖乖就范。我甚至还拍了拍他的背，他的脸上露出了惊讶、怀疑、不敢相信的微笑。啊，这种可怕的友谊是多么令人难以忍受啊！这种离奇的同情是多么让人担惊受怕啊！我要怎么才能摆脱这个跟我一起大步走着的人呢？他的眼睛里流露出一种完全顺从的神情，甚至会根据我脸上最轻微的变化作出小心翼翼的应对。我不能表现出不耐烦。

我掏出钱包，尽量用一种平淡随和的语气说："你可能需要一些钱，我很乐意借给你一些。"一看到我的钱包，他的神情竟变得如此狂野，我只能赶紧把它收了起来。之后的很长一段时间，他都无法平静下来，他的面容再次被一阵又一阵的咆哮声所扭曲。不，我再也受不了了。其他什么都行，但就是不能这样下去了，事情已经够乱七八糟的了。

然后我注意到城镇上空耀眼的火光：父亲可能被留置在某个革命最激烈的地方，或者被困在一家着火的店铺里。戈达尔医生不见了。更糟糕的是，为了某个神秘的使命，母亲竟然隐姓埋名地出现在这里！

这些都是把我包围起来的某种伟大而又晦涩的阴谋的要素。我必须逃离，我想，不惜任何代价都要逃离这一切。逃到任何地方都行。我必须马上和这个满身狗味儿还一直盯着我看的装订工断绝这段可怕的友谊。我们现在已经回到疗养院门口。

"请到我的房间里来吧。"我礼貌地说。这种文明的姿态迷住了他，抚慰了他的野性。我让他先进了房间，给他拿了一把椅子。

"我去餐厅拿点白兰地来。"我说。

他惊恐地站了起来，想跟着我去。

我以温和又坚定的态度消除了他的恐惧。"你坐在这儿等我。"我用深沉洪亮的声音说，刻意隐藏着我的忧心忡忡。他带着不安的微笑又坐了下来。

我走出去，慢慢地沿着走廊下了楼，穿过大厅，一直走到大门口。

我出了大门，大步穿过院子，砰地关上铁门，然后开始沿着通往火车站的漆黑大道，上气不接下气地奔跑。我的心怦怦地狂跳不止，太阳穴也突突地剧烈搏动。

许多画面在我脑海里依次闪过，一个比一个可怕。我想到，当那头野兽等得不耐烦，突然意识到我欺骗了他的时候，他会是多么的恐惧和绝望，这无疑会又一次激发他肆无忌惮的爆裂狂怒。如果父亲也回了疗养院，他毫无防备地敲门，一开门就会与那可怕的野兽正面对峙。

幸运的是，事实上，父亲已不在人世了——我如释重负地这么想着，任何恶行都不可能真正伤害到他。这时，我看见前面一列黑色的火车车厢正准备开动。

我赶紧上了其中一节车厢，火车就像在等我一样，我一上车就缓缓地开动了，甚至都没有鸣笛。

透过窗户，我看见山谷里婆娑瑟瑟的黑暗森林又一次慢慢地在我视野里移动起来，不停地翻转、掠过，这个角度看过去，疗养院的墙壁又似乎是白色的。永别了，父亲！永别了，我再也不会回来的小镇！

从那以后，我一直在流浪。我在那列火车上安了家，当我从一节车厢游荡到另一节车厢时，大家都宽容地接纳了我。这些车厢像房间一样大，堆满了垃圾和稻草，凛凛寒风在黯淡无光的日子里把它们吹得透心冰凉。

我的衣服穿得破烂不堪，他们给了我一套铁路工人的旧制服。我的脸用一块脏兮兮的破布包扎着,因为半个脸颊正发炎红肿。我整天坐在稻草上打瞌睡,饿了就站在一个二等舱外面的走廊里唱歌,人们会往我的帽子里扔些小零钱——那是一顶黑色的铁路工人的帽子,帽檐被扯坏了一半。

渡渡[①]

他通常在星期六下午来拜访我们,身穿一套深色西装和一件白色毛坎肩,头戴一顶圆顶礼帽,那是为了适合他的头围而特意定做的。他会待上一刻钟左右,跟我们喝一杯加了苏打水的树莓糖浆。他把手杖插在两腿膝盖之间,下巴靠在骨制的手柄上,静静地凝视着香烟的蓝色烟雾,陷入不为人知的冥想。

其他亲戚通常也会在同一时间来探望我们。然后,随着谈话变得随心所欲,渡渡就收起所有交流信息的触角,扮演起一个被动的局外人或旁观者的角色。在这些热闹花哨的聚会上,他总是一句话也不说,但在他英气俊美的眉毛下,那双富于表情的眼睛会轮流盯着每一个人看,这时他的下巴就自然放松,脸也被拉长了——在激情的聆听中,

---

[①] 原意是渡渡鸟,也叫多多鸟,也叫愚鸠、孤鸽,是仅产于毛里求斯岛上的一种不会飞的鸟,这种鸟在被人类发现后仅仅200年的时间里,便由于人类的捕杀和人类活动的影响彻底灭绝,堪称是除恐龙之外最著名的已灭绝动物之一。引申意指落后于时代的人。

他忘记了对表情的管理,任由肌肉松弛地耷拉下来。

只有当别人问到他,而且只有当这个问题简单易答时,渡渡才会说话。他总是不情愿地把目光移开,用一两个字含混地回答。有时,他通过一系列灵活的手势和丰富的鬼脸成功地绕开谈话中的基本问题。这些手势和鬼脸十分有用,因为它们可以用多种不同的方式来理解,既填补了清晰谈话的空白,又给人留下了明智回应的印象。然而,这只是一种很快就被驱散的幻象,往往谈话会在他这里彻底中断,那些抛出话题的人只能把目光慢慢地、怅然若失地从渡渡身上移开。于是,渡渡又恢复了他原来的角色——一个局外人,一个被动的交际旁观者。

当被问到他是否和母亲住在乡下时,他会轻声细语地说:"我不知道。"仅是这么一句漫不经心的回答,就终结了别人跟他继续对话的可能。这是一个悲哀而又令人难堪的事实,因为渡渡的脑子里除了眼前的事,其余一概不知。

很久以前,在渡渡的童年时期,他患过一种严重的脑部疾病,其间他昏迷了好几个月,与其说是活着,其实跟死了也没什么两样。当他的病情终于有所好转时,很显然,他已经提前退出了社会交往圈,不再属于正常人的群体。对他的教育必须是独特的,几乎只能走走形式,而且他能吸收和掌握的部分也十分有限。对其他人来说,那些传统的要求都是苛刻而不折不扣的,但对于渡渡,没有人忍心对他提出什么严格的要求,取而代之的都是宽容。

为了保护渡渡,人们下意识地在他周围建立了一个特殊的区域,一个不受生活压力影响的梦幻地带。在此之外的每一个人都在经受着生活的摔打，在繁杂喧嚣的事物中跋涉，有时随波逐流，有时挣扎奔跑。只有在渡渡那一片区域里，恬淡而宁静，在满地鸡毛的生活中仿佛是一片葱茏的绿洲。

渡渡就这样生活和成长，他那与众不同的命运与他一起成长，一切都被视为理所应当，没有任何人提出异议。

渡渡从来没有得到过一套新衣服，他总是穿他哥哥的旧衣服。其他同龄人的生活被划分为不同的阶段和时期，以显著的事件或者有仪式感的重要时刻——比如生日、考试、约会、晋升——为标志，而他的生活总是单调的，不受任何愉快或痛苦的干扰，他的未来也会是一条一成不变、毫无悬念的平坦道路。

如果你认为渡渡的内心对这种一眼望得到头的状态充满抗拒和不甘，那就错了。他坦然接受了这种生活，并且认为眼前的生活非常适合他。他以冷静而又不失尊严的乐观态度，在那种平淡无奇的生活中，管理着自己的人生，安排着生活的细节。

每天早上，他都会沿着三条街散步，等走到第三条街的尽头，再原路返回来。他穿着哥哥给他的一套剪裁考究但相当破旧的西装，背手握着手杖，不慌不忙地走着。他像是一个绅士，在城市里散步消遣。这种不疾不徐、漫无目的、信马由缰的态度，有时会变得相当尴尬，因为他喜欢站在商店门口，或站在人们努力工作的车间外面，甚至站到正在交谈的人群中间，木然地张着嘴，神情呆滞地停留在那里。

他的容貌很早熟。说来奇怪，虽然依仗着空虚生活的稳定性和奇特体质的边缘性，使他在许多生活的锤打和磨难中得以幸免，但他的面容却呈现似乎经历过许多沧桑历练的特征。这些经历虽然完全不存在,却把他的脸塑造成一个伟大的悲剧演员面孔,表达了生存的智慧和悲哀。他的眉毛优雅地拱起,遮住了他那双忧郁的大眼睛。在他鼻子两翼有两道皱纹,那是虚假的痛苦和智慧的痕迹,向他的嘴角延伸。他那丰满的小嘴痛苦地紧闭着,波旁家族①式的凸下巴上露出一撮撒娇似的小尖胡子,使他看上去像一个上了年纪的纨绔子弟。

渡渡那奇特的天赋异禀,无疑会不可避免地被人类潜在的、永远饥渴的恶意所探寻。

于是,渡渡在早晨散步时会越来越多地有人给他做伴儿。不是普通人的一个缺点就是,这些与他为伍的人也多多少少不太正常,而不是志同道合的伙伴。他们都是些年纪尚小的青涩的小家伙,喜欢缠着庄重严肃的渡渡。他们的谈话是以一种愉快和戏谑的口吻进行的,这种语调可能会使渡渡感到愉快。

当他昂首挺胸地走在那帮快乐而无忧无虑的小伙子中间——他的个头儿比他们都高出许多——看上去就像一个被信徒簇拥着四处游历的哲学家。他那张带着严肃和悲伤面具的脸上,却突然流露出轻浮的微笑,与他惯常的悲剧性表情格格不入。

渡渡现在晨间散步回来得很晚。他回到家时头发常是乱蓬蓬的,

---

① 波旁家族:法兰西皇室的一支,自从1589年亨利四世继承了王位以后,波旁王朝一直统治法兰西,直到1848年整个王朝被推翻。该王朝在17世纪后期路易十四统治时达到巅峰,其皇室的成员也曾当过西班牙的国王。由于近亲结婚,导致自查理五世之后,他们家族的很多人都有一个哈布斯堡式的下巴。

衣服也凌乱不堪,但是他很兴奋,很想逗逗卡洛琳,那是他母亲——我叫她蕾蒂娅婶婶——抱养的一个可怜的小妹妹。渡渡清醒地意识到他所结交的那些人都无足轻重,所以在家里对这件事情一直守口如瓶。

在他单调的生活中,偶尔会发生一些值得一提的怪事。有一次,渡渡早上离开后,没有回来吃午饭,也没有回来吃晚饭,直到第二天午饭时间仍然没有出现。蕾蒂娅婶婶绝望了。但是到了第二天晚上,他总算是回来了,衣服弄得破破烂烂,帽子也皱皱巴巴的,但除此之外,他安然无恙,情绪平静。

渡渡对这次冒险经历完全保持沉默,我们也很难猜测出到底发生了什么。最有可能的是,在他延长了日常步行的路程之后,无意间游荡到了城市里一个不甚熟悉的地方,也可能是在一些年轻浪荡子的刻意安排和帮助下,接触到了全新、陌生的生活环境。

也许那是渡渡可怜的、负担过重的记忆罢工的一天,他忘记了自家的地址,忘记了自己的名字,甚至忘记了那些他往常会设法记住的细枝末节,因此我们永远无法了解到他这次冒险之旅的真相。

渡渡的哥哥出国后,他们家的家庭成员就缩减到四口人。除了杰罗姆叔叔和蕾蒂娅婶婶,只有卡洛琳表妹在这个贵族家庭里充当着女仆的角色。

杰罗姆叔叔已经在房间里自闭很多年了,自从上天把他那艘破旧的生命之船的船舵从他手中轻轻拿走的那一刻起,他就在走廊和侧室之间那块分配给他的阴暗狭窄空间里过着颐养天年的生活。

他穿着一件长到脚踝的家居服,常常坐在侧室最昏暗的角落里,脸上的须发一天比一天长。他那胡椒色的长胡须，末端几乎全部发白了，把他的脸庞团团围住，占据了脸颊的一半，只露出一只鹰钩鼻子和深埋的眼睛，在蓬乱眉毛的阴影下翻起白色的卷曲睫毛。

在这个没有窗户的房间，在这个局促的监狱里，放着两张巨大的橡木床，这是叔叔和婶婶每晚的居所。他像一只大猫一样，整天在通向客厅的玻璃门前走来走去——这个举动让家里人都对他颇有微词。

房间的整个后墙都覆盖着一幅大挂毯，模糊的编织图案在黑暗中隐约可见。当一个人的眼睛对黑暗逐渐适应时，他就可以在画面里的竹子和棕榈树之间看到一头壮硕的狮子，像先知一样强大而令人肃然起敬，又像族长一般显示出不可挑战的威严。

狮子和杰罗姆叔叔背靠背地坐着，彼此感觉到了对方的存在，并对此深恶痛绝。他们连看都不看对方，就互相咆哮着，露出邪恶的牙齿，咕哝着愤恨之语。有时，盛怒的狮子会抬起前腿站立起来，鬃毛竖立，震耳欲聋的怒吼撕扯着挂毯里阴云密布的天空。有时，杰罗姆叔叔会占尽上风，凌驾于狮子之上，发表一段预言性的长篇大论，他在这些伟大言辞的重压下眉头深锁，他的胡子在迸发的灵感中摇摆不停。这时，狮子会痛苦地眯起眼睛，慢慢地转过头来，在神圣批语的鞭笞下痛不欲生。

狮子和杰罗姆叔叔把公寓里黑暗的斗室变成了永恒的战场。

杰罗姆叔叔和渡渡居住在两个彼此独立的房间里，他们生活在完全不同的维度上，从来没有过交集。无论何时，只要他们的眼神相遇，都会立刻漫不经心地游移开，就好像两个远古物种的动物眼睛一样，无法保留任何陌生事物的图像。

他们从来不做交谈。

在餐桌旁,坐在丈夫和儿子中间的蕾蒂娅婶婶,就像一个缓冲带,在两个世界之间,在两片疯狂的海洋之间形成一道屏障。

杰罗姆叔叔吃得很着急,他的长胡子都浸到了盘子里。当厨房的门发出嘎吱的响动时,他就从椅子上半站起身,端起汤盘,准备在有陌生人进入房间时带着它逃到侧室里。蕾蒂娅婶婶会安慰他说:"别怕,没人进来,那只是女仆在干活儿。"

这时,渡渡就会又气又恼地瞪着他那吓坏了的父亲,非常不高兴地咕哝着:"他疯了。"

在杰罗姆叔叔从复杂艰难的生活事务中得到宽恕,并被允许退居侧室、出尘避世之前,他的行为与现在迥然不同。在他年轻时认识他的人都说,他那鲁莽的性格是不懂得什么约束、体恤和顾忌的。他时常得意扬扬地向病危之人讲述等待着他们的死亡场景,而丧礼上的吊唁更是让他抓住机会尖锐地批判死者的生平,完全不顾死者家属仍在哀悼的沉痛心情。关于人们私生活中那些不快或私密的事件,他们越是想隐瞒,他就越会公开、高调地挖苦他们。但是,一天晚上,他出差回来,完全变了样,不知道被什么吓得浑身发抖,还试图躲到床底下去。几天后,家里放出消息,说杰罗姆叔叔已经放弃了所有复杂、可疑、威胁要把他淹没的商业事务,开始进入一种新的退休生活,由某种严苛的,虽然对我们来说有些模糊的原则来规范。

星期天下午,我们通常会应蕾蒂娅婶婶之邀参加她家的小型家庭聚会，可是杰罗姆叔叔却不认识我们了。他坐在侧室里，用狂野而恐惧的眼神透过玻璃门看着大伙儿。然而，有时他会出人意料地离开自己的隐居之地，身上仍然穿着长长的家居服，胡须在脸上挥舞，他摊开双手，好像要把我们分开似的，开口说道："现在，我请求你们，所有在这里的人，解散，快跑，但是要悄悄地，别出声，踮起脚尖，快跑吧……"

然后，他神秘地向我们挥挥手，低声补充道："听啊，每个人都在说，嘀——嗒——"

婶婶会轻轻地把他推回侧室，但他会在门口转过身来，抬起手指，冷酷地重复："嘀——嗒——"

渡渡的理解能力有点迟钝，他需要片刻的沉默，集中注意力，才能把情况弄得明朗。当这件事发生的时候，他的眼神从一个人转到另一个人，好像是在确认是否真的发生了什么非常有趣的事情。接着，他大笑起来，非常心满意足、摇头晃脑地在一阵嘲笑声中重复道："他疯了！"

夜色笼罩了蕾蒂娅婶婶的家。女仆在厨房里睡下了，夜空的气泡从花园里飘出来，喷到窗户上。蕾蒂娅婶婶睡在靠里面的床上，在另一张床上，杰罗姆叔叔像只黄褐色的猫头鹰一样，双膝抵住下巴，后背挺直地坐在被褥中间，他的眼睛在黑暗中闪烁着幽亮的微光，胡子垂落到膝盖上。

他慢慢地从床上爬下来，踮着脚走到婶婶的床边。他站在熟睡的女人身旁，像一只随时准备起跳的猫，眉毛和胡子都竖起来了。挂毯上的狮子打了个哈欠,转过头去。婶婶突然被惊醒了,被叔叔探过来的脑袋上闪着光的眼睛和吐着口水的嘴巴吓了一跳。

"赶快回床上去。"她说,像驱赶母鸡一样把他赶开了。

杰罗姆一边吐着唾沫,一边神经兮兮地回头看。

渡渡躺在隔壁房间的床上,却根本睡不着。他患病大脑的睡眠中枢不能正常工作,所以他整晚都在翻来覆去、辗转反侧。

床垫咿呀地呻吟着。渡渡沉重地叹了口气,发出粗重的喘息,坐起来又躺下去。

他那死气沉沉的生活让他忧虑不已,这种状态折磨着他,像是笼中困兽正在他的身体里兜兜转转。在渡渡的身体里,在一个半智障的身体里,有个人正在逐渐衰老,虽然他从没有真正活过——他即将走向毫无意义的死亡结局。

突然,他在黑暗中大声抽泣起来。蕾蒂娅婶婶从床上跳了起来。"怎么了,渡渡,你哪里不舒服吗?"渡渡惊讶地望向她。"谁?"他问道。

"你怎么哭了?"婶婶问。

"不是我,是他在哭……"

"哪个他?"

"我身体里面的那个他……"

"他是谁?"

渡渡无可奈何地挥了挥手,"嗯,算了……"他叹了口气转过身去。蕾蒂娅婶婶又踮着脚尖回到自己的床上。当她经过杰罗姆叔叔的床时,他威胁地向她挥舞着手指。"听啊,每个人都在说,嘀——嗒——"

艾迪

1

艾迪和他的家人与我们家住在同一层楼,他的房间位于这栋楼一个狭长的侧翼,可以俯瞰整个庭院。艾迪早就不再是个小男孩了,现在他是个成年人,嗓音阳刚饱满,有时会在家里唱起歌剧里的咏叹调。

艾迪看起来有点胖,但他不是像海绵那样浑身全是松弛的肥肉,而是肌肉发达的运动型身材。他的肩膀像熊一样强壮有力,但那又有什么用呢?他的腿已经残废,退化得不成样子。从他的腿上看,很难断定他那奇怪病症的诱因,他的腿看起来,从膝盖到脚踝之间有太多的关节,至少比正常的腿多了两个关节,难怪它们在那些多余的关节处可怜地弯曲,不仅向侧面弯曲,而且向前弯曲,甚至向所有可能的方向弯曲。

因此,艾迪只能靠两根拐杖移动,这两根拐杖制作精良,打磨得像桃花心木。每天他都会走下楼去买一份报纸:这是他唯一的散步方式,也是他唯一的消遣。看着他走下楼梯是很痛苦的。他的腿不规则地向一边摆出去,然后又摆回来,在意想不到的地方打个弯,他的脚又小又厚实,形状像马蹄子,落地时就像两个小木锤敲击着地板。但一旦到了平整的街面,艾迪的步态就出人意料地改变了:他挺直身子,大模大样地挺胸,让身体摆动起来,他把重心放在拐杖上,就像练双杠一样,把双腿远远地甩到前面,当它们砰地一声撞到地面时,艾迪向前移动拐杖,重新发力再次摆荡起他的身体。他就用这样顽强的前后摆动,征服了脚下的路途。他常常在院子里摆弄他的拐杖,用他在长时间的休息中积聚的过剩体力和真正壮丽的兴致来展示这种英勇的运动方式,使一楼和二楼的女仆们都感到惊讶不已。他的脖子后面隆起,下巴底下有两层肉褶,当他努力咬紧牙关时,歪斜的脸上就露出痛苦的表情。艾迪什么工作也不能做,仿佛命运给了他病痛的负担,作为交换,又把他从亚当的诅咒[①]中解脱了出来。在他残疾的阴影下,艾迪充分利用了他特殊的闲散之权,他在内心深处并没有对那笔与命运单独谈判达成的私人交易感到不快。

然而,我们常常好奇,这样一个二十多岁的年轻人是如何打发漫长时间的。阅读报纸会占去很长一段时间,因为艾迪是一个细心的读者,哪怕是用很小字体印刷的广告或通知都能让他读上一会儿。当他终于读完报纸的最后一页时,他也并不会在这一天剩下的时间里感到

[①]《圣经》记载,亚当和夏娃偷吃了禁果之后,上帝施于他身上的咒语有:"你必终生劳苦,才能从地里得到吃的。""你必汗流满面才得糊口,直到你归了土,因为你是从土而出的。你本是尘土,仍要归于尘土。"

无聊——完全不会。因为只有到那时,艾迪才真正开始从事他乐在其中的爱好。下午,当别人进入短暂的午睡,艾迪就拿出又大又厚的剪报本,把它摊在窗下的桌子上,准备好胶水、刷子和剪刀,开始了一项愉快而有意义的工作。他按照一套严格的筛选标准,把他觉得最有趣的文章剪下来贴进去。拐杖就靠着窗台放在他身边,以备随时有些情况他可能会用到它们,但艾迪并不需要,因为一切都触手可及。在接下来的几个小时里,艾迪忙忙碌碌地干着手上的活儿,直到喝下午茶的时间才能弄好。

艾迪每三天刮一次胡子。他喜欢这项活动以及与之相关的所有用具:热水、剃须皂还有光滑柔和的剃须刀。艾迪先把肥皂和水混合,然后,在皮带上磨刀片的时候,他通常会唱起歌来。他的声音没有经过专业训练,音准也不够好,但他唱得很大声又很投入,没有任何矫饰,在阿德拉听来,这样的声音十分朴素动人。

然而,艾迪的家庭生活并不怎么和谐。不幸的是,他和父母之间似乎有着非常激烈的冲突,我们却并不知道其中的原因和背景。我想,我们不应该散布那些流言蜚语或道听途说,而是应该仅限于陈述眼见为实的信息。

通常是在温暖时节的傍晚时分,当艾迪家的窗户都开着的时候,我们会听到争吵的杂音。准确地说,我们只能听到对话的一半,也就是艾迪的这部分,因为他的对手隐藏在公寓的较远处,我们听不到他们的回应。

因此,我们很难推测艾迪被训斥的罪名是什么,但从他反驳的语气只能判断出,他被深深地刺痛了,几乎丧失理智。他的话语粗暴而放肆,显然是由于极度激动而说出的,他的语气虽然是难扼的愤怒,却又充满着哀伤和痛苦。

"是的,的确,"他哀号着喊道,"那又怎样?……昨天什么时候?……不,那不是真的!……是这样又如何呢?……是父亲在说谎!"

这种纠缠的对话会持续很长一段时间,只有当艾迪在愤怒的爆发和无助的绝望中撕扯他那头红发时才有些停顿。

终于——这是这些场景中最富于吸引力的高潮部分——接下来就是我们屏息以待的事情:公寓深处传来一声巨响,门被砰的一声打开,几件家具被推倒地板上,最后,艾迪发出一声令人心碎的尖叫。

我们一直偷听着这一切,内心感到阵阵震惊和尴尬,但一想到一个充满活力的年轻人,尽管腿上有残疾,却遭到如此野蛮而奇异的暴力侵袭,我们就会病态地兴奋起来。

2

到了傍晚,当早早地吃过晚餐也洗漱完毕时,阿德拉通常会坐在一个离艾迪的窗户不远的阳台上俯瞰庭院。这两个长长的方马蹄形阳台悬在中庭上方,只不过一个在一楼,一个在二楼。它们的木制地板缝里长出一片片野草,一条裂缝里甚至有一棵小金合欢树在院子上方高高地摇曳着。

除了阿德拉,还有一两个邻居坐在门前的阳台上,四肢摊开地躺卧或蹲坐在椅子上，在暮色中显得疲惫不堪。他们在一天的劳作后休息着，像被捆绑的麻袋一样沉默无声，等待夜晚温柔地给他们松绑。

低矮的院子很快就被黑暗吞没，但高处的空气还没有舍弃它的光亮，在底下的一切逐渐变得漆黑时，上面似乎显得越来越明亮。蝙蝠趁人不备就突然飞出来，搅动院子里的微光不断地闪烁和颤抖。

在地下，夜晚忙碌而安静的工作正式开始了。贪婪的蚂蚁成群结队，把物质分解成原子，把它们吃得只剩白骨，露出肋骨和骨架，这些东西在这个可怕战场的噩梦中发出磷光。垃圾堆上破烂的白纸，就像蠕虫肆虐的黑暗中未被消化的光芒，存在的时间最长，而且不能被完全溶解。有时，它们好像被黑暗吞没了，一会儿又浮现出来，可是到最后，谁也说不清，他到底是否看到了什么，或者这些是否就只是他每夜胡言乱语引发的幻觉。最终，人们坐在自己跳动的大脑投射的星光下，沉醉在幻象的光环中。

然后，微风的细脉从庭院的底部升起，迟疑不定地带起清新的线条，像丝绸一样揉捏出夏夜的褶皱。当第一批闪闪繁星在天幕上登场时，夏夜便在一种深沉的叹息中现身，激起满天变幻的星尘和远处悠扬的蛙鸣。

阿德拉没有开灯，直接爬上床睡觉，躺在头天晚上翻滚得凌乱不堪的被褥上。还没等她闭上眼睛，这所房子里所有楼层和所有房间之间的竞赛就开始了。

只有对于门外汉来说，夏夜才是休息和遗忘的时间，一旦白天的活动结束，疲惫的大脑渴望睡眠，七月夜晚的巨大混乱、来来往往的喧闹声就开始了。这栋楼里的每一间公寓、每一个房间、每一个侧室，都充满了喧嚣之声，到处都是走来走去、进进出出的声音。在所有的窗户上都能看到带有乳白色灯罩的灯，甚至通道里都灯火通明，门也不停地开开关关。一场伟大的、无序的、带有讽刺意味的谈话在人类蜂房似的所有房间里进行着，伴随着不断的误解。二楼的人误会了一楼的人说的话，就派出使者去做紧急解释的工作。使者跑遍了所有的房间，楼上楼下地奔忙，却总是在途中忘记了指示内容，被反复地叫回来。而且总有新的情况要补充，没有什么误解得到了充分的辩白，所有的喧闹在嬉笑声和吵闹声中也没有任何结果。

后面的房间并不参与这夜晚的混乱，它们秉承着各自的时间，以时钟的嘀嗒声、寂静的独白以及沉睡者的深呼吸来衡量。身材壮硕的奶妈睡在那里，贪婪地依偎在夜幕下，她们的乳房因为奶水而膨起，两颊在极度的满足中静静燃烧。小婴儿闭着眼睑在他们奶妈的睡眠表面上游荡，像搜寻食物的小动物一样小心翼翼地爬行在她们白色乳房平坦的蓝色静脉地图上，用盲目的脸庞寻找温暖的入口，进入睡眠深处，最后用他们柔软的嘴唇找到美梦的来源——那最可信赖、充满甜蜜遗忘的乳头。

躺在床上的人已经睡了，仍不肯轻易松手让睡意逃脱。他们和它战斗，就像和一个试图逃跑的天使战斗，直到他们制服它，把它压在枕头上才算作罢。然后他们就断断续续地打鼾，好像在吵架，提醒自己回忆起心怀仇恨的愤怒历史。当抱怨和相互指责停止了，与睡意的斗争结束了，每个房间都陷入了寂静和虚无。店员里奥慢慢摸着黑爬上楼梯,手里提着靴子,在黑暗中摸索门上的钥匙孔。他每晚从妓院回来,眼睛充血,打嗝时摇摇晃晃,半张的嘴唇上还挂着一缕唾液。

在雅各布先生的房间里,桌上点着一盏灯,他弓着背坐在桌子边,正在给克里斯蒂安·赛佩尔父子公司(纺纱厂和机械纺织厂)写一封长信。地板上散着一整摞纸,上面都是他的笔迹,但关于信件的结尾,他还没有想好。他时不时地从桌子边上站起来,在房间里跑来跑去,把手插在被风吹乱的头发里。当他这样绕圈子时,偶尔会爬上一堵墙,沿着墙纸飞起来,就像一只巨大的蠓虫盲目地撞击着阿拉伯式藤蔓花纹,然后又落回到地板上继续他寻觅灵感的转圈。

阿德拉睡得很熟,半张着嘴,脸上放松而茫然。但她紧闭的眼睑像是透明的、薄薄的羊皮纸,在那上面,黑夜写下了它与魔鬼的约定,半是文字,半是图案,充满了涂涂抹抹、修修改改的印迹。

艾迪光着身子站在房间里,用哑铃训练力量。他的肩膀需要练出很大的力量,几乎是正常人需求的两倍,毕竟他要靠肩膀去代替残疾的双腿,因此,他每天晚上都积极主动地暗中锻炼。

阿德拉正在梦境中向后倾斜,漂流到遗忘的河川中,她既不能喊叫,也不能阻止艾迪试图爬出窗户。

艾迪没拄拐杖就爬到阳台上,我们不禁要怀疑他的残肢能否支撑住他的身体。但艾迪没想走路。他像一只大白狗,以四条腿蹲跳的方式靠近,在阳台回声响亮的木板上迈着沉重的步伐,一直来到阿德拉的窗前。每天晚上,艾迪那张白皙的胖脸都会贴在月光下晶莹剔透的窗玻璃上,表情怪异而痛苦,他带着哀怨而急切的哭腔告诉她,一到晚上他的拐杖就被锁在柜子里，现在他只能像狗一样四肢着地到处跑。

但是阿德拉完全瘫软了，彻底屈从于沉睡的节奏。她甚至没有力气把毯子拉起来盖在赤裸的大腿上，也无法阻止臭虫在她身上四处游荡。这些又轻又薄、像叶子一样的昆虫如此微妙地从她身上掠过，她甚至感觉不到它们的触摸。它们是扁平的血液容器，是没有眼睛和面孔的红色血袋，现在在整个种群的迁徙过程中，它们又被细分为几个世代和几个部落。它们从她脚下一点一点地往上爬，成群结队看不到尽头，它们现在变得更加硕大，简直像蛾子一样大，变成了没有脑袋的红色扁平吸血鬼，身体轻得就像是剪下的纸屑，四肢比蜘蛛网还要纤细。

当最后一只掉队的巨大臭虫出现在队尾，完成了这段来了又走的征程时，彻底的寂静终于降临了。沉睡充斥着空荡荡的走廊和公寓，而房间里的空气开始慢慢吸收黎明前几个小时无光的灰暗。

在所有的床上，人们都蜷起膝盖侧躺着，脸使劲地歪向一边，全然忘我地神游着，完全沉浸在睡梦中。

事实上，睡眠的过程就是一个伟大的故事，被分成不同的章节，散落在不同的睡眠者之间，当其中一个人停下脚步，变得沉默时，另一个人就开始接过他的线索，以便让这个故事以宏大的、史诗般的曲折路径向前发展。现在，他们都躺在那栋楼的各个房间里，像一颗巨大、干枯的罂粟花包膜里的种子一样一动不动、悄无声息。

领取退休金的老人

　　我是一个名副其实的退休老人,在这个领域里我的资历颇深,称得上是一位身经百世的领取退休金的老人。

　　我甚至可能已经超出了退休老人这个身份明确规定的年龄上限。我无须刻意隐瞒什么,这也没什么稀奇的。为什么他们要投来疑惑的目光,用虚伪的尊敬和端庄的正经盯着我,极力掩饰他们心照不宣的对邻居遭受不幸的喜悦之情?大多数人都不具备基本的为人处世的技巧啊!对这类事实,其实就应该漠然地接受。每个人都该随遇而安,就像我从从容容地接受它们一样。也许这就是我的脚步跟跟跄跄的原因,我必须缓慢而谨慎地一步压着一步走,随时留神脚下的路。在这种情况下我很容易迷路。请读者们理解,我也没办法说得太明白。我的生存方式在很大程度上取决于人们的猜测,而且需要依赖他们的善意来维持。现在,我不得不经常通过小心翼翼的眼神来借助于这种善意——其实这对我来说也并非易事,因为我的面部肌肉已经变得僵硬而不习惯做出生动的表情。总而言之,我不会强迫任何人,我也不愿因为别人对我的处境了然于胸、为我提供庇护之所而对他感激不尽。我只愿意不带感情地、冷静地、全然地承认这种善良。我不喜欢除了理解的奖励,还要背负感激之情的沉重思想包袱。最好的办法就是公平地对待我,带着正常的冷漠,友情和幽默感。在这方面,我办公室里那些头脑简单、都比我年轻的好同事做得就非常让人舒服。我有时会习惯性地在每月的第一天去办公室,静静地站在柜台前,等着被人注意到。接下来会发生这样场景,不一定哪个时刻,办公室主任费勒先生放下钢笔,朝其他下属眨了眨眼睛,然后目光放远,越过我的头顶望向远处,用手托住耳朵,突然说道:"如果我的听觉没有出错儿,那一定是你来了,顾问,在我们中间的某个地方!"

他的眼睛,越过我的头顶望着空气,当他说这话的时候,眼睛眯起,一个幽默的微笑照亮了他的脸。

"我听到某个地方有点声音,我立刻想到那一定是你来了,亲爱的顾问!"他高声说着,音量清晰得好像他在冲着一个聋子喊话,"请你务必给点提示,至少在你飘浮的地方搅动一下空气!"

"别和我开玩笑,费勒先生,"我轻声说道,"我是来领退休金的。"

"领退休金?"费勒先生再次眯着眼向空中喊道,"你说你的退休金?是你在开玩笑吧,亲爱的顾问。退休金发放名单中已经没有你的名字了。亲爱的顾问,你还指望领退休金吗?"

他们就这样以一种热心、同情和人道的方式跟我开玩笑。那种粗糙、直截了当的诙谐,给了我一定的安慰。我十分愉快地离开这个地方,赶紧回到家,以便在它全部消散之前把一些愉快的温暖带回去。

但是，对其他人来说——我能从他们的眼睛里看出来，这是一个持续不断的问题，但他们从来没有大声说出来过。我也很难回避这一点。假设事情如他们所怀疑的那样，为什么立即这样拉长脸，摆出这些严肃的表情，陷入不请自来的沉默，既尴尬又谨慎，就是为了绝口不提我的处境吗？我难道会看不穿他们这些把戏吗？这不过是一种自我陶醉的放纵和对他们与我截然不同处境的喜悦，还为自己蒙上了伪善的面具。他们交换着泄露真相的眼神，却沉默不语，任由事态在静默中发展变化。也许我的状况本不致如此。难道就因为我的某个天生的微小残疾？

天哪，那又怎样？这就是他们如此急于讨好别人的原因吗？有时，当我看到他们对我假惺惺的认可和尊重时，我真想放声大笑。他们为什么坚持这样做，为什么强调这样做，又为什么这样做会给他们带来深刻的满足感，而这种满足感又试图隐藏在一副伪善而虔诚的面具后面？

假设我是一个无足轻重甚至轻于鸿毛的过客，假设我对某些问题感到尴尬，比如我多大了，我的生日是什么时候，等等——这是不是不停地谈及这些话题的理由，好像它们至关重要？我一点也不为自己的状况感到羞耻。一点也不。但是我不能忍受他们夸大某一事实的重要性，夸大某一差异的重要性，实际上这并不比两根头发丝之间的区别大。围绕这件事的虚假的戏剧性和庄严的悲怆感，以及笼罩在这件事上的悲壮的表象和阴郁的盛况，使我感到可笑至极。可是现实情况呢？没有什么可悲的，没有什么比这更自然和平凡。轻盈，独立，不负责任。就像我们对音乐的感受力在不断地增强，可以说，这是一个人的四肢能感受到的最特别、最直接的乐感。当我们走过管风琴旁边时，总会情不自禁地跳起合拍的舞步，这不是因为你觉得快乐，而是因为你不在乎，曲调有自己的意志，有自己倔强的节奏，所以你屈从了它的节拍。"麦琪，麦琪，我灵魂的宝藏……"你太轻盈，太敏捷，无法抗拒这样的音乐，而且，为什么要抗拒这样一个朴实诱人的提议呢？因此，我随着曲调跳舞，或者更确切地说是小跑，用一个领取退休金的老人的细碎小步，不时地跳上一小段。几乎没有人注意到这一点，他们都忙着处理日常鸡毛蒜皮的事务。

我急于避免一件事：读者可能会对我的情况产生夸大的想法。我必须从正反两方面提醒你们大可不必如此。请不要感伤，我的情况与其他人大致相同，因此能够被顺其自然地理解和对待。一旦你看透一切，任何不适感都会消失。你想开了——这就是我的处境的特点，你不必有负担，要轻松、淡定，不必负责任，不必尊重等级，不必顾忌人际关系，不必屈从于繁文缛节。没有什么能够束缚我，也没有什么禁锢我，我是无限自由的。我带着一种奇怪的冷漠轻飘地穿过存在的所有维度，这种冷漠本身应该是令人愉快的。但是……缺少安身立命之处，那种漫不经心的活泼和轻松……但我不能抱怨……有句话说：滚石不生苔，转业不聚财。事实确实如此：我很久以前就不再拥有积蓄了。

透过我房间高高的窗户，我可以鸟瞰整座城市，用目光抚摸它在秋季黎明灰白光线下的墙壁、屋顶和烟囱——整个密集的全景图刚刚从夜晚中展开，在黄色的地平线上被微弱的灯光照亮，被乌鸦的黑色剪刀剪成了光条。我觉得：这就是生活。每个人都因于自己的内心，因于他醒来的那一天，因于属于他的那个时刻，或者因于眼下。在半明半暗的厨房里，有人正在煮咖啡，但似乎并不是厨师，因为他不在那里，肮脏的火焰在地板上跳舞。被寂静所欺骗的时间暂时后退，发生了倒流，而在这数不清的时刻，夜晚又回来了，它的触摸让那只呼吸起伏的猫拱起了后背的皮毛。一楼的凯西打着哈欠，懒洋洋地伸着懒腰，过了几分钟才打开窗户，开始扫地和除尘。夜晚的空气，浸透了睡眠和鼾声，慵懒地从窗户飘出去，慢慢地融入白天迷蒙的光线和弥漫的轻雾之中。凯西不情愿地把手伸进像面团一样的被褥里，因为整夜的睡眠而变得又热又酸。最后，她颤抖了一下，满眼都是夜色，在窗口掸着一张又大又重的羽绒被，把绒毛的微粒、轻羽的星光还有夜梦的懒散种子，撒在城市的上空。

在这种时候，我会梦想成为一名送面包的面包师，电力公司的装配工，或者是一名收取每周分期付款的保险人员，或者至少是烟囱清扫工也好。每个清晨，我会走进一扇半虚掩的门，在那里，守夜人的灯笼仍然朦胧地照着亮。我会把两根手指放在我的帽子上，讲上一个笑话，然后进入城市的迷宫，最后在很晚的时候，从城市另一端的出口离开。我会花一整天的时间从一间公寓游走到另一间公寓，从城市这一端到另一端，在不同的住户之间开展一场无休止的对话。我会在一间公寓发现某个问题，再在另一间找到答案；在一间公寓开个玩笑，再在第三间或第四间收集笑声的果实。在开门关门的砰砰声中，我挤过狭窄的过道，穿过堆满家具的卧室，打翻角落的夜壶，走近摇曳作响的婴儿车,在婴儿的啼哭声中,拾起掉在地上的小摇铃。我会在厨房和走廊里停留很长时间,女仆正在那里收拾东西。忙碌的女孩们会伸直年轻的腿,绷高脚背,摆弄着她们廉价却闪亮的鞋子,或者穿着宽松的拖鞋噼里啪啦地四处走动。

这就是我在不负责任的边缘时间里的梦想。我并不否认它们,虽然我也知道这样的梦想欠缺理智,又毫无意义可言,但每个人都应该深谙自己的状况,并且坦然地接受,与内心达成和解。

对于我们这些靠领取退休金过活的老年人来说,秋天总的来说是一个难挨的季节。谁要是知道我们想要得到安稳的生活是多么困难,想要避免自己一手造成的分崩离析或流离失所是多么困难,谁就会明白这一点。秋天以及它的阵风、乱流和气候紊乱对我们的生存是多么大的考验,而我们本就已经生活得十分艰难。

然而,秋天里仍然有些日子是平和沉静的,对我们还算是很友好。白天有时没有阳光,但温暖多雾,天边弥漫着朦胧的琥珀色。悬挂在房子之间缝隙中的天空突然变得越来越低沉,一直向下垂落,直至融入远处那一片被风吹动的黄色地平线。这些向白昼深处打开的视角就像是日历的档案馆,截取出无数个日期的横截面,记录着无尽的时间档案,又层层叠叠地堆砌成明亮耀眼的永恒之景。不同层次的时光画面在浅黄色的天空中自行排列,而现下的天空仍然停留在目光所及的近景当中,只有为数不多的几个人能够抬起目光,透过虚幻的时空望向日历档案中最遥远的书架。每个人的眼睛都盯着脚下,盲目地奔向某个地方,心浮气躁地避让他人。这条街被人们来来往往、碰面躲闪的那些无形路径切割得支离破碎。但在房屋之间的缝隙中，人们可以看到城市的低洼地带和它的建筑全景图，一缕圣洁的阳光从远处将这个画面照亮，在城市的喧闹中保留起一个静谧温柔的角落。在一个小广场上，人们正在为修建城市学校砍伐木材，结头、松脆的木材被高高地堆起，在工人的锯条和斧头下，一根根地慢慢解体、变形。啊，木材，多么诚信，多么忠实，它是无比真实的物质，光彩照人又宜室宜家，正是代表了丰满而浪漫的生活！无论你怎样深入地探究它的核心，你都不能在它那从容微笑的表面上找到任何隐晦的东西，它那些像人体脉络一样通透、交缠的纤维纹路上，由内而外地散发出温暖而可靠的光辉。在每一根刚切割好的原木上，都会出现一张新的面孔，总是笑意盈盈，总是金光灿灿。哦，木材那奇特的颜色，温暖而低调，总是那么芳香四溢，让人安心愉悦！

  锯木头是一种真正的圣礼，充满了庄严神圣的象征意义。在有些无事的傍晚，我可以一连几个小时站在那里观看电锯悠扬的演奏，以及斧头富有节奏的工作。这是一项和人类历史一样古老的传统手艺。从诺亚时代起，在明亮的白昼，在昏黄枯萎的永恒向人们敞开的时间裂缝里，人们就一直传承着砍伐山毛榉木的活动，永远重复着同样的远古的、永恒的动作，重复着同样的细腻笔触和同样的弯曲脊背。工人们在金色的刨花中挺起胸膛，慢慢地把木头切成小块和木条。他们满身都是锯起的碎屑，眼睛里闪烁着晶莹的光，他们在温暖结实的木料上切割得越来越深，创造出各种不同的造型。每一个动作都在他们的眼睛里反射出火花，仿佛他们正在木材的核心里寻找什么东西——

就像一只金色的蝾螈,那个尖叫着的火精灵——随着他们的切割对每块木材的内核越挖越深。也许他们只是简单地把时间加工成小块的木料,他们节俭地把时间储存在地窖里,为难熬的数九寒天做好了充分的准备,种下了时间的希望。

哦,我们要挺过那关键的几个星期,直到晨霜降临,冬天真正开始。我是多么喜欢这冬天的序曲,虽然没有下雪,空气中却酝酿着风霜和烟灰的味道。我依稀记得那些深秋的星期天下午。设想一下,整整一周都是阴雨连绵,一场旷日持久的倾盆大雨浸透了大地,现在地表终于开始干燥,释放出一种强劲而清冽的寒冷。一周前覆盖了天空的破碎云层,现在像泥浆一样被刮到了苍穹的一边,在那里它以一种折叠、压缩的形式在黑暗中若隐若现。而从西边看,秋日夜晚硬朗、健康的颜色开始蔓延,缓缓地填满了云蒸霞蔚的风景。当天空逐渐从西边放晴,变得清透澄澈时,女仆们穿着她们最好的衣服,三五成群地牵着手走出来,她们走在郊区房屋之间那条星期天刚清扫过的空旷干爽的街道上,周身沐浴着一片在黄昏前逐渐变得绯红的空气光晕。她们圆嘟嘟的小脸都冻得通红,脚上穿着紧绷的新鞋,迈出轻盈灵巧的步伐。就这样,某段甜蜜幸福、感人肺腑的回忆,被从每个人心灵深处的幽暗角落中轻轻地唤醒。

最近,我几乎每天到办公室干活儿。有时有人生病了,他们就让我顶替他的工作,或者有人要去城里办些急事,也让我代他的班。只可惜,这不是一份固定的工作。哪怕只有几个小时,能拥有一把专属的带皮靠垫的椅子、专用的尺子、铅笔和钢笔也是令人愉快的。即使是跟同事有些磕绊,甚至受到同事的责备,也不会影响我愉悦的好心情。有人跟我说话,跟我开玩笑,逗些乐子,在这些瞬间,我简直像老树重发新芽一般地快乐。我抓住一切机会跟别人攀谈,努力地把心无所依的空虚寂寞与别人生机勃勃、温暖幸福的感觉联系在一起。虽然对方应付我几句就走开了,他并没有感觉到我的重量,也没有注意到我的精神正紧紧地攀附着他的肩膀,我就像寄生虫一样,抓住一切救命稻草,贪婪地感受他人身上那些生命和青春脉动的力量……

但自从一位新的部门负责人走马上任后,我的这点幸福美梦也破灭了。

现在,赶上好天气的话,我经常坐在面向城市学校的小广场的长椅上。附近的街道仍然不时传来切割木头的声音。女孩和年轻的士妇们从市场上回来了。她们中的有些人留着硬朗、整齐的眉毛,眉宇间神色凝重,走路时显得苗条而忧郁——就像是提着一篮子蔬菜和嫩肉的天使。有时她们会在商店橱窗前停下来,端详自己在里面投射的身影,然后,她们转身走开,冷淡地把骄傲坚定的眼神抛在身后。十点钟,有个管事的人准时出现在学校门口,摇起刺耳的铃铛,那声音大得整条街都听得到。学校随即陷入一片骚乱,喧哗热闹的声音几乎能把所有教学楼都推倒。从巨大的混乱中逃亡出来的衣衫褴褛的孩子们出现在门口,尖叫着冲下台阶,宣布自己终于自由了,他们疯狂地跳跃,做几个眉眼乱抛的鬼脸,然后忘乎所以地投入随心所欲的游戏中。有时他们会大胆地跑到我坐的长椅上互相追逐,甚至对我进行一番不指名不道姓的辱骂。他们的脸在对我做的粗野鬼脸中变得狰狞,脖颈扭曲得像是断了一样。这群孩子就像一群忙碌的猴子，从我身边嬉嬉闹闹地跑过，他们模仿小丑的样子，打着各种隐晦的手势，嘴里发出聒噪的喊叫声。他们那些向上翘起、还没定型、抽抽搭搭的鼻子在我面前晃来晃去，他们的嘴角因为总是大喊大叫而撕裂，脸颊上布满斑点，小拳头攥得紧紧的。有时他们会在我身边停住。说来也奇怪，他们对待我的态度就好像我是他们的同龄人一样。没错，很久以前，我就变小了，我的脸松弛而枯萎，呈现一张孩子气的面孔。当他们放弃敬辞而直截了当地称呼我为"你"时，我感到有点谜样的尴尬。有一天，当其中一个孩子突然在我胸口捶了一拳时，我倒在长凳下打了个滚，但我并没有觉得被恶意地冒犯。他们把我拉了起来，我被这种意想不到但令人耳目一新的举动折服了。无论他们的行为多么鲁莽和冲动，我都不动声色，更不会雷霆震怒，这样的好态度已经让我在他们中间逐渐赢得了一定的声望。从那时起，我的口袋里就装着一些石子、纽扣、空的棉线轴和橡皮擦之类的小东西，这极大地促进了我们之间的思想交流，并成为建立忘年交情的天然桥梁。而且，这些孩子全神贯注于对这些小玩意的兴趣，对我这个人的关注就减少了。在我口袋宝库的掩护下，我再也不用担心他们的好奇心会刨根问底地指向我。

有一天，我决定把一个一直挥之不去、无限迫切的想法付诸行动。

这是温和恬淡、亦幻亦真的一天，时值深秋的某个日子，耗尽了那个季节的所有色彩和细微差别，似乎又回到了日历上春天的页面。夕阳西下的天空变成了五颜六色的条纹，布满一道道钴蓝色、青铜色和黛青色的柔和光带，边缘镶嵌着水一样清澈的透白色——这是早被遗忘的四月的颜色,惊艳绝伦,难以言述。我穿上了我最好的衣服,不无顾虑地出了门。我走得很快,在白昼宁静的气氛包围中一往无前,没有丝毫忽左忽右的偏移。我气喘吁吁地跑上石阶,我敲着办公室的门,自言自语地鼓励自己说,"Alea iacta est"①。我以一种谦虚的姿势站在校长的办公桌前,以便与我的新角色相匹配,但我内心还是些许不安和尴尬。

校长从一个玻璃盖的盒子里拿出一只固定在别针上的金龟子,把它举到眼睛斜上方,迎着光线细细打量。他的手指沾染了墨水,指甲剪得又短又整齐,他从眼镜片后面看着我。

"这么说来,你是想报名参加一年级课程,对吗,顾问先生?"他说,"这个念头无疑是值得赞扬和钦佩的。我知道你想从基础入手,从头学起。我总是强调,语法和乘法表是一切学习的基础。当然,顾问先生,我们不能把你当作一名来接受义务教育的小学生。确切地说,你在这里可以作为一个早就对字母表烂熟于心的志愿者,我们应该这么说,你在多年的漂泊之后再次回到学校的温暖怀抱,像一艘在外打拼多年的旧船终于停靠在一个安全的港湾。是的,就是这样,顾问先生,很少有人对我们的工作表示过感激和认可,也很少有人在劳苦了一辈子之后再回到我们身边,作为一名志愿的终身学生在这里安度余生。你应该享有特权,顾问先生,我一直觉得……"

---

① 拉丁文,是恺撒的名言。公元前49年,恺撒带兵渡过卢比孔河攻入罗马,正式对庞培和元老院宣战,在渡河以前,他用这句话来激励士兵。中文直译的意思是"骰子已掷下",也就是落棋不悔或者覆水难收的意思。

"对不起，"我打断了他的话，"我想说的是，关于特权，我想完全放弃它们，我一点也不需要什么特权。相反，我不希望受到任何区别对待，我希望完全融入同学们当中，像个透明人一样融入班级整体。如果我享有特权，我的目标就无法实现。甚至对于体罚，"我像宣誓一般举起了手指，"我完全能理解它对教育的助益之处和重要作用——我坚持认为这一切都不应该为我破例。"

"你真是勇气可嘉，而且思虑周全，"校长带着赞赏的语气说，"想想看，你之前所受的教育可能会因为长期不用而暴露出某些欠缺。在这方面，我们对自己都存在一些乐观的错觉，而这些错觉很容易被打破。比如说，你还记得，五乘以七等于多少吗？"

"五乘以七……"我尴尬地重复着，感到困惑的迷雾在温暖和幸福的波浪中涌向我的头，模糊了我清晰的思想。我被自己这种无知和蒙昧迷住了，结结巴巴地反复说："五乘以七……五乘以七……"对于自己的知识储备确实退回了孩童般的空白，我内心甚是满意。

"看吧，"校长说，"现在你再次入学，正是时候。"

然后，他拉着我的手，把我领到一间正在上课的教室。

我发现自己再一次置身于一个拥挤房间的喧嚣之中，就像半个世纪前一样，被一群黑压压、左摇右晃的小脑袋所包围。我站在教室中间，个头儿很小，紧紧拽着校长外套的衣角，五十双年轻的眼睛冷漠而锐利地看着我，就像懵懂的小动物面对陌生的同类一样。四面八方的人都朝我做鬼脸，露出了充满敌意的表情，冲我吐着舌头。我没有理会他们的挑衅，因为我仍然记得自己曾经受教，具备良好的修养。

看着那些摇头晃脑、表情扭曲的脸，我想起了五十年前几乎和现在差不多的场景，那时我站在母亲身边，她当时正和班里的女老师进行着关于我的沟通。现在，不是母亲，而是校长正在老师耳边低声说了些什么，老师点着头，对我仔仔细细地端详一番。

"他是个孤儿，"老师最后对全班同学说，"他没有父母，所以我们更要关照他，不能欺负他。"

在简短的介绍后，我热泪盈眶，这是真情所致的激动泪水，校长自己也被感动了，把我安排在离讲台最近的座位上。

我的新生活就这样开始了，校园生活把我完全吸引住了，让我深陷其中无法自拔。在我早年的生活中，我从来没有像现在这样全情投入于各种课程、爱好和活动，我的生活充满了无尽的激情。在我的脑海里，多重而复杂的信息交错在一起，我像是站在一个信息的接收端，每天积极地吸取着各种各样的信息、指示和暗号，等等。在我周围，嘘声四起，同学们对我挤眉弄眼，他们用各种方式提醒我曾经发誓要兑现的一个个承诺。我按捺着急躁的心情等着课程结束，在这期间，出于与生俱来的正派和教养，我以坚忍的态度忍受着所有的攻击，同时尽量不漏掉老师讲课的每一句话。只要下课的铃声一响，整个尖叫的人群就扑到我身边，带着一股原始、躁动的力量将我团团围住，几乎要把我撕成碎片。他们从我身后靠过来，踩着座椅、跳着脚，从我的头顶蹦过去，甚至在我身上翻筋斗。他们每个人都在我耳边大声吵嚷，提出各种要求。我成了所有利益的中心，如果没有我的参与，一切最重要、最复杂和最可疑的交易都无法进行。在街上，我被一帮吵吵闹闹、比比画画的孩子包围着。狗群夹着尾巴从我们身边跑过，流浪猫一看见我们走近就跳上屋顶，偶有落单的小男孩在街上遇到我们，就会抱着消极的宿命感低着头迎面而上，心里做好了最坏的打算。

对我来说，学校的课程依然保有新奇的魅力，比如拼读艺术课。老师巧妙地、技巧性地利用了我们的无知，把我们大脑中空白的处女地发掘出来，在我们白纸般纯净的思维上耕耘，将所有真知灼见的种子播撒在我们的心田。他根除了我们之前所有的偏见和陋习，从头开始教育和引导我们。我们费劲而专注地拼读单词，把每个单词拆分成音节，再在不同的音节之间巧妙地运用换气和鼻息，找到悦耳动听的发音。我们用手指点读书上的每个新字母，我的初级课本和同学们的一样，每个生词上面都留下食指点读过的痕迹，越难的字母上留下的印迹就越粗重。

有一天，我都不记得为什么了，校长走进教室，在突如其来的寂静中，他用手指点到三个人，其中一个就是我，他要我们马上跟他去校长办公室走一趟。我们知道将会有些倒霉事发生在我们身上，于是，那两个同伴还没进门就哭了起来。我漠然地看着他们为时过早的悔悟，看着他们因为爆发的哭泣而歪曲变形的脸，仿佛随着眼泪的冲刷，人皮的面具脱落了，露出了一团无形的血肉。我自己反倒很冷静，带着公正和道德的斯多葛主义[①]，听凭事态发展，准备承担我的行为所带来

[①] 古希腊哲学学派，由基蒂翁的芝诺创立于雅典。该学派认为美德、至善的基础是知识；智者与神圣的理性（亦即命运和上帝）和睦共处，神圣的理性支配自然，而且对财富的变化、快乐和痛苦漠不关心。

的后果。我们三个罪人在办公室里面对他站着,老师手里拿着教鞭站在一旁。虽然深知校长并不喜欢我这种执拗倔强的性格力量,但我仍然若无其事地解下腰带,校长看着我,叫嚷道:"你可真够丢脸的!这么一大把年纪,怎么能干出这种事儿?"他怒不可遏地看了老师一眼。

"简直是奇葩!怪胎!"他带着厌恶的神情补充道。然后,匆匆把另外两个小男孩打发走后,他发表了一篇充满遗憾和不满的长篇大论。但我完全不明白他的意思,我下意识地咬着指甲,呆滞地望着前面,口齿不清地说:"求你了,老思(师),是安迪往老思(师)的面包卷上吐口水。"

我彻头彻尾地变成了一个孩子。

体操课和艺术课我们去另外一所学校上,因为那里有专门的教室和设备。我们两人一组地走着,充满激情地交谈,我们走过的每一条街上都充斥着我们混杂在一起的、骤起骤落的尖厉吵闹声。

那所学校是一个由旧剧场改造而成的大型木结构建筑,外面还连着许多违建房。艺术课就像在一个巨大的澡堂里上一样,木柱子支撑着天花板,房间四周有一圈廊台,我们一看就立刻爬上去,在楼梯上尽情冲锋,听它发出雷鸣般的轰响。许多窄小的房间和隐蔽之处非常适合捉迷藏。艺术老师从来没有出现过,所以我们可以尽情地玩耍。那所学校的校长时不时地冲进大厅,把闹得最欢的男孩赶到角落里,揪着最调皮孩子的耳朵把他们拽到一边,可他刚一转过去,身后又是玩闹声四起。

我们玩得太投入,完全没有听到下课铃声。转眼到了下午,这些快乐的时光就像秋天一样短暂而多彩。几个男孩的母亲找来了，连打带骂地把他们拖回家。但对于那些没有家长来接或者压根儿没人管的其他孩子来说，最狂野的游戏时间才刚刚开始。直到傍晚时分，来锁校门的老家伙终于把我们赶走了。

每年这个时候，在那些我们徒步上学的清晨，浓重的夜色还未散去，城市还在安静地沉睡，在伸手不见五指的漆黑中，我们在人行道上厚厚的树叶中蹚着走，边走边聆听脚下的树叶被踩得碎裂的清脆噼啪声。我们沿着房子的墙壁摸索，以免在黑暗中迷路。有时，在某扇窗户的空隙处，我们会出乎意料地摸到一个同学的脸正从相反的方向靠过来，我们哈哈大笑，猜测着那是谁的脸，一路上洒下多少惊喜和欢乐！有的男孩举着点燃的油脂蜡烛，城市里处处闪烁着这些飘忽不定的灯火，我们以颤抖的"之"字形路线低矮地贴着地面行进，在某些路口不期而遇，然后停下来照亮周围——一棵树，一片泥土，一堆枯叶——特别年幼的男孩儿喜欢在其中翻找隐藏的栗子。在一些房子里，开始亮起最早的灯，从楼上几层透出来的朦胧光线，被方形的窗口放大，不规则地落在人行道上，落在市政厅上，落在那些没有遮蔽的房屋正面上。当有人手里拿着灯从一个房间走到另一个房间时，外面巨大的矩形光斑就会像一本巨著的书页一样转动，集市广场上似乎有一双无形的大手在摆弄着房子的剪影和光线的阴影，再把它们拼叠起来，就好像在专心致志地把玩一副超大的纸牌。

我们总算是到了学校。蜡烛燃尽之后，黑暗再次包围着我们，大家只能摸索着找到自己的座位。随后老师走进来，把一支油脂蜡烛插在一个瓶子的瓶口上,接着开始提问关于不规则动词变格的无聊问题。由于光线太暗,老师不能写板书,这节课只能是口头讲,还要求我们必须记住。当老师点到某个同学单调地背诵时,我们眨眼看着蜡烛射出的金色光箭,看着那些线条像稻草一样在我们半闭的睫毛上错综复杂地交叉。老师一边把墨水倒进墨水瓶里,一边打着哈欠,他的目光透过低矮的窗户,没入外面的暗夜之中。除了讲台上的朦胧光亮,我们的座位仍是一片漆黑,我们潜入黑暗里,咯咯地笑着,四肢着地爬来爬去,像小动物一样互相闻嗅,盲目、低声地进行着日常的勾当。我永远不会忘记那些学校清晨的快乐时光,一个个澄澈的黎明正在缓缓地在窗玻璃外面酝酿成形。

秋风季节终于来临了。在最初的那个清晨,天空变得灰黄,在这一背景下,以想象中的风景、大雾弥漫的荒芜的肮脏灰色的线条作为自己的模型,逐渐向东方退去,进入一个越来越小的山丘和褶皱的视角。它们变得越来越小,越来越多,直到天空撕裂开来,像飘起的窗帘的波浪边缘一样,揭示出一片更遥远的景致,一片更深邃的天空,一个令人惊恐的白色缝隙,还有一道远自天外的惨败惊悚的光,氤氲如水,惨淡如冰,就像终极之处充满未知惊险、深深闭合了的地平线。

就像在伦勃朗①的蚀刻画中,人们现在可以在这样的一天里,在往常难以辨识的明亮光线下,看到一片幽微的风景从地平线之外的清澈

---

① 伦勃朗·哈尔曼松·凡·莱因(1606—1669),欧洲17世纪最伟大的画家之一,也是荷兰历史上最伟大的画家。伦勃朗早年师从P.拉斯特曼,1625年在家乡开设画室,画作体裁广泛,擅长肖像画、风景画、风俗画、宗教画、历史画等领域。

天空下骤然升起。

在那微缩的风景中，人们可以清晰地看到一列火车——正常来说，那么遥远的距离通常是看不到什么东西的——在蜿蜒的轨道上行驶，车顶冒出一缕银白色的烟，转而白烟又幻化为一片明亮的虚无。

紧接着就起风了，它仿佛是从天空中那道清晰的缝隙中呼啸而来，盘旋着笼罩了整个城市。它的质地本是用柔软温柔的空气编织而成的，却要装出一副野蛮和凶猛的样子。它揉搓着、翻转着，在周围的空气中撒欢打滚，直到感觉像是登入极乐之境。然后它在空中绷紧了，形成一道竖起的风带，又像帆布一样展开——巨大、绷紧，像干燥的床单一样拍打着——缠成一团硬疙瘩，僵硬地颤抖着，仿佛它要把整个大气推移到更高的地方去。然后，它把那个假想的风疙瘩解开，快速地吹动到一英里以外，又变成一条嘶嘶作响的套索扔了出去，无奈什么也套不住。

风的舞蹈挑逗着烟囱的烟雾！烟雾不知该如何躲避它的挑衅，不知何处藏身，该向左摆还是向右飘，不知要如何逃离它的拉扯。风就这样控制着这座城市，仿佛在那个值得纪念的日子里，它要给人们创造一个生动的例子，证明它随心所欲的任性力量。

从一大早开始，我就有种厄运要降临的预感。我们在大风中艰难地前进。在街角横风交会的风口上，同学们就死死拉住我的衣角。我们就这样穿过城市街区，一切都还算十分顺利。后来我们去另外那所学校上体操课。在路上，我们买了一些牛角面包。长长的队列穿过大门，进了院子，我们还兴高采烈地交谈着。只要再过一分钟，我就安全了，我会在教学楼里的一个地方安全地待到晚上，如果形势需要的话，我甚至可以在我这群忠实朋友的陪伴下，在大厅里过夜。但是——也许这就是命数难逃——那天维基得到了一个小礼物，那是一个新陀螺，他正在学校前面玩着它。陀螺美妙地旋转，校门口聚集了一大堆围观的孩子，我被人群挤到门外，一下就被大风卷走了。

"嘿，同学们，救命，救命！"我喊道，身体已经悬在半空中。我看见他们伸出双臂，张开大嘴拼命叫嚷，但紧接着，我被吹得翻了一个筋斗，再次腾空而起，划出一条壮观的抛物线。我在屋顶上空飞得很高。我快要喘不上气，脑海中仿佛看到同学们举起胳膊，向老师求援的画面，他们焦急地喊道："快点儿，老师，快想办法，西蒙被风卷走了！"

老师从眼镜下面看着他们，他不紧不慢地走到窗前，手搭凉棚遮着眼睛，远眺地平线，但他已经看不见我了。在暗淡的天空映衬下，他的脸看起来像是一张羊皮纸画的假面人。

"好了，没办法，我们只能把他的名字从花名册上划掉了。"他苦笑着说，然后就回到了讲台上。我被风托举得越来越高，飘进一片遥远未知的秋黄国度。

孤 独

我终于感到如释重负,因为总算是能够再次出门了。但是,天知道我被关在房间里有多长时间了!这真是一段不忍回顾的痛苦岁月。

我不知道该怎么解释为什么我会一直住在我幼时的旧房间里——从阳台走过去,那是公寓最里面的房间——它在过去很少使用,几乎被我们遗忘了,好像它并不是属于我们公寓的一部分。我已经不记得我是怎么到那里的,我猜想那一定是在一个明亮如水的无月之夜。在莹莹的月光下,我可以看到房间里的每个细节——床铺没有整理好,好像有人刚离开,我在寂静中倾听着熟睡之人的呼吸声。但是,哪会有人在这里睡觉呢?从那以后,这里就成了我的家。我已经在这里待了很多年,真是无聊透顶了。唉,为什么我没有想到提前囤些东西!啊,如果你们之中还有谁能有机会做到这一点,还有谁拥有时间去做些准备的话,那么,听我的,去准备囤积粮食,储存粮食——挑那些美味的、滋养的、甜蜜的食物——因为一个冗长的冬天和饥荒的年头即将到来,"埃及的七年灾荒"[1]即将兑现。唉,可惜我完全不是勤俭节约、像仓鼠一样储备丰富的人。我一直是一只无忧无虑的田鼠,日复一日地过着悠哉游哉的生活,相信自己总有填饱肚子的天赋。像老鼠一样,我总是想,饥饿关我什么事?哪怕最坏的情况发生,我还可以啃木头或者吃纸。我是最低端、最可怜的生物,像教堂里的灰老鼠,在《创世纪》的终结处才出现,我可以什么都不依赖就能活下来。所以我就住在这个死气沉沉的房间里,屋里还有许多很久以前就死在这里的苍蝇。我把耳朵贴在木头上,想听听里面是不是有蛀虫在啃咬的声音。一片死寂。只有我,这只不朽的老鼠,孤独而无人问津,在房间里为所欲为,不停地在桌子上、架子上、椅子上跑来跑去。我上蹿下跳,就像穿着长长的灰色连衣裙的特格拉姨妈一样——敏捷、迅速、小巧,身后拖着一条灵活的尾巴。我现在正坐在明媚日光照射下的桌子上,一动不动,好像被做成了塞满防腐药物的标本,我的眼睛像两颗突出、闪亮的珠子,只有我的嘴角在细微的咀嚼动作中不动声色地跳动着,这是习惯使然的力量。

当然,这可以理解为一种隐喻,我真的是一个退休老人,不是一只老鼠。作为隐喻的寄生体是我存在的一部分,因此我很容易被第一个乍然一闪的明喻冲昏头脑。忘乎所以的我不得不艰难地寻找自己的回头路,慢慢恢复理智。

---

[1]《旧约·创世纪》中约瑟为法老解梦,并预言埃及全地将发生七年为一个周期的丰收年和歉收年。原句:埃及全境很快会有七年大丰收,随后是七年饥荒肆虐全国,之前的丰收将被忘记,饥荒将非常严重,之前的丰收将荡然无存。

我现在什么样？有时我会照照镜子。好一个奇怪、可笑、痛苦的家伙！我只能很惭愧地承认：我没法儿正视自己。我站得稍微远一点，镜子里的我就站得稍微深一点，但他轻微地偏离中心，轻微地侧身，若有所思地向侧面瞥了一眼。我们的目光不再相遇。当我移动的时候，我的镜像也移动着，但是他半转着身，好像并不认识我，就像他躲在许多镜子后面，再也回不来了。看到他如此遥远和冷漠，我感到锥心刺血。我想对他大声疾呼："你怎么了啊，曾经的你一直是我忠实的投影，陪伴了我这么多年，现在却不认识我了！"哦，天哪！我的镜像站在那里，似乎在倾听着什么，似乎在等待着镜子深处传来的另一句话，他现在听命于别人，顺从着从另一个人那里下达的命令。

大多数时候，我坐在桌子旁，翻阅我那泛黄的大学笔记，这是我唯一的读物。

我看着被阳光晒得发白的窗帘，它因为长久地落灰而变硬，在窗外吹来的冷风中微微摇摆。我可以在窗帘杆上健身，这是个很棒的单杠，在空寂、沉闷的空气中，一个人在它上面翻筋斗是多么容易啊！几乎不费什么力气，我就可以很炫酷地做出一次优雅的终极跳跃，不需要太过投入——可以说，这是一种投机、想象的练习方式。当我踮起脚尖，在单杠上保持平衡，脑袋触到天花板时，就会有一种进入温暖地带的幻觉——似乎上面稍微暖和一点。

从孩提时代起，我就喜欢在那上面鸟瞰我的房间。

于是我坐下来仔细聆听这种沉默。房间被粉刷成一片晃眼的白。有时在白色天花板上会出现一个像皱纹的裂缝，有时一块一块的石膏会"啪嗒"一声脱落下来。难道，这是在引导我去发现，这房间是用墙围起来的吗？怎么可能呢？用墙围着？我怎么能出去呢？就这样吧，有志者事竟成，我相信炽热的决心可以征服一切。我只能设想我能找到一扇门，一扇古老而完好的门，就像我童年时厨房里的那扇门，上面有铁制的把手和门闩。没有哪个封闭的房间是不能被这样一扇可信的门打开的，只要你有足够的力量去坚信，一定存在这样一扇门。

父亲的最后逃亡

这件事发生在我们穷途末路的凄惨时期,那时我们的布匹生意已经完成清算,即将迎来崩盘。店铺的招牌已经被拆除,百叶窗胡乱地耷拉着,母亲正在店里想尽法子兜售着剩余的库存。阿德拉去了美国,但据说她乘坐的轮船在海上遇险,所有乘客都丧生了。我们无法考证这一传闻,但那个女孩的所有踪迹都消失了,我们再也没有听说过关于她的只言片语。

一个新的时代开启了——空虚、刻薄、无趣,就像一张白纸。一个新来的叫作根雅的女仆,浑身透着贫血一般的苍白,像没有骨头似的,在房间里软绵绵地兜来转去,如果有人拍到她的背,她就会扭动起来,像蛇一样伸展腰身,或者像猫一样发出咕噜咕噜的怪声。她的肤色白得很惨淡,甚至连眼睑内侧都是白色的。她干活儿是如此地心不在焉,有时甚至会把旧信件和发票做成一种白色酱汁:这种酱很恶心,而且根本不能吃。

那时,父亲肯定已经死了。他已经死过好几回了,却总是保留一些神秘的悬念，这迫使我们改变了对他死亡的态度。这样也好，父亲把他的死进行了分期，使我们提早熟悉了他的死讯。我们渐渐对他的回魂见怪不怪，而且每次他回来都比上次时间更短暂，形式也更怪诞。现在，他的形象特征已经扎根在他所居住的房间里，并在其中萌芽，在某些地方生出极具表现力的怪异的相似之果。比如，墙纸开始在某些地方模仿他惯常的神经质的抽搐；那些花朵图案也偷偷排列成他微笑中忧郁的元素，对称得像一只三叶虫的化石印记。有一段时间，我们对他那件黄鼠狼毛皮大衣敬而远之，因为那件大衣在喘息。小动物们被缝在一起，互相厮咬着，惊慌失措地在无助的水流中穿行，在毛皮的褶皱中迷失了自我。把耳朵靠在上面，你可以听到动物们在睡觉时发出的悦耳的呼噜声。在这种晒得黝黑的体形中，在黄鼠狼的臭气味、厮杀味和夜间约会的微弱气味中，父亲可能靠它续命了很多年。但他还是没有坚持到最后。

一天，母亲从城里回来，一脸有心事的样子。

"看，约瑟夫，"她说，"真是幸运啊，碰巧让我看到了。他正从楼梯的一级台阶跳到另一级台阶上，我就抓住了他。"然后她托起一个盘子，掀开盖在上面的手帕。我一眼就认出了他。虽然他现在是一只螃蟹或一只大蝎子，但那神色却与父亲十分相似。母亲和我交换了一下眼色：虽然他已改头换面，但永远都是万变不离其宗。

"他还活着吗？"我问。

"当然。我差点儿没抓着他，"母亲说，"我们要把他放到地板上吗？"

她把盘子放在地上，俯身下去，我们仔细地观察着他。在他许多条弯曲的腿之间有一个中空的地方，他坐在正中间轻轻地晃动。他竖起钳子和触角，似乎在警觉地聆听。我把盘子稍微倾斜，父亲就小心翼翼、带着一丝犹豫往地板上挪了挪。当他一碰到下面平滑的地板，他所有的腿就瞬间突然发力，坚硬的节肢关节发出脆裂的咔咔声。我挡住他的去路，他迟疑了一下，用触角探查了一下障碍物，然后抬起钳子，转过身去。我们让他朝自己选择的方向跑去，那里没有家具给他作为掩体。他用许多条腿像波浪一样摇晃着跑到墙边，我们还没来得及阻止他，他就灵巧敏捷地爬上了墙，没有片刻歇止。我看着他爬上墙纸，对这种画面本能的厌恶使我不寒而栗。这时，父亲爬到一个嵌壁式的小橱柜前，在边缘上停留了一下，用他的钳子探了探地形，然后爬了进去。

他现在正从一只螃蟹的视角重新了解这个公寓。显然，他是通过嗅觉来感知所有物体的，因为，通过我仔细的检查，没有在他身上找到任何视觉器官。他似乎对于在路上遇到的东西都具有警惕性和戒备心，他一般会停下来，先用触角感受一下，再用钳子去抓住它们，仿佛要试探一下，熟悉一下似的。过了一小会儿，他就离开了，继续奔跑，身后拖着巨大的腹部，在地板上微微翘起。他对我们扔在地上的面包和肉类也是一样，虽然我们希望他能吃点东西，可他却总是草草地查验一下，就我行我素地走开，丝毫没有意识到那些是我们给他弄的食物。

我们观察发现，父亲耐心细致地勘察着房间，我们猜，他是在固执、顽强地寻找什么东西。他不时跑到厨房的一个角落里，爬到一个漏水的水桶下面，走到水坑边，应该是在喝水。

有时他会连续失踪几天。他似乎不吃东西也能活得挺好，而且这似乎也并不影响他的生命力。带着羞愧和厌恶的复杂心情，白天我们把内心的恐惧隐藏起来，生怕他晚上会来找我们。幸好，他从来未曾这样做过，尽管白天他会在家具上到处游荡。他特别喜欢待在衣柜和墙壁之间的空隙里。

我们不能忽视父亲身上尚存的某些理性表现，甚至可以说是幽默感。比如，在吃饭的时候，他总会出现在餐厅里，尽管他的出席纯粹是象征性的。如果吃饭时餐厅的门碰巧关着，他被留在隔壁房间，他就会抓着门的底部，沿着门缝跑来跑去，直到我们给他开门。后来，他学会了把钳子和腿从门缝里伸进去，经过一番灵巧精妙的操作，终于成功地让自己的身体侧着穿过门缝进入了餐厅，这似乎使他欢欣鼓舞。然后他会在桌子底下停下来，安静地躺着，腹部微微鼓动。我们也猜不出，这些有节奏的搏动是在表达什么心思。这些动作看上去下流而充满恶意，同时又表现出一种相当粗俗和淫荡的满足意味。我们的狗，宁录，会慢慢地靠近他，毫无把握、小心翼翼地嗅嗅他，然后打个喷嚏，又漠然地走开，并没有给出什么说法。

与此同时，家里的情势越来越低迷。根雅整天整天地睡大觉，她纤细的、像是没骨头的身体随着她睡梦中的呼吸而轻柔地起伏。我们经常在汤里发现她梦游似地跟蔬菜一起扔进锅里的棉花团。我们的店铺昼夜不休地营业，在复杂的讨价还价和斤斤计较中，不断有订单一笔一笔地成交。更糟糕的是，查尔斯叔叔也来了。

他出奇的沮丧，看起来也没有什么话想跟我们说。他只是叹了一口气，轻轻宣布在经历了最近的苦难后，他决定改变自己的生活方式，转而致力于语言研究。他不再出门，一直把自己锁在最偏僻的房间里——根雅把所有的地毯和窗帘都从房间里拿走了，因为她非常不待见我们这位访客。他在那里漫无目的地消磨时间，翻览过去的价目表。有几次他不怀好意地想要踩父亲，我们尖叫着，叫他赶紧停下。后来，他只是对自己苦笑了一下，而父亲却没有意识到他所处的危险，仍然在周围徘徊，研究着地板上的一些斑点。

父亲只要是正面站着就能行动自由，但是，和所有甲壳类动物一样，它们的特点就是，一旦被翻过来后背着地，就基本上移动不了了。看到他不顾一切地摆动着四肢，绝望无助地绕着自己的圆心旋转，那场面真是可悲又可怜。对于他仰面朝天露出的解剖结构中引人注目、近乎无耻的私密之处，我们简直不忍直视，可它们就那么完全地暴露在父亲坦露的腹部之下。在这样的时刻，查尔斯叔叔几乎控制不住自己要去踩父亲一脚。我们顺手拿起身边随便一个什么东西跑去救他，他用钳子紧紧地抓住，很快就恢复了正常的姿势，然后他立刻开始了闪电般二倍速的"之"字形奔跑，似乎想抹去他那不堪入目的摔倒记忆。

我必须强制要求自己如实地表述那件令人难以置信的事，即使到现在，我的记忆仍然在回避着它。直到今天，我都无法理解我们是如何有意识地成为一群刽子手的，一定是有一种奇怪的命运把我们逼到了这步田地,因为命运不会以我们的意识或意志为转移,而是将它们吞没在自己的机制中,因此我们能够像在催眠状态中一样承认和接受在正常情况下会让我们充满恐惧的事物。

  我震惊万分,一遍又一遍绝望地问母亲:"你怎么能这么做?如果说是根雅干的,我还有几分相信——但是,怎么能是你呢?"母亲哭着,攥紧双手,说不出个所以然来。她是否认为父亲得到了更好的解脱?她是在上次的救援行动中看到了解决眼下无望形势的唯一办法,还是仅仅出于某种不可思议的草率和轻浮?当命运选择把它那些难以理解的奇思妙想强加给我们时,它会使出上千种诡计。比如短暂的鬼迷心窍时刻,或者哪怕一瞬间的大意或盲目,就足以让人在"斯库拉"和"卡律布狄斯"之间①铤而走险时酿成大祸。事后,我们可能会无休止地思考这一行为,想要解释我们的动机,试图发现我们的真实意图,但是这一惨剧已经发生,没有转圜的余地。

  当父亲被装在盘子里端进来的时候,我们恍然大悟,完全明白了发生了什么事。他躺在那里,因为被煮过而变得巨大又臃肿,身体呈

---

① 斯库拉是希腊神话中的女海妖,六头十二臂,一次可以吃掉六名水手。她与另一著名海妖卡律布狄斯分别驻守在狭窄的墨西拿海峡两侧。卡律布狄斯拥有巨大的嘴,每天三次大量吞入海水,再把海水吐回海中,造成巨大的漩涡,所有经过的船只都难以逃脱被卷入漩涡而摧毁的命运。而正因为海峡的狭窄,两只怪兽几乎封锁住了整个海峡,想要同时避开两只怪兽是完全不可能的事情。所以,如果你想逃脱斯库拉的六张血盆大口,你就会因走得距离卡律布狄斯太近而卷入漩涡。如果你想避开卡律布狄斯造出的巨大漩涡,你就会因距离斯库拉太近而被吃掉。故而,这句话所表达的意思是无论怎样选择都没有好结果。

灰白色，有点像凝胶的性状。我们沉默地坐着，目瞪口呆、难以回神。

只有查尔斯叔叔拿起叉子朝盘子伸过去，很快又迟疑地放下，斜眼看着我们。母亲让人把盘子端到客厅去，之后，父亲就被安置在一张铺着天鹅绒桌布的桌子上，旁边是一本家庭相册和一个音乐香烟盒。他就定格在那里，我们却都对他唯恐避之不及。

但是父亲的尘世流浪还没有结束，接下来的部分——故事的延伸超出了我能够在此叙述的范围——是最令人痛心的。他为什么不放弃征途，为什么不能承认他被打败了？他完全有充分的理由这样做，可是，即使是如此多舛的命运也无法让他彻底变卦。在客厅里待了几个星期后，他不知怎么活过来了，而且似乎还在慢慢康复。

一天早上，我们发现盘子是空的。他的一条腿留在盘子边上，沾着一些凝结的番茄酱和肉冻，上面有他逃跑时留下的痕迹。虽然他被煮过，而且在路上跑掉了一条腿，但他依然顽强地用剩下的力气把自己拖到了某个地方，又开始了无家可归的流浪旅程。而我们，再也没有见过他。